हिन्द पॉकेट बुक्स

आचार्य चतुरसेन शास्त्री : स्मृति चिह्न

आचार्य चतुरसेन शास्त्री का जन्म 26 अगस्त, 1891 को उत्तर प्रदेश के बुलन्दशहर जिले के चांदोख में एक आर्य समाजी परिवार में हुआ था। उनके पिता का नाम केवलराम ठाकुर तथा माता का नाम नन्हीं देवी था। उनका मूल नाम चतुर्भुज था। उन्होंने अपनी प्राथमिक शिक्षा अपने गाँव के पास स्थित सिकन्दराबाद के एक स्कूल में समाप्त की। फिर उन्होंने जयपुर, राजस्थान के संस्कृत कॉलेज से सन् 1915 में आयुर्वेद से आयुर्वेदाचार्य तथा संस्कृत में शास्त्री की उपाधि प्राप्त की।

वे कुशल वैद्य के साथ-साथ हिन्दी भाषा के एक महान उपन्यासकार भी थे। इनका अधिकतर लेखन ऐतिहासिक घटनाओं पर आधारित है। इनकी प्रमुख कृतियाँ *गोली*, *सोमनाथ*, *वयं रक्षामः* और *वैशाली की नगरवधू* इत्यादि हैं। *आभा* इनकी पहली रचना थी।

लेखक की अन्य पुस्तकें

वयं रक्षामः

वैशाली की नगरवधू

धर्मोरक्षति

आवारागर्द

बगुला के पंख

चिता की लपटें

ईदो

गोली

धर्मपुत्र

सोमनाथ

आचार्य चतुरसेन की श्रेष्ठ कहानियाँ

'लौह लेखनी के
धनी थे आचार्यजी'
—डॉ. राजेंद्र प्रसाद

'हिन्दी के प्राण थे . . .'
—हरिवंश राय बच्चन

आचार्य चतुरसेन शास्त्री

स्मृति चिह्न

संपादक
ज्योत्सना गुप्ता

हिन्द पॉकेट बुक्स
पेंगुइन रैंडम हाउस इम्प्रिंट

हिन्द पॉकेट बुक्स

यूएसए। कनाडा। यूके। आयरलैंड। ऑस्ट्रेलिया। सिंगापुर
न्यू ज़ीलैंड। भारत। दक्षिण अफ्रीका। चीन

हिन्द पॉकेट बुक्स, पेंगुइन रैंडम हाउस ग्रुप ऑफ़ कम्पनीज़ का हिस्सा है, जिसका पता global.penguinrandomhouse.com पर मिलेगा

पेंगुइन रैंडम हाउस इंडिया प्रा. लि.,
चौथी मंजिल, कैपिटल टावर 1, एमजी रोड,
गुरुग्राम 122002, हरियाणा, भारत

पेंगुइन
रैंडम हाउस
इंडिया

प्रथम हिन्दी संस्करण हिन्द पॉकेट बुक्स द्वारा 2022 में प्रकाशित

कॉपीराइट © ज्योत्सना गुप्ता, 2022
सर्वाधिकार सुरक्षित

10 9 8 7 6 5 4 3 2

इस पुस्तक में व्यक्त विचार लेखक के अपने हैं, जिनका यथासंभव तथ्यात्मक सत्यापन किया गया है, और इस सम्बन्ध में प्रकाशक एवं सहयोगी प्रकाशक किसी भी रूप में उत्तरदायी नहीं हैं।

ISBN 9789353497507
मुद्रकः रेप्रो इंडिया लिमिटेड

यह पुस्तक इस शर्त पर विक्रय की जा रही है कि प्रकाशक की लिखित पूर्वानुमति के बिना इसका व्यावसायिक अथवा अन्य किसी भी रूप में उपयोग नहीं किया जा सकता। इसे पुनः प्रकाशित कर विक्रय या किराए पर नहीं दिया जा सकता तथा जिल्दबंद अथवा किसी भी अन्य रूप में पाठकों के मध्य इसका परिचालन नहीं किया जा सकता। ये सभी शर्तें पुस्तक के ख़रीददार पर भी लागू होंगी। इस संदर्भ में सभी प्रकाशनाधिकार सुरक्षित हैं।

www.penguin.co.in

This is a legitimate digitally printed version of the book and therefore might not have certain extra finishing on the cover.

अनुक्रम

भूमिका

प्रख्यात लेखकों के विषय में जिज्ञासा होती है कि वे कैसे लिखते होंगे, उनकी रचनाओं की प्रेरणा कौन होगी; कितना श्रम, कितनी काट-छाँट उनकी रचनाओं में होती होगी। पारिवारिक जीवन का स्पर्श उनके लेखन कार्य में कितना व्यवधान उपस्थित करता होगा। पति की राय रत्ती भर बातें जानने वाली पत्नी ही तो है, अतः जब पत्नी से प्रश्न किया जाए कि आपके पति कैसे लिखते थे, तब उसे इस प्रश्न पर गम्भीर हो जाना पड़ेगा। क्योंकि पत्नी पति के किसी भी कार्य को अपने लिए गुरुतर नहीं समझती। साधारण दैनिक कार्यों की श्रेणी में वह भी उसके जीवन में समा जाता है, फिर पति के कार्य की विवेचना क्यों, उसका अनुसन्धान क्यों?

परन्तु यह अनुसन्धान और विवेचना पत्नी के लिए नहीं है, उन लाखों पाठकों, विद्यार्थियों और नव लेखकों के लिए है, जो महान व्यक्तियों से प्रेरणा प्राप्त कर अपने जीवन पथ का निर्माण करते हैं, इसी से पत्नी अपने पति के उस दैनिक कार्य की गुरुतर व्याख्या पर विचार करने के लिए बाध्य है।

साहित्य की परिभाषा में आचार्य जी ने स्वयं कहा है कि साहित्य जीवन का इतिवृत नहीं है, जीवन और सौन्दर्य की व्याख्या का नाम साहित्य है। बाहरी संसार में जो कुछ बनता-बिगड़ता रहता है, उस पर मानव-हृदय विचार और भावना की जो रचना करता है, वही साहित्य है। साहित्य सृजन में अधिक सरसता तब उत्पन्न होती है, जब मानव हृदय पीड़ानन्द की अनुभूति करता है। पीड़ानन्द एक दुर्धुर्ष पदार्थ है, वह हर किसी को प्राप्त नहीं है, केवल उत्कृष्ट मानव-हृदय ही पीड़ा में आनन्द की अनुभूति करते हैं और इस अनुभूति से ओत-प्रोत होकर कोमलतर भावों का हृदय में स्फुरण होता है। इस प्रकार अनन्त प्रवाहमय जीवन में सृष्टि के प्रतिघात से जो आवेग मानव हृदय में उत्पन्न

होता है, उसका विकसित रूप ही साहित्य है। यह साहित्य वैयक्तिक सम्पत्ति नहीं है। लेखक उसका निर्माता नहीं है। रचयिता का हृदय वैसा ही है, जैसे विश्व का विश्वास उसमें फूँक मारता है, और रचना स्वर ताल मूर्छना सहित सप्त स्वरों में बज उठती है। अलबत्ता इतनी बात अवश्य है कि उसमें रचयिता का कौशल अवश्य होता है।

आचार्य जी की लेखनी की ख्याति के कारणों से उनका सृजन-कौशल, उनका पाण्डित्य, उनका विस्तृत-मनन, उनका चिकित्सा-व्यवसाय, उनका स्वास्थ्य और लेखन-सामग्री तथा उनकी बालपन से ही प्रतिभा मुख्य है। जब वे स्कूल की छोटी कक्षाओं में पढ़ते थे और दस वर्ष की आयु के भी नहीं हुए थे, तभी से उन्होंने एक छोटी नोटबुक में अपनी तुक बन्दियाँ (कविता रूप में) लिखनी आरम्भ कर दी थी। उनकी इस प्रकार की प्रथम कविता रचना देखिए –

संग्रह करूँ वह वस्तु, यह इच्छा मेरे हृदय भई।
ईश्वर का लेकर नाम, कर में लेखनी मैंने लई।
जब तुम घर में पैसा पायो, अखबारों को उससे लाओ।
अखबारों को अगर पढ़ोगे, बड़ों-बड़ों को तब जानोगे।।
उठो आर्य पुत्रों नहीं सोओ, समय नहीं पशुओं सम खोओ।
भँवर बीच में होकर नायक, बनो कहाओ लायक नायक।।

गुरुकुल सिकन्दराबाद, काशी और जयपुर के अध्ययन काल में उन्होंने भाषण, निबन्ध प्रतियोगिता, गोष्ठी आदि में भी अपनी लेखन-प्रतिभा को बढ़ाया। विद्याध्ययन पूरा करने के बाद उन्होंने कुछ मास दिल्ली, लाहौर और अजमेर में व्यतीत कर 1919 में बम्बई में अपना चिकित्सालय खोला, जहाँ वे चार वर्ष रहे। बम्बई का यह आवास काल उनकी ख्याति की नींव जमने का समय माना जा सकता है। जबलपुर की *शारदा*, कानपुर की *प्रभा*, *प्रताप*, खण्डवा का *कर्मवीर*, लखनऊ की *माधुरी*, इलाहाबाद की *गृहलक्ष्मी*, बम्बई का *वेंकटेश्वर समाचार* आदि पत्र-पत्रिकाओं में उनकी रचनाएँ इसी काल में प्रकाशित होनी आरम्भ हुई, जिसके कारण गणेशशंकर विद्यार्थी, बालकृष्ण शर्मा 'नवीन', माखनलाल चतुर्वेदी, द्वारिका

प्रसाद मिश्र तथा बम्बई के कुछ प्रकाशकों से सम्पर्क बढ़ा। इस काल की प्रमुख रचनाओं में *अन्तस्तल बनाम स्वदेव*, *सत्याग्रह और असहयोग* जैसी पुस्तकें तथा सामाजिक सुधारवादी लेख थे, जिससे लेखन की पैनी कलम सर्वसाधारण और बुद्धजीवी-पठित जनों में बहुत पसन्द की गई। स्वदेश भक्ति के लेखों और *सत्याग्रह और असहयोग* ने उन्हें उस काल के राजनैतिक पुरुषों में प्रसिद्ध कर दिया। उनका पहला उपन्यास *हृदय की परख* तो *सत्याग्रह और असहयोग* तथा *अन्तस्तल* के बाद निकला। परन्तु इससे पहले उपन्यास ने ही उन्हें उपन्यासकारों की प्रथम पंक्ति में आसीन कर दिया। कहानियों का आरम्भ *माधुरी* से तो हुआ, परन्तु प्रथम श्रेणी की प्रसिद्ध *चाँद* और *सुधा* में प्रचलित कहानियों से प्रसिद्धि हुई। बम्बई से उठकर दिल्ली आ बसने के बाद तो उनकी प्रसिद्धि स्थायी और प्रौढ़ता की श्रेणी तक पहुँच चुकी थी।

जिस समर्थ कलम ने पचास वर्ष तक निरन्तर लिखा ही हो, और प्रत्येक रचना में उन्नति और प्रौढ़ता आती गई हो, जिसने मृत्यु पर्यन्त छोटी-बड़ी सब 186 पुस्तकें छपा कर प्रसिद्ध की हों, जिसके लिखे हज़ारों पृष्ठ पत्र-पत्रिकाओं में अब भी सुरक्षित हों, उस कलम के धनी की लेखन गति का प्रवाह अवश्य ही अव्ययी और उदरस्थ ही समझना चाहिए। उन्होंने नई रचना का आरम्भ करने से पहले कभी ताना-बाना नहीं बुना, विशेषकर उपन्यासों का। *गोली* जैसा अप्रतिम उपन्यास बीस दिन में लिख गया, *वयंरक्षामः* चार मास में, *वैशाली की नगरवधू* छह मास में, *सोमनाथ* चार मास में, *बगुला के पंख* एक मास में, *पत्थर युग के दो बुत* बीस दिन में, *धर्मराज* नाटक पाँच दिन में, *पूर्णाहुति* दस दिन में, *सोना और खून* लगभग दो-दो मास में (प्रत्येक भाग) *अदल-बदल*, *अपराजिता*, *मंदिर की नर्तकी*, *रक्त की प्यास*, *नरमेध*, *दो किनारे* और *ख़वास का ब्याह* उपन्यास आठ से दस दिन के समय में (प्रत्येक) लिखे गए। उपन्यासकारों के लिखित की गति कहानी लिखने की अपेक्षा तीव्र रही। कहानियाँ तो बहुधा थोड़ी-थोड़ी लिखकर उनकी मेज पर कभी-कभी महीनों पड़ी रहती। महीनों में उनकी पूर्ति होती। व्यंग्य प्रधान कहानियाँ *सफ़ेद कौआ*, *नम्बग्रीव*, *नवाब ननकू* जैसी कहानियाँ तो दो-तीन सिटिंग में दो-तीन दिन में ही लिखी गईं।

उपन्यास, कहानी और नाटकों के लिए उनके पास चरित्रों की कमी न थी। *वैशाली की नगरवधू* में तेज, दर्प, सौन्दर्य, और संस्कृत आम्रपाली की अवतारणा उन्होंने जिन्ना की पत्नी के मॉडल पर की है। जिन्ना की पत्नी बम्बई में 1929 में देखी थी, *नगरवधू* की रचना 1947 में हुई। *दुखवा में कासे कहूँ* कहानी की सलीमा बेगम का चित्र राजमहलों, श्रीमन्तों के महलों में देखी गई अनेक सौन्दर्यमयी किशोरियों में श्रेष्ठ इराक राजकुमारी का है। वह मकड़ी के जाले के समान परिधान में एक प्रकार से नंगी, उस कक्ष में दीख रही थी और उसके अंग पर लाखों रुपयों के जवाहरात थे। अंगूर के बराबर बड़े मोती उसके कण्ठ में लटक रहे थे। उसके सारे ही अंग-विलास सलीमा बेगम के रूप में उपस्थित हैं। *दे ख़ुदा की राह पर* की कहानी जामा-मस्जिद से गुज़रते हुए एक वृद्ध फकीर और पास बैठी एक भोली बालिका को देखकर लिखी गई। उनकी कल्पनाशक्ति गजब की और बहुत ऊँची थी। चिकित्सा व्यवसाय के कारण अनगिनत नारी प्रतिमाएँ उनकी दृष्टि से गुज़रीं, इसलिए उनके कथानकों में विशिष्टता की कमी नहीं है। चोर, डाकू, नम्बरी, दुर्जन भी उनकी दृष्टि में आए। इतिहास पढ़ना, इतिहास के भित्ति चित्रों को देखना, ऐतिहासिक स्थानों का भ्रमण, उनसे संबद्ध घटनाओं की जानकारी आदि बातों में उन्हें विशेष रूचि थी। पचपन वर्ष की आयु तक तो वे वर्ष में दो-तीन यात्राएँ सपत्नीक ऐसे स्थानों की कर आते थे। 1918-19 में अजमेर प्रवास में प्राचीन लिपि विशेषज्ञ और इतिहासज्ञ गौरीशंकर हीरानंद ओझा से उनकी गहरी मित्रता रही। ओझा जी घंटों उनके चिकित्सालय में बैठे उन्हें इतिहास और भाषा लिपि की बातें सुनाया करते थे। खूब बहस होती थी। बड़ी प्रतिभा के धनी खरवा नरेश भी उनके मित्रों में थे। अजमेर और बम्बई का प्रवास काल ज्ञान, गरिमा, अर्जन और ख्याति फैलने का समय रहा। लिखते समय उनकी कलम अबाध गति से चलती रहती, घर में रेडियो बजने का शोर, बच्चों का शोर-शराबा अन्य कोई शब्द बाधा से उनका ध्यान भंग नहीं होता था। कभी विशेष आवश्यकतावश कोई मुलाकाती आ बैठे, पर घर के किसी व्यक्ति को कुछ पूछना या परामर्श लेना पड़ जाए, तो वे तुरंत कलम रखकर उनके साथ बातों में लग

जाते थे। उनके जाने के बाद चाहे दस मिनट लगे हों या एक घंटा लगा हो, उनकी कलम फिर उसी प्रवाह और गति से कागज़ों को भरती रहती थी। अपना विषय और पूर्व में लिखा वे भूलते नहीं थे। न बाधा आने की झुंझलाहट उन्हें होती थी। *हिन्दी भाषा और साहित्य का इतिहास*, *भारतीय संस्कृति का इतिहास*, रसाणविध आदि विशाल ग्रन्थों के लिखने से प्रथम अलबत्ता उन्होंने आठ-दस दिन तक कुछ बड़े ग्रंथों का अवलोकन किया, परन्तु अधिकतर तो उनका पूर्व अध्ययन और पठन ही ग्रन्थ को पूर्ण करता गया। उनके विद्यार्थी जीवन की पुस्तकों में *सांख्य दर्शन*, *वेद मीमांसा*, पाणिनी की *अष्टाध्यायी*, *धर्मशास्त्र*, *वर्णव्यवस्था* आदि उनकी प्रिय पुस्तकें रहीं। *नगरवधू*, *वयरक्षामः* के भाष्य लिखने, *संस्कृति का इतिहास* लिखने, *हिन्दी साहित्य का इतिहास* लिखने और *सोना और खून* लिखने में उन्हें वेदों के प्रमाणों के उद्धरण शुद्ध करने, इतिहास की घटनाओं का तारतम्य ठीक बैठाने के लिए दिल्ली, कलकत्ता, वाराणसी की लाइब्रेरियों में जाकर प्रामाणिक ग्रन्थ देखने और नोट्स तैयार करने पड़े। *नगरवधू* उपन्यास की कथावस्तु में अनेक बौद्ध ग्रन्थों की प्रामाणिकता की जाँच की। अपनी रचना को वे अपनी सन्तान के समान प्यार करते थे और उसी भाँति उसे योग्य तथा अप्रतिम बनाने का उनका प्रयास होता था। जो कुछ वे लिखते अधिकारपूर्वक उसका समर्थन करने की भी क्षमता उनमें रहती थी। वह अजेय साहित्यकार थे। लिखने में कभी घबराए नहीं, थके नहीं, खाली बैठे नहीं।

एक बार प्रातः ही एक स्थानीय प्रकाशक तीन पांडुलिपियाँ लेकर आए। एक नाटक, एक उपन्यास, एक एकांकी संग्रह। तीनों को दिखाकर कहने लगे– ''इन्हें संशोधित परिवर्धित करके आज ही दीजिए। बहुत आवश्यक हैं – सबमिशन की तारीख में अधिक समय नहीं है। छपानी भी हैं।'' आचार्य जी उस सामग्री को देखकर चिन्तित हुए। बोले– ''दूसरों की लिखी चीज़ संशोधन करना मेरा काम नहीं। जिन्होंने इन्हें लिखा है, उन्हीं के पास जाइए।'' प्रकाशक ने अपनी दिक्कत बताई कि यदि वे वैसा कर सकते तो फिर आपको कष्ट क्यों दिया जाता। उन्होंने ही मुझे आपके पास आने की बात सुझाई है। बहुत बात हुई। सवेरे उठते ही यह झंझट आ गया, परन्तु

प्रकाशक ख़ुशमिजाज और वाकपटु थे। उन्होंने उन्हें राजी कर लिया। वे जल्दी से शेव करके नहा-धोकर पंद्रह-बीस मिनट में ही अपनी मेज पर जम गए। चाय-नाश्ता सब वहीं लिया, भोजन भी वहीं, मध्याह्न का आराम भी नहीं किया। प्रकाशक भी सत्याग्रह करके वहीं बैठे रहे, इधर-उधर हटे ही नहीं। चाय-नाश्ता भोजन में बहुत अनुरोध के बाद साथ दिया। ये बहुत चिन्तित थे, परन्तु ज्यों-ज्यों उनका काम निपटता जाता था, उनकी चिन्ता दूर होती जाती थी। अन्त में दिन छिपते-छिपते उनका सब काम पूरा हो गया। तीनों पांडुलिपियां निपट गई। भाषा ही नहीं, गाने तक भी संशोधित और बदलने पड़े। काम को पूरा देखकर प्रकाशक गद्‌गद् हो गए। उन्होंने कहा – ''एक और स्वीकृति दीजिए कि आपका नाम भी इनमें सह-लेखक के स्थान पर छाप दिया जाए।'' इस पर आचार्य जी नाराज़ हुए। उन्होंने कहा – ''मेरी यह रचना नहीं, रचना जिसकी है, वही नाम का अधिकारी है। मैंने संशोधन कर दिया, परन्तु मैं संशोधनकर्ता रूप में भी अपना नाम छापने की अनुमति नहीं दूँगा। लेखक का अधिकार आप कम मत कीजिए।'' चलते समय प्रकाशक ने एक हज़ार के नोट उन्हें भेंट किए, परन्तु आचार्य जी ने पाँच सौ ही रखकर कहा – ''बस मेरी दिन भर की मजदूरी इतनी काफी है।'' परन्तु प्रकाशक भी लाजबाव थे। उन्होंने पाँच सौ रुपए वापिस करते हुए कहा – ''पर मेरी पुष्पांजलि आप अस्वीकार करेंगे तो मुझे दुख होगा। आपका परिश्रम मैंने देख लिया। पन्द्रह दिन का काम आपने एक दिन में किया। आपकी गति और प्रतिभा मैंने आज प्रत्यक्ष देख ली।''

जब तक चिकित्सालय रहा, तब तक वहाँ से लौटकर सारा समय लेखन में व्यतीत होता था, परन्तु जबसे चिकित्सा व्यवसाय समाप्त किया (1941 से) सारा समय ही लिखने में लगता रहा। कभी उपन्यास, कभी धर्म, कभी राजनीति, कभी समाज, कभी स्वास्थ्य, कभी बाल साहित्य, कुछ न कुछ चलता ही रहता था। पांडुलिपि लिख कर तैयार हुई और प्रकाशक ने झट पकड़ी। कोई गांडुलिपि प्रकाशक ने न भी पकड़ी तो अलमारी में रख दी गई, परन्तु तीन-चार महीने से अधिक वह रूकती न थी। कोई न कोई प्रकाशक ले ही लेते थे। बहुत-सी रचनाएँ अधूरी भी पड़ी

रहतीं, उनके पूरी होने की बारी नहीं आती थी। परन्तु उनकी रचना छपे या न छपे, उसका उनके लेखन क्रम पर प्रभाव नहीं पड़ता था।

उनका दैनिक क्रम बंधा हुआ था। प्रातः 7 बजे चाय और नाश्ता। नाश्ते में मक्खन, ब्रेड, हलुआ या एक नमकीन पराठा। समाचार पत्र पढ़ना। चाय-पान के बाद मेज पर लिखने बैठ जाना, 12 बजे तक लिखना। 12 बजे उठकर शेव करना, स्नान करना, भोजन करना। शेव और स्नान दस मिनट में हो जाते थे। भोजन में दाल, फुलका, चावल, चटनी और एक सब्ज़ी। भोजन के बाद एक घंटे सोना। डाक पढ़ना, लिखना। 2 बजे से फिर मेज़ पर। 5-6 बजे तक लेखन। वही अपराह्न की चाय पीना, एक-दो फल, कुछ हल्का नाश्ता। 6 बजे से 7 बजे तक मित्रों-मुलाकातियों की गोष्ठी। 7 से 9 बजे तक लेखन-भोजन। 9 से 11 बजे सोने चले जाना। मध्य रात्रि के बाद, 2-3 बजे उठकर प्रातः सात बजे तक लेखन कार्य। शयन के समय एक घंटा मेरा अपना समय था, जिसमें मैं उनके साथ हँसती-बोलती थी, बातें या सलाह करती थी। नींद आ जाती और वे सोने न देते, चुटकुले सुनाकर मुझे खूब हँसाते, स्वयं भी खूब हँसते। हँसते-हँसते ही हम नींद की गोद में समा जाते थे।

शारीरिक श्रम वे नहीं कर सकते थे। मानसिक श्रम से कभी थकते नहीं थे। गौर वर्ण स्वस्थ और कोमल शरीर उन्हें प्रकृति ने दिया था। वे दिखने में सौम्य, सुन्दर, गम्भीर और प्रभावशाली व्यक्तित्व के पुरुष थे। वाणी में ओज और सरस्वती का प्रवाह था। शिशु की भाँति सरल और निश्चल स्वभाव था। राजसी ठाठ से सुरुचिपूर्ण वेश विन्यास में रहना, आधुनिकता की प्रतिध्वनि को आशा और उन्नत भविष्य से देखना उन्हें प्रिय था। सत्तर वर्ष की आयु के समीप पहुँच कर मृत्यु का आँचल पकड़कर भी चार दिन पूर्व तक उनकी कलम चलती रही। वह कलम अब मेरे पास धरोहर है।

श्रीमती कमलकिशोरी चतुरसेन,

(आचार्य चतुरसेन की पत्नी)

ज्ञानधाम, शाहदरा, दिल्ली-32

भाग - I

चुनिंदा संस्मरणः आचार्य चतुरसेन

. . . जब भगत सिंह ने बम फेंका

– आचार्य चतुरसेन

एक दिन मैं भोजन पर बैठा ही था कि बलवन्त सिंह ने झपटते हुए आकर कहा – 'झटपट तैयार हो जाइए, टैक्सी लाया हूँ।'

वही, लाल अंगारा मुँह, दूज के चन्द्रमा के समान पतली और बाँकी मूछें, मूछों के नीचे वैसे ही बाँकी मुस्कुराहट, सिर पर अंग्रेज़ी हैट, टर्न-कालर की शर्ट और निक्कर, छोटी और तेज़ आँखें।

मैंने हँसकर कहा – 'एकदम अर्जेण्ट ऑर्डर?'

'जी हाँ, परन्तु समय नहीं है। आप जल्दी कीजिए, और माताजी?' उसने मेरी पत्नी की ओर देखकर कुछ होंठों ही होंठों में कहा।

'परन्तु कहाँ?' मैंने प्रश्न किया।

'एसेम्बली में। मैंने कल कहा था न कि आज वहाँ ख़ास दिन है, स्पीकर पटेल इस्तीफा देंगे। स्वराज्य पार्टी वाक़आउट करेगी। और भी न जाने क्या हो जाए।' उसके स्वर में तेज़ी थी, आँखें न जाने क्या संदेश दे रही थीं और उसके पैर जैसे तपते तवे पर थे।

मैंने कहा – 'आज जाना नहीं हो सकेगा। बलवन्त, मुझे एक बहुत ही ज़रूरी काम है। फिर कभी।'

'फिर कभी नहीं, आज ही।' उसने झुंझलाकर कहा। फिर पत्नी की ओर देख कर कहा – 'आप बहुत देर लगाएँगी, जरा जल्दी कीजिए, दस बज ही रहे हैं, पहुँचने में दस-पंद्रह मिनट लग जाएँगे।'

पत्नी ने मेरी ओर देखा। गाहे-बगाहे यह युवक बलवन्त मेरे पास आ जाता

है। विचित्र आदमी है। कभी बच्चों की तरह बेसिर-पैर की बातें करता है, कभी खूब गंभीर हो जाता है, और कभी गुस्से में आता है, तो छोटे-बड़े किसी को नहीं बख़्शता। मैं उसे प्यार करता हूँ। चाहता हूँ जब आए, उसे दुलार करूँ, कुछ खिलाऊँ-पिलाऊँ। पर बहुत कम ऐसा कर पाता हूँ। एक तो वह कब आएगा, और कब चल खड़ा होगा, इसका ठीक-ठिकाना ही नहीं, दूसरे शिष्टाचार की भी उसे परवाह नहीं, और खाने-पहनने का तो कभी शौक ही नहीं। मुँहफट ऐसा कि कभी-कभी ही फटकार बैठता है। लेकिन मुझसे बातें ऐसे करता है, जैसे सगे पिता से। ''बाबूजी'' कहकर सम्बोधन करता है – गुस्से में भी और ख़ुश रहने पर भी। कभी-कभी जब तक चाय-पानी मँगाऊँ, बात करते-करते भाग खड़ा होता है। बिल्कुल सनकी। पर आज कमीज़-निक्कर नई है। हैट छज्जेदार बड़ी बाँकी है। कमीज के खुले गले से पुष्ट गर्दन खूब भली लग रही है। लाल सुर्ख स्वस्थ चेहरे पर खूब लाल पतले होंठ रंग दिखा रहे हैं। अभी उम्र ही क्या है? शायद चौबीस को पार कर रहा हो। अपना अता-पता कभी बताता नहीं। *वीर अर्जुन* अख़बार के सम्पादकीय विभाग में अनुवादक है। मेरे पास सिर्फ दो कारण से आता है, संकोच और झिझक से रहित। एकदम दो टूक। फटकारता है, मुझे कायर कहकर। 'इतने बड़े साहित्यिक होकर आप कुछ नहीं करते,' यही उसका कहना है। रुपए माँगता है, तो कहता है, 'कुछ रुपए दीजिए बाबूजी!'

मैं हुज्जत नहीं करता। होता है तो दे देता हूँ, नहीं तो पत्नी के पास भेज देता हूँ। पत्नी कभी छूटे हाथ नहीं लौटाती। रुपया हाथ में न हो, तो भी नहीं। कहीं से बन्दोबस्त कर देती है। हम लोग उससे यह नहीं पूछते – 'रुपया का करोगे क्या?' रुपया वह कभी वापस देता भी नहीं। वापस करने की चर्चा कभी करता भी नहीं।

उसने गुस्से में कहा – 'सारा वक्त आप यहाँ बर्बाद कर देंगे, बाबूजी!'

मैंने कहा – 'मगर पास कहाँ है?'

'ये हैं,' उसने जेब से निकालकर दिखा दिए।

मैंने कहा – 'देखूँ?'

'देख लीजिएगा रास्ते में, अब आप हाथ धोइए।'

'क्या खाना भी नहीं खाऊँ?'

'अब लौटकर खाइएगा। कुल एक घन्टा ही तो लगेगा।'

मैंने और हुज्जत नहीं की। उठ खड़ा हुआ। पत्नी बिना खाए तैयार हो गई। चन्द्रसेन भी हमारे साथ था। हम लोग जब एसेम्बली भवन में घुस रहे थे, तब 10 बजकर पंद्रह मिनट हो चुके थे।

एसेम्बली भवन में आज बेशुमार भीड़ थी। दर्शक-गैलरी में तिल धरने को जगह न थी। मुझे दर्शकों की गैलरी के द्वार पर छोड़कर बलवन्त न जाने कहाँ गायब हो गया था। पत्नी को लेडीज़-गैलरी में बैठाकर मैं अपने बैठने की जुगत सोच रहा था। बैठने को जगह नहीं मिल रही थी। बहुत लोग मेरी ही भाँति खड़े या इधर-उधर भटक रहे थे। मैं बीच-बीच में लोगों के कन्धों पर से उचककर वक्ता के भाषण के एकाध शब्द सुन लेता था। उस दिन ''पब्लिक सेफ्टी बिल'' पर बहस हो रही थी, बहस खूब गर्मागर्म थी। पर मुझे कुछ आनन्द नहीं आ रहा था, आराम से बैठने का डौल ही नहीं लग रहा था। मैं भीड़ से उचककर आगे देखने लगा। मोतीलाल नेहरू अपने स्थान से उठकर किसी दूसरे सदस्य के पास जा उसके कान में फुसफुसा रहे थे। उधर ही मेरा ध्यान था। एक हल्का-सा धक्का खाकर पीछे देखा – रानी मण्डी खड़ी थीं। मैं मुँह खोलकर उनसे कुछ कहना ही चाह रहा था कि एक दुबले-पतले साँवले युवक पर हठात् मेरी नज़र पड़ गई। मैं सोचने लगा, इसे कहीं देखा है। उसने मेरी तरफ देखा। मुझे मालूम हुआ, मुझे देखकर उसके होंठ कुछ हिले, पर दूसरे ही क्षण वह आँखों से ओझल हो गया। थोड़ी देर सोचने के बाद याद आया, इस व्यक्ति ने भी चाँद के फाँसी अंक के लिए राजनीतिक फाँसी प्राप्त बन्दियों का बहुत-सा दुष्प्राप्य मसाला दिया था। परन्तु यह भाग क्यों गया? बात क्यों न की? मैं तेज़ी से उसकी ओर लपका, जिस ओर वह गया था – पर उसका पता नहीं चला।

मैं इधर-उधर नज़र दौड़ा ही रहा था कि सहसा तीर की भाँति तेज़ी से चलता हुआ बलवन्त उधर से गुज़रा। वह एक प्रकार से मुझे धक्का देता हुआ-सा निकल

गया। मैंने उसे पुकारा और एक कदम उसके पीछे लपका, परन्तु उसने इस पर ध्यान नहीं दिया। कुछ देर बाद देखा – थोड़े ही अंतर पर वह उसी साँवले युवक से धीरे-धीरे कुछ बात कर रहा है। मैं तेज़ी से – कहना चाहिए दौड़कर उसके पास पहुँच गया, परन्तु मुझे उधर आता देख वे दोनों ही भिन्न दिशाओं की ओर जाकर एकदम भीड़ में गायब हो गए।

मैं इस अद्भुत मामले में चमत्कृत-सा खड़ा कुछ सोच ही रहा था कि घंटी बजी। सब लोग आगे बढ़कर कार्यवाही देखने लगे। बहस ख़त्म हो चली थी और सदस्य-गण थियेटर के पात्रों की भाँति इधर से उधर वोट देने को उठ रहे थे। मनोरंजक दृश्य था। सब लोग ध्यान से देख रहे थे। मैं भी और सब बात भूलकर वही देखने लगा।

मैं लेडीज़-गैलरी के निकट ही खड़ा था। स्पीकर पटेल ने स्थिर गंभीर स्वर में बिल पर अपना निर्णय दिया, और एक क्षण रुके। बगल के सज्जन बोले – 'तो, स्पीकर अब इस्तीफा भी देंगे।' मेरा ध्यान स्पीकर की हिलती हुई दाढ़ी पर था। एकाएक भयानक धमाके से भवन हिल गया। और कोई दो गज विद्युत-प्रकाश ठीक उसी स्थान पर चमका, जहाँ सरकारी सदस्य बैठे थे। साथ ही ऊपर से खिड़कियों के काँच के टुकड़ों और धुएँ की एक बौछार हम पर बरस गई।

क्षण-भर के लिए मैं विमूढ़ हो गया। किसी ने कहा – 'बम-बम!' परमाणु और कांच के टुकड़ों की वर्षा हमारे ऊपर हो रही थी। भवन धुएँ से भर गया। चारों ओर भगदड़ मच गई थी। सार्जेण्ट सबसे पहले उड़नछू हो गए थे। लेडीज़ गैलरी में अंग्रेज़ स्त्रियाँ चीख रही थीं। एक बुढ़िया मेम अपने ही साये में उलझकर छाता हाथ में लिए औंधे मुँह गिर गई थी, शेष स्त्रियाँ उसे कुचलती हुई बदहवास भाग रही थीं।

अंग्रेज़ स्त्रियों को निरीह भारतीय स्त्रियों की भाँति रोते देखने का यह मेरे लिए पहला ही अवसर था। विचित्र दृश्य था। मैंने पत्नी का हाथ पकड़ा और एक प्रकार से उन्हें घसीटता हुआ सीढ़ियों तक ले गया। मेरा ख़्याल था। यह बिल्डिंग ही ढह रही है। परन्तु कई क्षण बीतने पर भी बिल्डिंग ढही नहीं। ज़ीने पर मैं खड़ा हो गया। मैंने सोचा – 'जीवन में फिर यह कब देखने को मिलेगा।' पत्नी और चन्द्रसेन को वहीं

खड़े रहने का संकेत कर मैं भीतर को लपका। लोग भागे आ रहे थे, और मैं भीतर जा रहा था। मैं सीधा घटनास्थल की ओर दौड़ा। तभी और एक धमाका हुआ। धुएँ और अन्धकार में कुछ भी नहीं दीख रहा था। इसी समय, जहाँ मैं था, वहाँ से चार-पाँच गज़ के फासले पर अचल खड़ा बलवन्त और उसके साथी दनादन गोलियाँ चला रहे थे। मेरे बदन का ख़ून जम गया। मैंने चाहा कि मैं उन्हें पुकारूँ या उनके निकट पहुँच जाऊँ। इसी क्षण बलवन्त ने गरजकर कहा – 'लांग लिव रेवोल्यूशन!' और बहुत-से पर्चे निकालकर हवा में उछाल दिए। उनके साथी ने भी यही किया।

धुँआ कम हो रहा था। नीचे झाँककर देखा – सन्नाटा था। केवल दो व्यक्ति वहाँ बैठे थे। एक श्री क्रेरार, सरकार के गृहमन्त्री और दूसरे पं. मोतीलाल नेहरू। कुछ व्यक्ति, जो श्री क्रेरार के स्थान पर आक्रान्त हुए थे, पड़े कराह रहे थे। ऊपर दोनों ही युवक अचल खड़े थे। कुछ समय तक पुलिस को इन दोनों युवकों के पास जाने का साहस नहीं हुआ। अन्त में पुलिस की दुविधा समझ उन्होंने अपने-अपने रिवाल्वर फेंक दिए और अफसरों को पास आने का इशारा किया।

बरामदे में शस्त्रों की खड़क और भारी-भारी बूटों की धमक सुनाई दी। दोनों ही कंठों ने नारा बुलन्द दिया, 'लांग लिव रेवोल्यूशन!' और इसी समय किसी ने चीखकर कहा – 'पकड़ो इन्हें!'

गोरे सार्जेण्ट संगीनें ले-लेकर दौड़ते दिखाई दिए। मैंने भीड़ में घुसकर देखा, दोनों युवकों को दो-दो सार्जेण्टों ने भुजपाश में पीछे से कस रखा है। दोनों युवकों की छाती उभरी हुई थी और उनके होंठों पर हास्य कर रेखाएँ भारतीय क्रान्ति के इतिहास का नया अध्याय लिख रही थी। लोग भाँति-भाँति की बातें कर रहे थे। मैं अचल खड़ा उन दोनों युवकों को देख रहा था, जिनका असली भेद वर्षों के सम्पर्क से भी मैं न जान पाया था। मैं वहाँ से हटकर पत्नी के पास आ खड़ा हुआ। जब दोनों पास से गुज़रे – बलवन्त की आँखों ने एक चोर नज़र से हमारी ओर देखा। उनकी आँखें हँस रही थीं। पत्नी की आँखों में आँसू भर आए, जिन्हें उन चोर नज़रों ने देख लिया। उन्होंने मुँह फेरा, सीना ताना और क्रांति-पथ का जैसे शिलान्यास करते हुए पुलिस

के घेरे में आगे बढ़ गए। मुझे ऐसा प्रतीत हुआ, भूचाल आया है, विश्व जल रहा है, प्रलय भूलोक को निगलने की तैयारी में है।

देखते-ही-देखते असेम्बली भवन गोरी-काली पुलिस से भर गया। उसके सब द्वार बन्द कर दिए गए और एक प्रकार से भीतर के सभी लोग कैद हो गए। मैंने धीरे-धीरे भवन का चक्कर लगाया। चाह रहा था, कोई परिचित पुरुष मिल जाए तो बात करूँ, बाहर जाने की राह निकालूँ। पत्नी बहुत परेशान थीं। अब बलवन्त का क्या होगा? क्या कुछ ले-देकर मामला साफ नहीं किया जा सकता? यह इन्होंने क्या किया? क्यों किया? बम होता क्या है? वह नहीं जानती थीं कि क्रान्तिकारी कैसे जीव होते हैं; उनके क्रिया-कलाप की भावना और उद्देश्य क्या हैं? और यह तो मैं भी नहीं समझ पाया था कि यह युवक, जो सदैव अस्थिर और अस्त-व्यस्त मेरे पास आता रहा है, क्रान्तिकारी दल का अग्रदूत है। सच पूछा जाए तो क्रान्तिकारी मामलों पर मैंने कभी गहराई से विचार ही नहीं किया था, यद्यपि चाँद के *फाँसी अंक* में मैंने उसकी बहुत ऊहापोह की थी।

परन्तु अब मुझे यहाँ भारतीय क्रान्ति के सम्बन्ध में दो शब्द लिखना उचित प्रतीत होता है। ईस्वी सन् 1916 भारतीय क्रान्तिकारियों के नवयुग का प्रभातकाल था। इसी वर्ष लार्ड चेम्सफोर्ड भारत के वायसराय होकर आए थे और तब से 1921 तक उनका शासनकाल रहा। उनके इस पंचवर्षीय शासनकाल में बड़े-बड़े महत्वपूर्ण कार्य हुए। माण्टेग्यू चेम्सफोर्ड रिफार्म्स बिल पास हुआ, जिसके फलस्वरूप भारत की शासन प्रणाली में रद्दोबदल हुए। लेजिस्लेटिव कौन्सिल के स्थान पर कौन्सिल ऑफ स्टेट और लेजिस्लेटिव एसेम्बली दो विभिन्न चेम्बर्स स्थापित हुए। प्रत्येक प्रान्त की व्यवस्थापिका सभाएँ बनीं और उनमें 70 प्रतिशत लोक-गवर्नर बनाए गए और इस प्रकार डायर की (द्वैत शासन) व्यवस्था स्थापित हुई। परन्तु शीघ्र ही इस प्रणाली के दोषों को देखकर देश में असन्तोष उत्पन्न होने लगा, जिसके कारणों की जाँच के लिए साइमन कमीशन की नियुक्ति हुई। परन्तु इस कमीशन में एक भी लोक-निर्वाचित सदस्य न था। इसलिए भारत ने इस कमीशन का तीव्र बहिष्कार किया। लाहौर में जब

यह कमीशन पहुँचा, तो वहाँ की जनता ने सिंह-विक्रम लाला लाजपतराय के नेतृत्व में कमीशन का काले झंडों से तिरस्कार किया। फलस्वरूप सरकार से संघर्ष हुआ और सिंह-विक्रम लाजपतराय पुलिस की लाठी की चोट से आहत होकर स्वर्गगत हुए। परन्तु मरने से प्रथम वे कह गए कि मेरी छाती पर पड़ी हुई एक-एक चोट ब्रिटिश साम्राज्य के कफन की कील होगी।

सिंह-विक्रम लाजपतराय की इस मृत्यु से देश-भर क्रोध से जल उठा और प्रति-हिंसा की एक ऐसी प्रबल भावना जाग्रत हो गई कि जिसने सरकार को चिन्तित कर दिया। देश का यौवन हुंकार करने लगा और उसने क्रांतिकारी दल का संगठन किया। 17 नवम्बर, 1928 को लाला लाजपतराय का देहान्त हुआ। उसके ठीक एक मास बाद सत्रह ही दिसम्बर को संध्या के कोई पौने पाँच बजे, दिन दहाड़े, लाहौर के पुलिस अफसर साण्डर्स को इन तरुण क्रान्तिदूतों ने गोलियों से ढेर कर दिया। यह उन लाठियों का पुरस्कार था, जो देश-पूज्य लाजपतराय की छाती पर घातक रूप से पड़ी थीं।

पुलिस के दल के दल अपराधियों की खोज में देश-भर में धूम मचाने लगे, परन्तु अपराधियों का कोई भी सुराग न लगा। बहुत-से अपराधियों को जेल और पुलिस की यंत्रणा अवश्य सहनी पड़ी। इसके चार मास बाद 8 अप्रैल को भारत को जगाने और अंग्रेज़ों के बहरे कानों में चेतना उत्पन्न करने के लिए असेम्बली में यह कांड हुआ।

सैकड़ों गोरे और काले पुलिस के कर्मचारी भारी-भारी कदमों से भवन को दहलाते हुए तेज़ी से इधर से उधर घूम रहे थे। मेरी ही भाँति और भी अनेक दर्शक वहाँ बन्द हो गए थे। एक मजिस्ट्रेट द्वार पर एक-एक की छानबीन करता जाता था, और एक-एक को छोड़ता जाता था। संदेहास्पद जनों को रोकता भी जाता था। भीड़ बहुत थी और हम एक बार अपने उस प्रिय युवक को देखने को आतुर थे। संभवतः कोई सहायता पहुँचा सकें। भाँति-भाँति के लोग भाँति-भाँति की बातें कर रहे थे, और यह तो हम समझ ही गए थे कि आधा पागल और जिद्दी-सा वह सुन्दर युवक एक

जबर्दस्त क्रान्तिकारी था। उनके प्रति स्नेह के स्थान पर श्रद्धा और आश्चर्य के भाव मेरे मन में भर रहे थे।

तीन घंटे व्यतीत हो गए। अब पुलिस कर्मचारियों के मुँह पर चिंता और घबराहट के चिह्न न थे। साहब लोगों के चाय-पानी का समय हो गया था। बैरा लोग चाय, टोस्ट, अंडे ट्रे में सजाए तत्परता से इधर से उधर ले जा रहे थे। उन्हें देखकर पत्नी ने धीरे से कहा – 'ये हत्यारे क्या उन्हें भी कुछ खिलाएँगे-पिलाएँगे?' मैं जवाब नहीं दे पाया था। मैंने सोचा – ''उन्हें अब खाना, पीना, सोना, हँसना कहाँ नसीब!'' कुछ पुलिस के अफसर तेज़ी से आते नज़र आए। उनमें कुछ हँसकर बातें कर रहे थे। उनमें यूरोपियन भी थे। थानेदार लोग आसपास में खड़े लोगों को संकेत से बगल में हटाते जाते थे। अकस्मात् हमने देखा – वे दोनों युवक हथकड़ियों में जकड़े हुए सामने से चले आ रहे हैं। वही धज, ऐंठ की चाल, वही निर्भीक दृष्टि वही तिरछी मुस्कुराहट। मेरी जेब में एक संतरा पड़ा था, ज्योंही वे मेरे पास से गुजरे – मैंने चाहा, यह संतरा, मैं उस प्यारे युवक को भेंट कर दूँ। परन्तु मैं साहस न कर सका, वह चला गया। हमारी ओर उसने आँखें तिरछी करके भी नहीं देखा।

अब हमने बाहर जाने की सोची। मैं पत्नी को आगे करके द्वार पर आया, भीड़ अब भी बहुत थी। बारी आने पर मैंने अपना पास मजिस्ट्रेट के आगे बढ़ाया। ख़ुदा की मार, उस पर मेरे नाम के आगे प्रोफेसर लिखा था। उन दिनों मैं ख़ामख़ाह अपने को प्रोफेसर लिखा करता था। मजिस्ट्रेट ने पूछा – 'आप कहाँ के प्रोफेसर हैं?'

'अब तो नहीं, परन्तु कुछ वर्ष पूर्व लाहौर डीएवी कॉलेज में प्रोफेसर था।' डीएवी कॉलेज का नाम सुनते ही उसने आँखें फाड़-फाड़कर मेरी तरफ देखा। फिर कहा – 'अच्छा, अच्छा, ज़रा ठहरिए, मैं आपसे कुछ प्रश्न करूँगा। परन्तु श्रीमतीजी जा सकती हैं।'

मैंने मुस्कुराकर कहा – 'खेद है, हम लोगों ने विवाह के समय सुख-दुख में साथ रहने का वचन दिया है। वे मुझे अकेला छोड़कर शायद न जा सकेंगी।'

मजिस्ट्रेट ने मुस्कुराकर हमें देखा, हम लोग हटकर एक बगल में खड़े हो गए।

लेकिन चन्द्रसेन के पास में भयंकर बाधा आ खड़ी हो गई। उसके नाम का पास तो बनवाया गया नहीं था। वह हमारे साथ-साथ जब एसेम्बली भवन के द्वार पर पहुँचा तो *हिन्दुस्तान टाइम्स* के रिपोर्टर चमनलाल उसे दीख पड़े। उसने लपककर उनसे कहा कि एक पास दिलवाइए। चमनलाल के हाथ में ईसाई मित्र के नाम का पास था, जिसे वे देने के लिए ढूँढ़ रहे थे। पर वह मिल नहीं रहा था। एसेम्बली की कार्यवाही शुरू होने का समय हो चुका था। उन्होंने अपने उस मित्र की आशा छोड़ दी, और वह पास चन्द्रसेन को दे दिया। मजिस्ट्रेट ने जब नाम पूछा तो चन्द्रसेन ने अपना सही नाम ही बताया और यह भी कह दिया कि मैं शास्त्रीजी का छोटा भाई हूँ। अब फ़र्ज़ी नाम का पास बनवाने के अपराध में उसे संदेहास्पद लोगों के घेरे में रखने की आज्ञा मजिस्ट्रेट ने गोरे सार्जेंट को दी। पत्नी इससे और घबरा गईं, परन्तु मैंने उन्हें शांति और धैर्य रखने का संकेत किया। मैं चुपचाप चन्द्रसेन को बचाने का उपाय सोच रहा था।

थोड़ी देर बाद मजिस्ट्रेट मेरे पास आया, कुछ प्रश्न किए, पता लिखा, और मुझे चले जाने की अनुमति दे दी। मैंने मजिस्ट्रेट से चन्द्रसेन के पास-प्राप्ति की असली हकीकत बयान कर दी। चमनलाल पास ही घूम रहे थे। उन्हें बुलाकर अपनी बात का समर्थन भी करा दिया। मेरे और चमनलाल के कथन पर विश्वास करके चन्द्रसेन को छोड़ दिया। इस आधे घंटे के काल में पत्नी का चेहरा पीला पड़ गया था। चन्द्रसेन का हाथ पकड़कर ही उनकी साँस आई। एसेम्बली भवन से बाहर आकर भी हम लोग गए नहीं। भवन का एक चक्कर लगाया। बहुत लोगों से बहुत-सी बातें पूछीं। परन्तु मैं स्वयं ही भारी-भारी जिज्ञासाओं से भरा हुआ था। अन्ततः मैं द्वार के सामने भीड़ के साथ आ खड़ा हुआ। लोग इस बात से बड़े निराश हो रहे थे कि बम से न कोई मरा, न यह भवन ही ढहकर ढेर हुआ। थोड़ी देर बाद एक लारी आ खड़ी हुई। लारी खुली थी। उस पर आठ कांस्टेबल सशस्त्र चढ़ गए। इसके बाद दोनों अभियुक्त गोरे सार्जेण्टों के पहरे में हथकड़ियों से जकड़ कर बन्दी बनाकर लाए गए। दोनों लारी पर खड़े हो गए। साथ में आ रहे थे श्री चमनलाल – प्रेस रिपोर्टर। युवकों ने एक बार 'क्रान्ति चिरंजीवी हो!' के नारे लगाए, लारी चल दी।

ठीक उसी समय *प्यूपिल* दैनिक के कार्यालय के सदर दरवाज़े पर एक पहलवान जैसे भारी-भरकम व्यक्ति ने, जो साधारण मज़दूरों जैसे कपड़े पहने था, एक बड़ा-सा लिफाफा चपरासी को दिया। लिफाफा सम्पादक के नाम था। सम्पादक ने जब उसे खोला तो उसमें एक फोटो और अंग्रेज़ी में टाइप किए कुछ पेज उनके हाथों में खेल गए। सम्पादक के हाथ काँपने लगे। उनके संकेत से धड़धड़ाती मशीनें बन्द हो गईं। प्रेस के दरवाज़े बन्द कर दिए गए – पर्चे कम्पोज़ होने लगे। यह चित्र और चरित्र प्रसिद्ध क्रान्तिकारी सरदार भगत सिंह का था, जिसने आज अंग्रेज़ी सरकार को इस प्रकार सलामी दी थी। रातोंरात पत्र छपकर प्रभात से पहले ही उस तेजस्वी युवक का चरित्र और चित्र घर-घर पहुँच गया। और भगत सिंह का नाम एक बार विश्व की राजनीति में गूँज उठा। उस दिन के साम्यवादी जवाहरलाल नेहरू, प्रजातन्त्री मोतीलाल और अहिंसावादी गांधीजी ने इस कृत्य की निंदा की, परन्तु अभियुक्तों ने अत्यन्त नम्रतापूर्वक शांत रहकर पुलिस के सम्मुख अपराध की स्वीकृति दी। और कुछ कहने से इन्कार कर दिया। उन्होंने कहा – 'हमें जो कुछ कहना है, अदालत ही में कहेंगे।'

बड़ी ही धूमधाम और गर्म वातावरण में एक ट्रिब्यूनल के सम्मुख यह केस चला। इसका नाम हुआ 'लाहौर षड्यन्त्र केस' यह केवल एसेम्बली में बमकांड ही से सम्बन्धित नहीं था, सॉण्डर्स हत्या, बम बनाना, राजद्रोह आदि के संगीन जुर्म भी साथ थे। इकत्तीस व्यक्तियों को इस अपराध का संगी-साथी बनाया गया था, पर पकड़े गए थे केवल चौबीस ही।

अदालत के सम्मुख भगत सिंह के नेतृत्व में अभियुक्तों ने निम्नलिखित बयान दिया – 'हम लोग संगीन मुजरिमों की हैसियत से यहाँ उपस्थित हैं। हम मनुष्य-जीवन को पवित्र समझते हैं। हम न पागल हैं, न कलंकित हत्यारे। हम इतिहास के विद्यार्थी हैं, और अपने देश की हालत को ठीक-ठीक देख रहे हैं। हम मक्कारी और पाखंड से घृणा करते हैं। हमारा यह व्यावहारिक प्रदर्शन एक ऐसी संस्था के विरुद्ध था जो प्रारम्भ ही से अयोग्य और शैतान है। यह तानाशाही और गैर-ज़िम्मेदार संस्था दुनिया

के सामने भारत को बेबस और अपमानित स्थिति में बनाए हुए है। यह सरकार जनता के प्रतिनिधियों की राष्ट्रीय माँगों को सदा ठुकराती रही, एसेम्बली द्वारा स्वीकृत प्रस्तावों को दमनकारी और निरंकुश ढंग से नवाबाना हिकारत के साथ कलम के एक शीशे से रद्द करती रही है। बावजूद इस तमाम शानो-शौकत और तड़क-भड़क के, जो करोड़ों मेहनतकशों के बल पर कायम रखी जाती है, यह शैतानी सरकार एक ढोल की पोल है। यह संस्था सब कुछ हड़प जाने वालों की गलाघोंटू ताकत का स्मारक और असहाय मेहनतकशों की गुलामी का बर्बर कानून बनाए हैं, जिससे देश के करोड़ों भूखे जन अपनी हालत से उबरने के उपायों से वंचित कर दिए गए हैं। हम अपनी आत्मा के क्रन्दन को नहीं दबा सकते, इसलिए हमने अंग्रेज़ों को सुख-स्वप्नों से जगाने के लिए एसेम्बली फर्श पर बम फेंके हैं। जिससे हम अपनी हृदय को चीरने वाली वेदना को प्रकट करें और बहरों के कान खोल दें, और बेपरवाहों, अन्यमनस्कों को समय पर चेता दें। बाद में हमने जान-बूझकर आत्मसमर्पण किया है और हम अपने कृत्यों का फल भोगने में प्रसन्न हैं।'

देश-भर में इस मुकदमें की धूम मच गई। समाचार-पत्र ही नहीं, छोटे-बड़े प्रत्येक की ज़ुबान पर इन तरुण क्रान्तिकारियों का नाम छा गया। पकड़-धकड़ और तलाशियों का तो कहना ही क्या? देश में सर्वत्र आशंका व्याप्त हो गई।

एक दिन भोर के तड़के ही पुलिस के दल-ब-दल ने मेरा घर घेर लिया। दिल्ली और लाहौर के कोई दर्जन-भर पुलिस के उच्च्च अधिकारी और इससे तिगुने सशस्त्र सिपाही। इसके अतिरिक्त एक दर्जन घुड़सवार सिपाही। सब गली-कूचों के नाके, रास्ते, मकान के द्वार पुलिस ने अपने कब्ज़े में कर लिए। पत्नी की घबराहट का ठिकाना न था। पर मुझे तो मुस्कुराकर इन मेहमानों का स्वागत करना ही था। दल के नेता थे, लाहौर पुलिस के ठाठदार डिप्टी सुपरिंटेंडेंट ख़ानबहादुर। उनके साथ मेरी शतरंजी चालें प्रारम्भ हुईं। प्रारम्भ में मैं समझ गया था कि पुलिस के मेधावी जनों ने चाँद के *फाँसी अंक* से इन क्रांतिकारियों के सम्बन्ध की सम्भावना से ही यह धावा

किया है। यद्यपि मुझे उक्त अंक के लिए बीसवीं शताब्दी के राजनीतिक हुतात्माओं के सम्पूर्ण चित्र और चरित्र ही उन लोगों से प्राप्त हुए थे। परन्तु यह भी सत्य है कि मैं इन युवकों के सम्बन्ध में तथा उनके क्रांतिकारी कार्यों के सम्बन्ध में बहुत कम जानता था। इन लोगों द्वारा जो मैटर मुझे मिला था, उसके मैंने खण्ड-खण्ड कर डाले थे। एक-एक चरित्र को पृथक् करके उसके नीचे लेखक का कोई एक काल्पनिक नाम दे डाला था। इसके अतिरिक्त इस सम्बन्ध के कागज का एक पुर्ज़ा भी मैंने अपने घर में शेष नहीं छोड़ा था। एसेम्बली भवन से लौटते ही मैंने बड़ी तत्परता से सबसे पहले यही कार्य किया था। परन्तु मुझे यह नहीं मालूम था कि चाँद के मालिक ने उन्हें जो रुपए दिए थे, उसकी रसीदों के दस्तख़त पुलिस को दिखा दिए थे। ठाठदार खानबहादुर ने बड़े तपाक से बातचीत शुरू की। बड़ी मिठास से बोले – 'आपके आराम में खलल दिया, माफ कीजिए। मगर हम लोग भी अपने फर्ज़ से लाचार हैं। हम आपको ज़्यादा तकलीफ नहीं देंगे। चन्द मिनटों ही की बात है। महज़ कुछ बातें आपसे जाननी हैं।'

मैंने स्थिर शांत स्वर में कहा – 'कहिए?'

ख़ानबहादुर ने एक सब-इन्सपेक्टर को पास आने का संकेत किया और उसने चाँद का *फाँसी* अंक उनके सम्मुख रखा। उसके पन्ने उलटते हुए ख़ानबहादुर बोले – 'इन मज़ामोन के लेखकों को तो आप जानते ही होंगे?'

'कुछ को जानता हूँ' – मैंने संक्षेप में कहा।

उन्होंने एक-एक लेख का शीर्षक देखना शुरू किया। मैं संक्षिप्त उत्तर देता गया। अन्त में वह स्थल आया जहाँ *म्याऊँ का ठौर* था। बोले – 'ये लेख किसके हैं?'

'भिन्न-भिन्न लोगों के।'

'लेखकों के नाम यही हैं, जो लेख के नीचे छपे हैं?'

'जी नहीं, वे सब फर्ज़ी नाम हैं।'

ख़ानबहादुर की आँखें चमकने लगीं। बोले – 'फर्ज़ी?'

'जी हाँ।'

'ऐसा हम अक्सर करते हैं, कुछ लेखक अपना नाम ज़ाहिर करना नहीं चाहते, तो हम फर्ज़ी नाम लिख देते हैं।'

'लेकिन यह तो गैरकानूनी है।'

'हो सकता है, कानून तो मैं जानता नहीं।'

'लेकिन यह कहने ही से आप कानूनी ज़िम्मेदारी से बरी नहीं हो सकते।'

'शायद।'

'ख़ैर, तो आप इन मज़ामीन के असली लेखकों के नाम बताइए।'

'वह तो मैं नहीं जानता।'

'क्यों? क्या उन्होंने अपने नाम लिखे नहीं थे?'

'जी हाँ, लिखे थे। पर वे सब तो जला डाले गए।'

ख़ानबहादुर की वाणी धीरे-धीरे सख़्त होती जाती थी। बोले – 'जला भी डाले गए?'

'चूँकि मैं निकम्मा कबाड़ा अपने घर में नहीं रखता।'

कुछ देर वे अपना होंठ चबाते रहे। फिर बोले – 'आपको रेफरेन्स के लिए उन्हें रखना जरूरी था।'

'इस बात पर मैंने विचार नहीं किया।'

'फिर भी आपको कुछ नाम याद होंगे?'

'जी नहीं, मुझे कोई नाम याद नहीं।'

'तो आप नाम नहीं बताएँगें?'

'जो बात मैं जानता ही नहीं, वह कैसे बताई जा सकती है?'

'तो जनाब सुनिए। हमें सरकारी हिदायतें हैं कि आप यदि पुलिस की मदद नहीं करते, तो आपको भी केस में मुलज़िम मान लिया जाएगा।'

'सुनकर प्रसन्न हुआ। आपने किस तरीके पर मुलजिम जुटाए हैं, समझ गया।'

'लेकिन हम अपनी तरफ से आप पर सख़्ती करना नहीं चाहते। हम जानते हैं कि आप शरीफ़ आदमी हैं।'

'आपकी बड़ी कृपा है।'

'तो बताइए।'

'नाम तो बताए नहीं जा सकते।'

बहादुर ने तिरछी नज़र से मेरी ओर देखा, एक कुटिल मुस्कान उनके होंठों पर आई। फिर बोले – 'हज़रत, कुछ-कुछ हमें मालूम भी है।'

'यह तो बहुत अच्छा है।'

'तो जनाब, आप हमारे साथ शतरंज की चाल मत चलिए, सीधी बात कीजिए।'

'बात सीधी ही है, बाकी आप जैसा समझें।'

'तो इधर देखिए, यह क्या है।' उन्होंने इलाहाबाद के चाँद कार्यालय के बहीखाते में एक रकम पर हुए दस्तख़स्त मुझे दिखाए। फिर कहा – 'अब कहिए, आप क्या अब भी इन्कार करेंगे कि आप इस शख़्स को नहीं जानते?'

मेरे बदन से पसीना छूट गया, और मेरी आँखों में अंधेरा छा गया है। ''हे राम, क्या सहगलजी ने पुलिस को यह प्रमाण दे दिया? मैंने उन्हें एक ख़त लिखा था जिसमें ऐसे सब कागज नष्ट करने का संकेत था। वह ख़त भी यदि पुलिस के हाथ में है तो बस अब लदे।''

मैं चुपचाप सोचता रहा। परन्तु शीघ्र ही मैंने अपने को संयत कर लिया।

'अब आप क्या सोच रहे हैं?'

'यही कि ये दस्तख़त किसके हो सकते हैं।'

'क्या इस नाम के किसी आदमी को आप नहीं जानते?'

'जी नहीं।'

'अच्छी बात है, तो पहले तलाशी ली जाएगी, पीछे और बात।'

तलाशी शुरू हुई। प्रेस की, दवाखाने की, घर की, और घर से सम्बन्धित सब कमरों की। दिन-भर तलाशी होती रही। दोपहर हुई, शाम हुई। रात हो गई। सड़क पर घुड़सवार सिपाही घूम रहे थे। ठठ के ठठ लोग जुड़े थे। हमारा खाना-पीना, चूल्हा जलाना उस दिन नहीं हुआ। तलाशी में एक पुर्ज़ा भी मतलब का नहीं मिला। पर

पुलिस मेरे बहुत-से ज़रूरी और अधूरे लेख उठाकर ले गई। उन दिनों मैं दो हजार पृष्ठों का एक सांस्कृतिक और राजनैतिक महान ग्रंथ *तब अब क्यों और फिर* लिख रहा था। उसका बहुत-सा मैटर *बंगभंग* अंश उन दिनों मेरी मेज़ पर फैला था। चंद्रसेन से उसे पढ़वा-पढ़वाकर खानबहादुर *तब अब क्यों और फिर* की लगभग समूची पाण्डुलिपि उठाकर ले गए। बहुत थोड़ा अंश ही मैं उनसे बचा सका था। तलाशी लेने के बाद पुलिस मुझे कोतवाली ले चली, जहाँ बहुत-सी गीदड़ भभकियों के बाद रात के दस बजे मुझे घर आने की अनुमति दे दी गई। जान बची, लाखों पाए। परन्तु शंका का भूत मन में बैठा रहा। पता नहीं, यह ख़ूनी जमात अब कब किस बहाने से गला आ दबोचे। ख़ानबहादुर की वह धमकी और उसकी वे ख़ूनी आँखें रह-रहकर याद आ रही थीं। मेरा हृदय धड़क रहा था, पर हँस-हँसकर पत्नी का भय दूर कर रहा था।

एक दिन जब मैं अपने रोगियों में उलझ रहा था, पुलिस के एक छोटे-से दल ने फिर अपने शुभदर्शन दिए। ये लोग लाहौर से आए थे। इंस्पेक्टर ने शालीनता से कहा – 'आप इत्मीनान से काम से फारिग हो लें, हमें जल्दी नहीं है।' यह वाक्य सुनते ही मन में चोर बैठ गया। ''लो आए न ससुराल वाले विदा करवाने, अब तो डोला जाएगा – फिर जाएगा।'' झटपट काम निबटाकर, भीड़-भाड़ को विदा करके, मैंने इंस्पेक्टर के निकट आकर कहा – 'फरमाइए।'

इंस्पेक्टर भी शालीनता में कम न थे। शान से बोले – 'माफ कीजिए, आपको एक तकलीफ करनी होगी। एक ज़मानत का बन्दोबस्त कर दीजिए।'

'कैसी ज़मानत?'

'सिर्फ पाँच सौ रुपयों की। एक वारण्ट है, लाहौर कोर्ट का। आपको लाहौर चलना होगा।' उन्होंने कागज उलट-पलटकर वारण्ट सामने ला धरा।

'लेकिन वारण्ट है कैसा साहब?'

'ज़मानती है, मजिस्ट्रेट के इजलास में हाज़िर होने के लिए।'

'मैं कुछ समझा, कुछ नहीं।' दो पड़ोसियों को बुला ज़मानत की खानापूरी करा दी।

इंस्पेक्टर ने धीरे से कहा – 'आज ही रात की गाड़ी से, समझते हैं न आप? गाड़ी साढ़े आठ पर छूटती है।'

'लेकिन . . .' मैंने इंस्पेक्टर का मतलब समझना चाहा।

'जी, आज ही चलना पड़ेगा। आप शरीफ आदमी हैं, मुझे ख़ासतौर पर हिदायत है कि आपको तकलीफ न दी जाए। आप वायदा कीजिए कि स्टेशन पर आप पहुँच जाएँगे, या फिर अभी तशरीफ ले चलिए।'

उसका स्वर काफी रूखा हो गया। ज़मानत का मैं मतलब ही न समझा। मैंने कहा – 'तो आप मुझे गिरफ़्तार करते हैं?'

'इसकी क्या ज़रूरत है! मैंने ज़मानत ले ली है, आप स्टेशन पर पहुँच जाएँ। टिकट मैं खरीद लूँगा।'

झंझट करना बेसूद था। मैंने स्वीकार किया और उनके विदा होने पर, मैंने दवाखाना बन्द किया। घर पहुँचा। भाई परमानन्द की अलविदा का नज़ारा नज़रों में घूम गया, जब उन्हें उनके दवाखाने से उठाकर फाँसी के तख्ते तक और वहाँ से उठाकर कालेपानी पहुँचाया गया था। मैंने तो वास्तव में ऐसा काम किया भी न था। पर मुझे ऐसा भास हो गया कि अब लौटकर आना नहीं होगा। उस दिन मैंने खूब स्नान किया, डटकर भोजन किया और पत्नी से हँस-हँसकर गप्पें लड़ाई। चार बज गए। पत्नी ने कहा – 'क्यों, कहीं दूसरी जगह जाना है?'

मैं हँसा तो यह हँसी मेरे ही कानों में खटकने लगी।

पत्नी ने कहा – 'कहाँ?'

'तुम्हीं बताओ सोचकर।'

'वाह, मैं भला क्या बताऊँ?'

कुछ देर मैं हँसता रहा। फिर कहा – 'एक बारात में जाना है, अमृतसर।'

'किसकी बारात है?'

'क्या कहें, एक ज़बर्दस्ती की बारात है। इंकार करते नहीं बना।'

'लेकिन पहले तो नहीं कहा,' – एक शंका उनकी आँखों में छा गई।

'अभी सुबह ही तो घेरा उन्होंने।'

इस घोर असत्य, और मन की चंचलता को नेत्रों द्वारा पत्नी न पढ़ ले, इसलिए मैं उछलकर उठ बैठा और हँसाता हुआ तैयारी करने लगा।

परन्तु मन ने कहा – ''तैयारी कैसी रे? बिस्तर, कपड़े, टिफन, और यह सब अगलम-बगलम कहाँ ले जाएगा? कौन जाने किस राह जाना है! सब छोड़ यहीं। उस तरह चल जैसे मृत्यु के साथ एकाकी जाना होता है।''

उस समय पत्नी मेरी आँखें देखतीं, तो सत्य फूट जाता। परन्तु मैं टाल गया। उस दिन की हँसी ने जैसे सम्पूर्ण जीवनशक्ति खर्च कर दी। मैं तैयार हुआ।

पत्नी ने कहा – 'अभी से कहाँ चले?'

'ऑफिस में थोड़ा काम भी है।'

'शाम को तो खाकर जाओगे?'

'न, खाना तो उन्हीं के साथ होगा।'

'आओगे तो?'

'न आ सकूँगा, बहुत काम है।'

'लेकिन बिस्तर?'

'वहाँ बिस्तरों की क्या कमी, इतने संगी-साथी हैं।'

'वाह, ऐसा भी कहीं होता है, कपड़े . . .' वह जल्दी से बैग में साबुन, तेल, शेविंग केस भरने लगी।

मैंने तिनककर कहा, 'यह सब मैं नहीं लादने का। रात-भर रेल में, कल ब्याह और फिर रात-भर रेल। सुबह खट से यहाँ। यह सब कहाँ लादूँगा? सभी यार-दोस्त ही हैं।'

वह कहती ही रही, और मैं चल दिया। सीधा जैनेन्द्र कुमार के पास आया। सारा कच्चा चिट्ठा कह सुनाया। फिर कहा – 'भई, परसों सुबह आए तो ठीक, वरना और एक दिन प्रतीक्षा करना, फिर सब हाल खोलकर घर कह देना, तथा जैसे ठीक समझो करना। मैंने घर बारात में जाने का बहाना किया है।'

और मैं चला। स्टेशन पर इंस्पेक्टर मौजूद था। एक थर्ड क्लास का टिकट देकर कहा, 'गाड़ी में अभी वक्त है।'

'परन्तु मैं थर्ड क्लास में सफर नहीं करूँगा।'

'लेकिन हमें तो यही किराया दिया गया है। आप अपने खर्चे से . . .'

मैंने लम्बे-लम्बे कदम बढ़ाए। नेत्रों में फाँसी और काले पानी के काल्पनिक चित्र बनने-बिगड़ने लगे।

लाहौर स्टेशन पुलिस की पगड़ियों से लाल हो रहा था। गाड़ी खड़ी होते ही उसे पुलिस ने घेर लिया। तुरन्त उन्होंने मुझे एक बन्द गाड़ी में बैठाया और सीधे किले ले चले। सुबह की सुनहरी धूप, किले के विस्तृत मैदान में फैल रही थी। बिल्कुल सन्नाटा था। दूर तक आदमी न दीख रहा था। जैसे, हमारी वह मनहूस कार शून्य में धँसी जा रही थी। अन्ततः एक छोटे-से बरामदे में हम पहुँचे। खानबहादुर ने ही इस अतिथि का सत्कार किया। तत्परता से ठीक-ठीक इन्तज़ाम करने का आदेश दिया। और तब एक सिपाही मुझे पेंच-पेंचीले रास्तों से ले चला। हम लोग एक बहुत विशाल दालान में पहुँचे, जहाँ फर्श पर अनगिनत चबूतरे बने थे – जैसे बहुत-सी कब्रें क्रमशः बना दी गई हों, और उनके नीचे सिसकती हुई जिन्दा लाशें दम तोड़ रही हों। एक चारपाई मेरे सुपुर्द कर, और सुराही पानी से भरी पास रखकर सिपाही राम अन्तर्धान हो गए। रह गया मैं अकेला, उस कब्रगाह में – भय, शंका और भूत-भविष्य के ताने-बाने बुनता हुआ। उस समय जैसे जन्म-जन्म की कायरता उमड़-उमड़कर मेरे रक्त की एक-एक बूंद में समा गई। घण्टे पर घण्टे बीते। दोपहर हुआ और ढल चला। न आदमी न आदमजात। भूख, प्यास, नींद गायब। ढलते हुए सूरज की पीली छाया जहाँ-तहाँ उस मनहूस सूने दालान में पड़ रही थी। मैं कभी चारपाई पर लेट जाता, कभी उठकर टहलने लगता, कभी बैठकर गहरे चिंतन में लग जाता। चैन न था, जैसे दहकते अँगारों पर बैठा हूँ। मैं ऐसा अनुभव करने लगा था जैसे आज ही मुझे फाँसी पर चढ़ना होगा। पर मन कह रहा था, जो होता है, झटपट हो जाए।

यह प्रतीक्षा और सूनापन तो सहा नहीं जा रहा। चार बजे के बाद एक छोटा-सा दल मेरी ओर आता नज़र पड़ा। दो गोरे सार्जेण्ट थे। दो पुलिस के सिपाही। उनके बीच हथकड़ी-बेड़ी से जकड़ा हुआ एक कैदी था, साथ में एक मुसलमान पुलिस इंस्पेक्टर। इस बारात को देखते ही मन बैठ गया, जैसे शरीर में रक्त जम गया हो। एक सिपाही कहीं से एक चारपाई खींच लाया। उस कैदी को बीच में बैठाकर पुलिसवाले बैठे। मैं देखते ही पहचान गया, विश्वासघाती हँसराज वोहरा है – जो सरकारी गवाह हो गया था, और जिसने दल का सारा कच्चा-चिट्ठा खोल दिया था, सबका भण्डा-फोड़ किया था। मैं घृणा और भय से उस घृणित व्यक्ति को घूर-घूरकर देखने लगा। न जाने कहाँ से साहस ने कहा – 'इस कमीने से तो मरने वाले ही भले।'

परन्तु उसने मेरी ओर आँख उठाकर भी नहीं देखा। मुँह उसका वस्त्र से ढंका था। वह सिर झुकाए बैठा था। मैंने देखा, उसकी आँखों से झर-झर आँसुओं की धार बह निकली। इंस्पेक्टर ने पूछा – 'क्या इन्हें जानते हो?'

मैं साँस रोककर सुनने लगा। उसने सिर हिलाकर धीरे से कहा – 'नहीं।'

उसका वह एक शब्द ''नहीं'' जैसे मेरे प्राणों के मूल्य का था। पर मैं निश्चल बैठा रहा। फिर प्रश्न हुआ – 'इनका नाम कभी सुना है?'

'नहीं।'

'मशहूर साहित्यकार हैं, इनकी कोई पुस्तक पढ़ी है?'

'नहीं।'

उसने अपने आँसू पोंछ डाले, और दृढ़ता से होंठ भींच लिए। मैंने मन में कहा – ''ओह, कायर भी साहसी होते हैं। इसकी एक 'हाँ' मेरे जीवन को समाप्त कर देने को काफी थी। यह निस्सन्देह मुझे जानता है। मेरे सामने एमए का विद्यार्थी रहा है। इस पतित ने देश के अनेक तरुणों को फाँसी तक ले जाने की कार्यवाही की है, पर मेरे लिए आज मुक्तिदूत बनकर आया है।'' पुलिसवालों ने और दो-चार प्रश्न किए, और फिर वह मनहूस बारात जिधर से आई थी, उधर ही की ओर चली गई। मैंने अघाकर साँस ली। साहस लौट आया। दुनिया दिखने लगी। मैंने इधर-उधर नज़र

दौड़ाई। कोई पास न था। मैं टेढ़ी-मेढ़ी पगडंडियाँ पार कर उसी ऑफिस में पहुँचा। वहाँ चहल-पहल थी। मैं सीधा चिक उठाकर ख़ानबहादुर के सामने जा खड़ा हुआ। ख़ानबहादुर ने हाथ मिलाया, कुर्सी पर बैठने का संकेत किया। मैंने तपाक् से कहा – 'जनाब, मैं सुबह से बिना खाए-पिए बैठा हूँ। आपका इरादा क्या है?'

'मुझे बहुत अफ़सोस है। बस दो काम थे। आपकी शिनाख़्त और आपसे मुलजिमों की शिनाख़्त। एक काम खत्म हुआ, दूसरा अब कल होगा।'

'लेकिन जनाब, मैं ठहर नहीं सकता।'

'मजबूरी है, तकलीफ करनी ही होगी। आज मजिस्ट्रेट बीमार पड़ गए हैं, कल तक रुकना पड़ेगा।' इसके बाद उन्होंने पास खड़े एक सब-इंस्पेक्टर से कहा – 'एक फर्स्ट क्लास ताँगा ले लो, और शहर के बेहतरीन होटल में अपनी पसंद के कमरे में आपको ठहरा दो तथा आपकी हर ज़रूरत खाने-पीने का सब इन्तजाम कर दो। खर्चा सरकारी होगा।'

भाई वाह, यह तो तस्वीर का रुख ही पलट गया। मैं सब-इंस्पेक्टर के साथ उस फर्स्ट क्लास ताँगे में बैठकर चला।

उसने पूछा – 'आपका सामान?'

'मुझे क्या मालूम था कि आप मेरी यह खातिरदारी करेंगे, सामान मैं लाया नहीं।'

'कुछ परवाह नहीं। होटल में सब इन्तजाम हो जाएगा।' उसने राह के दर्शनीय स्थानों को बताना शुरू किया – 'यह शाही मस्जिद, यह रणजीतसिंह की छतरी, यह बुर्ज।' हम लोग अनारकली की चहल-पहल में चले जा रहे थे। सुबह का वह मनहूस दिन मजेदार संध्या में बदल गया था। फाँसी के तख़्ते और जेल की स्मृतियाँ गायब हो चुकी थीं। सब-इंस्पेक्टर से एक-सेकेंड क्लास होटल का हुक्म हुआ है।

लेकिन यह सन् 1928 का लाहौर था। सब-इंस्पेक्टर ने कहा – 'साहब, लाहौर में तो ऐसे ही होटल हैं। जहाँ मर्ज़ी हो ठहर सकते हैं।'

अन्ततः एक होटल का सबसे बड़ा कमरा मैंने पसन्द कर लिया। थानेदार ने होटल के मैनेजर को कह दिया – 'साहब जो चीज माँगें, दो, बिल ऑफिस से चुकता

होगा।' वे चले गए और मैंने चाय, टोस्ट, मक्खन दो दर्जन आम, बर्फ और जाने क्या-क्या अलगम-शलगम का ऑर्डर दे डाला। चाय पीकर बैठा ही था कि इंस्पेक्टर ने आकर कहा – 'तबियत हो तो सैर कर आइए। लोगों से मिल-मिला आइए, ताँगा हाजिर है।' मैंने क्षण-भर सोचा। दिन-भर की थकान अब उतर गई थी। मौसम अच्छा था। बालकनी में आकर देखा – नाके-नाके पर पुलिस का ख़ास बन्दोबस्त है। दूर तक लाल पगड़ियाँ दिख रही हैं। मैं मन-ही-मन मुस्कुराया। मतलब मैं समझ चुका था। कमरे में आकर मैंने कहा – 'जनाब, मैं सोऊँगा। कोई ख़ास दोस्त मेरा यहाँ नहीं, जिससे मिलने जाऊँ। आप भी तशरीफ ले जाएँ।' थानेदार चले गए।

दूसरे दिन मैं दस बजे से पहले ही खा-पीकर तैयार हो गया। इंस्पेक्टर ठीक दस बजे आया। हम लोग फिर उसी मनहूस किले में पहुँचे। उसी विशाल बरामदे में एक मजिस्ट्रेट की मेज़ लगी थी। सामने कतार में कोई तीन सौ आदमी एक-सी पोशाक में। हथकड़ी-बेड़ी किसी को नहीं थी। उस कतार में मुस्कुरा-मुस्कुराकर अपने साथी से बातें करते मैंने अपने प्रिय उस युवक बलवंत को पहचान लिया।

शिनाख़्त प्रारंभ हुई। और भी कुछ लोग आए थे। मेरी बारी आई, तो मुझसे पूछा गया – 'क्या आप इन लोगों में से किसी आदमी को पहचानते हैं?'

मैंने एक बार बारी-बारी से सब पर सरसरी नजर डाली, फिर लौटकर कहा – 'जी नहीं, मैं किसी को नहीं पहचानता।'

ख़ानबहादुर लपकते हुए मेरे पास आए। मैं समझ गया। उनकी सारी खातिरदारी बर्बाद जा रही थी। मैं भी कदम बढ़ाकर मजिस्ट्रेट की बड़ी मेज़ के पास जा खड़ा हुआ। ख़ानबहादुर ने कहा – 'ठीक-ठीक देखिए।'

मैंने कहा – 'आप इशारा तो कीजिए, किसे देखूँ?'

मजिस्ट्रेट झल्ला उठा। बोला – 'इशारा कैसा? आप किसी को पहचानते हैं?'

'जी नहीं, मैं इनमें से किसी को नहीं पहचानता।'

मजिस्ट्रेट ने लिख लिया और कहा – 'आप जा सकते हैं।'

'लेकिन मेरा खर्चा?' मैंने मजिस्ट्रेट से कहा।

'बिल दीजिए।'

झटपट मैंने बिल बनाया – जो सूझ पड़ा वही। बहुत बढ़ा-चढ़ाकर काफी रकम थी वह। मजिस्ट्रेट ने बिना देखे ही साईन कर दी। मैं उसे हाथ में लिए ऑफिस की ओर बढ़ा। बिना झंझट उसके रुपए मिल गए। मैं अभी रुपए गिन ही रहा था कि कुछ आदमियों को खूब ज़ोर से कहकहे लगाते इधर ही आते देखा। वे सब क्रांतिकारी कैदी थे, जो अब शिनाख़्त खत्म होने के बाद हथकड़ी-बेड़ियों से जकड़ दिए गए थे। कुल बीस-बाईस थे। और इससे दूने पुलिस के सिपाही और अफसर; सबके आगे ख़ानबहादुर। लड़के हँसते, मखौल करते आ रहे थे।

भगत सिंह ने मेरे पास आकर हँसते हुए नमस्ते कहा।

दूसरे युवक ने कहा – 'वाह बाबू जी, कमाल किया आपने, हमें पहचाना तक नहीं।'

भगत सिंह ने एक ठहाका लगाया। कहा – 'पहचानते कैसे?' उन दिनों हम एक मुट्ठी चना-चबेना पर दिन काटते और चोरों की तरह लुकते-छिपते फिरते थे। अब तो ख़ानबहादुर साहब हमें टोस्ट-मक्खन खिलाते, पियर्स साबुन से नहलाते हैं। रंग भी तो हमारा निखर आया है।' साथी की पीठ पर धौल जमाते हुए कहा – 'कितना मोटा हो गया तू यार।'

यह वीरों का दल मौत से दिल्लगी कर रहा था। मैं दंग था। आज इनमें नई उमंग थी, नई स्फूर्ति थी। मेरे कायर जीवन से तो ऐसा कार्य संभव ही न था। मैं तो कल के एक दिन में ही अधमरा हो गया था। वे चले गए और मैं सीधा तीर की तरह किले के बाहर निकला। अब ख़ातिरदारी की जरूरत न थी। मेहमानदारी खत्म हो चुकी थी। लाहौर की भूमि पर मेरे तलवे झुलस रहे थे, नोटों का वह छोटा-सा पुलिन्दा जेब में रखा हुआ दिल में गुदगुदी कर रहा था। मैंने ताँगा पकड़ा और सीधा स्टेशन की राह ली। दिल्ली वाली गाड़ी रात को छूटती थी। अभी काफी दिन था। अमृतसर एक पैसेंजर जा रही थी। इन वीर युवकों की मुक्ति की अरदास की। बाजार में घूमा, पूरी और हलुए से आत्म-श्राद्ध किया। अमृतसर की बड़ियाँ, पापड़ और कुछ फल

खरीदे और स्टेशन रवाना हुआ। फ्रण्टियर मेल आ रही थी। और जब मैं गाड़ी की आरामदेह गद्दी पर आँखें बन्द किए लेट गया, तो सब-कुछ स्वप्नवत् दिख पड़ा। अब विचारों में फाँसी और काला पानी के नज़ारे नहीं थे। थे वे ठहाके, जो ये मौत से खेलने वाले मजनूँ लगाते हुए फाँसी के निकट जा रहे थे।

पापड़ और बड़ियाँ पाकर पत्नी बहुत खुश हुई। बारात की एकाध बात पूछी। कुछ दिन बाद पर असल भेद भी खुल गया। सुनकर कई दिन तक रोना-धोना मचाया। मुझसे कहा, 'तुम विश्वासघाती हो, तुम झूठे हो।' वे लाल-लाल और फूली हुई आँखें, अब भी स्मरण कर लेता हूँ। तब उन्हें देखकर जैसे हँसा था, अभी हँसी आ जाती है, पर आँखें अब गीली हो जाती हैं। ये बिछुड़े हुए – साथी भी कैसा घाव कर जाते हैं।

. . . और मालवीयजी चढ़ गए हाजी के हत्थे

सन् 1918 का ग्रीष्म काल था। एक दिन भोर ही में मैं हाजी के ऑफिस में जा धमका। इरादा ख़ूब अच्छी तरह लड़ने-झगड़ने का था। हकीकत यह थी कि उन्होंने बिना मेरी अनुमति लिए मेरे तत्काल छपे उपन्यास *हृदय की परख* का समूचा गुजराती अनुवाद पत्रिका *बीसवीं सदी* में छाप डाला था। इस साहित्यिक अपहरण की ख़बर दी थी, मुझे मेरे तरुण मित्र श्री महावीरप्रसाद दाधीच ने। श्री दाधीच आज बम्बई के नामांकित सॉलीसीटर हैं। उन दिनों वे कानून पढ़ रहे थे। वे हिन्दी और गुजराती के साहित्य-प्रेमी थे। गुजराती कविता करते थे। वे शिष्य की भाँति मेरे निकट आते और अपनी स्फुट रचनाएँ मुझे सुनाते तथा वाहवाही लेते थे। उन्होंने मुझे यह सूचना दी थी। सूचना दी थी ख़ुशख़बरी के रूप में। उस समय उनकी नज़र में किसी रचना का पत्रिका में छप जाना लेखक का सबसे बड़ा मान माना जाता था। फिर *बीसवीं सदी* गुजराती की नामांकित पत्रिका थी, जिसके नाम का बम्बई में डंका बजता था। श्री दाधीच अपनी कोई रचना उस पत्रिका में छपाने को छटपटा रहे थे। फिर समूचा उपन्यास धारावाहिक रूप से छपना तो बड़ी भारी बात थी, उसी की उन्होंने मुझे सूचना दी। अब तक मैंने गुजराती वर्णमाला पहचान ली थी, और निरन्तर गुजराती भद्र परिवारों में चिकित्सा के नाते सम्पर्क होने से भली-भाँति गुजराती समझने-पढ़ने का अभ्यास हो गया था। बोल नहीं सकता था। अब भी बोल नहीं सकता हूँ। उपन्यास आधे से अधिक छप चुका था। ताज़ा अंक श्री दाधीच ने दिया था। मैं पढ़ता था और ख़ुश होता था। फिर भी ख़ुशी को छिपाकर पत्रिका के सम्पादक से लड़ाई करने का क्या अभिप्राय था – उसे धमकाकर कुछ पैसे झाँसने का।

बड़ी विकट गली-कूचों में उनका ऑफिस था। याद आता है, श्री दाधीज मेरे साथ

थे। शायद पाँचवीं मंजिल पर ऑफिस था। तंग अंधेरी लकड़ी की सीढ़ियाँ। पुराने ढंग की बेतुकी-सी बिल्डिंग। जाकर देखा, पूरा कमरा पुस्तकों, अलमारियों, पत्रिकाओं से ठसाठस। बहुत-सी पत्रिकाएँ, पुस्तकें बे-तरजीबी से इधर-उधर पड़ी हुई। नौकर-चाकर कोई नहीं। वह अकेले ही अपनी घूमने वाली कुर्सी पर डेस्क के ऊपर झुके शायद पढ़ रहे थे। देखा तो खड़े हो गए। लम्बा छरहरा बदन, गौर वर्ण, बड़ी-बड़ी प्रसन्न आँखें, जिन पर छोटे अर्ध-चन्द्र तालों का चश्मा। आधी नज़र चश्में में, और आधी चश्मे से बाहर। सफेद सादा पाजामा, और वैसी ही कमीज़। घने काले घुँघराले बाल, और मजेदार छोटी-सी दाढ़ी। लम्बा चेहरा, किसी कदर बड़े दाँत। परिचय हुआ तो हर्षोल्लास से चीख उठे। खींचकर अपनी कुर्सी पर ही बैठाया। लाख मना किया, मगर सुना नहीं। ख़ुद बैठे नहीं, कुर्सी के पीछे खड़े होकर, अपनी समूची ही साहित्य-अर्चना का लेखा-जोखा समझाने लगे। बीच-बीच में हिसाब-किताब भी, आलोचना भी, प्रत्यालोचना भी, और इधर-उधर की बातचीत भी। परन्तु सब कुछ साहित्य के गहरे रस में डूबी हुई। घंटों पर घंटे बीतने लगे। किन्तु मतवाला पत्रकार बैठा नहीं। खड़ा ही रहा, कुर्सी के पीछे झुका हुआ। जैसे कोई सेवक अपने मालिक को उसके कारोबार का लेखा-जोखा देता हो। लड़ाई न हो सकी। वह ढाई-तीन घंटों की मुलाकात जैसे बीस वर्ष की प्रौढ़ मैत्री में परिवर्तित हो गई। उन दिनों मैं बड़ा कट्टर हिन्दू था। मुसलमान के घर में न चाय पी सकता था, न पान खा सकता था। हिन्दू मित्रों की इस मनोवृत्ति से हाजी परिचित थे, इससे उन्होंने इस प्रकार की ख़ातिरदारी का प्रश्न ही नहीं उठाया, और हमारी यह साढ़े तीन घंटे की लम्बी मुलाकात सूखी ही खत्म हुई।

परन्तु ये मुलाकातें लम्बी होती गईं। आठ-आठ, दस-दस घंटे की। कभी वह मेरे यहाँ आते, कभी मैं उनके यहाँ जाता। लेकिन चाय-पानी की ख़ातिर मैं भी नहीं कर पाता था। एक मुसलमान को खिलाने-पिलाने के लिए पृथक् बर्तनों, प्यालों का झंझट करना होता। उन्हें फिर छुए कौन, साफ करे कौन? इससे ये सब दस-दस घंटों की मुलाकातें, या तो मसनदों के सहारे उठके हुए, या आराम-कुर्सियों पर पड़े

हुए, साहित्य-वार्तालाप में बीत जाती थीं। समय का पता ही न लगता था। अंग्रेज़ी, फारसी और गुजराती के हाजी अच्छे पंडित थे। कितनी कविताएँ उनकी ज़ुबान पर थीं। वे सुनाते और मैं उसी की जोड़-तोड़ निकालता संस्कृत या हिन्दी से, तो वाह-वाह और हँसी के ठहाकों से दीवारें हिलने लगतीं।

मेरा सर्वप्रथम गद्य-काव्य जो *प्रताप* में छपा था, वह था – *चित्तौड़ के किले में*। अजमेर से बम्बई आ रहा था, तो पहली बार राह में चित्तौड़ देखने को उतर गया। वहाँ राजा कुम्भा के विजय स्तम्भ पर चढ़कर सूर्यास्त का दृश्य देख रहा था, कि सामने बकरियों का एक झुण्ड आता नजर पड़ गया। बस, उसी क्षण ये पंक्तियाँ लिख डालीं, और *प्रताप* को भेज दीं। उन दिनों लेख मैं पत्रिकाओं को बैरंग भेजा करता था। इसमें दो लाभ होते थे। डाक के पैसे नहीं ख़र्चने पड़ते थे, दूसरे लेख खोने का भय न था। सम्पादक पारिश्रमिक नहीं देते थे, इसलिए बैरंग छुड़ा लेते थे।

हाजी को भी वे चित्तौड़ वाली पंक्तियाँ सुनाईं, तो सुनकर उसने वाहवाही तो की, लेकिन जैसी मैं चाहता था वैसी नहीं। फिर उसने गम्भीर होकर कहा – 'इसी ढंग पर कलम चलाइए, रंग रहेगा। बड़ी तीखी कलम पाई है आपने।' दूसरा गद्य-काव्य जो मैंने *प्रताप* के लिए लिखा था – वह था *स्वदेश*। *प्रताप* में वह छपा, अंक के साथ विद्यार्थी जी का पत्र मिला – भूरि-भूरि प्रशंसा का। निरन्तर ऐसे लेख भेजने का आग्रह था। फिर तो गद्य-काव्यों का ताँता लग गया। *माँ गंगा* और *अनूपशहर के घाट पर* तभी लिखे गए। वह काल हिन्दी में 'उठो जागो' का काल था। देशभक्ति ख़ून में लहरा रही थी। और जब भी भीतर से विचार-प्रवाह निकलता था – ज्वालामुखी के लावे की भाँति धधकता हुआ और सर्वग्रासी।

गांधीजी की अहिंसा और क्रान्तिकारियों की हिंसा में द्वन्द्व चल रहा था। यह द्वन्द्व केवल राजनीति में ही न था, हिन्दी साहित्य को भी छू गया था। ख़ास बात यह थी कि गांधीजी की अहिंसा और क्रांतिकारियों की हिंसा, दोनों ही में उत्कृष्ट देश-भक्ति थी, कम-से-कम मैं यही समझ पाया था।

सत्याग्रह की शुद्ध व्याख्या अभी गांधीजी ने नहीं की थी। पर उनके दक्षिण

अफ्रीका के सत्याग्रह के कारनामे देश में चाव में पढ़े जा रहे थे। गांधीजी का अभी राजनीति के गगन में उदय ही हुआ था। तिलक खुल्लम-खुल्ला उन पर सन्देह कर रहे थे। परन्तु गांधीजी की अहिंसा-मीमाँसा जहाँ एक ओर मेरी विचार-सत्ता को आहत कर रही थी, दूसरी ओर ख़ून की प्रत्येक बूंद में उग्र हिंसा लबालब भरी हुई थी।

यद्यपि मैंने इसी समय अपनी प्रसिद्ध पुस्तक *सत्याग्रह और असहयोग* लिखी थी, जिसकी उस काल में धूम मची थी। पर मैं न राजनैतिक पुरुष था, न राजनैतिक लेखक था। देशभक्ति की प्रेरणा ने मेरी लेखनी को इस उगती हुई नई धारा की व्याख्या करने को प्रेरित किया था। पर भीतर-ही-भीतर उसका शुद्ध साहित्यिक रूप भी पनप रहा था, और एक दिन वह फूट निकला – जब मैंने *ख़ूनी* कहानी *प्रताप* में भेजी। उन दिनों विद्यार्थी जी जेल में थे, *प्रताप* का सम्पादन श्री माखनलाल चतुर्वेदी करते थे। *ख़ूनी* उन्होंने छापी और एक कार्ड मुझे मिला – *ख़ूनी* को पाकर *प्रताप* निहाल हो गया। कहना नहीं होगा कि ये पंक्तियाँ पढ़कर निहाल मैं भी हो गया था।

लेकिन *चित्तौड़ के किले में*, *स्वदेश*, *ख़ूनी* और दूसरे गद्य जो इस कदर पसन्द किए गए थे, जब हाजी को मैंने सुनाए, तो उसने तारीफ तो बहुत-बहुत की, पर वह रही कोरी तारीफ। न तो उस तारीफ में उसका आनन्द मिश्रित था, न आत्मीयता। तारीफ सुनकर मुझे आनन्द नहीं आया, और हठात् एक बात मेरे मन में उदय हुई – कि हाजी मुसलमान है और मैं हिन्दू हूँ। हिन्दू और मुसलमानों का जैसे धर्म भिन्न है, राजनैतिक-राष्ट्रीय विचारधारा भी भिन्न-भिन्न है। इन पंक्तियों में शुद्ध हिन्दू राष्ट्रीयता भरी थी। इसी से वह हाजी के हृदय को नहीं छू पाई हैं। इसी से हाजी को ये उतनी नहीं रुचीं। चित्तौड़ का ध्वंस, हिन्दुओं का ध्वंस और मुसलमानों की विजय है। उसे देखकर हिन्दू 'आह' कहेगा, किन्तु मुसलमान 'अहा' कहेगा। *स्वदेश* में प्रच्छिन्न भाषा ही में सही, मुसलमानों का अत्याचार और हिन्दुओं की सहनशीलता ध्वनित है। इसलिए हाजी के मन में इन लेखों से आत्मोल्लास कैसे हो सकता था! मैं मन-ही-मन इस द्वंद्व को अपनी कलम से दूर रखने को व्यग्र हो उठा। दिवाली आई। हाजी

बीसवीं सदी का दीपावली अंक निकाल रहा था। बोला – 'मुखपृष्ठ के लिए एक गद्य दो। केवल पाँच-सात पंक्ति। परन्तु ऐसी, कि मैं जान झोंक दूँ तो भी मुझे कहीं अन्यत्र न मिले।' हाजी इसी तरह ठाठ की बातें करते थे।

बड़ी भारी चुनौती थी। पर हाजी की मार तो ऐसी ही होती थी। मैं भी कम मग़रूर नहीं। मैंने वादा किया – 'अच्छा'। और तब मैंने उसे *दिवाली* दी। गुजराती अनुवाद उसने स्वयं किया। उसकी कलम चल रही थी, और वह रो रहा था। यह पहला अवसर था, जब मेरी कलम ने उसके मर्म को छुआ। बहुत देर वह अपने लिखे अनुवाद को चुपचाप बैठा ताकता रहा, कलम की नोक छूता रहा, और फिर एकाएक चौंक उठा। बोला, 'रावल के पास चलना होगा, इन पंक्तियों पर चित्र बनवाने को। दूसरा कोई न बना सकेगा।' इस प्रकार *दिवाली* प्रथम गुजराती में अनुवाद होकर बीसवीं सदी में छपी, बाद में हिन्दी में कानपुर के *प्रताप* में।

परन्तु *दिवाली* में भी देशभक्ति की बू थी। *स्वदेश* की पंक्तियाँ जब मैंने हाजी को सुनाई थीं, तो उन्हें सुनकर जो उद्गार हाजी के मुख से निकले थे, उन पर से मैं चौकन्ना तो था ही। एकाएक एक नई बात मेरे मन में पैदा हुई। हम हिन्दू और मुसलमान एक देश में तो रहते हैं, कहने को भाई-भाई हैं। जैसा कि कांग्रेस तब कहने लगी थी। कांग्रेस के मतानुसार हिन्दू-मुसलमान दोनों के राष्ट्रीय स्वार्थ भी एक ही थे। परन्तु हाजी के सान्निध्य में मैंने एक सत्य के दर्शन किए। मैंने देखा कि यह हिन्दू-मुस्लिम राष्ट्रीय ऐक्य मुलम्मा है। मैंने तत्क्षण पहचान लिया कि राष्ट्रीय मुद्दे की आधार वस्तु दे*शभक्ति* केवल हिन्दू ही में है, मुसलमान में नहीं। केवल हिन्दू ही भारत को 'मातृभूमि' समझते, माता के समान उसे पूज्य मानते हैं, परन्तु मुसलमान उसे फतह की लौंडी – भोग्यावस्तु – समझते हैं। इसी से, जब *स्वदेश* में गौरी का अगौरव और गज़नी का गज़ब हाजी के कानों में गया, तो इन शब्दों ने उसके मानस-तल पर कुछ दूसरा ही भाव पैदा किया। गौरी की भारत-विजय को और गज़नी के अट्ठारह महाभियानों को हम क्रूर आक्रमण, भारी अत्याचार कह सकते हैं, परन्तु एक मुसलमान की नज़र में वे उसकी शानदार राष्ट्रीय विजय हैं। वह गर्व से देखने की

वस्तु है। कुछ यह बात नहीं है कि हाजी कट्टर मुसलमान था। वह, कहना चाहिए – मुसलमान था ही नहीं। फिर भी उसकी मनोवैज्ञानिक प्रतिक्रिया ने मुझे शुद्ध साहित्य का रूप सुझा दिया। *स्वदेश* की पंक्तियाँ हाजी को सुनाने से पहले मैंने श्री नाथूराम प्रेमी को पढ़कर सुनाई थीं। श्री नाथूराम प्रेमी ने भूरि-भूरि प्रशंसा की थी। इसी से मैं बड़े चाव से वे पंक्तियाँ हाजी को सुनाने गया था, पर जब लौटा तो, दिल बुझा हुआ था। हाजी ने प्रशंसा की थी ज़रूर, पर उन पंक्तियों ने हाजी के दिल की कली न खिलाई थी। एक मित्र को आनन्द में झकझोरा नहीं, रस में गोते लगवाए नहीं, तो साहित्य क्या बना!

ओह, कैसे चमत्कार की बात है, कि हाजी को प्रसन्न करने की भावना ने मेरी विचारधारा का प्रवाह पलट दिया। साहित्यकार को देशभक्ति और राष्ट्रीयता से पृथक उस संसार में रहना चाहिए, जहाँ मानव-आत्मा स्वच्छन्द विचरण करती है। जहाँ देश, धर्म, जाति, समाज, काल का कोई भी व्यवधान नहीं है। जहाँ मानव मन, बुद्धि और भावना का सहारा लेकर मानव-मन से मिलता है। जहाँ एक मन से दूसरे मन में, एक काल से दूसरे काल में देश, काल, धर्म का कुछ भी विचार न कर मनुष्य का हृदय मनुष्य के हृदय में अखण्ड ऐक्य की प्रतिष्ठा करता है।

अब देशभक्ति और राष्ट्रीयता की रचनाएँ हाजी के सामने रखते हुए मैं बगलें झाँकता था। जैसे मैं कोई चोरी कर रहा हूँ। मेरा मन अब ऐसी रचना प्रस्तुत करने को आकुल-व्याकुल हो उठे कि जिसे सुनकर मेरा यह मुसलमान दोस्त आनन्द से पागल हो उठे और इसी भावना ने *अन्तःस्थल* की ऐतिहासिक रचना करने की प्रेरणा मुझे दी। मैंने सबसे पहले लिखा *अनुताप*, पर बहुत दिन उसे यों ही डाले रखा, फिर रूप और इसके बाद *दुःख*।

मेरा उद्देश्य पूर्ण हो गया। उसने जब इन्हें सुना, तो हास्य उसके होंठों पर फैल गया, और आँखों में मोती सज गए। उसने टेबुल के कागज़ एक ओर फेंक दिए, और लम्बी-लम्बी श्वास लेने लगा। आप सोच सकते हैं कि मुझे मेरा प्राप्तव्य मिल रहा था। अपने एक मुसलमान दोस्त का दिल मैंने जीत लिया था, और फिर दो-एक के

बाद दूसरी रचनाएँ आती ही गई। *अन्तःस्थल* किसी अज्ञात शक्ति ने मेरे हाथों लिखा दिया, जो हिन्दी साहित्य के इतिहास में पहला गद्य-काव्य था। उसके भिन्न-भिन्न स्थानों से अनेक संस्करण निकले। श्री पद्मसिंह शर्मा ने उस पर भूमिका लिखी और वह काफी अर्से तक और विश्वविद्यालय में एमए में पाठ्य-पुस्तक रही।

इस साहित्य मित्र का बहुत कम सहवास मुझे मिला। साहित्य इसे खा गया, और मेरी आँखों के सामने ही वह मर गया। बड़ी-बड़ी तीन हवेलियाँ, पर्स का 50-60 हज़ार रुपया हवा में उड़ाकर और 40 हज़ार का कर्ज़ा अपने जनाज़े पर लादकर यह मस्ताना साहित्यकार संसार से चल बसा। भरी जवानी में। केवल एक मासिक पत्रिका पर लाखों फूँक दिए। जब तक जिया कला, सौंदर्य, साहित्य के संसार में आँसू और हास्य बिखेरता रहा।

साहित्य के इस दीवाने की बहुत बातें आज भी याद कर लेता हूँ। कुछ सुन लीजिए। एक दिन जाकर देखा – किसी मित्र से मिलने जा रहे थे। कपड़े पहनकर तैयार। देखा तो ज़ोर से अट्हास करके कहा – 'ख़ूब आए, चलो, एक जगह जाना है। एक खोजा महिला हैं, उनसे मिलने। साहित्य में रस लेती हैं। मौज रहेगी।' तब तक भी मैं महिला मित्रों से मिलना बहुत संकोच की बात समझता था। पर इस मित्र का न साथ छोड़ सकता था, न अनुरोध। वह एक सम्पन्न धनी विधवा खोजा युवती थी। बेतक़ल्लुफी की मुलाकात। परिचय देकर मेरा मित्र गुजराती में घुल-मिलकर बातें करने लगा। बीच में दोनों मेरी ख़ातिर हिन्दी भी बोलते। कुछ देर बाद एक बालिका कोई दस-ग्यारह बरस की, किन्तु स्वप्न की परी के समान सुन्दर, एक ट्रे में तीन लेमोनेड लेकर धीर गति से आई। प्रथम सम्मान मुझ नए अतिथि को देने के लिए पहले वह मेरी ओर बढ़ी। मैं मन-ही-मन घबरा उठा। कैसे इस मुसलमान लड़की का छुआ पानी पीऊँ? मैं 'ना' करने को था, कि उसकी माता ने गुजराती में कहा – 'ना, ना, वे नहीं पिएँगे तेरे हाथ का छुआ।' और साथ ही मुझसे कहा – 'पास ही में हिन्दू होटल है, वहाँ से आपके लिए मँगाती हूँ।' उसने नौकर को आवाज़ दी – 'रामा!'

और लड़की का हँसता हुआ मुँह सूख गया। उसने एक विचित्र दृष्टि से मेरी ओर देखा। उसका स्पष्ट अभिप्राय था कि वह मुझसे पूछ रही है कि मैं उसके हाथ का छुआ न पीकर – उस गंदे नौकर के हाथ का क्योंकर पी सकूँगा। और मेरी अन्तरात्मा ने मुझसे बिना पूछे ही कह दिया – 'नहीं नहीं, मैं पीऊँगा बिटिया, ले आ, ले आ!' और तब वह अप्सरा आनन्द बिखेरती हुई मेरे निकट आई, अपनी चम्पे की कली जैसी उँगलियों से गिलास उठा मेरे हाथ में दिया। हाजी चुपचाप मुझे देखता रहा। फिर उसने खड़े होकर अनुताप के स्वर में कहा – 'बड़ी गलती हुई। मैंने समझा आप शास्त्री हैं, छुआछूत का विचार रखते होंगे – इसी से कभी मैंने आपसे खाने-पीने की बात पूछी ही नहीं। आप ऐसे दरियादिल हैं।'

और तब मैंने कहा – 'मित्र, यह आज ही जीवन में पहली बार कुफ्र तोड़ा है। ऐसी सुन्दर बिटिया की भी अवेहलना की जा सकती है?' और फिर सब विषय बातचीत के स्थगित होकर खान-पान, छुआछूत पर वार्तालाप हुई, हम तीनों मित्रों की। वह महिला बाद में मेरी भी परम आत्मीय की भाँति मित्र रही। जब तक मैं बम्बई में रहा मिलता रहा।

एक दिन गया तो हाजी छूटते ही बोले – 'रंग है रंग। यह देखो, पूरे पन्द्रह रुपए हैं। अभी मिले हैं मनीऑर्डर से। कुछ देर भी यहाँ रहे तो उड़ जाएँगे। चलिए, एक बढ़िया-सा जूता पहना जाए। जूते एकदम दाँत दिखा गए हैं।'

और हम दोनों दोस्त जूता ख़रीदने बोरीबन्दर पहुँचे। परन्तु ट्राम से उतरते ही तीन-चार देहाती गुजराती जनों का एक ग्रुप मिल गया। 'हल्लो-हल्लो' कहता हुआ हाजी लम्बे-लम्बे डग भरता हुआ उन तक जा पहुँचा। क्षण-भर मिज़ाजपुर्सी हुई और फिर इधर-उधर देखकर कहा – 'आइए।' सबको लेकर वह सामने रेस्टोरेंट में घुस गया। पीछे परिचय दिया – 'कभी-कभी पत्रिका में लेख लिखते हैं, देहाती साहित्यकार हैं।' और जब रेस्तरां से बाहर आए, तो वे पन्द्रह रुपए उड़ चुके थे। मेहमानों के विदा होने पर मैंने कहा – 'लेकिन जूता?'

'जूता अब फिर कभी देखा जाएगा। चलिए अभी सिनेमा देखा जाए।'

'नहीं भाई, घर जाऊँगा।' और मैंने घर की राह ली।

एक दिन जाकर देखा – रूप का गुजराती अनुवाद कर रहे हैं। देखते ही बोले – 'ख़ूब आए, चलिए जरा रावल के यहाँ चलें। इस पर दो-एक चित्र बनाए जाएँ।'

नीचे आकर हम ट्राम की प्रतीक्षा में खड़े थे, कि 'आओ, आओ' कहकर वे लपकते हुए एक चलती हुई ट्राम में चढ़ गए। मैं भारी आदमी, भाग न सका, रह गया। पीछे दूसरी ट्राम आ रही थी। हाथ से इशारा किया – 'इस पर आओ।' मैं पीछे वाली पर चढ़ गया। अब मज़ा देखिए, हर स्टॉप पर वे खिड़की से सिर निकालकर चिल्लाते हैं कि 'आओ' और ज्यों ही मैं उतरता हूँ, कि ट्राम चल देती है और मैं फिर दौड़कर उसी गाड़ी में चढ़ जाता हूँ। दो, चार, दस बार यह तमाशा हुआ। ट्राम के सहयात्रियों ने समझा, कोई खब्ती है। कुछ ने तो डाँट दिया – 'आप बैठते क्यों नहीं, नाच क्यों रहे हैं?' परन्तु क्या किया जाए, दोस्त तो दिल की बागडोर पकड़े अगली गाड़ी में खींच रहा था। हर बार वह 'आओ-आओ' पुकारता था। और अन्त में एक मोड़ पर अगली ट्राम उन्हें लेकर गई दूसरी दिशा में, और मैं मुड़ गया दूसरी दिशा को। जय सीताराम! तीन घण्टा झक मारकर थक-थकाकर शाम को घर लौटा। दुबारा जब मिले, तो पूछा – 'यह क्या हिमाकत थी?' तो हँसकर बोले – 'दो आँखें थीं, आँखें। ठीक वैसी ही, जैसी आपने लिखी है, अफसोस आप न देख सके।'

लाला लाजपयराय बहुत दिन बाद अमरीका से लौटे थे। उनके आगमन के समाचार से बम्बई हिल गई थी। प्रथम युद्ध समाप्त हो चुका था। समुद्र-तट पर आकर देखा – प्रशस्त बालू पर नरमुण्डों का समुद्र लहरा रहा है। लालाजी जिस जहाज में थे, यह तट से दूर ही समुद्र में रोक दिया गया था। प्रतीक्षा करने वाले अधीर हो रहे थे। पुलिस सवार डंडों से व्यवस्था कर रहे थे। उस दिन न भूलने वाले कुछ दृश्य मैंने देखे। एक स्थान पर तिलक और एनीबीसेण्ट पास-पास कुर्सी पर बैठे थे। नर-नारियों का समूह उन्हें घेरे खड़ा था। श्री तिलक को तो मैं निकट से देख चुका था। एनीबीसेण्ट को उसी दिन देखा। संगमरमर की निश्चल मूर्ति की भाँति घण्टों से वे अचल बैठी थीं। कभी-कभी उनके होंठ हिल उठते थे। तिलक की मूँछें नीचे झुककर

होंठों को ढाँप गई थीं। वही सफेद मिरजई और दुपट्टा, लाल पगड़ी। तिलक कभी-कभी विनोद का शब्द कह उठते थे। पर एनीबीसेण्ट की अचल मूर्ति वैसी ही बैठी थीं। देर तक मैं वह युगल मूर्ति देखता रहा। न कभी भूला – न भूलूँगा। आज तक मैंने न वैसा पुरुष देखा, न वैसी स्त्री।

वहाँ से हटकर देखा – बीच राह में भारी भीड़ गोल बांधकर खड़ी है। क्या यह बाज़ीगर का तमाशा हो रहा है? जाकर झाँका, तो दिव्य दृश्य था। एक कल्पना-सी सुन्दरी। छरहरा बदन, मोती की आभा-सा रंग, सुर्ख़ साड़ी समुद्र की दक्षिण मलय में फरफराती हुई। और चाँदी के समान श्वेत माथे पर बंधा काला फीता। नए ढंग से बंधे बाल, कुछ बिखरे-से। मोतियों की लड़ को मात देने वाली धवल दन्त-पंक्ति, हँसकर साथ खड़े कुछ तरुणों से बात कर रही थी। होंठ हिल रहे थे, जैसे गुलाब की पंखुड़ियाँ हिल रही हों। देखा जो जड़ हो गया। आज तो उस बात को चालीस वर्ष बीत रहे होंगे, पर वह सुन्दरी जो आँखों में बसी सो बसी। वैसी कि *वैशाली की नगरवधू* में अम्बपाली की अवतारणा उसी के मॉडल पर मैंने की है। लोगों से पूछा – कि यह कौन है, तो जवाब मिला – मिसेज जिन्ना। दो ही चार दिन पहले अख़बारों में पढ़ा था कि एक अंग्रेज़ पुलिस कप्तान सर्च वारंट लेकर जब उनकी कोठी पर गए थे तो वह सुन्दरी चाबुक लेकर उनके सामने आई थी, और जैसे कुत्ते को बेंत दिखाकर भगाया जाता है, उस तरह चाबुक दिखाकर उसने उस अंग्रेज़ पुलिस कप्तान को भगा दिया था। तब यही है वह तेज, दर्प और सौन्दर्य की प्रतिमा और आनन्द की मूर्ति। श्री जिन्ना उन दिनों हाईकोर्ट में प्रैक्टिस करते थे। नाम उनका ख़ूब था। जाति के वे खोजा थे, और उनकी यह पत्नी पारसी। दोनों का प्रेम-विवाह हुआ था। प्रसिद्ध था कि मियाँ-बीवी में मेल नहीं है। बीवी के पास बहुत रुपया था। लोग कहते थे – मियाँ का उन पर बस नहीं है, इसी से खटकती रहती है। जो हो, घण्टों देखने पर भी आँखों की प्यास न मिटी। वहाँ से लौटा तो सीधा हाजी के घर। मैंने कहा – 'एक इच्छा है कि – एक बार जी भरकर मिसेज जिन्ना को देखना चाहता हूँ।' सुनकर बहुत देर ठठाकर हँसते रहे हाजी। बीसवीं सदी का पिछला अंक खोलकर दिखाया – जिन्ना

पर लेख था, लेख के साथ जिन्ना के आठ-दस चित्र थे। एक कोई भारती मुकदमा हाईकोर्ट में चल रहा था। उस पर उन्होंने बहस की थी – बहस के भिन्न-भिन्न पोज़-चित्र भी दिए गए थे। कहने लगे – 'गत मास मियाँ से मुलाकात की थी, इस लेख के सिलसिले में। और इस मास बीवी से होगी। इसी शनिवार को रही। तीसरे पहर आ जाना।' खट से एक लैटर पेपर लिया, दो पंक्तियाँ लिखीं और उसी समय डाक में छुड़वा दीं। कहने की आवश्यकता नहीं। शनिवार की संध्या हम लोगों ने श्रीमती जिन्ना के साथ धूमधाम से व्यतीत की। बहुत हास्य-विनोद हुए। मनुष्य को ख़ुश करने की विद्या में हाजी बेजोड़ थे।

एक दिन फोन आया, 'इसी क्षण तारापोर वालों के स्टूडियो में आओ।' कालवादेवी के उस ओर तारापोर वालों का प्रसिद्ध स्टूडियो था। बम्बई के नामी-गिरामी फोटोग्राफ़र थे। जाकर देखता हूँ, तो हाजी महामना मालवीय को नाच नचा रहे हैं। आठ-दस पोज़ ले चुके थे, पर मन न भरता था। मालवीयजी जैसे निधि-निषेध सब भूले हुए थे। करामात ही थी। जब मालवीयजी विदा हो गए, तो मैंने पूछा, 'कैसे मालवीयजी आपके हत्थे चढ़े', तो हँसकर कहा – 'किसी की तलाश में फोर्ट में भटक रहे थे। इत्तफाक से जा निकला। इनके मित्र से मुलाकात कराई, और यहाँ खींच लाया। बस, इस अंक में मालवीय ही चमकेंगे, लेकिन आज कागज़ के लिए रखे हुए सब रुपए ख़र्च हो गए। कुछ परवाह नहीं।' और खींचकर जा बैठे एक शानदार रेस्तराँ में।

रूप की एक-एक पंक्ति पर चित्र बनाने की उसने तैयारी की। एक चित्रकार *रूप* पर कुछ चित्र बनाकर लाया भी था – पर वे उसे पसन्द न आए। उसने कहा, 'लेखक जो कुछ कह नहीं सकता है, चित्रकार उसी कमी को पूरा करता है। उत्तम चित्रकार वही है। इन चित्रों ने तो इस अवगुण्ठनवती रचना-सुन्दरी को पशु की तरह नंगी कर दिया है।' उसने वे चित्र रद्दी की टोकरी में डाल दिए थे।

ऐसा फक्कड़ वह साहित्य का देवता था। बहुत कम ऐसे पुरुष पैदा होते हैं। फिर साहित्यिक और पत्रकार। आज के युग में, जब साहित्यकार पर मुखापेक्षी और

पत्रकार मालिक का नौकर है, सब काम मशीन की भाँति एक नपी-तुली गति से होता है, ये आत्मयज्ञ करने वाले महापुरुष सदैव प्यार और आदर के साथ याद किए जाएँगे।

वह एकाएक मर गया। *अन्तःस्थल* के भाग्य फूट गए। अब इस रचना को क्या अलंकर मुयस्सर होगा? हिन्दी के प्रकाशकों की दृष्टि निराली है। बहुत कम उनमें साहित्य के सौन्दर्य को परख सकते हैं। उनकी दृष्टि बुर्दाफरोशों की-सी है। ग़ुलामी के ज़माने में जब कोई ख़ूबसूरत जवान लड़की बाजार में बिकने आती थी, तो बुर्दाफरोश उसके सौन्दर्य को इस दृष्टि से निरखता था कि बाजार में इसके कितने दाम उठेंगे। हिन्दी के प्रकाशकों की यही दृष्टि है। लेखक अभागे इतने पतित और आत्माभिमान-शून्य हो गए हैं कि अपनी-अपनी रचना-सुन्दरियों का हाथ थामे इन्हीं बुर्दाफरोशों के द्वार पर झक मारते-फिरते हैं, और कहते ग्लानि होती है। उसके एक-एक सौन्दर्य-स्थल को उघाड़कर दिखाते हैं। यह मोल-भाव का महत्त्व है। यह कमीने पैसे का अमलदारी हैं। मैं भी वैसा ही अभागा लेखक हूँ। अतएव, मुझे यह आशा करने की इच्छा नहीं है, कि मेरी वह रचना, जिसमें मेरे हृदय का समस्त रस जैसा भी कुछ हो, भरा है – प्रकाशकों के घर यह न कुलवधू का आदर पाएगी, न उसके अलंकार।

इस रचना में कुछ अभाव रह गए। कुछ नए निबन्ध बढ़ाने थे, और कुछ संशोधन करना था, पर हाजी मुहम्मद के मरने पर जी बैठ गया – कितनी बार चेष्टा की, पर न नया लिख सका – न पिछलों को सुधार सका। अब तक भी तबीयत हाज़िर ही नहीं हुई। *अन्तःस्थल* की प्रशंसा में रवीन्द्रनाथ ठाकुर का भी एक पत्र मुझे मिला था। इस पत्र को पाकर मुझे साहित्य का पुरस्कार मिल गया। बहुत दिनों तक उस पत्र का नशा रहा।

हाजी मुहम्मद के मरने के बाद *अन्तःस्थल* श्री नाथूराम प्रेमी ने छापा था। कुल 61 रुपए पारिश्रमिक दिया था, एक प्रकार से कहना चाहिए, अनुग्रह किया था। उस समय इस *बावले की बड़* को छापना गांठ का पैसा पानी में फेंकना था, परन्तु हाजी मुहम्मद जिसने देश-भक्ति और राष्ट्रीयता से ऊपर मेरी विचारधारा को मानव-मन पर केन्द्रित किया था, उसे मैं न भूल सका।

लोकमान्य का अंतिम दिन

वह दिन मेरे जीवन का एक महान दिन था। उसे मैं कभी नहीं भूल सकूँगा। जुलाई, 1924 के अंतिम दिन थे। नित्य ही बूंदाबांदी होती रहती थी। उन दिनों बम्बई के दैनिकों में मुख्य रूप से दो ही बातों की चर्चा रहा करती थी। एक गांधीजी के आरम्भ होने वाले असहयोग संग्राम की, जिसके सम्बन्ध में सबकी संदेह-दृष्टि थी, और दूसरे लोकमान्य तिलक की, जो इन दिनों बम्बई में मृत्यु-शैया पर पड़े थे। इधर तीन दिन से लोकमान्य की हालत निराशाजनक होती जा रही थी। और दिन में अनेक बार डॉक्टरों के बुलेटिन निकलते रहते थे। सारा बम्बई नगर आशंका और उद्वेग से इस महापुरुष के जीवन की अन्तिम घड़ियाँ गिन रहा था।

बम्बई में लोकमान्य सदैव 'सरदार-गृह' में ठहरा करते थे। 'सरदार-गृह' एक महाराष्ट्र खाणवल (अतिथि और भोजन-गृह) था। अब भी है। इस समय अपनी महायात्रा की तैयारी भी लोकमान्य अपने जन्म-स्थान पूना में न कर इसी 'सरदार-गृह' में कर रहे थे। एक चिकित्सक के नाते मैं प्रायः नित्य ही एक बार देखने जाता था। चिकित्सा एलोपैथिक चलती थी। परन्तु मैं और यादवजी त्रिविक्रमजी आचार्य उन्हें देखने और परामर्श देने अवश्य जाते थे। 31 जुलाई की वह अर्धरात्रि कभी नहीं भूली जा सकती। 'सरदार-गृह' के कमरे में एक शैया पर लोकमान्य पड़े थे। ऊपर से नीचे तक श्वेत वस्त्र में ढके भारी-भारी पलकों ने नेत्रों को ढाँप रखा था, मोटी-मोटी भौंहें नीचे को झुकी हुई थीं। बड़ी-बड़ी श्वेत मूँछें नीचे झुककर होंठों पर छा गई थीं। एक-दो निकट सम्बन्धी सिरहाने और इधर-उधर खड़े उनके आदेशों का पालन और क्षण-क्षण पर बिगड़ती दशा को देख रहे थे। कभी-कभी लोकमान्य बिना पलक उठाए मन्द स्वर से कुछ कहते और पास वाले झुककर सुनते। चिकित्सक अब इलाज नहीं

कर रहे थे। केवल उन्हें कष्ट न हो, यही चेष्टा कर रहे थे। मैं बहुत देर से कभी भीतर आता कभी बाहर जाता, कभी उनके एकाध वाक्य को सुनने की चेष्टा करता, कभी एक तरफ जाकर रो लेता था। मेरा ख़्याल है, और भी कुछ लोग यही कर रहे थे। बात कोई किसी से न करता था। कमरे में गहरा सन्नाटा था। लोकमान्य को बीच-बीच में झपकी लग जाती थी, तब उनके कण्ठ से खरखराहट की आवाज़ आती थी, जो कमरे के बाहर से भी सुनाई देती थी। बहुत बार श्वास बन्द होने का सन्देह हुआ, लोग दौड़े। पर लोकमान्य ने नेत्र खोल दिए। आने वाले प्रभात में ही – पहली अगस्त को ही गांधीजी असहयोग आंदोलन आरम्भ करने की घोषणा कर चुके थे। जलियाँवाला हत्याकाण्ड और रोलेट ऐक्ट का वार हो चुका था। गांधीजी और उनके सत्याग्रह और असहयोग को लोग समझ न पाए थे। खादी का जन्म भी अभी हुआ ही था। विदेशी वस्तु बहिष्कार पर लोगों का मन ठहरा न था। गांधीजी ने असहयोग का विवरण अमृतसर कांग्रेस से पहले-पहल दिया था। गांधीजी भी तब तक उसके पूरे भाव से अनभिज्ञ थे। फौजी कानून ने पंजाब की ओर देश का ध्यान खींचा। इस अन्याय के विरुद्ध चारों ओर से ऊँची आवाज उठ रही थी। मोतीलाल नेहरू और स्वामी श्रद्धानन्द, लोकमान्य, मदनमोहन मालवीय, चितरंजनदास, लाजपतराय पर सबकी नजर थी। गांधीजी का विरोध सर्वत्र था। विरोधियों में लोकमान्य अग्रगण्य थे। केवल जिन्ना और मालवीय नरम थे। लोकमान्य और देशबन्धु उस समय दो चोटी के नेता थे। देशबन्धु का दिल असहयोग की तरफ था। लाला लाजपतराय पशोपेश में थे। पर मोतीलाल नेहरू आगे कदम बढ़ाने को तैयार थे।

लोकमान्य का मस्तिष्क इस मुमूर्ष अवस्था में भी इस राजनीतिक गुत्थी को सुलझाने में अटक रहा था। मुझे याद आता है कि ठीक बारह का घंटा बजते ही कोई एक असाधारण व्यक्ति कमरे में आए। सम्भवतः वह केलकर थे, परन्तु ठीक-ठीक नहीं कह सकता। उनके आने की सूचना पाकर लोकमान्य ने नेत्र खोल दिए। उन्होंने कहा – 'गांधी देश को कहाँ ले जाएगा' – ऐसा ही कुछ वाक्य मैंने सुना। वाक्य मराठी भाषा में था। बहुत धीमे स्वर में आगन्तुक महाशय ने बहस न करके

बात टालने की ही चेष्टा की। परन्तु सम्भवतः वे कुछ सन्देश लाए थे। सत्याग्रह और असहयोग पर; मैं उन दिनों एक पुस्तक लिख रहा था। लोकमान्य के विरोध से मैं परिचित था, इससे मुझे यह वाक्य याद रहा।

इसके बाद ही मैं वहाँ से धीरे-से चला आया। लोग धीरे-से होंठों में ही बात करते थे और पद-शब्द न हो इस प्रकार आते-जाते थे। चलते समय मैंने लोकमान्य की पद-वन्दना की थी। सोचता जा रहा था – 'अब दर्शन न होंगे।'

घर पहुँचते ही सुना कि लोकमान्य नहीं रहे। स्वर्ग-प्रयाण कर गए। किसी ने टेलीफोन पर सूचना दी थी। कालबादेवी से 'सरदार-गृह' कोई डेढ़ मील होगा। मैं एक विक्टोरिया ले उसमें निढाल होकर पड़ गया। जब 'सरदार-गृह' पहुँचा तो वहाँ इतनी भीड़ हो गई थी कि भीतर जाना सम्भव न रहा। बाहर बूंदाबांदी हो रही थी। निरुपाय, मैं सामने क्राफ़र्ड-मार्केट के एक साये में जा खड़ा हुआ। और भी बहुत लोग वहाँ आ गए थे। आजकल तो वहाँ और धोबी तालाब के चारों ओर बहुत बस्ती बस गई है, बाजार बन गए हैं, पर तब वह स्थान इतना जनाकीर्ण न था। धोबी तालाब मैदान था। इस सारे मैदान में नरमुण्ड-ही-नरमुण्ड दीख रहे थे। सब नंगे थे। बम्बई में नंगे सिर लोग कम रहते हैं। मैं वर्षा बन्द होने पर इधर-उधर धोबी तालाब तक का चक्कर लगा आता था। पर भीड़ इतनी हो गई कि चलना-फिरना सम्भव नहीं रहा। धीरे-धीरे भीड़ में जहाँ-तहाँ मृदंग की ध्वनि और कीर्तन का संयुक्त कण्ठ-स्वर गूँजने लगा। यह गूँज और स्वर बढ़ता ही गया। कुछ लोग तो उन्मत्त-भाव से भावावेशित हो गाने-नाचने लगे। पर सब गान-कीर्तन मराठी में हो रहा था।

धीरे-धीरे दिन निकला और लोगों ने देखा कि बारजे पर पद्मासन से लोकमान्य को बैठाया गया है, पुष्पों से आकण्ठ सजाकर। वे ही झुकी हुई पलकें, पीत मुख होंठों पर छाई हुई मूँछें – जैसे ध्यानस्थ ऋषि हों। नहीं भूल सकता उस मूर्ति को। मण्डलियाँ सम्मुख आ-आकर मृदंग-डफ बजाकर कीर्तन-गान करने लगीं। बारिश तो हो ही रही थी। अब तो नरमुण्डों का समुद्र था। इतनी भीड़ मैंने अपने जीवन में कभी नहीं देखी

थी। लोग ऋषि के दर्शन से तृप्त नहीं होते थे। पर भीड़ का रेला उन्हें आगे धकेल देता था। बहुत लोग कुचले जाकर बेहोश हो गए।

कोई दस बजे अर्थी की यात्रा चली। चौपाटी पर दाह करने का ख़ास प्रबन्ध किया गया था। बम्बई के इतिहास में यह प्रथम अवसर था कि किसी का शव-दाह चौपाटी पर हो। जहाँ इस समय लोकमान्य की प्रतिमा खड़ी है, ठीक उसी स्थान पर दाह हुआ था। शव-यात्रा को चौपाटी पहुँचते-पहुँचते संध्या हो गई थी। अभी चौपाटी कुछ ही दूर रह गई थी कि – पंजाब से लाला लाजपतराय और उनके साथियों ने एक स्पेशल ट्रेन से आई अर्थी में कन्धा दिया। तब तक हवाई जहाज न चले थे। पंजाब केसरी एक स्पेशन ट्रेन से ताबड़तोड़ आए थे। तमाम रात चौपाटी पर एक मेला-सा रहा। दूसरे दिन सुबह मैंने जाकर देखा तो दूसरा ही समा बंधा था। दो-तीन बल्लियाँ बांधकर उस स्थान पर एक घेरा-सा बना दिया गया था। सैकड़ों स्त्री-पुरुष, आबाल-वृद्ध आते, फूल-फल, पैसा-टका, दूध-मिष्ठान्न चढ़ाते, माथा टेकते और वहाँ की एक चुटकी राख यत्न से पल्ले में बांधकर ले जाते। बहुत लोग भजन गाते, कीर्तन करते उस स्थान की परिक्रमा कर रहे थे। बहुत लोग रो रहे थे। बहुत लोग देर तक स्तब्ध भूमि पर सिर टेके निश्चल पड़े थे। उन दिनों इसी स्थान पर कुछ मछुआरों की झोपड़ियाँ भी थीं। वर्षा से बचने के लिए इन झोपड़ियों में ठसाठस स्त्री-पुरुष भरे खड़े थे। इन लोगों की चाँदी थी। जहाँ आज लोकमान्य का भव्य स्मारक है, उसके सम्मुख अब तो ऊँचे-ऊँचे महलों की एक लम्बी कतार मेरीन ड्राइव तक बन गई है। उन दिनों ये महल नहीं बने थे। समुद्र तट भी खुला था। उसी दिन सायंकाल एक असाधारण सभा जुड़ी थी। लाला लाजपतराय की दहाड़ पहली बार मैंने वहीं सुनी थी। छोटी-छोटी आँखों और बड़ी-बड़ी मूँछों वाला वह ठिगना-सा आदमी उस दिन उस सभा में लाखों मनुष्यों का केन्द्र बना हुआ था। वह अविरल वाग्धारा बरसा रहा था और लोग हिलकियाँ ले रहे थे। कई दिन तक मैं लगातार उस स्थान पर जाता रहा। बहुधा उन बल्लियों को मैं स्पर्श करता, उनके इर्द-गिर्द घूमता – मूक मौन – अपने मानव नेत्रों में ताज़ा-ताज़ा लोप हुई मूर्ति को जैसे वहाँ उसी प्रकार समाधिस्थ देखता – वे

ही भारी-भारी झुकी हुई पलकें, सफेद मूँछों से ढके हुए होंठ, और पीला ऋषियों के समान मुख, आहिस्ता से कह रहे थे – 'गांधी देश को कहाँ लिए जा रहा है।'

सम्भवतः रात को 12 बजकर 40 मिनट पर लोकमान्य ने नश्वर शरीर त्यागा और उसी क्षण भारत में असहयोग यज्ञ का अगन्याधान हुआ। भारत की महान राजनीति में नए युग का आरंभ हुआ। तिलक का उग्र विद्रोह असहयोग की तरलाग्नि में बदल गया। मुझे याद आता है तभी मैंने कुछ पंक्तियाँ लिखी थीं –

पुण्य पूना में ध्रुव दर्शन हुआ,
तिलक सुशोभित हुआ देश के भाल पर।
पृथ्वी ने गाम्भीर्य दिया गरिमा भरा,
जन ने हृदय बनाया अपने हाथ से।
विविध विषय व्यापकता दी आकाश ने,
चंडातप ने तेज दिया दुर्धुर्ष अति।
बालारुण ने लाल किया निज रश्मि से,
और शारद हार बनी उस कंठ का।
रमा दुपट्टे की आ बैठी कोर पर,
यम ने पट्टा दिया उसे अमरत्व का।

जमनालाल बजाज का अछूत रसोइया!

सत्याग्रह और असहयोग की प्रसिद्धि के कारण मेरा परिचय देश के नेताओं से होने लगा। कहा गया था कि आज के हमारे राष्ट्रपति डॉ. राजेन्द्रप्रसाद भी उसे गीता की भाँति पढ़ते थे। इस पुस्तक को लिखने के कारण मुझे लोग गांधीवादी समझने लगे थे। गांधीवादी और गांधी-दर्शन का तब नया ही निर्माण हुआ था और मेरी पुस्तक का गांधीवाद से कोई सम्पर्क ही न था। मैंने तो उसमें सत्याग्रह और असहयोग की स्वेच्छा से अपने निश्चयों के अनुसार व्याख्या की थी। अलबत्ता ये दो शब्द अवश्य गांधीजी से ही मैंने ग्रहण किए थे। ख़बर गांधीजी तक पहुँची। उन दिनों वे बम्बई ही में रहते थे। मेरी पूर्व-कथित पुस्तक जिस संस्था से प्रकाशित हुई थी, उसका सम्बन्ध जमनालाल बजाज से था। इस परिचय से एक दिन जमनालाल बजाज मेरे पास आए और कहा, 'बम्बई में मारवाड़ी अग्रवाल सम्मेलन हो रहा है, आप सभापति का भाषण लिख दें।' पाँच सौ रुपए उन्होंने देना चाहा। मैंने कहा, 'आप आए हैं तो भाषण अवश्य लिख दूँगा, पर रुपए देने की जो बात आपने कही है, उसके लिए माफी माँगनी होगी।' बजाज हँस दिए और हँसकर कहा, 'लिखकर या जुबानी?' मैंने कहा, 'जुबानी ही काफी है।' तब तय हुआ कि माफी माँग लूँगा, पर उसका तरीका क्या होगा, यह मुझ पर छोड़िए। और इस प्रकार उस वणिक् पुत्र से मित्रता हुई। पीछे विग्रह भी हुआ, पर मित्रता के दौरान में मैंने उन्हें बहुत सताया, बहुत तंग किया वे मुझे गांधीजी के पास ले गए। गांधीजी उन दिनों *नवजीवन* का हिन्दी संस्करण निकालना चाह रहे थे। जमनालाल बजाज ने शायद बहुत बड़ा परिचय दिया था। इससे गांधीजी ने बड़ी धूमधाम से मुझसे *नवजीवन* के सम्पादक का प्रस्ताव किया। वेतन की बात भी चली, परन्तु एक बात पर बिगड़ गई। गांधीजी कहते थे, सम्पादक

की जगह उन्हीं का नाम होगा। मैं कह रहा था, जब मैं सम्पादन करूँगा, तो मेरा नाम होना चाहिए। दोनों ही सहमत न हुए और फिर मैं गांधीजी से कभी मिला भी नहीं। परन्तु देश और देश की सबसे बड़ी राष्ट्रीय सभा कांग्रेस दोनों ही गांधी के प्रभाव में आते गए। जिस दिन तिलक की मृत्यु हुई, उसके अगले दिन गांधी ने असहयोग की घोषणा की।

देखते-ही-देखते गांधीवाद भारत पर छा गया। उसका सबसे भारी प्रभाव हिन्दी साहित्य पर पड़ा। अपने कार्यकाल के प्रारम्भ में उन्होंने दक्षिणांचल में हिन्दी प्रचार का श्रीगणेश कर दिया। इस समय तक भारत स्वामी दयानन्द के उद्बोधन के प्रभाव में था। 'उठो! जागो!' की आवाज़ें अब सुनाई दे रही थीं, यद्यपि अब प्रभात हो रहा था और रात बीत चुकी थी। उसी उद्बोधन-संक्रमण ने गांधीवाद को ग्रहण कर 'भारतीय राष्ट्र' का सूत्र ग्रहण किया। यह भारतीय राष्ट्र स्वामी दयानन्द, बंकिम और भारतेन्दु द्वारा प्रचारित मातृभूमि वन्दना की श्रद्धा-भावना पर आधारित था। ज्यों-ज्यों सारा भारत राष्ट्रीय सूत्र में बंधता गया, हिन्दी साहित्य में महानाद का हुंकार भरता चला गया। इसकी जो तत्कालीन बड़ी-बड़ी प्रतिक्रियाएँ हुईं, उनमें राष्ट्रीय एवं सामाजिक पत्रों का प्रकाशन भी था।

जमनालाल बजाज यद्यपि वर्धा में रहते थे, वहाँ उनका व्यवसाय-केन्द्र भी था; परन्तु बम्बई में भी उनकी गद्दी थी और वे कभी-कभी वहाँ आते रहते थे। सबसे प्रथम जब उनका दर्शन-लाभ मुझे हुआ तो उन्होंने अपने पूज्य पिताजी की चिकित्सा करने का निमन्त्रण मुझे दिया। चिकित्सा मैंने की। इसके बाद तो उन्होंने मुझे कई केस दिए। कुछ केस तो ऐसे थे जो न उनके परिवार के थे, न मित्र थे। कोई भी ज़रूरतमन्द गरीब रोगी उनसे आकर कह दे कि मेरे पास चिकित्सा के लिए पैसा नहीं है। मेरी चिकित्सा आप करा दीजिए, तो वे उसकी चिकित्सा की व्यवस्था कर दिया करते थे। ऐसे ही दो-चार व्यक्तियों की चिकित्सा का भार मुझे भी सौंपा गया था। उनके चिकित्सा-व्यय में हज़ारों रुपयों के हमारे बिलों का पेमेंट उनकी गद्दी से होता रहता था। चिकित्सा के लिए मुझे वर्धा भी जाना पड़ता था। जमनालाल बजाज का घर उन

दिनों भारत की पार्लियामेंट हाउस कहा जाता था। देशभर के राजनैतिक नेता वहाँ एकत्र होकर देश के भविष्य का निर्णय करते थे। उनका चौका सबके लिए खुला हुआ था। भोजन के समय सब एक साथ बैठकर एक-समान भोजन किया करते थे। एक बार जब एक रोगी की चिकित्सा के लिए मैं उनके यहाँ ठहरा हुआ था, तो मुझे भी उन्होंने भोजन के लिए वहीं बुला भेजा। मैं चला गया। आसन बिछे हुए थे और सामने छोटी-छोटी चौकियाँ थाली रखने के लिए रखी हुई थीं। सब लोग भोजन के लिए बैठ गए। मैं भी बैठ गया। बजाजजी मेरे बराबर ही बैठे थे। भोजन परसा जाने लगा। यद्यपि चौकी और भोजन-अत्यन्त स्वच्छ था। परन्तु परोसने वाला व्यक्ति स्वच्छ नहीं था। वह व्यक्ति जब मेरे सामने भी परोसने लगा तब मैंने हाथ रोककर कहा, 'मैं नहीं खाऊँगा।'

परोसने वाला आगे बढ़ गया। बजाजजी ने आश्चर्य से मेरी ओर देखकर प्रश्न किया, 'क्यों?'

'मैं इस व्यक्ति के हाथ का छुआ भोजन नहीं खाऊँगा?'

'पर यह तो गौड़ ब्राह्मण है?'

'तब तो और भी नहीं खाऊँगा।'

उन्हें कौतूहल हुआ। और लोगों की भी जिज्ञासा बढ़ चली। उन्होंने फिर प्रश्न किया, 'पर कारण क्या है?'

मैंने कहा, 'यह व्यक्ति अस्वच्छ है। इसके वस्त्र गन्दे हैं, इसकी हज़ामत के बाल बढ़कर खिचड़ी हो गए हैं, इसके दाँतों पर वर्षों का मैल जमा हुआ है। यह ब्राह्मण होते हुए भी अस्वच्छ है। मैं नहीं खाऊँगा।'

मैंने भोजन नहीं किया। सब भोजन कर रहे थे, पर मैं बैठा सबको अपनी साहित्य-चर्चा में लगाए हुए था। मैं एक सप्ताह वहाँ चिकित्सार्थ रहा, मेरे भोजन का अलग प्रबंन्ध कर दिया गया था। एक दिन जमनालालजी कुछ प्रसन्न थे। मैं भी उनके पास बैठा था। उन्होंने मुझसे फिर भोजन के सम्बन्ध में प्रश्न किया, 'आपको हमारे भोजन का नियम कैसा लगा?'

मैंने उत्तर दिया, 'बिल्कुल नापसन्द।'

'क्यों?'

मैं हँस दिया। मैंने कहा, 'सेठजी, बन्दे ने बचपन में माँ के हाथ का ऐसा स्वादिष्ट भोजन किया है कि ये आपके नौकर क्या बनाएँगे। घर की स्त्री जिस स्नेह से भोजन बनाती और खिलाती है, वह स्नेह ही शरीर का वास्तविक पोषक तत्त्व है। गर्मा-गर्म एक-एक फुलका, गाय-भैंस का घर का निकाला हुआ घी उस पर चुपड़ा हुआ, और लो, एक और, अभी खाया ही क्या है, का मधुर आग्रह कभी आपने अनुभव किया? माता से पृथक होकर अब मैं अपनी पत्नी के हाथ का बना भोजन उसी प्रेम और स्नेह से प्राप्त करता हूँ। माता और पत्नी दोनों ही आत्मा का रस भोजन में मिला देती हैं। अन्न प्राण है और प्राणों से प्राणों का साथ है। देखिए मेरा शरीर और स्वास्थ्य – कितना अच्छा है।'

मेरी बात सुनकर वे गम्भीर हो गए। उन्होंने कहा, 'आप ठीक कहते हैं। पर अब मेरा जीवन सार्वजनिक हो गया है, मेरा चौका अब मेरी पत्नी के दायरे से बाहर की बात है।'

उनकी गम्भीरता में सचमुच ही भोजन की मेरी व्याख्या समा चुकी थी।

कठोर तपस्वी मालवीयजी

1926 की बात है। एक दिन सब्ज़ी मंडी बिड़ला मिल से सेठ रामेश्वरदासजी बिड़ला का संदेश आया कि मोटर आती है, आप ज़रा आइए। जाकर मालूम हुआ कि मनस्वी मदनमोहन मालवीयजी की तबीयत ठीक नहीं है। उनकी कमर में एक स्थान पर दर्द है। दो-चार मिनट बैठने पर ही मालवीयजी ने मुझे बुला भेजा।

रात्रि के नौ बजे का समय था। देखा एक आरामकुर्सी पर अनिश्चित भाव से बैठे वे कुछ कागज़ों को ध्यान से देख रहे थे। मुझे देखते ही उन्होंने कागज़ रख दिए और अपने रोग का संक्षिप्त वर्णन कर दिया। मैंने कहा – 'आप ज़रा पलंग पर लेट जाएँ तो पीड़ास्थान की परीक्षा कर लूँ।' वे कुर्सी से उतरकर धरती पर औंधे लेट गए और अपने हाथ में मेरा हाथ लेकर दर्द के स्थान को टटोल-टटोलकर बताने लगे। पीड़ा बहुत ज़्यादा थी, परन्तु उनकी वर्णनशैली और व्यवहार ऐसा था कि मानो किसी दूसरे मनुष्य के दर्द के स्थान को दिखा रहे हैं। मैंने धीरे-धीरे कुल पीठ का वस्त्र हटाकर शरीर को देखा। देखते-देखते मेरा हृदय भर आया। शरीर में हड्डियों पर सिर्फ चमड़ी मढ़ी हुई थी। माँस का तो नाम भी नहीं था। मैंने मन में क्षुभित होकर कहा – 'कैसा निर्मम ब्राह्मण है, शरीर पर दया ज़रा नहीं करता। महाराज, इस समय विश्राम कीजिएगा।'

उन्होंने तत्काल जवाब दिया – 'विश्राम ही तो कर रहा हूँ। ऐसा काम ही क्या है? पर आप इतनी व्यवस्था कर दीजिए कि कल मैं बाहर आ-जा सकूँ। असेम्बली में भी मुझे अवश्य शरीक होना है, और दो-तीन मीटिंग में भी जाना है।'

इतने में एक व्यक्ति ने आकर कहा – 'हिन्दू सभा से फोन आया है कि क्या आप कृपा कर पाँच मिनट को कल किसी समय एक मीटिंग को एड्रेस कर सकेंगे?'

मालवीयजी ने कुछ रुककर कहा – 'हाँ, मैं जाऊँगा।'

सर्दी ज़्यादा थी। मैंने कहा – 'मैं कल बाहर जाने की सम्मति नहीं दे सकता। दर्द के बढ़ जाने का पूरा अंदेशा है।'

उन्होंने बड़े ही लाचार भाव से उत्तर दिया – 'वह तो है, परन्तु बिना जाए काम भी तो नहीं चल सकता। रात्रि-भर का विश्राम मैं अवश्य करूँगा।'

मैंने मन में हँसकर कहा – 'बड़ी कृपा, रात्रि-भर का विश्राम यदि आप करें।'

उन्होंने मुझसे प्रश्न किया – 'आप क्या औषध भेजेंगे?'

मुझे यह प्रश्न ज़रा बुरा लगा, परन्तु जब मैंने नुस्खा बताया तो उन्होंने उसके गुण-दोषों को ऐसी ख़ूबी से वर्णन किया कि मैं तो दंग रह गया। मैं चला आया और औषध भेज दी।

प्रातःकाल जाकर देखता हूँ कि वे फर्श पर घुटनों के बल पड़े कागज़ों में डूबे हुए हैं, बैठना शायद सम्भव न था। तबीयत का हाल पूछने पर बोले – 'दर्द बहुत कम है। रात को नींद भी बहुत अच्छी आई। रात तेल की मालिश की थी, अभी फिर कराता हूँ। तेल में क्या-क्या औषध है?'

मैंने तेल का नुस्खा भी बता दिया। कहने लगे – 'बहुत सुन्दर वस्तु है। धन्यवाद। भोजन क्या करूँ?'

मैंने पूछा – 'नित्य क्या खाते हैं?'

कहने लगे – 'सिर्फ चावल और धुली हुई मूँग की दाल।'

मैंने कहा – 'परन्तु आप चावल अभी चार-पाँच दिन न खा सकेंगे।'

वे बोले – 'मैं चावलों के सिवा कुछ खा नहीं सकता। मेरी पाचन-शक्ति और कुछ हज़्म ही नहीं कर सकती। वैसे चावल मुझे पसन्द नहीं है पर क्या करूँ?'

मैंने कई खाद्य बताए परन्तु एक भी ठीक नहीं बैठा।

मैंने कहा – 'तब लाचारी है। परन्तु इससे आपको स्वस्थ होने में देर लगेगी।'

इसी समय एक व्यक्ति उसी गाड़ी से काशी विश्वविद्यालय के कागज़ ले आया था। उन्होंने सब कुछ भूलकर कागज़ों को देखना शुरू किया। मैं बड़ी देर तक चुपचाप

बैठा इस कठोर तपस्वी को देखता रहा। बिल्कुल आवश्यक हड्डियों का यह शरीर जिसके जीवन-निर्वाह की स्वाभाविक आकांक्षाएँ अतिशय संक्षिप्त है, जो प्रतिक्षण एक चिन्ता-समुद्र में डूबा रहता है, जिसकी भृकुटी-मुद्रा सदैव संकुचित और व्यग्र रही है। यह सब किसलिए? एक आत्मत्याग की भावना को लिए हुए कितनी तेज़ी से इस दीपक का स्नेह जल रहा है, और हम जो इसके प्रकाश में कुछ देख रहे हैं, कैसे निश्चिन्त बैठे हैं। जो व्यक्ति केवल पाँच घंटे सोता है, आहार में भी घी, दूध और मलाई आदि पुष्टिकर भोजन को न पचा सकने पर सिर्फ चावल और मूँग की दाल पर निर्भर रहता है। और चौदह घंटे मानसिक परिश्रम जिसका नित्य व्यवसाय है, वह व्यक्ति पचपन से ऊपर अवस्था को प्राप्त करने के कारण प्राकृत रीति से शरीर पोषण करता है। शरीर की स्वाभाविक क्रियाएँ क्षीण हो रही हैं। उनका वजन उस समय 120 पाउण्ड से भी कम था।

विनयी युवक बच्चन

इलाहाबाद के कीटगंज प्रवास काल में इलाहाबाद के एडवोकेट मुंशी श्री कन्हैयालालजी से मेरा प्रथम परिचय चाँद के *फाँसी अंक* के कारण हुआ था। मुंशी कन्हैयालालजी कहानियों के बड़े भारी आढ़ती निकले। उनके घर से ऊपर वाले लम्बे से कमरे में जब मैं घुसा, तो मैं उनकी कहानी-प्रियता को देखकर आश्चर्य में डूब गया। वहाँ पृथ्वी-भर की भाषाओं की कहानियों के संग्रह उनके पास थे। वे उनका नमूना सुनाते, आलोचना सुनाते, अनुवाद करते। उनका कहानी संबंधी ज्ञान और लगन अद्भुत थी। मुझे तो वे कहानी के अवतार ही प्रतीत हुए।

एक बार इलाहाबाद के कीटगंज के एक प्रख्यात रईस के एकमात्र पुत्र की चिकित्सार्थ मुझे वहाँ रहना पड़ा। कीटगंज के रईस साहब की कोठी में ही मैं ठहरा था। उनके रुग्ण पुत्र को मैं प्रातःकाल और तीसरे पहर देख लिया करता और औषध-पथ्य की व्यवस्था बता देता था। शेष मेरा सब समय खाली रहता था। दिन का समय तो मैं अपने अध्ययन और लेखन में बिता दिया करता था, परन्तु सायंकाल होने पर सेठ की बग्घी जुतवा 'कृष्णनिकुंज' कन्हैयालालजी के निवास स्थान पर जा पहुँचता। दो-तीन घंटे तक हमारी बैठक जमती थी, कहानियों की चर्चाएँ होती रहतीं। कभी-कभी मैं रात्रि का भोजन वहीं करता था। कृष्णनिकुंज पहुँचकर मैं रईसी बग्घी को वापस कर देता था। और रात को लौटता था कन्हैयालालजी की फिटन में। आज वैसी शानदार बग्घी और फिटन कहाँ! न वैसे पानीदार घोड़े ही रईस पाल सकते हैं। अब तो मोटरकारों की होड़ लग गई है। एक दिन संध्या समय मैं कन्हैयालालजी से कहानियों की बहस में उलझा हुआ था कि एक विनयी युवक ने आकर मुझे प्रणाम किया। युवक में एक मस्ती थी। मैं उसकी ओर आकर्षित हुआ। यह युवक

हरिवंशराय बच्चन थे। फिर तो हम दो से तीन हो गए। और हमारी त्रिगुटी गोष्ठी ठाठ से जमने लगी। कभी-कभी बच्चन रात को मेरे स्थान तक मुझे छोड़ने मेरे साथ फिटन में आते थे।

इसी प्रवास में मैंने *पृथ्वीराज रासो* का अध्ययन किया और उसी पर आधारित *खवास का ब्याह* नामक उपन्यास लिखा। इन्हीं दिनों मुझे सूचना मिली कि हिन्दी साहित्य सम्मेलन झांसी का सभापतित्व करने वाले श्री किशोरीलाल गोस्वामी इलाहाबाद में आकर निरंजनलाल भार्गव की कोठी में ठहरे हैं। इन वयोवृद्ध साहित्यकार के प्रति मेरे मन में आदर-भावना थी। उनका साहित्य भी पढ़ा था, दर्शन नहीं किए थे। बस हमारी मित्रमंडली संध्या समय उनके डेरे पर पहुँची। कमरे में पहुँचकर देखा कि वे पलंग पर तकिए के सहारे बैठे हैं। नेत्रदृष्टि उस समय उनकी जाती रही थी। मैंने उनके समीप पहुँचकर उनके चरण छुए। चरण स्पर्श होते ही उन्होंने प्रश्न किया, 'कौन?'

मैंने उत्तर दिया, 'चतुरसेन।'

सुनते ही पलंग से उतरकर उन्होंने मुझे अपनी बाँहों में भर लिया। मेरी कहानी *अम्बपाली* को उन्होंने पढ़वाकर अनेक बार सुना था। उसी की प्रशंसा करते-करते वे मेरी पीठ ठोकते रहे।

उन्होंने मुझसे अनुरोध किया कि *अम्बपाली* को मैं स्वयं पढ़कर उन्हें सुनाऊँ। मैंने स्वीकार किया। अगले दिन हम सब वहाँ पहुँचे। निरंजनलाल भार्गव तथा उनके परिजन-मित्रजन भी वहाँ उपस्थित थे। मैंने *अम्बपाली* पढ़कर सुनाई। गोस्वामीजी ने अपने दुपट्टे से अपना सिर बांध लिया और बोले, 'आपने मुझे और ही लोक में पहुँचा दिया। आपकी लेखनी ने कहानी में कितना जीवन, कितनी रंगीनी भर दी है।'

मैंने उत्तर दिया – 'मैं आप ही का कलम का विद्यार्थी हूँ।'

इसी प्रवास में मैंने बच्चन से उनका प्रथम कविता-पाठ सुना। उस समय बच्चन बहुत नहीं खुले थे। इसके दो वर्ष बाद उन्हें फिर एक कवि सम्मेलन में *मधुशाला* सुनाते और मस्ती में झूमते देखा। मैंने उनकी प्रशंसा की। 1938 में मैंने उन्हें तीसरी बार फिर एक सम्मेलन में देखा। इस समय उनकी पत्नी का वियोग उन्हें दग्ध किए

हुए था। उन्हें ऐसा देखकर मुझे कष्ट हुआ। मैंने उन्हें आज्ञा दी कि मेरे पास शाहदरा आकर कुछ दिन रहो, मैं तुम्हारी चिकित्सा करूँगा। शरीर और मन दो अलग सत्ताएँ नहीं हैं। मेरे कहने पर 1940 में वे मेरे पास आकर रहे। मैंने उनके शरीर की परीक्षा की। अवसाद-विषाद की सारहीनता को समझाया। 'पुनः विवाह करो, वैवाहिक जीवन ही से तुम शान्त और सुखी हो सकते हो' – यह समझाया। औषध भी दी। छः महीने तक उन्होंने मेरी औषध ली। दूसरा विवाह किया। उनमें फिर वही मस्ती देख मुझे बहुत खुशी हुई।

जवाहरलाल की व्यस्तता

1931 की बात है। महाप्राण जवाहरलाल नेहरू तब विश्व के मध्य-बिन्दु और एशिया के महाप्रतिनिधि थे। वे भारत के धन थे। तब वायु की गति से वे दुनिया में दौड़ते, रात-दिन व्यस्त रहते और मकड़ी के जाल में फँसी मक्खी की भाँति भूत-भविष्य की राजनीति के जाल में उलझे हुए थे। वे जैसे व्यस्त तब थे, वैसे ही पहले भी थे। स्वनामधन्य पं. मोतीलाल नेहरू का बहुत दिन बीमार रहकर देहान्त हो चुका था। श्री पुरुषोत्तमदास टण्डन ने मुझे लिखा – 'मोतीलालजी पर एक संस्मरण लिख दो। जवाहर लखनऊ आ रहे हैं। आपके निकट ही ठहरेंगे। उनसे मैंने कह दिया है, सो उनमे मिलकर आवश्यक प्रश्न करके काम की बातों की जानकारी प्राप्त कर लेना।' मैं श्री जवाहरलालजी की प्रतीक्षा करने लगा। शायद दूसरे दिन वे लखनऊ आ गए और मैं श्री दुलारेलाल भार्गव को साथ लेकर उनके डेरे पर उनसे मिलने गया। वे पड़ोस ही में उतरे थे। पर जिस घर में वे उतरे थे उसकी बात तो दूर, उस गली में भी घुसना मुझे सम्भव नहीं प्रतीत हुआ। अवकाश के विचार से मैंने देर कर दी थी, काफी रात बीत गई थी, पर भीड़-भाड़ का उस समय भी वही हाल था। बहुत कोशिश करने पर भी मुझे श्री जवाहरलाल तक पहुँचना असम्भव-सा ही लगा। परेशान होकर तब मैंने श्री दुलारेलाल से सलाह की कि क्या करना चाहिए।

श्री दुलारेलाल लखनऊ का पानी पीकर पले थे। झट उन्होंने तिकड़म भिड़ाई। बोले – 'वह सामने वाला घर मेरे एक परिचित मित्र का है, उसकी छत पर चलकर पुकारें तो कुछ हो जाएगा।'

हम लोग उस मकान की छत पर चढ़ गए। छत एक मंज़िल अधिक ऊँची थी। पृष्ठ भाग में वह घर था जहाँ श्री जवाहरलाल ठहरे थे। हज़ारों आदमी सहन में भरे

थे। हमने ऊपर बहुत आवाज़ें दीं, पर किसी ने हमारी बात पर कान नहीं दिए। अन्त में हमने ढेले मारने शुरू किए। जिनको ढेले लगते, वह कुछ कहते, ऊपर देखते, पर हम कुछ कह न पाते। उनको अपनी ओर देखते हम चिल्ला-चिल्लाकर अपना अभिप्राय कहते, पर उसे भी कोई माई का लाल सुन-समझ न पाता। अन्त में हम थक गए। उधर ढेले पर ढेले फेंकने से कई आदमी हम लोगों की ओर देखने लगे। एक-दो स्वयंसेवक भी आ जुटे। आख़िर हमने एक पुर्ज़े पर अपना अभिप्राय लिखकर और उसे ढेले में लपेटकर नीचे फेंका। ईश्वर को धन्यवाद कि उसे एक स्वयंसेवक ने उठाकर हमारी ओर देखा और हमारा अभिप्राय समझ पुर्ज़ा श्री जवाहरलालजी को पहुँचा दिया। पुर्जा पाते ही जवाहरलाल तुरन्त बाहर निकल आए और कान पर हाथ धरकर खूब ज़ोर से पुकारकर कहा, 'टण्डनजी ने मुझे कहा तो था, पर इस समय तो बात करना असम्भव है। क्या आप परसों इलाहाबाद नहीं आ सकते?'

मैंने कहा, 'अच्छी बात है, मैं इलाहाबाद आ जाऊँगा।' बस वे साठ गज लम्बी छत की दूरी की मुलाकात यहीं खत्म हो गई। वे भीतर चले गए और हम अपने घर।

तीसरे दिन मैं इलाहाबाद पहुँचा। वहाँ मेरे मित्र श्री निरंजनलाल भार्गव हैं, वहीं मैं ठहरा। जाते ही आनन्द भवन फोन करके मैंने जवाहरलालजी से पूछवाया कि मैं इलाहाबाद आ गया हूँ, समय दीजिए, कब आऊँ? जवाब में कृष्णाजी बोलीं। उन्होंने नाम और काम पूछा। फिर कुछ रुककर कहा, 'रात को बारह बजे के बाद आइए।' सुनकर मिज़ाज गुनगुना हो गया। रात को बारह बजे! यह भी कोई मुलाकात का समय है? पर टण्डन जी की बात थी, टाली नहीं जा सकती थी। श्री निरंजनलालजी की कार लेकर ठीक समय पर आनन्द भवन जा पहुँचा। बारह बज चुके थे। मैं सीधा कृष्णाजी के पास पहुँचा। ज़रा और विस्तार से अपना अभिप्राय कह सुनाया। सुनकर बोलीं – 'भाई अभी तक आए ही नहीं, खाना भी नहीं खाया है। आज आठ-दस मीटिंगों में उन्हें शरीक होना था। लेकिन आप बैठिए, आते ही मैं पहले आपसे मुलाकात करा दूँगी।'

मैंने धन्यवाद दिया और बाहर आकर बरांडे में टहलने लगा। उस समय भी वहाँ सैकड़ों मुलाकाती उनकी प्रतीक्षा कर रहे थे। कोई बैठा था, कोई टहल रहा था, कोई

धीरे-धीरे साथी से बातें कर रहा था। आधे घंटे की प्रतीक्षा के बाद एक मोटर भीतर घुसी और प्रत्येक व्यक्ति बेचैनी से 'आ गए, आ गए' कहकर उठ खड़ा हुआ। श्री जवाहरलाल गाड़ी से उतरे और तीर की भाँति सीधे बँगले में घुस गए। मैं बहुत ऊब गया था। सोच ही रहा था कि एक बार कृष्णाजी को याद दिला दूँ।

कृष्णाजी झपटती हुई आईं। उन्होंने कहा – 'आइए, जल्दी आइए।'

मैं साथ हो लिया। भीतर जाने पर वे मुझे उस कमरे में ले गईं, जिसमें श्री जवाहरलाल बैठे थे। वे एक कोच की पीठ पर दोनों के बीच सिर थामें आँखें बन्द किए-किए झुके पड़े थे। मेरी तरफ उन्होंने आँख उठाकर भी न देखा। उसी भाँति आँखें बन्द किए बोले – 'कहिए आप क्या चाहते हैं?'

मैंने कृष्णाजी की ओर देखा। वे आँखों ही में जैसे कह रही थीं – 'जल्दी बात खत्म कीजिए – देर मत कीजिए।'

मैंने कहा – 'मैं यह चाहता हूँ, आप जाकर खाना खाइए और आराम कीजिए। मैं अब जाता हूँ।'

श्री जवाहरलाल ने हड़बड़ाकर सिर उठाया, बोले – 'नहीं, नहीं, अधिक नहीं तो कुछ थोड़ी बातें हो जावेंगी।'

मैंने कहा – 'मुझे कोई बात ही नहीं करनी है, परन्तु यदि आप कहें तो सुबह मैं फिर आ सकता हूँ।'

'सुबह तो साढ़े छह बजे की गाड़ी से बम्बई जा रहा हूँ।'

'तो मैं कानपुर तक साथ चलूँगा। ट्रेन में बातें हो जावेंगी।'

नेहरू जी ने लाचारी के स्वर में कहा – 'मगर ट्रेन में तो कांग्रेस वर्किंग कमेटी की . . .'

मैं एकदम उठ खड़ा हुआ। मैंने कहा – 'तो फिर सही। हाँ, किन्तु आप आज्ञा दें, तो मेरा काम माताजी से भी हो सकता है।' इस पर जैसे दुखता हुआ फोड़ा छू गया हो, उस भाँति कराहकर श्री जवाहरलाल बोले – 'नहीं, नहीं, माताजी से पिताजी के विषय में एक शब्द भी न कहना। वे सह न सकेंगी, बेहोश हो जावेंगी।'

मैं धीरे-धीरे कमरे से बाहर चला आया।

ब्रजवल्लभ की उदारता

पंडित ब्रजवल्लभ शर्मा अनोखे जीव थे। ऐसे पुरुष अब पैदा नहीं होते। सौ रुपए रोज़ की कोकीन खाते थे, भाँग का गोला और अफीम की गोली, इससे पृथक। मुनाफे का नशा-पानी था। सुबह ग्यारह बजे उनके जागने का समय नियत था। उनके जागने से प्रथम नौकर भाँग का गोला और एक गिलास पानी उनके पलंग के नीचे रख देता था। जगते ही उनका अभ्यस्त हाथ पलँग के नीचे रखे गोले पर पड़ता, और उठते ही 'नारायण-नारायण' का पारायण करते हुए – वह गोला और एक गिलास तुरंत उनके उदर में पहुँच जाता। नौकर-चाकर ताक में चाक-चौबन्द रहते, एक पाखाने में ढाई सेर पानी का लोटा भरकर रखता, दो खिदमतगार गंगासागर, गमछे, पीली मिट्टी के डले, मंजन, मिस्सी, दातुन संभालने-जुटाने में व्यस्त हो जाते। पंडित जी आवाज़ लगाते – 'हम आएँ?' और ख़िदमतगार कहता – 'पधारो अन्नदाता।' और वह कान पर जनेऊ चढ़ा, एक हाथ में बीड़ियों का बंडल, दूसरे में दियासलाई लिए झूमते हुए पाखाने में प्रवेश करते। वहाँ उन्हें दो घंटे लगते थे। इस बीच वे कोई पचास बीड़ियाँ फूँक डालते।

पाखाने से निकलते ही एक चौकी पर पंडितजी बैठ जाते – पालथी लगाकर दोनों ओर दो ख़िदमतगार गंगासागर लेकर, और दो ख़िदमतगार पीली मिट्टी के छोटे-छोटे ढेले लेकर खड़े होते। पंडित जी दोनों घुटनों पर कलाई टेक उँगलियों का संचालन करते, जल की अनवरत धार हाथ पर पड़ती, एक-एक डली मिट्टी की हाथ पर पड़ती जाती, घुलती जाती।

इन सब कामों में दो बजते थे। दो बजे उनका भोजन का समय था। दो पतले फुलके, जरा-सी दाल, जरा-सी तरकारी, चटनी, एक पापड़। एक मुट्ठी भात। यह था

उनका भोजन। इसके बाद शयन। छह बजे उठते। उठते ही चहल-पहल मच जाती। हाथ-मुँह धो, गद्दी पर विराजमान होते। मुसाहिबों की संगत जुटती, कुछ फल-फूल खाकर पेचवान पीते, पान खाते, बातें करते, गप्पें उड़ाते। बीच-बीच में नौकर, मुनीम, गुमायते कान के पास आकर काम-काज की भी बात करते। घर-बाहर, पास-पड़ोस की आलोचनाएँ होतीं। सब कुछ ठेठ मारवाड़ी भाषा में महत्त्वपूर्ण बातें शुद्ध हिन्दी में। बहुधा धीमा स्वर, मधुर वाक्य, आला से अदने तक प्रत्येक के नाम के साथ 'जी' खैरख़्वाही में मुसाहिब जन इस समय तोहफे भी भेंट करते। नए होले आए हैं, दो-चार दाने साफ कर हथेली पर रख पेश किए। खाए और तारीफ हुई। फुलवारी में कोई बढ़िया फूल खिला – किसी मुसाहिब ने हथियाया और अब अवसर देख भेंट कर दिया। माली मोंगरे का गजरा बना लाया। कहार ने दूधिया छानी, सारी मण्डली ने पी। फिर हवाखोरी की ठहरी। कोई बम्बई, कलकत्ता की महानगरी नहीं। गाँव-देहात की सूनी सड़क। पैदल हवाखोरी हुई। दो-चार फर्लांग। दस-बीस मुसाहिब साथ। राह में जो मिला, रुककर हँसकर, मृदु स्वर में कुशल-मंगल पूछना, और आगे की राह चलना।

अब चिराग जल गए। मण्डली लौट आई। मजलिस-ख़ास जमी। पानों का दौर चला। प्रत्येक पान में कोकीन। फालतू मुसाहिब खिसके। ख़ासुल-ख़ास रहे। ताश के पत्ते निकाले गए। मसनदें लग गईं। पेचवान सज गया। दो ख़िदमतगार पान लगाकर दे रहे हैं, और गुपचुप निरन्तर क्षण-क्षण पर पान खाए जा रहे हैं। ताश का खेल चल रहा है। सन्नाटे का आलम है। बातचीत बन्द। सबके मुँह में कोकीन का पान। मुँह में कोकीन का असर, सारे शरीर में सिहरन, गैबी सनसनाहट, अवर्ण्य आनन्द। बस पत्ते फेंके जा रहे हैं, पान खाए जा रहे हैं, हार-जीत का ब्योरा मुनीम लिखता जा रहा है। बातचीत बन्द है, कुछ हुई तो नेत्रों के संकेत से, या केवल 'हूँ'। फालतू नौकर भी गायब। केवल एक ख़िदमतगार खड़ा है पेचवान को देखने। चिलम ठंडी हुई कि दूसरी तैयार। समय बढ़ता जा रहा है और अब बारह बज रहे हैं। दो ढोली पान भी खत्म हो सकते हैं, तो तीन ढोली भी, अर्थात् पाँच सौ पान।

कभी बारह बजे और कभी एक बजे मजलिस बर्ख़ास्त होती। इस समय पंडित जी फिर भोजन करते। दो पूरी, दो-तीन तरकारी, मलाई, एकाध टुकड़ा बरफ़ी और फिर दो ख़िदमतगार हाथ का सहारा दे पलँग पर ले जाते। बातचीत, बोलचाल, जो ताश का खेल शुरू होने पर बन्द हुई सो बन्द। ऐसा सन्नाटा कि सुई गिरे तो खटका हो। पंडितजी ज़िन्दा हैं यह इसी से प्रतीत होता था कि उसका शरीर गतिमान है। वह धीरे-धीरे पेचवान का कश खींचते-खींचते सो जाते। कभी सोते-सोते तीन भी बज जाते थे। यह थी पंडित ब्रजवल्लभ की दिनचर्या।

जिन दिनों की यह बात है तब से कोई आधी शताब्दी पहले कुछ मारवाड़ के पुरुष कंधे पर लोटा-डोर रखकर पाँव-प्यादे बम्बई पहुँचे थे। उन्हीं में पंडितजी के पिता श्री हरिप्रसाद भी थे। बम्बई पहुँचकर उन्होंने पंचांग छापकर चार पैसे में बेचना प्रारंभ किया। पंचांग बेचते-बेचते और भी पुस्तकें छापने लगे। *तोता-मैना का किस्सा* छापा, *सिंहासन-बत्तीसी* छापी, *बैताल-पचीसी* छापी, *प्राचीन वैद्यक* और *ज्योतिष* की पोथी भी छापी। अपनी छापी हुई पुस्तकें कंधों पर रख आप ही गली-कूचों में घूम-घूम कर बेचते थे। जीवनभर वे यही करते रहे। धीरे-धीरे उनका कारोबार बढ़ता गया और एक दिन वे बम्बई के संस्कृत पुस्तकों के प्रसिद्ध प्रकाशक बन गए। हरिप्रसाद भागीरथजी की फर्म देशभर में विख्यात हो गई। बम्बई में अनेक बिल्डिंग खड़ी हो गईं। मूल स्थान अजमेर के पास सलेमाबाद गाँव था। सलेमाबाद गाँव में एक ज्योतिर्लिंग है। इस मन्दिर के कारण यह गाँव बहुत प्रसिद्ध है। पर पंडित ब्रजवल्लभ न सलेमाबाद रहते थे, न बम्बई। बहुत आवश्यकता होने पर आते-जाते अवश्य रहते थे। इससे उनके आराम में, दिनचर्चा में, नशे-पानी के प्रोग्राम में बाधा पड़ती थी। इससे, मुकर्रर तौर पर रहते थे किशनगढ़ स्टेशन पर बनाए हुए मकान में। यही उनका प्रिय आवास था। इस समय पंडित ब्रजवल्लभ हरिप्रसाद भागीरथजी की प्रसिद्ध फर्म के स्वामी थे। हज़ारों रुपए मासिक की आय थी। काम-काज मुनीम-गुमाश्ते देखते थे। ख़र्च के रुपए अबाध रूप से चले आते थे। विशेष आवश्यकता होने पर तार से आते थे। हिसाब-किताब से उन्हें सरोकार न था। यह सब काम मुनीम-गुमाश्ते करते

थे, जिन्हें नौकरी करते ज़िंदगी बीत चुकी थी और यह नहीं कहा जा सकता था कि नौकर हैं या मालिक। मालिक को यह सब देखने-भालने का अवकाश कहाँ था।

पंडित ब्रजवल्लभ से मेरी मुलाकात सन् 1918 में अजमेर प्रवास काल में हुई, तब से जो परिचय बढ़ा तो वह मित्रता की सीमा तक पहुँच गया। जब-तब पंडितजी किसी-न-किसी बहाने सौगातें भेजते रहते थे, जिनमें एक सौगात ख़ास थी, जिसका अब केवल स्वप्न देखा जा सकता है। वह थी गुड़ की दो भेली। हर साल कार्तिक मास में भेलियाँ मेरे पास पहुँच जाती थीं। प्रत्येक का वज़न पाँच सेर, आकृति चौकोर, रंग उज्ज्वल और स्वाद-सुगन्ध वाह-वाह। पुष्कर में पंडितजी का एक ख़ास खेत था और उसी में यह ख़ास गुड़ होता था। समूचा गुड़ सौगात में ही जाता था। बिकता न था। गुड़ में मेवा होती थी – केसर, कस्तूरी, अम्बर भी डाला जाता था। वह अप्रतिम वस्तु थी। पूरे सालभर मैं उस सौगात की प्रतीक्षा करता था, जिसे मैं पाँच-सात वर्ष निरन्तर प्राप्त करता रहा। पंडितजी का मधुर स्वभाव, सहृदय प्रकृति अद्वितीय थी। क्रोध करना तो दूर, कभी उन्हें ज़ोर से बोलते भी न देखा गया। बात करते-करते भावावेश के कारण आँख में आँसू भर आते थे। होंठों पर हँसी और आँखों में आँसू तथा अवाक् वाणी, आज भी मेरे मानस-पटल पर वैसे ही अंकित हैं। परन्तु भाग्यदोष देखिए कि इस महापुरुष से भी मेरा झगड़ा हो गया और बात की बात में। बात ऐसी बढ़ी कि अदालत तक पहुँची। हाईकोर्ट ने डिग्री दे दी मेरे हक में, परन्तु झेंप और लज्जा के मारे मैं डिग्री के रुपए पंडित जी से न वसूल कर सका। डिग्री बट्टे खाते में पड़ी रही, हालाँकि रकम दस हज़ार के लगभग थी। परन्तु इसकी प्रतिक्रिया हुई, पंडितजी की ओर से मेरे ऊपर दस हज़ार का एक दावा ठोक दिया गया बम्बई हाईकोर्ट में। यह दावा निस्सन्देह कतई झूठा था, जो मुनीम-गुमाश्तों ने चलाया था। पंडितजी का मौन शायद सहमति मान ली गई थी। दावा बहुत मज़बूत पैरों का था। बहीखाते में हुंडियाँ दर्ज थीं। उन दिनों मैं बम्बई में रहता था। मेरा घर और हरिप्रसाद भागीरथीजी की फर्म बिल्कुल पास-पास ही थी – कालबादेवी रोड पर। बम्बई मैं गया तो था चिकित्सा-व्यवसाय करने, पर संग-दोष से शेयर और रूई का सट्टा भी

करने लगा था। दो और साथी थे। उन दिनों हम लोग प्रतिदिन लाख-पचास हज़ार कमाते-खाते थे। अद्भुत दिन थे, जब कि रात-रातभर तीनों आदमियों की मीटिंग होती थी। सारे संसार की रूई की उपज हमारी उँगलियों की पोर पर रहती थी। खाना-पीना हराम था। रुपया-ही-रुपया तन-मन में भरा था। रक्तवाहिनियों में रक्त न था, रुपया था। आज तो सम्पादकों और प्रकाशकों से पारिश्रमिक और रायल्टी के दस-दस रुपयों की भी कड़ी प्रतीक्षा करनी पड़ती है। ख़ैर छोड़िए इस बात को।

हाँ, तो मेरे ऊपर दावा ठोंक दिया गया, और इसके लिए मैंने दोषी बनाया पंडित जी को। दोष सोलह आना मेरा था। ख़ून की गरमी में मैंने अधैर्य से यह ग़लत काम कर डाला था। फिर जो प्रक्रिया हुई, वह मुनीम-गुमाश्तों की। पंडितजी से राय न पूछी गई थी। यह प्रतिक्रिया स्वाभाविक भी थी। मैं भी एक ज़िद्दी आदमी हूँ। पर उस फर्म के मुकाबले मेरी हैसियत कुछ न थी। मैं इस बात से अत्यन्त भयभीत हो गया कि यदि पंडित जी की डिग्री हो गई तो मेरी सारी अकड़ मिट्टी में मिल जाएगी। बड़ी बेइज़्ज़ती होगी। पंडित जी के मुनीम-गुमाश्तों की पहुँच दूर तक थी। उनके लिए डिग्री ले लेना बाएँ हाथ का खेल था। मैं खीझ, क्षोभ और बेचैनी से मरा जा रहा था। रह-रहकर पछतावा हो रहा था। बैठे-ठाले मित्रता पर लात मारकर यह कहाँ का ख़राब काम जल्दबाज़ी में कर डाला। लेकिन मुनीमों से ख़ुशामद करना या सुलह करना या पंडितजी का ही शरणापन्न होना मेरी गर्वीली प्रकृति के सर्वथा प्रतिकूल था। झुकना और अधीन होना मैंने सीखा नहीं। परेशानी, बेचैनी में भीतर-ही-भीतर मैं घुलता रहा।

इसी बीच कार्यवश मुझे अजमेर जाना पड़ा। मैंने एक विचार किया और आदमी भेजकर पता लगाया कि पंडितजी किशनगढ़ वाली हवेली में हैं या नहीं। जवाब आ गया – वहीं थे। मैंने एक योजना चुपचाप बनाई और उनसे जाकर मिलने का इरादा दिया। यह इरादा सुनकर कल्याणसिंहजी ने इनका विरोध किया। वह भी बड़े मान-धनी हैं। उन्होंने कहा – 'तुम्हें प्रथम तो मित्रता में लड़ना ही न था। बुरा काम हुआ। आगे-पीछे रुपया मिल ही जाता। न मिलता तो मित्रता कितनी अनमोल थी। पर अब जब लड़ लिए और झूठा मुकदमा तुम पर चलाया है, तब उनके पास जाना मुनासिब

नहीं है। अब लड़ो, चाहे हार हो या जीत। दुश्मन के पैरों पर पड़ने अब क्यों जाते हो?' परन्तु मैंने उनकी इस नेक नसीहत पर कान नहीं दिया। वास्तव में मेरी योजना का तो उन्हें पता न था और मैं चल दिया। मैं जानता था कि पंडितजी से मिलने और बात करने का समय कौन-सा है। उनकी दिनचर्या जानता था।

मैं जब पहुँचा, तब चिराग जल चुके थे और पंडितजी का दरबार लगा हुआ था। मुझे देखते ही पंडितजी सन्नाटे के आलम में रह गए। वह लड़खड़ाते हुए उठे। आगे बढ़कर मेरा हाथ पकड़ लिया और ले जाकर अपने साथ गद्दी पर बैठकर कुशल पूछी। औपचारिक शिष्टाचार हो चुकने के बाद मैंने ही नाटकीय रीति से हाथ जोड़कर कहा – 'एक कष्ट देने के लिए आया हूँ, साथ ही अपने एक कसूर की माफ़ी माँगने भी, यद्यपि कसूर बहुत भारी है तथापि आपका हृदय भी महान है। फिर भी माफ़ी न मिले तो मैं चाहूँगा कि इन उपस्थित सज्जनों के सम्मुख ही मुझे दंड भी दिया जाए।'

पंडितजी कुछ भी नहीं समझे। मेरी अकड़ और हठ को जानते थे। अब मेरा क्या अभिप्राय है यह उनकी समझ में नहीं आया। मैंने तुरन्त गोला दाग दिया। कहा – 'आप श्रीमानों का दस हज़ार रुपया लेकर मैं खा गया, असल तो दूर ब्याज भी न दे सका, जिससे आपको अदालत में दावा दायर करने का कष्ट उठाना पड़ा। अब रुपया हाज़िर है। असल और ब्याज फैलाकर जो निकलता है, रुपया ले लीजिए और उसके बाद मेरे कसूर की जो मुनासिब सज़ा हो वह भी इन भद्र पुरुषों के समक्ष सुना दीजिए।' यह कहकर मैंने शेरवानी की भीतरी जेब से भारी-भरकम चमड़े का पर्स निकालकर उनके सामने गद्दी पर शान के साथ फेंक दिया।

परन्तु मेरा कलेजा तेज़ी से धड़कने लगा। कहीं इन्होंने पर्स उठा लिया, और रुपए गिने तो क्या होगा? क्योंकि पर्स में कुल जमा पाँच-पाँच रुपयों के पाँच नोट थे। शेष रद्दी कागजों, चिट्ठियों, रसीदों का वज़नी पुलिन्दा था, जो बहुत सोच-समझकर बनाया गया था। मेरी नज़र पर्स पर थी जो गद्दी पर पंडित जी के सामने पड़ा था। परन्तु यह एक मनोवैज्ञानिक खेल था, मुझे भरोसा था कि पंडितजी पर्स को छूएँगे भी नहीं। उनकी महान निष्ठा और गौरव पर मुझे विश्वास था।

पंडितजी की आँखें जो नीचे झुकीं तो ऊपर न उठीं। उनके मुँह से एक शब्द भी न फूटा। बड़ी देर तक वह उसी अचल मुद्रा में पत्थर की मूर्ति की भाँति बैठे रहे। मुसाहिब भी सन्नाटे में। इस प्रकार तीन-चार मिनट बीत गए। मैंने फिर विनम्र मुद्रा में हाथ जोड़कर कहा – 'अधिक समय मेरे पास नहीं है, क्योंकि मैं आज ही रात की मेल से दिल्ली आ रहा हूँ। कृपा कर मुनीमजी को हुक्म दीजिए – वह ब्याज फैला लें और रुपए गिन लें।'

परंतु पंडितजी उसी प्रकार निश्चल बैठ रहे और मैंने देखा कि उनकी आँखों से आँसू टपक रहे हैं। मुसाहिब लोगों को बड़ा आश्चर्य हुआ। एक ने कहा – 'यह क्या बात है, यह रुपया लाए हैं तो ले-देकर बेवाक् कीजिए।'

इतने पर भी पंडितजी बड़ी देर तक गुपचुप बैठे आँसू गिराते रहे। आँखें ज़मीन से ऊपर उठी ही नहीं। मुसाहिबों ने फिर कहा – 'यह बात तो हमारी समझ में नहीं आती। यह कहते हैं तो आप हिसाब क्यों नहीं करते, रुपया लेते क्यों नहीं?'

अब पंडितजी ने बड़ी दर्दभरी आवाज़ में, जैसे उनका सिर काटा जा रहा हो, कहा – 'कैसे ले लूँ? मेरा तो कुछ इनकी तरफ निकलता ही नहीं।'

मुसाहिब लोग आश्चर्यचकित होकर एक-दूसरे का मुँह देखने लगे। मुझसे पूछा – 'यह क्या बात है, साहब?'

मैंने कहा – 'बात असल में यह है कि पंडितजी बड़े आदमी हैं, मेरे जैसे हज़ारों से देना-लेना ठहरा। भूल गए हैं। दिल उनका समुद्र है, दोस्ती का भी लिहाज़ करते हैं, इसलिए लेना ही नहीं चाहते, परन्तु मैं तो देनदार हूँ। मैं ठीक-ठाक जानता हूँ कि रुपया मैंने लिया था। न ब्याज दिया न असलद्। इन्होंने मुरव्वत की, माँग नहीं। अब अदालत तक नौबत आई बहुत लज्जित हूँ मैं अपनी नालायकी पर, लेकिन अब असल रुपया मय सूद देने और दंड भुगतने पर आमादा हूँ। पंडितजी भूल गए हैं। पर मैं नहीं भूला हूँ।' मैंने मुनीम को ललकार कर कहा – 'मुनीमजी, रुपया संभालो, आओ यहाँ।'

परन्तु मुनीम को भी साँप सूँघ गया। न बोले न हिले-डुले। मुसाहिबों में घुस-फुस

होने लगी। दो-तीन एक साथ बोल उठे – 'यह तो अजीब मामला है साहब, देने वाला कहता है रुपया लो, और लेने वाला कहता है मेरा तो कुछ चाहिए ही नहीं।'

अब पंडितजी की बोली फूटी। उन्होंने संक्षेप में सारा किस्सा सुना दिया। कुछ भी अटका न रखा। कहा – 'रुपया तो इन्हीं का चाहिए था – उसकी डिग्री हाईकोर्ट से हो गई है। बम्बई के मुनीम ने मेरा मुँह काला कर दिया, इन पर बदले में झूठा मुकदमा खड़ा कर दिया, यही रुपया देने यह मेरे द्वार पर आए हैं। इनके आने से ही मेरे बाप-दादों का उद्धार हो गया। तुम लोगों ने भी देख लिया। पर अभी यह ब्रजवल्लभ ज़िन्दा है। ब्राह्मण का बेटा हूँ – पतित हूँ, अधम हूँ, कीट-पतंग हूँ, पर इतनी बुद्धि रखता हूँ। ब्रजवल्लभ जान दे देगा, धर्म से नहीं डिगेगा। मुझसे बिना पूछे उन लोगों ने यह काम कर लिया। अब कहो, मैं इन्हें मुँह दिखाने लायक कहाँ रहा?'

इतना कहते-कहते ही ब्रजवल्लभ पंडित बच्चे की भाँति रोने लगे। मैंने आहिस्ता से कहा – 'तो क्या आप ठीक सोच-समझकर कह रहे हैं कि आपको रुपया नहीं चाहिए।'

'नहीं चाहिए, नहीं चाहिए, नहीं चाहिए। भगवान को मुझे मुँह दिखाना है।'

मैंने आहिस्ता से अपना पर्स उठाकर शेरवानी की भीतरी जेब में रख लिया। दिल की धड़कन रेग्यूलर हो गई। मामला फतह हो चुका है। दस हज़ार का मुकदमा खुर्द-बुर्द हो रहा था, जिसके मारे महीनों की नींद हैरान थी।

मैं एकाएक उठ खड़ा हुआ। नमस्कार करके मैंने कहा – 'बड़ा कष्ट दिया आपको, अब आज्ञा दीजिए, गाड़ी का समय हो गया है।'

ब्रजवल्लभ पंडित तड़पकर उठ खड़े हुए। कसकर मेरा हाथ पकड़ लिया। कहने लगे – 'जा कैसे सकते हैं आप। इस घर से इस तरह से जाना होगा? आप अभी अपनी डिग्री का रुपया लेते जाइए।'

मुझे नाटक का अन्तिम अभिनय पूरा करना था। मैंने जरा शान और रुखाई से कहा – 'श्रीमान, निस्संदेह आप बहुत बड़े आदमी हैं, फिर भी अपना रुपया माँगने को किसी के द्वार पर जाने का मैं आदी नहीं हूँ। यह मेरी मर्यादा का प्रश्न है।' –

मुसाहिबों की आँखें मेरी प्रशंसा से फूल रही थीं। वे आपस में कह रहे थे, ऐसे सज्जन पुरुष के साथ ऐसा व्यवहार न होना चाहिए और मैं अपनी सज्जनता पर चमत्कृत हो रहा था।

ब्रजवल्लभ पंडित ने हाथ जोड़कर कहा – 'मुझसे चूक हो गई है। – अज्ञानी जीव हूँ। परन्तु अभी आप बिना भोजन किए नहीं जा सकते।'

मैंने कहा – 'रुक नहीं सकता हूँ मेल से दिल्ली जाना है, इसी रात को।'

'नहीं, नहीं, आज रात को नहीं। कल सुबह मैं अजमेर आकर आपके दर्शन करूँगा, कल तक आप ठहरेंगे, मुझे इतनी भिक्षा दीजिए।'

'ख़ैर, मैं कल चला जाऊँगा, परन्तु मुझे आज्ञा दीजिए।'

क्षणभर पंडित ब्रजवल्लभ चुपचाप मेरा हाथ पकड़े खड़े रहे। फिर उन्होंने अपने सेवक को संकेत किया और उसने वही गुड़ की दो भेलियाँ एक साफ वस्त्र में लपेटकर मेरे सामने रखीं। ब्रजवल्लभ बोले – 'दो साल से, जब से आप बम्बई जा बसे, आपकी यह किस्त रुक गई। इस साल की तो वसूल कर लीजिए।' स्वाभाविक हास्य उनके होंठों पर लौट आया था।

दूसरे दिन भोर ही में दो मुसाहिबों और एक मुनीम के साथ ब्रजवल्लभ पंडित ने अजमेर में आकर मुझे दर्शन दिए। ये दर्शन साधारण न थे; क्योंकि यह उनका सोने का समय था। इस समय भला वह किसी से मिल सकते थे! न जाने उनके दैनिक जीवन में कितना व्याघात पहुँचा होगा।

मैंने अभ्यर्थना की और बिना बात बढ़ाए नाटक का उपसंहार कर डाला। एक कागज टेबल पर से खींचकर अपनी डिग्री की भरपाई की रसीद लिख डाली। टिकट भी लगा दिया। रात ही को मैं इसकी मुकम्मल तैयारी कर चुका था। फिर मैंने खड़े होकर बड़े तपाक से वह रसीद पंडित ब्रजवल्लभ के कर-कमलों में समर्पित कर दी। रसीद पर एक सरसरी नज़र डालकर वे धीरे से बोले – 'रुपया तो अभी अदा नहीं हुआ, रसीद पहले ही कैसे दे दी?'

मैंने कहा – 'आपका यहाँ पधारना क्या थोड़ी बात है? रुपए-पैसे की तो मैंने कभी

हकीकत समझी नहीं। आप मेरे यहाँ आ-भर गए – इसी से मेरी रकम की भरपाई हो गई। रुपया मैं पा चुका। अब मुझे कुछ लेना-देना नहीं है।'

ब्राह्मण की आँखें फिर झर-झर झरने लगीं। बहुत देर तब सब कोई चुपचाप बैठे रहे। रसीद टेबल पर वैसी ही पड़ी रही।

फिर धीरे-से पंडित ब्रजवल्लभ ने उस शाल में हाथ डाला, जो उनके शरीर पर लिपटा था, और नोटों के तीन गड्डर धीरे से मेज पर रखकर बोले – 'केवल असल रकम है, ब्याज और खर्च नहीं है। गिन लीजिए।'

मैंने कहा – 'इस घर में तो कभी मुझे गिनकर मिला नहीं। ब्याज-ख़र्चा आप देते तो भी न लेता। परन्तु धृष्टता न समझी जाए तो अब आप यह रुपया भी वापस लेते जाइए, मुझे ख़ुशी होगी।'

ब्रजवल्लभ एकाएक उठ खड़े हुए। बोले – 'अधिक समय अब नहीं लूँगा। आपको जाने की तैयारी करनी है। बम्बई को मैंने तार दे दिया है मुकदमा उठा लेने के लिए। अगले मास आ रहा हूँ बम्बई। तब दर्शन होंगे। अभी नमस्कार।'

और पंडित ब्रजवल्लभ धीर-मन्थर गति से चल दिए।

भाग - II

आचार्यजी से साक्षात्कार

आचार्य चतुरसेन से एक साक्षात्कार

– *हिन्दुस्तान*, 19 मार्च, 1944

70वीं वर्षगाँठ के उपलक्ष्य में उनके निवासस्थान पर *साप्ताहिक हिन्दुस्तान* परिवार की ओर से उन्हें मंगलकामनाएँ अर्पित करते समय प्रतिनिधि से भेंटवार्ता

प्रश्न : साहित्यकार का क्या कर्त्तव्य है?

उत्तर : मैं तो चाहता हूँ कि किसी प्रकार साहित्यकारों का ऐसा संगठन हो, जो बलात् देश का नेतृत्व राजनीतिज्ञों के हाथ से छीन ले, परन्तु दुर्भाग्य का विषय है कि भारत के स्वतन्त्र होने के बाद हमारे देश में दो नई भूख बड़ी तीव्रता से उत्पन्न हुई है। इनमें से पहली काम-वासना की भूख है और दूसरी धनलिप्सा की भूख। इन दोनों ही भूखों ने सबसे अधिक आहत किया है, हमारे साहित्यकारों को। इसीलिए आज का साहित्यकार, जिसे जनजीवन और राजनीति दोनों का नेतृत्व करना चाहिए, वह एकाकी और शक्तिहीन होकर सामान्य नागरिक की स्थिति से भी गया – बीता हो गया है।

प्रश्न : आपके नवीन उपन्यास *हरण निमन्त्रण* (*रक्त की प्यास*) की कथावस्तु क्या है? उसमें किन ऐतिहासिक धटनाओं का समावेश किया गया है?

उत्तर : उपन्यास में 12वीं-13वीं शताब्दी की वह असाधारण घटना वर्णित है, जिसने मुस्लिम राज्य को भारत में स्थापित किया। उस समय तीन बड़े हिन्दू राजपूती राज्य थे, पहला राज्य गुजरात में सोलंकियों का था, इनका राजा भीमदेव था, दूसरा दिल्ली में चौहानों का राज्य था, जिसका राजा पृथ्वीराज था। तीसरा राज्य कन्नौज था, जिसके राजा जयचंद थे। ये तीनों

ही बड़े राज्य आपस में सम्बन्धी थे और तीनों ही आपस में ऐसे लड़े कि तीनों ही नष्ट हो गए। तीनों के पारस्परिक विग्रहों में भारत से राजपूती शक्ति का अन्त कर दिया और मुसलमानी राज्य को भारत में स्थापित होने का मौका दे दिया। हरण *नियन्त्रण* उपन्यास में इसी प्रमुख घटना का वर्णन है।

प्रश्न : क्या आज देश में फिर वैसी ही परिस्थिति नहीं है जैसी कि मध्यकालीन भारत में थी? क्या आज प्रान्तीयता और जातीयता ने हमारे देश को विभक्त नहीं किया हुआ है?

उत्तर : नहीं, आज इन शक्तियों ने सिर उठाया तो है, फिर भी देश में समाजवाद का जो विकास हुआ है, उससे इस तत्व के पनपने की आशंका नहीं है। पर यह दुर्भाग्य का विषय है कि अभी यहाँ समाजवाद का अपरिपक्व ही रूप प्रकट हुआ है, वह पूर्णतया मानवतत्व पर आधारित नहीं है। मराठे, राजपूत, जाट, गूजर आदि छोटे-छोटे गुट सामन्ती युग में बने हुए थे, उन गुटों की लाश आज भी हमारे आँगन में पड़ी हुई है, उसका जनाज़ा नहीं उठा है। इसी से हम जनराज्य की स्थापना नहीं कर सके, केवल गणराज्य की ही स्थापना हमने की।

प्रश्न : गणराज्य्र और जनराज्य में क्या अन्तर है?

उत्तर : हमारे देश में गणराज्य पहले भी थे, परन्तु वे सब अन्तःसंघर्ष में समाप्त हो गए या वे साम्राज्यों के रूप में बदल गए। गणराज्यों में तो गुटों के प्रतिनिधियों को शीर्षस्थान मिलता है जबकि जनराज्य में योग्यतम पुरुष को स्थान मिलता है। आज गणराज्य में योग्यतम पुरुष पृष्ठभूमि में पड़ गए हैं और गुटों के प्रतिनिधि प्रमुख स्थान पा गए। यह स्थिति सामन्ती युग की मनोवृत्ति का अवशेष है।

सामन्ती युग में इन गुटों में अहम्‌भाव था। इसका एक उदाहरण सुनिए – एक बार कुछ सोलंकी सरदार चौहानों की शरण में आ गए थे। और रस का एक फड़कता हुआ कवित्त सुनकर ये सोलंकी सरकार मूछों

पर ताव देने लगे, जो पृथ्वीराज चौहान के चाचा कान्ह को सहन नहीं हुआ। उसने तलवार से उनके सिर काट डाले और कहा कि चौहानों के सामने कोई मूछों पर ताव दे यह हम बर्दाश्त नहीं कर सकते। आज भी गुटों का यही अहम् भाव स्थिर है, कुछ अन्तर के साथ।

प्रश्न : फिर देश में जनराज्य की स्थापना कैसे हो?

उत्तर : इसके लिए ज़रूरत है कि देश में सांस्कृतिक एकता स्थापित हो। कांग्रेस ने देश में राष्ट्रवाद के आधार पर राजनीतिक एकता की स्थापना की, परन्तु वह देश की सांस्कृतिक एकता स्थापित नहीं कर सकी। जैसे विश्व के दूसरे देशों का नेतृत्व राजनीतिक लोगों के हाथों में है, क्योंकि उनकी कोई प्राचीन संस्कृति नहीं है। वैसे ही भारत का नेतृत्व भी पाश्चात्य राजनीतिज्ञों के भक्त कर रहे हैं, उन्हीं के पदचिन्हों पर, आज सांस्कृतिक भावना जनजीवन का नेतृत्व नहीं करती, इसीलिए हमारे गणराज्य में सब से सफल वे अवसरवादी हैं जो परिस्थितियों से लाभ उठाने की कला जानते हैं। उन्हीं का सरकार में बोलबाला है, इसी से आज देश भीतर से बिखर रहा है और बाहर से उस पर असहनीय दबाव पड़ रहा है।

प्रश्न : देश के प्रति साहित्यकार क्या करें?

उत्तर : देश की इस स्थिति के निराकरण में साहित्यकार योग दे सकता था, परन्तु वह युग की भूख को जो देश की शताब्दियों से सबसे बड़ी समस्या रही है, भूल गया है। जब रूस ने साम्यवाद की स्थापना की तो उसने सब झगड़ों की जब भूख का इलाज करना चाहा। इसके मुकाबले में यूरोप ने फ्रायड के यौनवाद को खड़ा कर दिया और शोर मचाया कि दुनिया के सारे झगड़ों की जड़ यौन विकृतियाँ या यौनविकार है। हमारे साहित्यकार इस जाल में फँस गए। वे अंग्रेज़ों के माध्यम से यूरोप से ही परिचित थे। अब जितने प्रगतिशील साहित्यकार हैं सबके चश्मों पर यौन विकृति ही थिरक रही है, वे यौन विकृति का ही चश्मा लगाए बैठे हैं। खेद है, इस

प्रवाह को रोकने वाला साहित्य कम ही पैदा हो रहा है। आज देश में कामवासना और धन की लालसा इतनी उग्र हो उठी जितनी पहले कभी न थी। चरित्र नाम की कोई चीज़ नहीं रही। कांग्रेस का सर्वोपरि त्याग जिसका कोई उदाहरण नहीं था, आज खत्म हो चुका। आज नया साहित्य लिखा भी कैसे जाए, इसके लिए एक प्रलयंकर विस्फोट की जरूरत है। दयानन्द और विवेकानन्द ने पिछली शताब्दी में 'उठो और जागो' का सन्देश दिया था, गांधीजी के साथ वह 'उठो जागो' का युग समाप्त हो गया। आज का साहित्य निस्तेज और निष्प्राण है। आज नए युगीन साहित्य में नए दर्शन और विचार लाने वाले युगस्रष्टा की प्रतीक्षा है।

प्रश्न : आपकी सबसे अनूठी कृति कौन-सी है?

उत्तर : जिस समय मैं जो भी कृति लिखता हूँ उसे ही सर्वोत्तम समझ लेता हूँ। पर बाद में वह छोटी जँचने लगती है। भविष्य में मैं चाणक्य पर एक उपन्यास लिखना चाहता हूँ। चाणक्य से पूर्व हिन्दू स्मृतिकारों ने धर्म और कानून शास्त्र को एक संयुक्त रूप बनाया हुआ था, इसी प्रकार *रामायण*, *महाभारत* सरीखे इतिहास काव्य भी धर्मग्रन्थ समझे जाते थे। चाणक्य पहला भारतीय महापुरुष था, जिसने कानून को आर्थिक और राजनीतिक रूप दिया और जीवन को धर्म से पृथक करने का प्रथम प्रयास किया। हिन्दू परिपाटी में भूतकाल में परम्परा थी कि केवल वही चक्रवर्ती सम्राट समझा जाता था जो अश्वमेध यज्ञ सम्पन्न करे, परन्तु आचार्य चाणक्य ने बिना अश्वमेध यज्ञ के ही चन्द्रगुप्त को भारत का सम्राट घोषित कर दिया। इसी प्रकार चाणक्य के युग में पाणिनि और कात्यायन जैसे भाषा संस्कारक हुए, जिन्होंने संस्कृत भाषा को ऐसा रूप दिया, जिसमें सहस्राब्दियों बाद भी तिल बराबर अन्तर नहीं आया। मैं आर्य चाणक्य के इन सभी महत्वपूर्ण विषयों का प्रस्तावित उपन्यास में चित्रण करना

चाहता हूँ। आर्य चाणक्य ने भारतीय संस्कृति को एक नया मोड़ दिया जिसने आगे चलकर अनार्य चन्द्रगुप्त विक्रमादित्य, कनिष्क और संस्कृत साहित्य को शुद्ध भौतिक रूप देने की प्रेरणा दी।

संतोषी लेखक आचार्य चतुरसेन शास्त्री

– राजनारायण गुप्त

मेरी डायरी, 5 मार्च, 1945

अठारह वर्ष की आयु से लेखनी उठा कर आचार्यजी ने साहित्य के क्षेत्र में जिस आमुखी प्रतिभा का परिचय दिया तथा हिन्दी साहित्य के भंडार में जिस प्रकार अपूर्व वृद्धि की, उसे देखकर आश्चर्य होता था। कहते हैं कि धन, वैभव और ख्याति को पाकर उच्च से उच्च साहित्यिक और कलाकार की भी सृजन शक्ति मन्द पड़ जाती है, परन्तु शायद आचार्य चतुरसेन इस सिद्धान्त के अपवाद थे, तभी तो अपने जीवन के अन्तिम क्षणों तक, अस्वस्थ शरीर तथा निर्बल ज्योति लिए हुए भी वह अठारह-अठारह घण्टे लगातार बैठकर साहित्य साधना में लीन रहते थे। आचार्यजी के साहित्य का प्रेरणास्रोत क्या था, तथा उनमें वह कौन-सी शक्ति थी, जिसके द्वारा वह इतनी आयु होने पर भी नवयुवकों से अधिक स्फूर्ति के साथ काम कर सकते थे, यह जानने के लिए मैंने उनके दिल्ली-शाहदरा स्थित निवास स्थान पर, उनकी मृत्यु से कुछ ही समय पहले भेंट की थी। उस समय आचार्यजी अस्वस्थ अवश्य थे परन्तु उनके काम की लगन और अदम्य उत्साह को देखकर आश्चर्य हुआ। यहाँ मुझे इतना धन तो नहीं मिला जितना पूर्व व्यवसाय में था, परन्तु अपनी आत्मानुभूति का पूर्ण अवसर मिला। अपने जीवन में मैंने जो अध्ययन तथा अनुभव किया है तथा मेरी जो मान्यताएँ हैं उन्हें आकल अभिव्यक्त करने का मुझे पूर्ण अवसर मिलता है और इसलिए मुझे पूरा सन्तोष है।

प्रश्न : आपकी साहित्य साधना कब तक चलती रहेगी? सुना है कि आजकल भी वृद्धावस्था एवं रोगी शरीर की परवाह न करते हुए आप सात या आठ ग्रन्थों पर एक साथ काम कर रहे हैं?

उत्तर : मेरी लेखनी उस समय तक चलती रहेगी, जब तक मुझे यह सन्तोष न हो जाए कि मैंने एक पूर्णरूपेण आदर्श ग्रन्थ की रचना कर डाली है। और विदित है कि कभी किसी लेखक के जीवन में ऐसी स्थिति नहीं आ सकती। अपनी वर्तमान कृति के प्रति असन्तोष का भाव ही लेखक को साहित्य तपस्या में आगे बढ़ने की प्रेरणा देता है। मैं एक समय में किसी एक ही ग्रन्थ पर काम नहीं करता; सात-सात या आठ-आठ। मैंने आलोचना के क्षेत्र में पर्दापण नहीं किया, केवल साहित्य रचना के क्षेत्र में ही अपनी शक्ति को केन्द्रित किया है।

प्रश्न : अब तक की जितनी रचनाएँ आपकी हैं, उनमें से किस रचना से आपको सबसे अधिक सन्तोष हुआ है?

उत्तर : मेरी रचनाएँ विभिन्न विषयों से सम्बन्ध रखती हैं। कहानी और उपन्यासों के अतिरिक्त मैंने धर्म, समाज, राजनीति, चिकित्सा, स्वास्थ्य, इतिहास आदि अनेक विषयों पर लिखा है। मेरी चिकित्सा सम्बन्धी पुस्तकें जैसे *भारतीय आयुर्वेद रसायन*, *आरोग्यशास्त्र* इत्यादि काफी प्रामाणिक मानी जाती हैं, परन्तु उपन्यास के क्षेत्र में ही पर्दापण करके मेरी आत्मा को सबसे अधिक सन्तोष हुआ है। मैं उपन्यास को गद्य का सबसे निखरा रूप मानता हूँ और उपन्यासों की श्रेणी में ऐतिहासिक उपन्यासों को सबसे उच्च स्थान देता हूँ। मेरा पूर्ण विश्वास है कि भारतवर्ष के पास युगों की जो संचित सांस्कृतिक पाती है, उसकी पृष्ठभूमि में हम ऐसे अमर ऐतिहासिक साहित्य की रचना कर सकते हैं कि विश्व साहित्य में अपना अलग गौरवशाली स्थान बनाएँ।

चीन का विश्वासघात अक्षम्य : चतुरसेन

– डॉ. शुभकार कपूर

शोधग्रंथ, 2 फरवरी, 1959

(सन् 1959 के आरम्भकाल में लखनऊ से डॉ. शुभकार कपूर एमए, पीएचडी आचार्यश्री के पास *आचार्य चतुरसेन का कथा साहित्य* विषय पर थीसिस लिखने के सम्बन्ध में उनके राजनीतिक एवं साहित्यिक विचार प्राप्त करने के लिए शाहदरा 'ज्ञानधाम' में आकर दो सप्ताह ठहरे थे। उन्होंने प्रश्न किए और आचार्यश्री ने उनके उत्तर दिए। आचार्यश्री की यह उच्चतम और पैनी विचारशक्ति थी कि चार वर्ष बाद घटित राजनैतिक संघर्ष की सरल कल्पना उन्होंने तब की थी। पाठकों के ज्ञानवर्धन के लिए उन विचारों का कुछ अंश यहाँ दिया जा रहा है।)

प्रश्न : श्री नेहरू और गांधीवादी को आप क्या समझते हैं?

उत्तर : सन् 1929 में लाहौर कांग्रेस में नेहरू पहली बार अध्यक्ष पद पर बैठे। उन्होंने तब कांग्रेस का चार्ज अपने पिताश्री से लिया, जो एक वर्ष पूर्व कलकत्ता कांग्रेस की अध्यक्षता कर चुके थे। यही वह अधिवेशन था जिसमें मोतीलाल नेहरू ने भारत के संविधान के बारे में 'नेहरू-आयोग' की रिपोर्ट पेश की थी, परन्तु यह रिपोर्ट एक उपनिवेशिक दर्जे के आधार पर तैयार की गई थी। इसलिए उनकी सब सिफारिशें भी उसी ढंग की थीं। उस समय सुभाषचन्द्र बोस ने उसका विरोध किया और कहा था कि यह एक प्रकार से विदेशी बन्धन में बंधे रहने की स्वीकृति मात्र ही थी – बस, जरा से बन्धन ढीले करने भर की माँग थी। सुभाषचन्द्र चाहते थे कि भारत को पूर्ण स्वराज्य की प्राप्ति हो। उस समय तक गांधीजी भी

ब्रिटिश राष्ट्रमण्डल में बंधे रहना श्रेयस्कर समझते थे, परन्तु सुभाष ने उनसे भी टक्कर ली। उस समय कांग्रेस में फूट पड़ते-पड़ते रह गई और यह तय किया गया कि यदि भारत सरकार एक वर्ष की अवधि में भारत को औपनिवेशिक दर्जा न दे तो पूर्ण स्वराज्य का झण्डा खड़ा कर दिया जाए।

उस समय नेहरूजी सुभाष के साथ थे, पर वह अपने पूज्य पिता और गांधीजी का विरोध न कर सके। गांधीजी ने भी उन्हें इसका मूल्य चुका दिया, उन्हें ही आगामी अधिवेशन का अध्यक्ष बना दिया। कांग्रेस के उस अधिवेशन में उन्होंने पूर्ण स्वराज्य की माँग की और समाजवादी परिपाटी भी अपनाई, पर गांधीजी के विरोध से वह लाचार थे। उन्हें सबसे मिलकर काम करना पड़ा। पर उनमें गांधीजी की हँस-बुद्धि का अभाव रहा। गांधीजी ने हँस की भाँति मोती चुगे थे, सभी प्रान्तों से चोटी के उत्तम पुरुषों को चुनकर अपना अनुयायी और साथी बनाया था। मद्रास से राजाजी, बम्बई से सरदार पटेल, बंगाल से चितरंजनदास, उत्तर प्रदेश से मोतीलाल नेहरू और पंजाब से लाला लाजपत राय। और ये सब अपने जीवन के अन्त तक उनके साथ रहे, उनके प्रति एकनिष्ठ रहे। परन्तु नेहरू के साथ आज एक भी गांधीभक्त नहीं है, न उन्होंने अपने भक्तों का कोई निष्ठावान दल ही बनाया है।

सन् 1947 के अन्त तक नेहरू और पटेल एक-दूसरे से अलग हो चुके थे। यहाँ तक कि सरदार ने गांधीजी के समक्ष कांग्रेस से त्यागपत्र तक देने का इरादा प्रकट किया था और गांधीजी भी यह मत प्रकट कर चुके थे कि दोनों एक साथ नहीं रह सकते, दोनों में से एक को हट जाना होगा। सरदार ही हट जाने को तैयार हो गए थे तब। शायद वे राष्ट्रीय स्वयंसेवक संघ से मिल जाते और उस दल का नेतृत्व करते। ऐसे ही कुछ विचार उन्होंने लखनऊ में प्रकट किए थे। परन्तु गांधीजी की अकस्मात् हत्या हो जाने से यह बात न हो सकती थी और नेहरू-पटेल दोनों ही ने एक समझौता कर

लिया तथा देश के कल्याण को दृष्टि में रखकर मतभेद होने पर भी सरदार जीवन के अन्त तक उनसे मिलकर काम करते रहे।

भारतीय राज्य की बागडोर सम्भालने के बाद पटेल केवल तीन ही वर्ष जीवित रहे और इन तीन वर्षों में उन्होंने वह काम किया जो इतिहास में अद्वितीय है। उन्होंने अपनी सामर्थ्य से इतना बड़ा भारत-राज्य खड़ा कर दिया जितना न राम का था, न कृष्ण का, न अशोक का था, न अकबर का और न लहरों पर हुकूमत करने वाले अंग्रेज़ों का। इतने पर भी नेहरू से उनका मतभेद रहा, पर वे परस्पर एक-दूसरे के काम में हस्तक्षेप करने से बचते रहे। परन्तु दुनिया ने देख लिया कि उनकी गृहनीति जितनी सफल एवं शानदार रही, उतनी नेहरू की विदेश नीति न रही।

आज भी नेहरू की वाणी पर गांधीजी हैं, पर सभी गांधी भक्तों से वह कट चुके हैं। इतना ही नहीं – गांधी भक्तजन अब उन पर गांधीजी के दृष्टिकोण को समाप्त करने का आरोप लगा रहे हैं – और देश में एक नेहरू विरोधी शक्ति गांधीवादीजनों की खड़ी हो रही है, जिसका ज्वलन्त उदाहरण स्वतंत्र पार्टी है, जिसका संगठन आज अस्सी वर्ष की आयु में राजाजी ने किया है। ऊपर आचार्य कृपलानी सोशलिस्ट पार्टी में चले गए, शंकररावदेव तटस्थ हो गए, डॉक्टर राजेन्द्रप्रसाद राष्ट्रपति होने के नाते मुँह पर ताला जड़े बैठे हैं। यह वही अवसाद का युग है जो महाभारत की समाप्ति के बाद आया था और जिससे विवश हो पाण्डवों को राजपाट त्याग कर हिमालय में गलना पड़ा था। नेहरू अपने को गांधीवादी तो कहते हैं, पर गांधीदर्शन के मूलपक्ष के अनुसार उनका आचरण नहीं है।

प्रश्न : यह आप किस आधार पर कह रहे हैं?

उत्तर : गांधी दर्शन का मूलाधार यह है कि काम का ढंग और उद्देश्य दोनों ही पवित्र होने चाहिए। वह कम्युनिस्टों के पक्ष में तो हैं, पर उनके हिंसात्मक ढंग के विरुद्ध हैं। गांधीजी यह कभी पसन्द करते?

परन्तु कम्युनिज्म तो जीवित ही वर्गीय संघर्ष पर है, इसलिए हिंसा के बिना उसका अस्तित्व ही समाप्त हो जाता है। यदि कम्युनिज़्म में से वर्ग संघर्ष निकाल दिया जाए तो उसमें पूंजीवाद से कोई अन्तर नहीं रह जाता?

यही बात है। इसी से तो विनोबा कहते हैं कि गांधीवाद का अन्त हो गया है। आपने सुना नहीं – गांधीजी की परम शिष्या मीरा भारत छोड़कर चली गईं। वह एक अंग्रेज़ एडमिरल की पुत्री थीं। ब्रिटेन के ऊँचे वर्ग में उनकी गणना थी। किसी लार्ड के साथ उनका विवाह हो सकता था, परन्तु आज से पच्चीस वर्ष पूर्व वह गांधीजी की आवाज़ पर सब कुछ त्यागकर एक साधारण भारतीय ग्रामीण महिला की भाँति पड़ी रहने लगीं। अपने बाल उन्होंने कटवा दिए और एक भिक्षु का जीवन उन्होंने धारण किया। गांधीजी की मृत्यु के बाद उन्होंने अपना आश्रम ऋषिकेश में स्थापित किया, और गांधीजी के नाम पर जो धोखा हो रहा है, उससे खिन्न होकर चुपचाप वहाँ से चली गईं।

इस समय नेहरू का पंचशील का सिद्धान्त ख़तरे में है। नेहरू ने उसे खतरे से बचाने के लिए चीन का अतिक्रमण चुपचाप सह लिया। परन्तु अब तो वह, उस भाग को जो चीन ने हड़प लिया है, वापस लेने का इरादा कर रहे हैं। सम्भव है चीन और पाँव फैलाए। सम्भव है, वह भूटान पर चढ़ दौड़े, तब नेहरू क्या करेंगे? यह प्रश्न उनके राष्ट्रीय और अन्तर्राष्ट्रीय जीवन में कठिनाई ला रहा है, जिसका कोई हल अभी नहीं सूझ पड़ रहा है। नेहरू कहते हैं कि अन्तर्राष्ट्रीय तनातनी में कमी चीन को पसन्द नहीं है। चीन का झुकाव उन राजनीतिक लहरों से है, जो विश्व में तनाव जारी रखते हैं। चीन की जनसंख्या में वृद्धि हो रही है। उद्योग बढ़ रहे हैं और एशिया में चीन के प्रति आशंका के वातावरण उत्पन्न हो रहे हैं।

कांग्रेस एक ऐसी राजनैतिक राष्ट्रीय संस्था थी, जिसका उद्देश्य भारत

को विदेशी दासता के चंगुल से छुड़ाना था। अब जब अंग्रेज़ों ने भारत छोड़ दिया, तो कांग्रेस ही के हाथ उन्होंने राजसत्ता सौंप दी। ऐसी हालत में कांग्रेस भारत सरकार से मोर्चा लेने वाली संस्था न रह गई, भारत सरकार ही बन गई। इस पर गांधीजी ने तभी कहा था कि अब कांग्रेस को तोड़ देना चाहिए, क्योंकि कांग्रेस का संगठन इस कारण सुदृढ़ है कि इसके विभिन्न तत्त्व विदेशी शासन के विरोध में एकत्र हुए हैं। अन्यथा यह किसी एक स्थान पर एकत्र नहीं हो सकते थे। इसलिए जब देश स्वाधीन हो गया तो उसके उद्देश्य की पूर्ति हो गई, अब इसे भंग कर देना चाहिए। परन्तु उनकी दूसरी सलाहों के अनुसार ही उनकी यह सलाह भी न मानी गई और कांग्रेस ज्यों-की-त्यों कायम रही। परन्तु यदि कांग्रेस को कायम रहना ही था तो अब कांग्रेस का अध्यक्ष प्रधानमंत्री के ऊपर होना चाहिए था। क्योंकि वह उस पार्टी का प्रधान है, जो सत्तारूढ़ है। पर ऐसा नहीं हुआ। कुछ दिन तो नेहरू ही प्रधानमंत्री और कांग्रेस अध्यक्ष साथ-साथ रहे। यह एक गलत और अवैध तरीका था। परन्तु बाद में आगे पीछे जो भी कांग्रेस के अध्यक्ष होते रहे – वे प्रधानमंत्री के आज्ञानुवर्ती ही रहे। यह और भी गलत चीज़ थी। सरदार पटेल के देहावसान के बाद नेहरू कांग्रेस के अध्यक्ष बने और उस दिन से कांग्रेस का शासन मुगल शासन में परिवर्तित हो गया।

नेहरू का व्यक्तित्व और उसका प्रभाव सर्वत्र ही सर्वोपरि रहता रहा है। एक सरदार पटेल से वह कुछ दबते थे, पर उनके बाद तो उन पर किसी का दबाव रहा ही नहीं। प्रधानमंत्री की सत्ता अपने हाथ में रखकर नेहरूजी जो कार्य चाहते हैं वही कर डालते हैं, किसी में उनके सम्मुख खड़े होने का साहस तो ख़ैर दूर की बात है – अपना मत भी कोई नहीं रख सकता। उन कारणों से कांग्रेस का अध्यक्ष और उसकी अधीनता में कांग्रेस की आवाज सर्वथा बोदी और पोच ही रहती है। यह स्पष्ट है कि कांग्रेस का प्रधान बिना नेहरू की स्वीकृति और पसन्द के नहीं हो सकता।

प्रश्न : क्या आप समझते हैं, कांग्रेस नेहरू ही के दम से जीवित है?

उत्तर : यह तो मैं नहीं कहना चाहता। परन्तु मैं यह कह सकता हूँ कि इस समय देश की कोई पार्टी देश का शासन सम्भाल सकने के योग्य होती तो कांग्रेस का तख़्ता अब तक उलट जाता, और यदि कांग्रेस ही में नेहरू के पाए का कोई तेजस्वी व्यक्ति होता तो कांग्रेस सरकार भले ही जीवित रह जाती – नेहरू देश के प्रधानमंत्री न रह पाते। परन्तु इस समय तो नेहरू एक दुविधा में फँसे हैं। उनकी दशा अर्जुन के समान हो रही है। जैसे अर्जुन ने सोचा था कि मैं कैसे राज्य के लिए बन्धु-बान्धवों से युद्ध करूँ? नेहरू के आगे इधर तो पंचशील का मार्ग है, वे किसी देश की गुटबन्दी में शरीक नहीं हो सकते, न किसी देश से सैनिक संधि कर सकते हैं। दूसरी ओर चीन की आक्रामक कार्यवाही है, जो पंचशील को विमुख बनाने पर तुली बैठी है। अब यदि नेहरू चीन से अपना क्षेत्र वापस नहीं ले सकते हैं तो दुनिया देख लेगी कि उनका पंचशील का सिद्धान्त खत्म हो गया और उनकी विदेश नीति विफल हो गई।

ई. पूर्व चौथी शताब्दी में चीन अपने को न केवल राज्य अपितु एक साम्राज्य मानता था। उस समय चीनी लोग और चीन का शाह अपने को 'चुँगकुओ' कहते थे, इसका अर्थ था 'मध्वर्ती साम्राज्य'। उन दिनों चीन वाले अपने राज्य को दुनिया का केन्द्र समझते थे, और चीन का शाह ईश्वर-पुत्र समझा जाता था। उसकी मान्यता थी कि वही उस समय समस्त सभ्य संसार का सम्राट है। जैसा कि नियम है चीन का यह साम्राज्य भी दूसरे देशों को जीतकर कायम हुआ था। चीन का पहला शाह जो अपने आपको 'हुआंग-ची' कहता था, अत्यन्त कठोर और निर्दयी प्रकृति का व्यक्ति था। उसने घोर कृत्य करके अपने साम्राज्य की स्थापना की। उसने बहुत-से किले बनवाए और गढ़बन्दियाँ कीं। चीन की दीवार का एक हिस्सा उसी का बनवाया हुआ है। उसने चीन को एक किया और उसकी

सीमाओं का विस्तार किया। ई. पू. 210 में एक जबर्दस्त गृहयुद्ध में यह सम्राट मारा गया। बाद में उसके साम्राज्य को हाँन वंश के राजा चलाते रहे। हाँन वंश के पतन के बाद बहुत समय तक चीन में कोई शक्तिशाली सत्ता कायम न हो सकी। परन्तु जब ताँग वंश का अभ्युदय हुआ तो सत्ता फिर चमकी और उस काल में चीन तो था ही, वह दक्षिण में हिन्द चीन की सीमा को छू रहा था। इसके बाद मंगोल वंश की सत्ता स्थापित हुई। इस काल में और भी चीन साम्राज्य का विस्तार हुआ। चीन का मंगोल साम्राज्य तो संसारभर का सबसे बड़ा साम्राज्य था। इस वंश का कुबलाई एक ऐसे विराट साम्राज्य का स्वामी था, जो इस समय सोवियत मध्य एशिया कहे जाने वाले क्षेत्र से लेकर पश्चिम में ईरान और मैसोपोटामिया और पूर्व में चीन सागर तक फैला हुआ था।

माँचू वंश ने तिब्बत पर अधिकार करके उस साम्राज्य को और बढ़ाया। उसने बर्मा को भी कर देने को विवश किया। अनाम को चीनी सत्ता स्वीकार करनी पड़ी और फारमोसा चीनी साम्राज्य का अंग बन गया। चीन सम्राट अपने अधिकृत देशों को हीन और तुच्छ समझते थे। उन दिनों चीनी सम्राट से अधिकृत देशों में राजा जो पत्र-व्यवहार करते थे, उनमें चीनी सम्राट का नाम सर्वोपरि ही रहता था। यों चीनी सम्राट अपने साम्राज्य को एक परिवार कहते थे, परन्तु हकीकत यह थी कि इन अधिकृत राजाओं की कोई औक़ात न थी।

बीसवीं शताब्दी के आरम्भ ही में एक क्रान्ति होकर मंचू साम्राज्य छिन्न-भिन्न हो गया, तथा चीनियों ने गणराज्य की स्थापना कर ली। उस समय गणराज्य के आरम्भ काल ही में तिब्बत और बाहरी मंगोलिया पृथक हो गए थे, पर नए गणराज्य ने फिर तिब्बत पर अपना अधिकार जमाया। मंचूरिया के अलग होने पर चीनी राष्ट्रवादियों ने इतिहास की आड़ लेकर ऐसे क्षेत्रों पर अधिकार की चर्चा शुरू की, जो कभी चीनी साम्राज्य के अंग थे।

अब चीन के आज के शासकों का कहना तो यह है कि उन्होंने पुरानी साम्राज्यशाही नीति को छोड़ दिया है, पर उनकी चेष्टाओं से यह प्रकट है कि वे पुराने साम्राज्यशाही दावों से चिमटे हुए हैं। तिब्बत में अपनी स्थिति मजबूत करने के बाद उन्होंने अब उत्तर और उत्तर-पूर्व में भारत की परम्परागत सीमाओं का उल्लंघन किया है। बर्मी चीनी सीमा क्षेत्र पर भी चीनी विस्तारवादी आकांक्षाओं का प्रभाव साफ दिखाई दे रहा है। कचिन क्षेत्र में चीनी भारत-बर्मा सीमा पर स्थित काचोकाँग दर्रे तक अपना हक समझते हैं। दक्षिण में वे श्याम का और अन्य राज्यों के उन हिस्सों को अपना बताते हैं, जो सालबीन के पूर्व में है। लाओस, कम्बोडिया, और श्याम को भी चीन से शिकायत होने लगी है। वास्तव में चीन की इन विस्तारवादी हरकतों का न तो अन्तर्राष्ट्रीय साम्यवाद ही से कुछ सम्बन्ध है, न चीन के साम्यवाद से। यह तो उसकी वह परम्परागत विस्तारवादी मनोवृत्ति है, जो गत दो हज़ार वर्षों से चली आ रही है।

कुमायूँ के तीन जिलों – अल्मोड़ा, टिहरी और गढ़वाल और पौढ़ी गढ़वाल की सीमाएँ तिब्बत की सीमा से मिलती हैं, दोनों देशों की सीमा को हमेशा से काली, अलकनन्दा और भागीरथी नदियाँ अलग करती हैं। इधर चीन ने पौढ़ी गढ़वाल के चमोली तहसील के डेढ़ मील के क्षेत्र बढ़ाहोती पर अपना दावा पेश किया है। वह अल्मोड़ा जिले का भी कुछ हिस्सा दबोचना चाहता है। चीन ने शेगचा, मल्ला और बल्चा धुरा के दर्रे के निकट लथ-पल्ल व टिहरी गढ़वाल के नीलिंग जाधेका गाँवों पर अपना क्षेत्र होने का दावा किया है।

सन् 1954 के चीन-भारत समझौते में उत्तर प्रदेश से तिब्बत जाने के लिए माला, बीती, कुंगरी, बिगरी, दारमा और लिपुलेख दर्रो का उल्लेख हुआ है। दोनों देशों के बीच इनके अतिरिक्त और भी दर्रे हैं। लिपुलेख दर्रा सबसे कम ऊँचाई पर है, जो 16780 फुट पर स्थित है। दक्षिण पश्चिम

तिब्बत से आसानी से इस दर्रे द्वारा भारत में प्रवेश किया जा सकता है। लिपुलेख के पास भारत-तिब्बत और नेपाली सीमाएँ मिलती हैं। इस दर्रे से सबसे निकट का स्टेशन टनकपुर है, जो दर्रे से 222 मील दूर है। इस स्टेशन से यात्री और सामान अस्कोट तक लारियों, कुलियों और खच्चरों द्वारा पहुँचाया जाता है। इस सड़क से एकतरफा यातायात होता है। सड़क अत्यन्त खतरनाक है। अस्कोट से लिपुलेख 95 मील है। इस 95 मील के ऊबड़-खाबड़ मार्ग को पैदल ही पार किया जाता है। इस प्रकार लिपुलेख से अल्मोड़ा सदर मुकाम तक पहुँचने में तेरह से पंद्रह दिन लग जाते हैं। तार की लाइन पिथौरागढ़ में खत्म हो जाती है, जो टनकपुर से 94 मील दूर है। सिर्फ हरकारे ही डाक सम्बन्ध बनाए रखते हैं। पिथौरागढ़ से आगे ज़रूरी केवल, सरकारी सन्देश, पुलिस की बेतार की तार-व्यवस्था से पहुँचाए जाते हैं।

निस्सन्देह टनकपुर-लिपुलेख मार्ग का सामरिक महत्व बहुत अधिक है। शताब्दियों से भारत, तिब्बत, चीन और सिक्याँग के बीच व्यापार और तीर्थयात्रा इसी मार्ग से होती रही है।

1946 में सरकार ने टनकपुर से पिथौरागढ़ तक मोटर सड़क बनाने का काम शुरू किया था। तब इस सड़क का सरकारी दृष्टि से विशेष सामरिक महत्व नहीं था। इस सड़क को बनाने का उद्देश्य मैदानी हिस्सों से घर लौटने वाले कुमाऊँनी सिपाहियों की मलेरिया से रक्षा करना था। महायुद्ध से पूर्व ही इस सड़क के निर्माण की योजना बन चुकी थी।

चीन ने अपनी सीमा में तकलाकोट मंडी तक, जो तिब्बत में समुद्र की सतह से 16 हज़ार फुट की ऊँचाई पर है, मोटर सड़क बना दी है और इस मार्ग से मोटर यातायात जारी है। यह मंडी लिपुलेख दर्रे के अति निकट है। तकलाकोट तक सड़क बनाने के लिए चीनियों को ऊँची पहाड़ियों को नहीं काटना पड़ा। इस भूमि में अधिकतर वलुही भूमि है।

चीन ने लद्दाख के आठ हज़ार वर्ग मील लम्बे चौड़े भारतीय क्षेत्र को चीनी नक्शों में अपना बतलाया है तथा दो सौ से अधिक मील पर कब्ज़ा कर लिया है और अब लद्दाख स्थित भारत चीन-सीमा पर चीन सरकार भारतीय-क्षेत्र में अपने सशस्त्र सैनिकों को जमा कर रहा है। उन्होंने पूर्वी तथा उत्तरी लद्दाख के क्षेत्र में सड़कें बना ली हैं। पश्चिमी तिब्बत में चीनियों में सिक्याँग और ल्हासा की सड़क, गार्टोक तथा तकलाकोट से जोड़ने वाली सड़कें बना ली हैं।

भारत के शताब्दियों पुराने मित्र चीन ने, अकारण ही जबकि भारत ने किसी प्रकार की उत्तेजना प्रकट नहीं की थी – भारत की उत्तर-पूर्वी सीमा का अतिक्रमण किया और उसने ऐसे प्रश्न पर भारत के साथ विवाद खड़ा कर दिया, जिसे शान्तिपूर्वक हल किया जा सकता था। हम न तो कोई सामरिक तैयारी कर रहे थे, न हमने अनधिकृत रूप से किसी ऐसे अंचल पर अधिकार करने की चेष्टा की थी, जो हमारा न था। न हमारी चीन के प्रति कोई ऐसी दुर्भावना ही थी, जिसने चीन को ऐसी अनुचित कार्यवाही करने को विवश किया। सबसे बड़ी बात यह कि उसने उस विवाद को सुलझाने की भी कोई चेष्टा नहीं की जो स्वयं उसी ने खड़ा किया था। उसने कूटनीति का सहारा लेकर कानून को अपने हाथ में ले लिया और ऐसे ढंग से काम किया कि जो उसकी महान् सभ्यता और संस्कृति के सर्वथा विरुद्ध था। वास्तव में चीन की यह कार्यवाही शत्रुतापूर्ण थी, जो न केवल भारत के प्रति, अपितु उन सभी देशों के प्रति भी, जो संयुक्त राष्ट्र संघ में उसे प्रविष्ट कराने में प्रयत्नशील रहे हैं। निस्संदेह चीन की यह आक्रामक कार्यवाही एशिया और अफ्रीका के उन देशों को अपने निर्णयों पर फिर से विचार करने के लिए बाध्य करेगी, जो उन्होंने बाडुंग सम्मेलन में तय किए थे। क्योंकि चीन की इस कार्यवाही ने एशिया के अन्य सभी पड़ोसी राष्ट्रों को उनकी सुरक्षा के सम्बन्ध में आशंकित कर दिया है।

ख़ासकर इसलिए भी चीन की यह कार्यवाही अनुचित है, जबकि रूस और अमेरिका पश्चिम के शीतयुद्ध को समाप्त करने का जी-जान से प्रयत्न कर रहे हैं।

हम निस्सन्देह युद्ध से घृणा करते हैं – और निश्चय ही हम युद्ध करना नहीं चाहते, परन्तु अपनी सीमाओं की रक्षा के लिए हमें अनिवार्य रूप से सैनिक कार्यवाही करनी चाहिए, जिससे कि हमारे सीमान्त में बसे लाखों देशवासियों में आत्मविश्वास का जागरण हो जाए। इसके अतिरिक्त भारतीय राष्ट्र को एक सुदृढ़ चट्टान की भाँति संगठित हो जाना भी चाहिए, जिससे यह संक्रमण हमारे विनाश का कारण न बन जाए, और हमारी निष्क्रियता चीन के आक्रामक इरादों को अधिक गति न दे सके। इस समय यह भी आवश्यकता है कि भारत और पाकिस्तान परस्पर मित्र हो जाएँ, और कश्मीर समस्या तत्काल सुलझा ली जाए, जिससे कश्मीर अंचल में पड़ी हुई दोनों देशों की सशस्त्र सेनाएँ सीमान्त की रक्षा के लिए खाली हो जाएँ। भारत, भूटान, सिक्किम और नेपाल का भी रक्षक है। भारत-पाकिस्तान सीमा सुरक्षा का प्रश्न दोनों देशों का संयुक्त प्रश्न है। सीमा की सुरक्षा दोनों ही देशों के लिए वास्तविक महत्त्व की बात है। इसलिए भारत-पाकिस्तान दोनों ही की सीमा रक्षा के लिए सम्मिलित रक्षापंक्ति तैयार करनी चाहिए। हमें यह न भूलना चाहिए कि यह भारत एवं पाकिस्तान के करोड़ों नागरिकों की सुख समृद्धि एवं सुरक्षा का संयुक्त प्रश्न है।

चीन या किसी के भी हमले से बचने का एकमात्र यही उपाय है कि हम देश को आर्थिक दृष्टि से मजबूत करें – और हमारे पास ऐसे उद्योग हों, जहाँ आधुनिक प्रकार के हथियार तैयार हो सकें। इनके लिए हम विदेशों पर निर्भर नहीं रह सकते। चीन ने अपने यहाँ रक्षा निर्माण से संबद्ध उद्योगों के विकास को प्राथमिकता दी। आधुनिक शस्त्रास्त्रों के मामलों में

भी भारत को आत्मनिर्भर रहने की आवश्यकता है। सैनिक दृष्टि से भारत कमजोर देश नहीं है। वह किसी भी हमले का मुकाबला कर सकता है। परन्तु संसार की बड़ी से बड़ी सेना भी तब तक कुछ नहीं कर सकती – जब तक उस देश में अस्त्र-शस्त्र निर्माण उद्योगों की मजबूत बुनियाद न हो।

प्रश्न : क्या हम विदेशों से सैन्य सहायता नहीं ले सकते?

उत्तर : ले सकते हैं, और मैं जानता हूँ कि विदेशी सरकारें हमें तुरन्त सहायता देने को तैयार हो जाएँगी। परन्तु हम यदि अमेरिका या यूरोप से आधुनिक शस्त्रास्त्रों की सहायता लेते हैं, तो उससे बड़े-बड़े खतरे पैदा हो जाने का भय है। ज्ञात होना चाहिए कि शस्त्रास्त्रों के निर्माता बड़े कारखानेदार, अपनी निजी शर्तें खरीदार देश पर थोपने लगते हैं। वे अपने माल के मनमाने मूल्य माँगते हैं। वे किसी देश के संकटग्रस्त हो जाने का मनमाना लाभ उठाते हैं। ये कारखाने विश्वभर में अपनी शर्तों को थोपने के लिए कुख्यात हैं। इनसे बचने का एकमात्र उपाय, इस दिशा में स्वावलम्बी बनना है। किन्तु चीन का विश्वासघात अक्षम्य है। हमने उस समय उसके सामने मैत्री का हाथ बढ़ाया – जब अधिकांश देश उसके विरोधी थे। किन्तु हमारी मैत्री का उत्तर चीन ने हम पर आक्रमण करके दिया।

प्रश्न : किन्तु हम सैनिक दृष्टि से हर आक्रमण का मुकाबला करने में समर्थ हैं?

उत्तर : बेशक, अब तो आवश्यकता इस बात की है कि हम देश को हर दृष्टि से आक्रमण का मुकाबला करने के लिए समर्थ बनाएँ।

प्रश्न : लेकिन क्या। इस स्थिति में हम तटस्थता की नीति को अपनाए रह सकते हैं?

उत्तर : यदि हम ऐसा न करेंगे तो भारत के महत्त्व को ही खो देंगे। तटस्थता को छोड़कर और कोई नीति हमारी प्रतिष्ठा के अनुकूल नहीं हो सकती। न हम सैनिक सहायता के लिए दूसरों पर निर्भर रह सकते हैं। पहले हम इसी प्रकार की सहायता के चक्कर में पड़कर अपनी आज़ादी खो चुके हैं।

प्रश्न : आपका क्या ख़्याल है कि स्वतंत्र पार्टी का संगठन देश के लिए हितकर होगा?

उत्तर : नहीं हो सकता। उसमें कुछ पुराने लोग सम्मिलित हुए हैं, जो ऊपर से देखने में तो बुद्धिमान प्रतीत होते हैं, पर वे आधुनिक संसार की वास्तविकता से सर्वथा अनभिज्ञ हैं। हम सहअस्तित्व की नीति पर चल रहे हैं। इसी से संसार में शान्ति स्थापित हो सकती है। चीन ने इस नीति को क्षति पहुँचाई है, तो भी हम इसी नीति पर चलते रहेंगे।

नए युग के युद्ध ने राष्ट्रों की रक्षा का दृष्टिकोण बदल दिया है। आप चीन ही की बात लीजिए – वह चीन जिसे च्यांग-काई-शेक का चीन कहते हैं, अपने ही हाथों से नष्ट हो गया। उसका ऐसा पतन हुआ कि अमेरिका ने कम्युनिस्ट चीन के मुकाबले के लिए जो सैन्य सामग्री भेजी, वह कम्युनिस्ट चीन के हाथों बेच दी गई। उसकी मुद्रा का मूल्य शून्य रह गया। उन नोटों से कोई चीज़ नहीं खरीदी जा सकती थी और वे नोट आग जलाने के काम में लाए गए। कम्युनिस्टों का चीन पर कब्ज़ा हो गया और च्यांग-काई-शेक को वहाँ से भागना पड़ा और अब वह फारमोसा में अमेरिका की शरण में छिपा बैठा है।

हमारे देश में स्वतंत्रता आई और अपने आँचल में दुनियाभर की समस्याएँ लेती आई। हमने आज तक यह जाना ही नहीं कि हम स्वतंत्र हो गए हैं। न हम आज तक यही जान सके कि हमारा देश के प्रति कर्त्तव्य क्या है? हम तो अब केवल अपनी स्वार्थसिद्धि ही में लग गए।

प्रश्न : आप समझते हैं कि अनैतिकता हममें अपने ही भीतर से उभरी?

उत्तर : आपने क्या देखा नहीं कि हमारी योजनाएँ लाखों, करोड़ों, अरबों तक जा पहुँची हैं, परन्तु पूरी एक भी नहीं हुईं। आप बता सकते हैं इसका कारण क्या है?

प्रश्न : आप ही कहिए?

उत्तर : स्पष्ट है कि ऊपर से नीचे तक छोटे से बड़े तक किसी भी सरकारी कर्मचारी का मन सेवाभाव, कर्तव्य और निष्कपट भावना से पूरित नहीं है। प्रत्येक बेईमान कर्मचारी की बेईमानी का फल सम्पूर्ण भारत को भोगना पड़ रहा है। भले ही वह बेईमानी छोटी हो या बड़ी। जीवन का प्रत्येक विभाग भ्रष्टाचार से परिपूर्ण है। प्रत्येक नागरिक दूसरे को लूटने की ताक में है। फाइलें उस समय तक निर्जीव पड़ी रहती हैं, जब तक कि आप रिश्वत नहीं देते। हर काम का मुआवज़ा दीजिए, जिसका रेट भी निर्धारित है। सरकारी दफ़्तरों में बेशुमार स्टाफ भरा है, पर ये कर्मचारी जानते हैं कि वह बेकारी का दाग मिटाने को भरा है काम करने को नहीं।

कम्युनिस्ट संसार यह भली-भाँति जानता था कि कामरेड एमए राय पहले विदेशी थे, जिन्हें लेनिन ने अपने विश्वास में लिया और वह भी एक समय था – जब वह रूस के बड़े-बड़े कम्युनिस्ट नेताओं के परामर्शदाता समझे जाते थे। तब लेनिन ने ही उन्हें चीन के लोगों के विचारों का अध्ययन करने के लिए चीन भेजा था। लेकिन शीघ्र ही उन्हें कम्युनिस्टों के चरित्र और इरादों का पता लग गया और उन्होंने अपना शुद्ध समाजवादी दृष्टिकोण उनके सम्मुख रखा। इसका दण्ड उन्हें यह मिला कि उन्हें कम्युनिस्ट पार्टी से निकाल बाहर कर दिया गया। तभी उन्होंने एक भविष्यवाणी की थी। यह बात जून सन् 1951 की है और यह भविष्यवाणी उनके पत्र, *ऐडिकल-कम्युनिस्ट* में छपी थी।

मई सन् 1951 के अन्त में पीकिंग से घोषणा की गई कि तिब्बत को चीनी सेनाओं ने शान्तिपूर्वक स्वतंत्र कर दिया है। वह भारत और चीन के मैत्री-सम्बन्धों में एक कंटीले वृक्ष का वपन था। यह नेहरू की एशियन डिप्लोमेसी के विपरीत बात थी। नेहरू कम्युनिज्म के प्रति प्रियभाव रखते थे, क्योंकि वह साम्राज्य-विरोधी संगठन था। पर वह जब तक भारत

को न छुए, तभी तक नेहरू को प्रिय हो सकता था। यह स्पष्ट था कि कम्युनिस्ट का नेहरू को ख़ुश करने का इरादा न था। परन्तु कम्युनिस्ट भी यह डिप्लोमेसी अपनाए हुए थे कि जब तक उनकी अभीष्ट सिद्धि नहीं हो जाती, वह लल्लो-चप्पो करते रहेंगे। तिब्बत की शान्तिपूर्ण मुक्ति के समझौते के अनुसार चीनी सेनाएँ तिब्बत में प्रविष्ट होंगी और साम्राज्यवादी प्रभाव को नष्ट करेंगी। चीनी यह भली-भाँति जानते थे कि अंग्रेज़ों के भारत से चले जाने के बाद तिब्बत में कोई विदेशी प्रभाव न था। न वहाँ तक अमेरिका की पहुँच थी। इस प्रकार यह भारत पर पीछे से प्रहार था, क्योंकि नेहरू तो यह स्वप्न देख रहे थे कि वह जाग्रत एशिया के नेतृत्व में माओत्से तुंग के भागीदार होंगे और संसार में नैतिकता का वातावरण स्थापित करने में स्टालिन का हाथ बटावेंगे। तिब्बत में कम्युनिज़्म का प्रतिनिधित्व चीन की बढ़ती हुई सैन्यशक्ति करेगी। कम्युनिज़्म का यह नया सैनिक रूप कोरिया में चीनी पराजय का बदला लेने के लिए एशिया में और कई अनेक विजय प्राप्त करने का सूचक है। संभव है कि भारत की बारी शीघ्र न आए परन्तु भारत को होशियार रहने की तो आवश्यकता है ही। चीन विश्व का सबसे खतरनाक आक्रामक और विस्तारवादी देश है। इसलिए चीन की विस्तारवादी प्रवृत्ति को रोकना न केवल भारत की समस्या है, अपितु अमेरिका और सोवियत रूस जैसे महान देशों को भी उसका निकट भविष्य में सामना करना पड़ेगा।

प्रश्न : आपके ख़्याल में क्या रूस को यह बात मालूम है?

उत्तर : अवश्य मालूम है और वह इस प्रश्न को नजरन्दाज़ नहीं कर सकता। देखा जाए तो चीन और रूस की सीमाएँ भारतीय सीमान्त से भी अधिक अनिश्चित और अनिर्धारित हैं। इसलिए भारत-चीन सीमा विवाद से रूस का चिंतित होना स्वाभाविक है और वह पूरी तरह सजग है।

प्रश्न : परन्तु सोवियत रूस और चीन तो परस्पर मित्र हैं?

उत्तर : ज़रूर हैं। परन्तु आप शायद यह बात नहीं जानते कि दोस्ती केवल सिद्धांतों पर निर्भर नहीं रहती, ख़ासकर राजनैतिक मैत्री।

प्रश्न : तो आप समझते हैं कि भारत की तटस्थता नीति ठीक है?

उत्तर : निस्संदेह। हमें यह न भूलना चाहिए कि भारत एशिया का अग्रणी राष्ट्र है। इसे सोवियत रूस और अमेरिका दोनों ही जानते मानते हैं और चीन भी जानता है। तभी तो चीन भारत से उलझ रहा है। वह स्वयं एशिया के नेतृत्व के सपने देख रहा है और भारत पर उसके गुस्से का कारण यही है।

प्रश्न : तब तो भारत यदि अपनी तटस्थता की नीति त्याग देता है, तो वह एशिया का नेतृत्व नहीं कर सकता?

उत्तर : कैसे कर सकता है? उग्र, एशिया अब न सोवियत रूस की दासता पसन्द करता है, न डॉलर के धनी अमेरिका की। वह तो स्वतंत्र भारत का अनुगामी होकर अपने ही में सर्वशक्ति-सम्पन्न होना चाहता है।

प्रश्न : किन्तु चीन बौद्ध देश है। स्वाभाविकतया सब एशियाई बौद्ध-देश उसके साथ हो जाएँगे?

उत्तर : माओत्से तुंग को जो जीवित बौद्ध घोषित किया गया है, इसी से आप ऐसा कह रहे हैं। यह चीन वास्तव में न बौद्ध देश है न बौद्ध हितैषी देश है। वह तो बौद्ध धर्म के मूल को ही विनाश करने पर आमादा है। इसी से उसने वर्तमान बौद्धों के देश तिब्बत पर अपना प्रहार किया है और दलाई लामा जो सम्पूर्ण बौद्ध जगत में जीवित बुद्ध माने जाते हैं, उनके स्थान पर माओत्से तुंग स्वयं जीवित बुद्ध बन गए हैं।

प्रश्न : परन्तु आख़िर इसकी जड़ में गहरी बात क्या है?

उत्तर : क्या आप अभी तक नहीं समझे यह बात?

प्रश्न : नहीं, मैं तो नहीं समझा?

उत्तर : ख़ैर तो सुनिए। मैं विस्तार से यह गम्भीर रहस्य आप पर प्रकट करता हूँ। सन् 1926 में जब जिन्ना ने पहले-पहल भारत की ओर से मुँह मोड़कर

दुनिया के मुसलमानों का एक संगठन *पानिस्लाम* के नाम से करना ठाना, तभी महामना मालवीयजी ने इस आन्दोलन की गहराई पर विचार किया और उन्होंने सोचा कि यदि जिन्ना इस आन्दोलन में सफल हुए – और उन्होंने दुनिया के मुसलमानों का संगठन कर लिया, तो हिन्दुओं का कहीं ठोर-ठिकाना न रह जाएगा। उन्होंने एक नई सूझ-बूझ का परिचय दिया, कि एशिया के सब उन देशों को, जिनके निवासी बौद्ध हैं, भारत के प्रति अभिमुख किया जाए – यह कहकर कि भारत बुद्ध का जन्मस्थान होने के कारण बौद्ध-देशों के लिए पवित्र तीर्थ है। उन्होंने बौद्ध गया का उद्धार किया, काशी में सारनाथ में बौद्ध केन्द्र की स्थापना की, दिल्ली में लक्ष्मीनारायण के मन्दिर के साथ बुद्ध का मन्दिर भी बनवाया, तथा हिन्दू महासभा के प्रधान पद के लिए बौद्धस्थाविर को लंका से बुला भेजा। इन सब प्रयत्नों का यह शुभ परिणाम हुआ कि समस्त बौद्ध-एशिया सांस्कृतिक दृष्टि से भारत के प्रति उन्मुख हुआ। जिन्ना का पानिस्लाम तो महायुद्धों के चक्कर में फँसकर हवा हो गया, पर भारत एशियाई बौद्ध-देशों का तीर्थ बन गया। इसके बाद जब भारत स्वतंत्र हुआ, तो एशियाई बौद्ध-देशों के अतिरिक्त और बौद्ध देशों का भी वह राजनीतिक तीर्थ बन गया।

इस बात को भला चीन कैसे सहन कर सकता था, जब वह स्वयं एशिया का नेतृत्व करने का स्वप्न देख रहा था। ख़ासकर इसलिए भी कि उसे सोवियत रूस का सान्निध्य-विश्वास और राजनीतिक सहयोग प्राप्त था। उसने विचारा कि पहले बौद्ध धर्म का ही मूलोच्छेद किया जाए और उसने तिब्बत पर अपने ख़ूनी पंजे का प्रहार किया। उसका उद्देश्य दलाई लामा के सब प्रभावों को नष्ट कर देना था, पर दलाई लामा भागकर सफलतापूर्वक भारत में आ गए। भारत ने उन्हें शरण दी, जो अन्तर्राष्ट्रीय शिष्टाचार था। इस पर चीन भारत से खार खाने लगा और उसने भारतीय सीमाओं का अतिक्रमण करके अपनी खीझ उतारी।

प्रश्न : परन्तु नेहरू का तो यह कहना है कि हम न किसी के शत्रु हैं? न मित्र। केवल पाकिस्तान ही हमें शत्रु समझता है और कोई देश नहीं?

उत्तर : लेकिन यदि यही बात है तो हमारे मित्र कौन हैं? अब तक तो हम चीन और सोवियत संघ को अपना मित्र समझते रहे हैं और अमेरिका तथा ब्रिटेन से चौकन्ने से होते रहे हैं। अब चीन तो खुल्लम-खुल्ला हम पर आक्रमण कर रहा है। और हमारा मित्र सोवियत संघ उसकी इन आक्रामक कार्यवाहियों को चुपचाप देख रहा है। वह चीन की निन्दा करने को तैयार नहीं है। हम अभी तक राष्ट्रमण्डल में हैं, इसलिए सम्भवतः नेहरू उन्हीं देशों को अपना मित्र समझते हैं, जो राष्ट्रमण्डल में सम्मिलित हैं।

प्रश्न : लेकिन नेहरू तो निरपेक्ष दृष्टि रखते हैं?

उत्तर : पर रख कैसे सकते हैं? जब हमने कुछ देशों को मित्र मान लिया तो अपने आप ही कुछ देश हमारे शत्रु बन गए।

प्रश्न : पर हम तो अपने मित्रों के गुट में भी सम्मिलित नहीं हैं?

उत्तर : तो इस मित्रता से क्या लाभ है, जब वे समय पर हमारे काम न आएँ? मित्र तो वह है, जो कठिन समय पर हमारा हाथ दृढ़ता से पकड़े। यदि वह ऐसा नहीं करता तो वह मित्र नहीं। अब आप बताइए, भारत का वह कौन मित्र है, जो यदि आज भारत पर संकट आए तो उसके आड़े आए?

दूसरे महायुद्ध की समाप्ति पर सोवियत संघ ने कई देशों पर अधिकार कर लिया था। पोलैण्ड, वाल्टिक-राज्य, रूमानिया, बल्गेरिया, अल्बानिया, हंगेरी और कोरिया ये सब प्रदेश आज उसके हाथ में हैं। उसने अरब देशों में से सीरिया पर अधिकार करना चाहा। और अब इराक पर उसकी नज़र है। जहाँ-जहाँ उसका अधिकार है, उसने सैनिक शक्ति से अपना प्रभुत्व कायम रखा है, लेकिन अमेरिका ने, जिससे नेहरू दूर-ही-दूर रहते रहे हैं, किस देश पर अपना अधिकार किया है?

आप क्या नहीं जानते कि दूसरा विश्वयुद्ध न ब्रिटेन ने, न फ्रांस ने, न सोवियत संघ ने जीता है। इन सबको तो हिटलर समूचा ही निगल गया होता। उसने तो अमेरिका के आगे ही हथियार डाले। जब हिटलर अफ्रीका तक जा पहुँचा, तो उसे वहाँ से निकालने के लिए अमेरिका सात सौ समुद्री जहाज़ों का बेड़ा लेकर वहाँ जा धमका। जनरल रोमेल की सेना दोनों ओर से घिर गई। और उसके लिए अपनी सेनाओं को जहाज़ों में बैठाकर इटली भाग जाने के सिवा कोई चारा न रहा। जापान से अमेरिका अकेला ही निबटा। सोवियत संघ ने तो कह दिया कि वह केवल जर्मनी से ही मुकाबला कर सकता है। युद्ध के दौरान में अमेरिका ने और भी कई देशों की सहायता की और कई स्थानों पर अपने सैनिक अड्डे स्थापित किए, लेकिन किसी देश पर अधिकार नहीं किया। यदि हम चीन के विरुद्ध अमेरिका से सहायता लेते हैं, तो उससे हमें यह डर नहीं है कि वह हमारे देश में पाँव पसार बैठेगा। वह यदि हमारे लिए युद्ध में कूदता है, तो हमारी रक्षा के लिए नहीं – कम्युनिज्म की जड़ उखाड़ फेंकने के लिए।

प्रश्न : क्या विश्वशान्ति के लिए युद्ध अनिवार्य है?

उत्तर : अब युद्ध निस्सन्देह एक बीते हुए युग की कहानी रह गई है। आज संसार एक नए मोड़ पर आ खड़ा हुआ है। इसी से रूस और अमेरिका जिनकी पाकेट में अनगिनत विश्व-संहारक शस्त्रास्त्र पड़े हैं, अब शान्ति का मतलब समझते जा रहे हैं और निशस्त्रीकरण पर विचार कर रहे हैं। इसका यह मतलब नहीं है कि रूस या अमेरिका प्रेम या अहिंसा की भाषा सीख गए हैं, बल्कि वह यह अनुभव करने लगे हैं कि विज्ञान का उन्होंने जिस ढंग पर उपयोग किया है, उससे निश्चय ही उनका सर्वनाश हो जाएगा।

प्रश्न : आप समझते हैं कि बिना ही युद्ध के दुनिया की सब समस्या सुलभ जाएँगी। और दुनिया में शान्ति का साम्राज्य स्थापित हो जाएगा?

उत्तर : समस्याएँ तो युद्ध से भी न कभी सुलझीं, न सुलझेंगी। युद्ध के सदैव यही

परिणाम होते रहे कि दो परस्पर विरोधी शक्तियाँ टकराती रहीं और फिर से सशक्त होने तक चुप पड़ी रहीं। शक्ति संचय करके फिर लड़ पड़ी। लड़ने के कारण सदैव ही बने रहे। परन्तु अब राजाओं का स्वेच्छाचारी शासन दुनिया में नहीं है। जनता का अपने पर शासन है। इसलिए अब तो मानव-समाज को यही विचार करना है कि सब लोगों को जीवन की सुविधाएँ प्राप्त होती रहें। जब तक समाज के जीवन में विषमता है, एक धनी है एक भिखारी, एक सम्पन्न है एक भूखा, तब तक मानव समाज में शान्ति की स्थापना नहीं हो सकती और इसका एकमात्र उपाय है सर्वोदय। सबकी एक साथ उन्नति, सबका एक साथ विकास।

प्रश्न : क्या भारत सरकार सर्वोदय का कार्य कर रही है?

उत्तर : भारत सरकार के पास 55 लाख कर्मचारी हैं और अरबों-खरबों रुपया है। रुपए की आमद का प्रवाह अटूट है। परन्तु यह गणतन्त्री सरकार है, जनतन्त्री नहीं। इसी से उसके विकास में बाधा पड़ रही है और उसकी बहुत-सी शक्ति भीतरी संघर्ष में समाप्त होती रहती है।

प्रश्न : योजनाओं को असली जामा अभी तक क्यों नहीं पहनाया जा सका?

उत्तर : धन की कमी से। कहीं बिना धन के भी कुछ होता है? जब बिना धन के उन्नति की ओर एक कदम भी नहीं उठाया जा सकता, तो पूँजीपति क्यों बुरे हैं? हाँ एक बात है। धन का सदुपयोग हो। गांधीजी कहते थे – "धन दूसरों की धरोहर है, सौ हाथों कमाओ, और हजारों हाथों से बाँट दो।" अमेरिका का उदाहरण लो, भारत की अपेक्षा वहाँ करों का भार कम नहीं। इस पर भी वहाँ इतने बड़े-बड़े कारखाने बन गए हैं, जिन्होंने संसारभर का व्यापार अपने हाथों में ले लिया है।

प्रश्न : आपकी समझ में इसका कारण क्या है?

उत्तर : यही कि वहाँ की सरकार लोगों को उनकी सामर्थ्य के अनुसार अधिक से अधिक कमाने का अवसर देती है। इसके विपरीत अभी हमारा देश अपने

पाँव पर खड़ा भी नहीं हुआ और उस पर नीतियों के परीक्षण हो रहे हैं, जो उन्नत देशों में, जिनकी अर्थव्यवस्था किसी मार्ग पर बढ़ गई है, अमल में लाई जा सकती है।

प्रश्न : तो आप समाजवादी सिद्धान्तों के विरोधी हैं?

उत्तर : यदि समाजवाद का यही अभिप्राय हो कि जनता की जेबों में जो कुछ हो निकल कर सरकार की जेबों में चला जाए, और सरकार योजनाओं के नाम पर बेरहमी से उस रकम को पेटू और बेईमान ठेकेदारों की जेबों में ठूँस दे; तो बेशक वह समाजवाद जनता के हित में नहीं है, न ऐसी सरकार जनता की भलाई कर सकती है।

प्रश्न : आज के भारतीय नवयुवकों के सामने जीवन का कोई उद्देश्य नहीं है, न उनमें वह उत्साह और सरगर्मी है, जो स्वतंत्रता से पहले जीवन के प्रत्येक अंग में दिखाई देती थी। दूसरे शब्दों में नवयुवक जीवन की गाड़ी में सवार हैं तो, परन्तु नहीं जानते कि उनका गन्तव्य स्थान कहाँ है।

उत्तर : आप यह कहते हैं, पर मैं तो ऐसा नहीं देखता। मुझे तो ऐसा प्रतीत होता है कि विद्यार्थी अपने जीवन का लक्ष्य बता रहे हैं। वे रेलगाड़ियों का चलना रोक देते हैं। सिनेमावाले उन्हें रियासती टिकटें न दें तो उन पर टूट पड़ते हैं, उन्हें क्षति पहुँचाते हैं। पुलिस से टक्कर लेते हैं। देश की सम्पत्ति को हानि पहुँचाने में नहीं झिझकते। स्कूलों में, कॉलेजों में आए दिन हड़तालें होती हैं। वाइस चांसलर और प्रिंसिपल को कमरों में बन्द कर दिया जाता है। कभी-कभी तो अध्यापकों को कत्ल कर दिया गया है। यह लोकतन्त्र का चमत्कार है। भविष्य की भविष्यवाणियाँ हैं। आज के विद्यार्थी जो स्कूल कालिजों में हंगामा करते हैं, हड़तालें करते हैं, कल वे कारखानों में, उद्योग केन्द्रों में हंगामें करेंगे और देश को अराजकता में ला पटकेंगे।

अंग्रेज़ चले गए पर अंग्रेज़ियत हमें दबोचती चली आ रही है। हमारा

खान-पान, रहन-सहन सब कुछ बदल रहा है। हमारा अभिजात्य वर्ग और भी तेज़ी से उधर जा रहा है। घरेलू जीवन का ढाँचा बदल रहा है। पहले हमारे आनन्द और मनोरंजन का केन्द्र हमारा परिवार था। सब हँसी-ख़ुशी मिल-जुलकर रात को बैठते, खाते-पीते, विनोद करते थे। अब हमारे सामाजिक जीवन का केन्द्र होटल और रेस्टोरेंट हो गए हैं। अब हम अपने अतिथि का सत्कार घर में नहीं, होटल में करते हैं। हमारी वेश-भूषा तेज़ी से बदल रही हैं। पुरुषों के वेश में पतलून ने प्रमुख स्थान ग्रहण किया है . . . आगे क्या होगा, यह अब देखना है। ज्यों-ज्यों नैतिकता का स्तर गिरता जाता है, कामुक भावनाएँ बढ़ती जाती हैं। इस प्रकार हमारा सामाजिक जीवन बर्बाद हो रहा है।

प्रश्न : प्रगतिवाद के सम्बन्ध में आप क्या कहते हैं?

उत्तर : वाद में नहीं प्रगति में तो आशा ही आशा है। पर यह तथाकथित प्रगतिवाद तो राजनीतिक गुलामी में जकड़ा हुआ है। सच तो यह है प्रगति के बिना क्रान्ति हो नहीं सकती। संक्रान्ति और विश्व-दर्शन ही प्रगतिवाद के जन्मदाता हैं। फ्रान्स और रूस की संक्रान्तियों ने ही इन दोनों देशों के साहित्य को प्रगतिशील बनाया। आज के हिन्दी के साहित्यकार वास्तव में अधिकांश अंग्रेज़ी के पंडित हैं। वे अंग्रेज़ी में सोचते हैं और अनुवाद करके हिन्दी में लिखते हैं। इसी से उनकी लेखनी का चमत्कार फीका रहता है।

प्रश्न : क्या हिन्दी में कोई ऐसा साहित्यकार नहीं, जिसे हम दूसरी भाषा के साहित्यकारों के समक्ष रख सकें?

उत्तर : नहीं, ऐसा नहीं है। सर्वश्री मैथिलीशरण गुप्त, हजारीप्रसाद द्विवेदी और राहुलजी हिन्दी के प्रतिनिधि साहित्य-अतिरथी हैं। मिश्रबन्धु हिन्दी के भीष्म पितामह हैं। उनकी निस्वार्थ हिन्दी-सेवा अमूल्य है।

प्रश्न : आप साहित्यकार कैसे बने?

उत्तर : मैं जन्मजात साहित्यकार हूँ। कभी मैंने ध्यान से साहित्य का अध्ययन नहीं किया, न मैंने उसके नियमों की परवाह की। साहित्य जैसे मेरे जीवन में पहले ही प्रविष्ट था। मैं अपने बाल-मित्रों को गद्य-पद्य में लम्बे-लम्बे पत्र अतिरंजित भाषा में लिखा करता था। अपने रचे छन्द हारमोनियम पर गला फाड़-फाड़कर गाया करता था। मेरी पहली पद्य-रचना सम्भवतः सन् 1906 में लाजपतराय के माण्डले-निर्वासित होने पर *श्रीवैंकटेश्वर* पत्र में छपी थी।

प्रश्न : आपको गद्य-काव्य की प्रेरणा कहाँ से मिली और आपने पद्य न लिखकर गद्य-काव्य ही क्यों लिखा?

उत्तर : मुझे कभी किसी से कोई प्रेरणा नहीं मिली। मेरे मन में लहर आई और मैंने लिख डाला। मेरी अन्तःवासना ही मेरी प्रेरणा है। बचपन में मैं कविता ही लिखता था। अब भी कभी-कभी लिखता हूँ, पर छपाता नहीं। मुझे कविता के लिए तुतलाकर बोलना तथा भाषा के प्रवाह को तोड़-मरोड़कर गठरी बाँधना अच्छा नहीं लगता। मेरा विचार है कि साहित्य का नैसर्गिक सौंदर्य गद्य में है, पद्य में नहीं। मैं अप्रतिहत गति से लिखता हूँ, मेरा वेग बहुत है। स्वामी दर्शनानन्द को मैंने एक रात में एक पुस्तक लिखते देखा था। बचपन का मेरा वह प्रभाव कायम है। और मैंने भी एक रात में एक पुस्तक लिखी है। सौ-सौ पृष्ठ फुलस्केप के ढेर मैंने एक-एक रात में लिखकर किए हैं। वह वेग अब धीमा हो गया है। तब आवेग में लिखता था, अब सोचकर। शायद यही कारण है कि पद्य लिखने में मेरी प्रवृत्ति नहीं हुई; क्योंकि वहाँ तो भाषा की बाँध-बूँध करनी पड़ती है, पद-पद पर अटकना पड़ता है। अटक-अटककर चलना मेरा स्वभाव नहीं। इसी से मेरे गद्य में ही पद्य का भाव-सौन्दर्य आ गया। यही गद्य-काव्य के जन्म का कारण हुआ।

प्रश्न : आपको लौह-लेखनी का धनी क्यों माना जाता है?

उत्तर : मेरी भाषा के तीखेपन और विचारों की उग्रता के कारण मुझे लौह-लेखनी का धनी कहा गया। मेरी स्पष्ट और सीधी तीर-सी चुभनेवाली वाणी भी इसका कारण हो सकती है। इसका कारण यह है कि मेरे साहित्य में कल्पना कम और स्थिर चिर-सत्य बहुत अधिक है। मैं स्वभाव से अत्यन्त कठोर होने के साथ अति कोमल भी हूँ । मेरे निर्णय से कोई शक्ति, कोई भय, कोई प्रलोभन मुझे हटा नहीं सकता। परन्तु मैं मनुष्य की पीड़ा नहीं सह सकता। ख़ासकर स्त्रियों और बच्चों पर मेरा बड़ा मोह है। उनके दुःख-दर्द को देखते ही मैं आपे से बाहर हो जाता हूँ। जन्म से दरिद्र हूँ। दरिद्रता के दुःख भोगते मैंने अपने ही माता-पिता को देखा है। धनी-जनों के क्रूर और स्वार्थी जीवन भी मैंने निकट से देखे हैं। इसी से मैं उन पर स्वभावतः क्रूद्ध हूँ। यही कारण है कि जब इन प्रसंगों पर मेरी कलम चलती है, तो मैं अत्यन्त उत्तेजित और असंयत हो उठता हूँ। इसी से मेरी भाषा और भावों में उस सत्य की ओज के दर्शन हो जाते हैं। उसी को पढ़कर लोगों ने यह अजीब-सी उपाधि मुझे दे डाली।

प्रश्न : क्या आप किसी देशी-विदेशी लेखक से प्रभावित हैं?

उत्तर : बिल्कुल नहीं। मैं अपने ही में मगन हूँ। मेरी साहित्य सम्पदा मेरी अपनी है। उसमें किसी का साझा नहीं। हिन्दी लेखकों में, मैं राहुल से स्पर्द्धा करता हूँ। और हजारीप्रसाद द्विवेदी की कलम चूमता हूँ। उनकी *वाणभट्ट की आत्म-कथा* बेजोड़ है। हाँ, माइकेल मधुसूदन की कलम का मैं लौहा मानता हूँ। शरत् मुझे प्रिय हैं, और रवीन्द्र के कथा-शिल्प को मैं प्रशंसा की दृष्टि से देखता हूँ। संस्कृत में भास जैसा – भाषा-सौष्ठव अन्यत्र नहीं है। निष्ठा और शिष्टाचार कालिदास की *शकुन्तला* पर खत्म है। माघ प्रकृत कवि की प्रतिष्ठा-भूमि पर है। परंतु आदर मैं पृथ्वी-भर में एक ही साहित्यकार का करता हूँ। वे हैं तुलसीदास। तुलसीदास की जोड़ का

सत्कवि विश्व-साहित्य में दूसरा नहीं हुआ। उसके अमरत्व और विश्व-विशालता का कारण उसकी अखण्ड अपरिसीम तल्लीनता है, जिसमें भक्ति, पांडित्य, भाषा-अधिकार, चरित्र-कल्पना और प्रतिभा ने अमरत्व उत्पन्न कर दिया है। उन्होंने विशिष्ट जनों के लिए नहीं, सर्वजन के लिए कवित्व वितरण किया।

'कीरति भनिति भूति भलि सोई।
सुरसरि सम सब कहँ हित होई।।'

काल पाकर भाषाएँ टूट-फूट कर विकृत हो जाया करती हैं, पर जब कभी हिन्दी पर यह संकट आएगा तो तुलसी की भाषा उसे अखण्डित रखने में बहुत सहायक होगी। हिन्दू धर्म का अन्तिम स्थायी संगठन तुलसी ने ही किया है।

प्रश्न : आप लिखते कैसे हैं?

उत्तर : इसका वास्तव में कोई नियम नहीं है। कभी-कभी तो मैं हफ़्तों, दिन-रात सोता रहता हूँ और कभी लिखने में दिन-रात कब व्यतीत हुए, इसका ज्ञान नहीं रहता। लिखते समय मैं केवल लेखक ही नहीं रहता, अपनी सृष्टि का दृष्टा भी रहता हूँ। भावुकता के नाज़ुक प्रसंगों पर कभी-कभी तो मेरी हालत ऐसी ख़राब हो जाती है कि – मैं कई दिन तक किसी से बातचीत करने के योग्य भी नहीं रहता। लिखने से पहले मैं कोई तैयारी नहीं करता, ख़ासकर कथा-साहित्य की रचना में। सिर्फ विरोधी तत्त्वों का मन में उद्दीपन करता हूँ। सुलगने लगता हूँ, तो कलम उठाता हूँ। फिर वह कलम नहीं, दुधारा-खाण्डा हो जाता है। मैं आगा-पीछा नहीं सोचता। चौमुखी मार करता हूँ। ऐतिहासिक उपन्यासों में से ऐतिहासिक तथ्यों को पीछे बैक-ग्राउन्ड में फेंक देता हूँ, और स्थिर सत्य के आधार पर कल्पना-मूर्तियों को आगे ले आता हूँ। मेरी वह कल्पना-मूर्ति बनती है दूल्हा, और ऐतिहासिक तथ्य बन जाते हैं बराती। बस यही मेरे कथा-साहित्य की

तकनीक है। कहानी में मैं मानव-चरित्र को नहीं, चरित्र के प्रेरक भावों को अधिक विकसित करता हूँ। परन्तु विशद् व्याख्यात विषयों पर मैं खूब अध्ययन और प्रमाणों की धूम-धाम से आगे बढ़ता हूँ, आलोचक के लिए इतनी-सी भी संधि नहीं छोड़ता।

प्रश्न : क्या साहित्य से जीविकोपार्जन हो सकता है?

उत्तर : देख तो रहे हो मेरा घर। कोई कल्पना कर सकता है कि यहाँ कोई भला आदमी रहता होगा। परन्तु समाज में जिस आदमी की कोई जरूरत नहीं है, जो न रिश्वत दे सकता है, न सिफारिश करा सकता है, न ख़ुशामद कर सकता है, न तिकड़म, यह उस साहित्यकार का जीवन है। असहाय और एकाकी। सन् '36 में मैंने प्रैक्टिस छोड़ी। तब मेरी 3000 मासिक की प्रैक्टिस थी। मुलाकात की फीस लेता था। एक बार श्री पुरुषोत्तमदास टण्डन को भी मुझसे मिलने के लिए तीन दिन प्रतीक्षा करनी पड़ी थी। परन्तु मुझे साहित्य और प्रैक्टिस दोनों में से एक वस्तु चुननी थी। मैंने साहित्य चुना। चुना नहीं, उसे त्यागने से इन्कार कर दिया। इससे और सब स्वयं ही छूट गया। अब मैं सोलह आने प्रकाशकों की दया पर निर्भर हूँ। परन्तु मुझे दुःख नहीं। मैं इच्छा-दरिद्र पुरुष हूँ और अपनी साहित्य-सम्पदा से सम्पन्न हूँ।

प्रश्न : आपके मनोरंजन का विषय क्या है?

उत्तर : उत्तम व्यंजन अपने हाथ से बनाकर मित्रों को खिलाना या बच्चों के साथ गप्पें उड़ाना।

प्रश्न : क्या आप साहित्य से ऊबे नहीं?

उत्तर : मैंने जीवन से ऊबना नहीं सीखा, उससे खेलना सीखा है। साहित्य मेरा जीवन है, जीवन का श्रृंगार है, उससे ऊबना कैसा?

प्रश्न : आपकी सर्वश्रेष्ठ रचना कौन-सी है?

उत्तर : *वैशाली की नगरवधू* जिस पर मैंने अपनी अट्ठाइस वर्ष की संचित चालीस साहित्य-सम्पदा लुटा दी है।

प्रश्न : क्या साहित्य के सहारे आजीविका नहीं चल सकती?

उत्तर : नहीं, जो साहित्यकार जीविका के लिए लिखेगा वह साहित्य नहीं लिखेगा, रोटियाँ लिखेगा। आजीविका के प्रलोभन में निष्ठा ठहर नहीं सकती। उत्तम साहित्य की रचना के लिए तीन बातों की आवश्यकता होती है: 1. आत्मा में पूर्णानन्द की अनुभूति, 2. महामानवत्व की उच्चतम भावना, और 3. गहरी तल्लीनता। ये तीनों वस्तु आजीविका के सम्मुख कायम नहीं रह सकतीं। फिर, साहित्यकार सुख-दुःख, रति-विरति, पाप-पुण्य का सृष्टा-दृष्टा होता है। वहाँ सुख-दुःख, रति-विरति, पाप-पुण्य यदि उसके भीतर हों तो वह उनका ठीक रेखा-चित्र नहीं खींच सकता। मैं साहित्यकारों से कहूँगा कि वे साहित्य से अपने जीवन का श्रृंगार करें, उससे पेट भरने की कोशिश न करें। इसके अतिरिक्त उनमें अनुशासन, संगठन, निष्ठा, और आत्म-विश्वास की बड़ी आवश्यकता है। विशेषकर नए लेखकों को साहित्यकार बनने से प्रथम किसी साहित्यकार का अन्तेवासी बनना चाहिए। और एक बात है। आज का कवि आत्मा से भोगी है। वह सेन्द्रिय वासना की कल्पना में डूबा रहता है। इससे उसका चरित्र तथा शरीर कभी स्वस्थ नहीं रह सकता।

प्रश्न : आप उपन्यास कैसे लिखते हैं?

उत्तर : आपको सुनकर आश्चर्य हो सकता है कि मैंने विश्व के बहुत कम नामांकित उपन्यास पढ़े हैं। और बहुत कम प्रसिद्ध उपन्यासकारों के नाम जानता हूँ। अभारतीय भाषाओं के उपन्यासों की बात दूर, भारतीय भाषाओं के भी उपन्यासों और उनके रचयिताओं से मैं बहुत कम परिचित हूँ। यहाँ तक कि यही बात सच्चे अर्थों में हिन्दी भाषा के उपन्यासों और उनके लेखकों के सम्बन्ध में कही जा सकती है। प्रेमचन्द तक के पूरे उपन्यास मैंने नहीं पढ़े। उनके *गोदान* का देश-विदेशों तक में डंका बज रहा है, पर मैंने अभी तक उसे पढ़ा ही नहीं, पढ़ने की प्रवृत्ति मन में हुई ही नहीं।

अज्ञेयजी के *नदी के द्वीप* और बहुत से ऐसे उपन्यास जिनकी आलोचना-जगत् में निरन्तर चर्चा चलती रहती है, उनके भी मैंने दर्शन नहीं किए और यदि मेरे सम्मुख कभी आ भी जाएँ तो वे बिना ही पढ़े मेरे पास इधर-उधर पड़े रहेंगे, जैसे प्रेमचन्द का ख्यातिलब्ध –*गोदान*। यदि आप मुझसे पूछें कि हिन्दी में कौन-कौन अच्छे उपन्यास और उपन्यासकार हैं – तो सचमुच मैं बगलें झाँकने लगूँगा। हाँ, अपने उपन्यासों को तो मैं दस-बीस, सौ-पचास बार पढ़ चुका हूँ, पढ़ता ही रहूँगा, कभी नहीं ऊबता। हर बार उनमें मुझे नया रस मिलता है।

भारतीय और अभारतीय उपन्यासों के प्रति मेरी यह उदासीनता और अज्ञान और अपने उपन्यासों के प्रति यह आसक्ति न तो आलस्य और आत्मनिष्ठा पर आधारित है, न जड़ता और अहमन्यता पर। असल बात यह है कि उपन्यासों के पढ़ने में मेरा मन ही नहीं लगता। दो-चार पृष्ठ पढ़ने के बाद ही जी घबराने लगता है। ऐसा प्रतीत होता है जैसे व्यर्थ समय नष्ट हो रहा है। एक बात और कह दूँ – ताश-शतरंज या दूसरे ऐसे ही हल्के-भारी खेल भी मैं पूरे मनोयोग से नहीं खेल सकता। दस-पाँच मिनट में ही मेरा जी ऊब जाता है। इसी से सदैव इन खेलों में बाजी हार जाता हूँ। ठीक वैसी ही मनोवृत्ति मेरी उपन्यासों के पढ़ने के समय हो जाती है। भीड़-भाड़ से मैं भी बहुत घबराता हूँ। मेले-ठेले में बहुधा नहीं जाता, कभी-कभार मुझे कार्यवश शहर जाना पड़ता है, तो मैं बेहद परेशान हो उठता हूँ। शान्त, एकान्त वातावरण में मैं प्रसन्न रहता हूँ। बहुधा उपन्यासों के पढ़ने में मुझे भीड़-भाड़ में फँस जाने जैसी ही परेशानी अनुभव होती है। ऐसा प्रतीत होता है कि जैसे मैं रेलगाड़ी के ठसाठस भरे डब्बे में बैठा हूँ – तीसरे दर्जे के डब्बे में; जहाँ कुछ देहाती किसान, कुछ बेतुके से उट-पटांग स्त्री-पुरुष अपनी-अपनी हाँक रहे हैं। कोई मुकदमें की चर्चा करता है, कोई घर-गृहस्थी का रोना रो रहा है, कोई छैला नई-नवेली को

लिए प्रेमालाप कर रहा है, कोई थूक रहा है, कोई खाँस-खखार रहा है, कोई ताश खेलता- बीड़ी पीता है, कोई हँसता है, कोई लड़ता-झगड़ता है। स्टेशन आ रहे हैं, एक उतरता है, दूसरा चढ़ता है। मेरी क्या दिलचस्पी हो सकती है भला इन सबसे? हाँ, बहुत लोग सहयात्रियों से तुरन्त दोस्ती गाँठ लेते हैं, पर मैं उन सबसे जुदा आदमी हूँ। सदैव ऊब जाता हूँ और जान बचाने को छटपटाने लगता हूँ।

अपने उपन्यासों की बात बिल्कुल जुदा है। उनका जब कोई भी पृष्ठ खुला, किसी भी पंक्ति पर मेरी दृष्टि पड़ी, मेरा चित्त प्रसन्न हो जाता है। मुझे ऐसा प्रतीत होता है जैसे मैं आत्मीयों में आ गया। अपने घर में आ पहुँचा। ये मेरे परिजन हैं, बच्चे हैं, सम्बन्धी, रिश्तेदार, भाईबन्द हैं। बहुधा मैं दो-चार पन्ने पढ़ता चला जाता हूँ, किसी ख़ास मतलब से नहीं; यों ही जैसे किसी आत्मीय-दोस्त से बात करते-करते कुछ दूर तक टहलने चला जा रहा होऊँ। यह कुछ विचित्र-सी ही बात आपको लगेगी। पर हकीकत यही है। बचपन में *आनन्द मठ* मुझे बहुत भाया। पर वह भी बचपन की ही बात कहनी चाहिए। थोड़ा समझदार होने पर शरत् और रवीन्द्र के कुछ उपन्यास पढ़े। शरत् में मेरा मन लगा, रवीन्द्र के दो ही उपन्यास मुझे अच्छे लगे *आँख की किरकिरी* और *कुमुदिनी*। प्रेमचन्द के उपन्यासों में मेरा मन नहीं लगा। वृन्दावनलाल वर्मा का *कुंडार* अवश्य मैंने रुचि से पढ़ा। *लण्डन-रहस्य* जब रामलाल वर्मन छाप रहे थे, तब चाव से पढ़ा था। मुझे याद है जब वे एक लाख रुपए के मूल्य की हीरे की अँगूठी पहन कर कनसेसिंग करते फिरते थे, तब मुझे भी सीरीज़ का ग्राहक बना गए थे। जैनेन्द्र की *परख* भी मैंने नहीं पढ़ी, उसकी अनधिकृत आलोचना तो कभी-कभी मेरी आँखों से गुज़र जाती है, पर *परख* के पात्रों से मेरा परिचय है और जब जैनेन्द्र उनके साथ खेल रहे थे, वे दिन भी मुझे याद है। *कट्टो* को तो मैं अच्छी तरह जानता हूँ। इतिहास और दर्शन में विशेष रुचि

रहने के कारण हल्की और उछली चीज़ मुझे जँचती ही नहीं। हालाँकि मैं दार्शनिक नहीं हूँ। दर्शन-शास्त्र पर श्रद्धा भी नहीं रखता हूँ, पर मैंने यत्न से हिन्दू-दर्शन पढ़े और समझे हैं। इसी से मेरी दार्शनिक दृष्टि तो समीक्षा दृष्टि बन गई है। जीवन के प्रत्येक मोड़ को मैं दार्शनिक समीक्षा पर जाँचने का आदी हो गया हूँ। इसी से सभी उपन्यास पात्र मुझे भाते नहीं, उनकी बातों में रस आता नहीं, पाता नहीं। शायद इसी कारण मेरा दृष्टिकोण जीवन की व्याख्या के सम्बन्ध में इतना वक्र और निगूढ़ हो गया है। मैं उपन्यास की तकनीक को कुछ भी नहीं जानता। इस सम्बन्ध में मैंने कोई साहित्य, यदि है, तो पढ़ा नहीं। मैं नहीं जानता कि विश्व के नामांकित उपन्यास लेखक उपन्यास कैसे लिखते हैं। मैंने यह विद्या कहीं किसी से सीखी नहीं है, मैं इस विषय में कुछ जानता भी नहीं हूँ। बहुत से लोग ख़ासकर छात्र, जो अध्ययन की दृष्टि उपन्यासों पर रखते हैं, बहुधा इसी प्रकार के प्रश्न पूछते हैं, तब मुझे बग़लें झाँकनी पड़ती हैं। अंटशंट कुछ बक देता हूँ। तब या तो वे लोग मेरे सद्भाव में आ जाते होंगे या पीछे मुँह फेरकर मेरी मूर्खता और अज्ञान पर हँसते होंगे। फिर भी मैं अपने उपन्यासों के लिखने के विषय में तो जानता ही हूँ। यद्यपि बिल्कुल ठीक-ठीक नहीं बता सकता, पर कुछ तो बता ही सकता हूँ। सबसे बड़ा प्रभाव तो मेरे उपन्यासों पर मेरे ही जीवन का है। एक दरिद्र और मजदूर माता-पिता के घर जन्म लेने के कारण बचपन ही से मुझे अभाव ने जकड़ा। मेरे बचपन के अभाव के स्पर्श का दाग़ तो अब तक मेरे दिल पर है। मेरी माता चिररोगिणी रहीं। वह लगभग चौदह वर्ष शैयागत रहीं। यह वह समय था जब मेरी समझ, जरा पक रही थी, मैं तीसरी-चौथी कक्षा में पढ़ रहा था। तब तीन बातों से मेरा परिचय हुआ – अभाव, सेवा और श्रम।

मैंने बहुत बार देखा कि मेरे पिताजी रोगिणी माता के लिए समय पर ठीक-ठीक पथ्य और औषध भी न जुटा सकते थे। अत्यन्त आवश्यक

होने पर वे हम लोगों को पड़ोसियों से उधार माँग लाने को भेजते और हम लोग वहाँ से नकार लेकर प्रायः लौटते। उन दिनों वह अभाव मुझे कुछ विशेष नहीं खला, पर बाद में तो उसने एक स्थायी दर्द की उत्पत्ति मेरे मन में कर दी। मैं बालक था, पर एक दृश्य नहीं भूल सकता – जब सब ओर से नकार ग्रहण कर पिताजी अर्द्धमूर्छित माता का सिर गोद में लिए ज़रा-ज़रा पानी चम्मच से उनके मुँह में डाल रहे थे, तब जैसे वह नकार मूर्छित माता के अन्तस्तल को भी छू गया था। उन्होंने बहुत यत्न से बहुत देर तक इंगित किया, पर वह इतना अस्पष्ट था कि पिताजी बहुत ही कठिनाई से समझ पाए और तब उन्होंने संकेत स्थल से दीवार की एक दरार से मैले कपड़े में लिपटी एक पोटली निकाली, जिसमें कुछ रुपए थे। शायद दो-चार। उनमें से एक तुड़ाकर माता के लिए दूध मँगाया गया। दूध तब चार पैसे का सेर मिलता था। पर आज भी मैं उस एक पाव दूध की कीमत का अनुमान नहीं लगा सकता। एक पैसे के उस दूध के लिए पिताजी को दो घण्टे संघर्ष करना पड़ा था, बीस जगह हाथ फैलाकर नकार प्राप्त किया था। यह था मेरे जीवन पर अभाव का स्पर्श।

सेवा मैंने पिताजी की देखी। चौदह वर्ष निरन्तर, अनवरत, वे माता को अनायास ही फूल की डाली की भाँति गोद में उठा लेते। सेवा, सुश्रुषा, सफाई और जाने क्या-क्या उन्हें करना पड़ता था, जिसे तब नहीं समझा था, बाद में जीवनभर समझा। यह हुआ मेरे जीवन पर सेवा का स्पर्श। श्रम हम सभी को करना पड़ता था। हमारी पाँच-सात वर्ष की बहिन प्रौढ़ा गृहिणी की भाँति उन दिनों हमारी सारी गृहस्थी चला रही थी। उन्हीं दिनों मुझे भी अपने हाथ से काम करने और रसोई बनाने का अभ्यास हो गया, जो आज भी है। इस प्रकार अभाव, सेवा और श्रम इन तीनों ने मेरे बालभाव का श्रृंगार किया।

अब चौथी वस्तु आई विद्रोह। पिताजी आर्यसमाजी थे। पर अधिक पठित नहीं थे। उनकी युक्तियाँ लठ के बराबर मोटी होतीं, वैसी ही चोट करती थीं। समाज की प्रत्येक रूढ़ि का विद्रोह मैंने उन्हें करते देखा था और वह विद्रोह भरे रक्त में घर कर गया। आगे चलकर उसमें साहस ने योग दिया जब काशी और जयपुर में ब्राह्मण होने के कारण संस्कृत अध्ययन केन्द्रों में मुझे उपेक्षा और तिरस्कार का सामना करना पड़ा। इस प्रकार मैं अपने जीवन की देहरी पर खड़े होने योग्य हुआ। मैं एक असाधारण तरुण था, जिसके शरीर में अभाव, श्रम और सेवा के स्पर्श-चिह्न थे और आत्मा में विद्रोह का साहस। परिस्थितिवश मैंने चिकित्सा सीख ली और जीवन एक चिकित्सक के रूप में आरम्भ किया। इस समय वे चारों तत्व – सेवा, श्रम, अभाव और साहस मेरे बड़े काम आए। कहना चाहिए वही मेरे सब कारोबार की पूँजी थे।

प्रथम महायुद्ध की समाप्ति पर, मुझे भयानक महामारी इन्फ्लुएन्ज़ा और उनके बाद प्लेग के दिनों में प्रतिदिन दो सौ, तीन सौ नर-नारियों को भीषण यन्त्रणाओं में छटपटाते हुए मृत्यु का ग्रास होते और उनके प्रियजनों के क्रन्दन आर्तनाद को अति निकट से देखने का अवसर मिला। मेरे जैसे तरुण के लिए, जिसके हृदय में साहित्य की भावना सोई पड़ी थी, तीन-तीन सौ नर-नारियों का नित्य मेरी आँखों के सामने छटपटाकर प्राण त्यागना, प्राण बचाने के भागीरथ प्रयत्नों के बावजूद भी निराश होना कोई साधारण बात न थी। इसने मेरी सम्पूर्ण चेतना को आहत कर दिया। मैं उन दिनों को भूल ही नहीं सकता, जब स्वयं 105 डिग्री के ज्वर में रात-दिन एक के बाद दूसरे सांघातिक रोगियों को देखना, उपचार करना पड़ता था। कोई-कोई मृत्यु तो अतिशय भयानक, हृदयविदारक मर्मान्तक पीड़ा देने वाली होती थी। उन दिनों तक भी मेरा साहित्यकार भाव सो रहा था अथवा शैशव में था। यद्यपि कुछ न कुछ मैं लिखता रहता था,

पर उपन्यास या कहानी नहीं। चिकित्सा या सामाजिक कुरीति सम्बन्धी लेख लिखता था। चिकित्सक होने के नाते या आर्यसमाजी होने के नाते इन दोनों विषयों पर मेरी कलम चलती रहती थी। कानपुर के *प्रताप* में कभी-कभार मेरे लेख छप जाते थे। उन दिनों मैं अजमेर में प्रैक्टिस कर रहा था। सबसे प्रथम कथा का रूप मेरे उस एक लेख ने धारण किया, जो मैंने एक मारवाड़ी वृद्ध सेठ के साथ एक बालिका से विवाह के विरोध में लिखा था। वह काल्पनिक कहानी न थी, सच्ची घटना थी। *प्रताप* में वह छपी और उस पर बहुत गोंगा मचा। उसी के बाद इन्फ्लुएन्ज़ा और प्लेग ने मेरी चेतना को आहत किया। और मैंने उन्हीं दिनों अपना सबसे पहला उपन्यास लिखा। उसमें मैंने अत्यन्त मर्मान्तक प्लेग और इन्फ्लुएन्ज़ा के बीस-बीस केसों के विवरण दिए, जो मेरी आँखों देखे थे। वे सब हिला देने वाले थे। उन्हें पहले मैंने पृथक विवरणों में लिखा, फिर प्रत्येक के तीन-तीन या चार-चार टुकड़े कर डाले। उन टुकड़ों के बीच में दूसरे प्रसंगों के टुकड़े डालकर मैंने उस पूरे विवरण संग्रह को उपन्यास का-सा रूप दे डाला। यह रूप देने में मेरा ध्यान बाल्यकाल में पठित *चन्द्रकान्ता संतति* की पद्धति पर केन्द्रित रहा। उसी के अनुकरण पर मैंने इन विवरण खण्डों को परस्पर बीच में डालकर गूँथ दिया। आरम्भ में एक विवरण का एक दृश्य, फिर उसे छोड़कर दूसरे, तीसरे, चौथे विवरण के अधूरे अंश। फिर वही पूर्व का आगे का कथन। इस प्रकार पूरा उपन्यास तैयार हो गया। उसी का नाम मैंने रखा था शायद *प्लेग-विभ्राट*। उन दिनों *प्रताप* के माध्यम से मेरा परिचय आगरा के श्री कृष्णदत्त पालीवाल से हो गया था। उन्हीं को वह तथाकथित उपन्यास मैंने छपने के लिए भेज दिया। उसे उन्होंने शायद लापरवाही से कहीं डाल दिया, पीछे सूचना दी कि वह पाण्डुलिपि कहीं खो गई। इस प्रकार मेरे उस तथाकथित प्रथम उपन्यास-रूपी शुशक का गर्भ में ही अंत हो गया। इसके खो जाने का

दुःख बहुत हुआ। पालीवाल से झिकझिक भी बहुत हुई। पर जो खो गया, वह खो गया। फिर भी उसके वर्णित पात्रों ने मेरे मानस-पटल पर गहरा प्रभाव छोड़ा था। वे कोई काल्पनिक पात्र न थे। मैंने अति निकट से उन्हें देखा था, इसलिए बहुत दिन तक उनके रेखाचित्र मेरे नेत्रों में घूमते रहे। और मेरी मनोवृत्ति और चेतना में उपन्यास-तत्व की भूमिका बनने लगे। बहुधा सोचने लगता, यदि यह न होकर वह होता, ऐसा न करके ऐसा किया जाता तो कदाचित् ऐसा न होता। यद्यपि ये सब विकल्प चिकित्सा से सम्बन्धित थे, पर उनमें से कल्पनाएँ मूर्त हो उठीं। इस प्रकार आँखों देखे सच्चे रेखाचित्रों के साथ ही साथ काल्पनिक रेखाचित्र भी उभरने लगे। वे अधिक सशक्त थे, प्रिय थे। इससे सच्चे घटित रेखाचित्रों के ऊपर काल्पनिक चित्रों की प्रतिष्ठा मेरे मानस में होती चली गईं। इस प्रकार अभाव, सेवा, श्रम और विद्रोह में दो वस्तुतत्व और आ मिले – वेदना और कल्पना। वेदना सत्य पर आधारित थी और कल्पना वेदना की प्रतिक्रिया-स्वरूप। परन्तु इसमें कहीं उपन्यास-तत्व पनप रहा है, यह तब भी मैं समझ नहीं रहा था।

इस समय मेरे एक मित्र अतिथि रूप में मेरे घर आए। वे कोई साहित्यिक न थे, साहित्य-रसिक थे। उन्होंने 'कारोली' का कोई उपन्यास तभी पढ़ा था। एक दिन रात को बातों ही बातों में उन्होंने मुझे उस उपन्यास का पूरा मसौदा ज़बानी कह सुनाया। उससे मैं इतना प्रभावित हुआ कि तत्काल ही उसे मैंने अपने ढंग से लिख डाला और वह मेरा प्रथम उपन्यास बन गया, जो बम्बई में श्री नाथूराम प्रेमी ने *हृदय की परख* के नाम से छापा। बाद में उसके दस-बारह संस्करण हुए। अपनी इस प्रथम रचना को देखकर मैं बहुत प्रसन्न हुआ था।

उसके बाद धीरे-धीरे कहानियाँ और गद्य-काव्य लिखने लगा, जो कानपुर के *प्रताप*, लखनऊ की *माधुरी*, *सुधा* तथा प्रयाग के चाँद में कभी-

कभी छपते रहे। अब कल्पनाओं का निखार मेरे मानस पर उभर आया था। और किसी भी छोटी-सी साधारण घटना को तोड़-मरोड़ कर कल्पना के सहारे मैं उसे सम्पूर्ण चित्रण में व्यक्त करने में सफल होने लगा था। धीरे-धीरे मेरी यह शक्ति बढ़ती चली गई। पूर्वोक्त छंदों तत्वों ने कभी भी मेरा साथ न छोड़ा। मेरी कहानियों में और गद्य-काव्यों में भी वे कायम रहे। उनके द्वारा उनमें भाव व्यंजना और अर्थ गाम्भीर्य एवं समस्या पूर्ति का अभिव्यक्तिकरण होने लगा।

चिकित्सा के नाते धीरे-धीरे राजस्थान के राजवर्गीयजनों से मेरा सम्पर्क बढ़ा और शीघ्र ही नामांकित राजा-ठाकुर-जागीरदार महाराजों के रनवास से मेरी पैठ हो गई। चिकित्सा का कार्य कितना नाजुक और रहस्यमय होता है, यह कदाचित सब लोग नहीं जानते। बड़े-बड़े अनहोने चित्र और मानव-चरित्र मेरे सामने आए। बड़े-बड़े पेचीदे मामले मुझे सुलझाने पड़े। बहुत-से राजा, महाराजाओं के, रानियों के, तथा अति सम्भ्रान्त प्रभावशाली जनों के भीतरी आर्तनाद, दुर्बलताएँ, मूर्खताएँ, कुत्साएँ मुझ पर प्रकट होने लगीं। लोगों के सम्मुख वे महामान्य, शान और ऐश्वर्ययुक्त प्रभावशाली पुरुष थे, परन्तु मेरे निकट वे अति दीन-हीन निकृष्टतम व्यक्ति थे। उन दिनों दर्जनों बड़े-बड़े सम्भ्रान्त पुरुषों-स्त्रियों की इज़्ज़त-आबरु मेरी जेबों में पड़ी रहती थी। कुछ राजा-महाराजा, रानी-महारानियों की ही नहीं, बड़े-बड़े अनेक पुरुषों, प्रसिद्ध नेताओं, राजपुरुषों, विद्वानों, अध्यापकों, हाईकोर्ट के महामान्य जजों, करोड़पति सेठों की अपनी वासनाएँ, कुत्साएँ, दुरवस्थाएँ, मूर्खताएँ, दुरभिलाषाएँ हिंसक प्रवृत्तियाँ मेरे सामने नग्न होने लगीं। एक दीन, हीन भिखारी के समान मेरी कृपा के याचक बन मेरे सम्मुख आते थे। इनमें से बहुत-सी बातें बड़ी चमत्कारिक असाधारण, प्रभावशाली और कभी अति भयानक, जघन्य अपराधों की सीमाएँ लाँघ जाती थीं। मुझे इन सबको

नितान्त गोपनीय रखना पड़ता था, भारी-भारी व्यवस्थाएँ करनी पड़ती थीं, असाधारण उद्योग करने पड़ते थे, जिन सबका मेरे मन पर कभी-कभी इतना दबाव पड़ता था कि बहुधा मैं असंयत हो उठता था। इन सब बातों ने और दो नए तत्वों को मेरे मानस पर उदित किया – विवेक और संयम। अब मेरी कलम का नेतृत्व आठ तत्व कर रहे थे – अभाव, सेवा, श्रम, विद्रोह, वेदना, कल्पना, विवेक और संयम। यद्यपि इस समय तक भी मैं कोई उत्तम उपन्यास न लिख सका था, पर ये तत्त्व मेरे नित्य के जीवन में ओत-प्रोत रहते थे, निरन्तर मुझे उनकी आवश्यकता पड़ती रहती थी, अपने गम्भीर और जटिल व्यवसाय में। इससे प्रत्येक वस्तु को देखने का मेरा अपना एक स्वतंत्र ही दृष्टिकोण हो गया था। इन दिनों मेरी कहानियाँ और गद्यकाव्य प्रभावशाली हो रहे थे। सम्पादक और पाठकों की प्रशंसाएँ मुझे मिल रही थी। इन्हीं दिनों मैंने अपना प्रसिद्ध गद्यकाव्य *अन्तस्तल* लिखा, जो हिन्दी का सर्वप्रथम गद्यकाव्य था। मेरे तात्कालिक जीवन से टकराने वाले तत्त्वों का यह एक भावावेशपूर्ण उद्वेग था, जिस पर बाद में 1948 में *तरलाग्नि* देशभक्ति और कर्त्तव्यबोध की उत्कृष्ट कृति लिखी गई।

बचपन में ब्राह्मण न होने के कारण जयपुर और बनारस में मुझे जाति-अभिमान का शिकार होना पड़ा। वह अपमान मुझे सदा के लिए आहत कर गया, क़भी मैं उसे भूला नहीं। इसी के साथ-साथ इस भावना से कि जन्मतः मैं क्षत्रिय हूँ, मेरा ममत्व क्षत्रियत्व पर उमड़ आया। बचपन ही में एक छोटी-सी पुस्तक *मेवाड़ का इतिहास* कहीं से मेरे हाथ आ लगी थी। आगरा में वह छपी थी। उसे मैंने हजार, पाँच सौ बार पढ़ा होगा। उन दिनों रात को मैं बहुधा पिताजी को उसे पढ़कर सुनाया करता था। उसमें वर्णित वीर चरित कुछ ऐसे मेरे मन पर अंकित हो गए और मेरे मन के क्षत्रियत्व का ममत्व उनमें मिलकर कुछ ऐसा रस उसमें उत्पन्न कर गया कि इस

समय भाव-व्यक्तिकरण में समर्थ होकर मैं राजपूत शौर्य और उत्सर्ग के रेखाचित्र कहानियों में चित्रित करने लगा। मेरी राजपूत वातावरण की कहानियाँ खूब उभरीं। राजपूती का बखान करते-करते स्वाभाविक ही रीति पर मेरी कलम मुगल वैभव पर रपट गई और इस प्रकार मुगल जीवन पर लिखी हुई तत्कालीन मेरी कहानियाँ भी खूब प्रौढ़ हो गईं। परन्तु इन कथा वस्तुओं पर उपन्यास लिखना मेरे बूते का काम न था। लेकिन मेरे मानस भण्डार में पूर्वोक्त आठ तत्वों में नया तत्व इतिहास और आ मिला और उसके समय साथ ही दो वस्तुएँ भी आईं – शौर्य और श्रृंगार। राजाओं के वैभव भी मैं इन्हीं दिनों देख रहा था। मेरी बड़ी-बड़ी शानदार दावतें राजमहलों में हो चुकी थीं, जहाँ मुझ अकेले को भोजन कराने चालीस-चालीस सेवक व्यस्त रहते थे। थालों में साठ-साठ कटोरियों में व्यंजन परोसे जाते थे। राजा लोग अकिंचन सेवक की भाँति लल्लो-चप्पो करते थे। अभावों में पले हुए मुझ जन्म-दरिद्र के लिए ये सब बातें कम प्रभावशाली न थीं। इसी से वैभव-विलास-ऐश्वर्य का ऐसा गहरा रंग मेरे मानस पटल पर चढ़ गया कि उसे मैंने अपनी कहानियों में दोनों हाथों से उलीचा। एक रोगिणी राजकुमारी को देखने जब मैं अन्तःपुर में पहुँचा तो मैंने देखा, मकड़ी के जाले के समान परिधान में एक प्रकार से वह नंगी उस कक्ष में दीख रही थी और उसके अंग पर लाखों रुपयों के जवाहरात थे। इतने बड़े-बड़े मोती मैंने कभी न देखे थे, अंगूर के बराबर। *दुखवा मैं कासो कहूँ* कहानी में मैंने उसी राजकुमारी को, उसके सारे ही श्रृंगार-विलास सहित, अपने पाठकों के सम्मुख ला खड़ा किया है।

आर्थिक अवस्था मेरी सुधर रही थी, नोटों के गट्ठर मेरी जेबों में आ-आकर ठस रहे थे। पर मैं नहीं जानता था कि उन्हें कैसे खर्च किया जाए। रहन-सहन मेरा अभी भी साधारण व्यक्तियों जैसा था। और उस वातावरण में, जब बड़े-बड़े लोग मेरे सम्मुख दयनीय हो रहे थे, मेरी

चतुरसेन शास्त्री के पिताश्री केवलराम ठाकुर, 1905

अध्ययनकाल के दौरान चतुरसेन शास्त्री, अध्यापकों एवं छात्रों संग
(हाथ में एक स्लेट लिए हुए), 1914

हार की जीत कहानी के प्रख्यात लेखक सुदर्शन आर्य संग
आचार्य चतुरसेन शास्त्री, 1948

अश्व की सवारी का आनंद लेते हुए आचार्य चतुरसेन शास्त्री, 1949

अखबार पढ़ते हुए आचार्य चतुरसेन शास्त्री, 1950

राष्ट्रपति राजेंद्र प्रसाद संग आचार्य चतुरसेन शास्त्री, 1956

पुरुषोत्तम दास टंडन को सम्मानित करते हुए आचार्य चतुरसेन शास्त्री, 1957

चतुरसेन शास्त्री, अपनी धर्मपत्नी कमलकिशोरी एवं सुपुत्री ज्योत्सना संग, 1959

अपनी सुपुत्री ज्योत्सना को पढ़ाते हुए आचार्य चतुरसेन शास्त्री, 1960

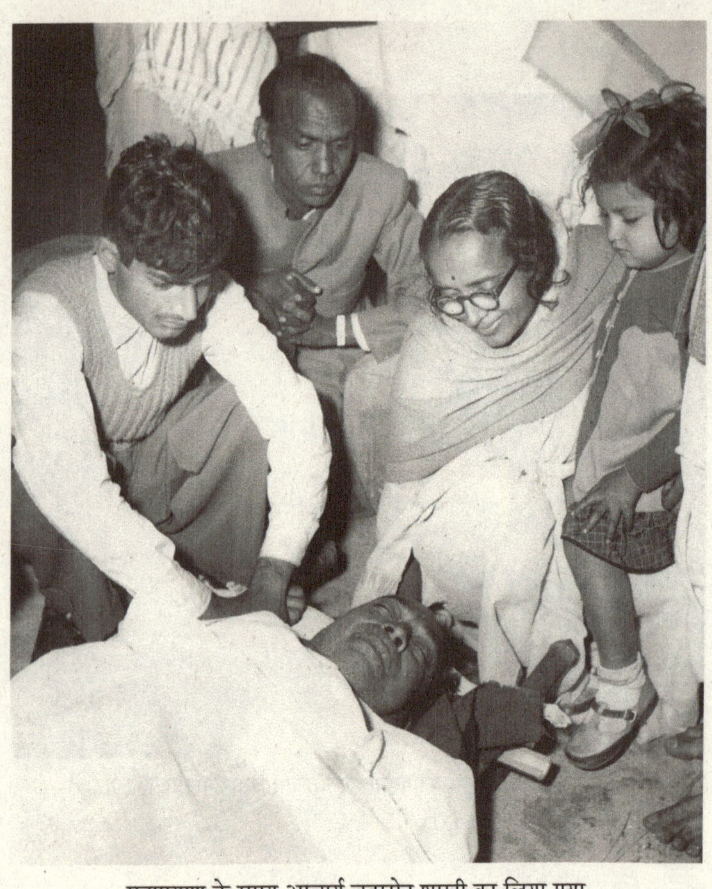

महाप्रयाण के समय आचार्य चतुरसेन शास्त्री का लिया गया
अंतिम चित्र, 2 फरवरी 1960

सहायता के भिखारी थे। यहाँ तक कि जब युवक राजा का विवाह होता है, एक बहुत बड़े छत्रधारी की कुमारी से, लाखों का दान-दहेज, नगर में महीनों जश्न, धूमधाम, मगर तरुण राजा एकान्त में मेरे सम्मुख खड़ा होकर आँखों में आँसू भरकर और हाथ जोड़कर कहता है – 'आज मेरी सुहागरात है, मेरी लाज रख लीजिए। नई दुलहिन के सामने जिसमें मेरी लाज रह जाए, दया कीजिए, मैं किसी योग्य नहीं रह गया हूँ।' भला कहिए, यह कितनी प्रभावशाली बात थी! ऐसी-ऐसी अनेक घटनाओं ने मेरे मन का 'अहं' जगा दिया और तब मेरी कलम उपन्यास के रूप में 'अहं' का चित्रण करने लगी। मेरा दूसरा उपन्यास *हृदय की प्यास* और तीसरा *आत्मदाह* शत-प्रतिशत 'अहं' है। उसका केवल परिधान ही उपन्यास का है। परन्तु, जैसा कि मैं कह चुका हूँ कि रजवाड़ों के विलास और ऐश्वर्य का अभी मैं साक्षी ही था, अपने जीवन में साधारण ही व्यक्ति था, विलास ने मेरे जीवन को स्पर्श नहीं किया था। इसी से इन दोनों उपन्यासों में मेरे 'अहं' में विलास है ही नहीं, वही अभाव, श्रम, सेवा और विद्रोह, कहीं-कहीं साहस का पुट। मेरा यह 'अहं' दलितों का संरक्षक भी हो उठा। इसी भाव से प्रेरित होकर मैंने *अमर अभिलाषा* उपन्यास लिखा, जो अब *बहते आँसू* के नाम से छप रहा है। इसमें केवल हिन्दू विधवा की हिमायत है। मेरे यह तीनों उपन्यास उपन्यास-तत्व में अपूर्ण हैं, क्योंकि तब तक मेरे मस्तिष्क में उपन्यास-तत्व परिपक्व नहीं हुआ था। मेरा गुरु तो कोई था ही नहीं, केवल ज्यों-ज्यों मेरा जीवन नए मोड़ लेता जाता था, मेरी प्रतिभा भी अपना काम करती जाती थी। इसी से ये उपन्यास अति साधारण कोटि के थे।

अब मेरे जीवन में एक नया मोड़ आया। राजस्थान से हटकर मैं कुबेर पुरी बम्बई में जा बैठा। करोड़पति मारवाड़ी सेठों के बीच। और कुछ दिन बाद उन्हीं के साथ, उन्हीं की भाँति सट्टा-फाटका भी करने लगा। अद्भुत

दिन थे वे। जब खाने-सोने का भी अवकाश न मिलता था, प्रतिदिन लाख, पचास हज़ार का लाभ या हानि होती थी। रात-दिन भर या तो रुपए गिने जाते थे या अगले दिन के सौदों पर बहस होती थी। तभी करोड़पति सेठों के जीवन से भी परिचय हुआ, जो राजा-महाराजाओं से सर्वथा भिन्न था – एक गधे की भाँति जो सदा लदा-फदा रहता है, उसके ऊपर मिट्टी लदी है या नोटों के गट्ठर, इसकी उसे तमीज़ नहीं। विलास का यहाँ पता भी न था। कुत्सा-ही-कुत्सा थी। एक सेठानी को मैंने देखा, जिसकी ओढ़नी में सच्चे मोती टके थे, पर वह ओढ़नी सिर के तेल की चिकनाई से जगह-जगह गन्दे दागों से भरी थी। एक सेठानी को देखा, जिसका वज़न साढ़े तीन मन से भी ऊपर था, जो अस्सी गज़ कपड़े का घाघरा पहनती थी। और जब कभी बाहर निकलती थी – तो दो ब्राह्मणियाँ उसके शरीर को दोनों और से थामे रहती थीं। एक बार तो चलते-चलते बीच बाजार उसका घाघरा, न जाने कैसे नाड़ा खुल जाने से, जमीन में आ रहा था। एक रायबहादुर सेठ थे, जिनका नीचे का मोटा होंठ नीचे लटक जाता था। और एक नौकर उनके साथ केवल इसीलिए तैनात रहता था कि तत्काल कहे – *मापने* (होठ भीतर)। एक सेठ साहब कहारों की जूठी चिलम पिया करते थे। एक सेठजी सौ रुपए रोज़ की कोकीन खाते थे। एक सेठ ने अपनी पत्नी की अस्वस्थता का समाचार पाकर उसके पीहर मारवाड़ में मुझे देखने भेजा। मैंने देखा तो कहा, तपेदिक है। उसके पिता को मेरा यह कहना अच्छा नहीं लगा। लड़की को हठपूर्वक पीहर में रखा गया था। और यह उनके ख़्याल में उनकी बदनामी की बात थी। उन्होंने छह सात नामांकित डॉक्टरों को मुझ से ला भिड़ाया, जिनमें दो अंग्रेज़ थे। उन्होंने मुझ से बहुत हुज्जत की, सेठ का रुख देख और फीस पाकर। इस काम में सेठ के दो-डेढ़ हजार रुपए उसी दिन खर्च हो गए और उन्होंने मुझे चिकित्सा नहीं करने दी। अन्ततः वह स्त्री उसी रोग में मर गई। इन

सब बातों ने मेरे मन में धन की कुत्सा और सामाजिक रूढ़ियों के प्रति विद्रोह उत्पन्न कर दिया। उसी से प्रेरित हो मैंने उन्हीं दिनों *चाँद* का *मारवाड़ी अंक* सम्पादित किया, जिसका बहुत भोग मुझे भोगना पड़ा। मुझ पर कलकत्ते में केस भी चलाया गया। उसकी तो एक पृथक ही मज़ेदार कहानी है।

परन्तु शीघ्र ही मुझे एक चोट लगी। एक दिन सर्वस्व दे, छूटे हाथ घर लौट आया। लौटकर देखा, पत्नी क्षय से असाध्य अवस्था में पड़ी है। उसे धर्मपुर चिकित्सार्थ ले जाने के लिए मैंने सौ रुपया बहुतों से उधार माँगा, पर न मिला। पत्नी का देहान्त हो गया। बहुत भारी आघात था, केवल जीवन पर नहीं, मानस पर, विचारधारा पर। अब पीड़ा मेरी सम्पूर्ण चेतना को आक्रान्त कर गई। उसने मेरी कलम को गहराई में उतार दिया। परन्तु जब इस प्रकार मानसिक प्रतिक्रियाएँ विचार क्रान्ति कर रही थीं, तभी भारतीय क्रान्ति के भी मैं निकट पहुँचा। इसका कारण भगत सिंह था। उसे मैं तब किसी और ही नाम से जानता था। मेरी लेखन शैली से आकर्षित होकर वह मेरे पास आया था। मुझे अपने गिरोह का सरदार बनाने का उसका आग्रह था। उन लोगों में मैं सम्मिलित तो न हुआ, पर सम्पर्क तो रहा ही। पीछे उस सम्पर्क के बड़े-बड़े मूल्य चुकाने पड़े। इन सब कारणों से मेरे कथा-साहित्य में क्रान्ति मूर्त होने लगी। बहुत-सी कहानियाँ मैंने इसी प्रकार की लिखीं। *चाँद* का *फाँसी अंक* भी तभी सम्पादन किया। परन्तु यह तत्व उपन्यास के रूप में कभी भी प्रकट नहीं हुआ।

मानव-पूजा ने मेरा मुँह अतीत की ओर फेर दिया। मैं इतिहास में अभिरुचि रखने लगा। बुद्ध का मानव-प्रेम मुझे भा गया। दो-चार कहानी मैंने बौद्ध संस्कारों पर लिखीं। जिनमें एक अम्बपाली पर थी। उसका एक ज़रा-सा संकेत मुझे बुद्ध के जीवन सम्पर्क का मिला था – उस

वेश्या को बुद्ध ने शाश्वत साध्वी बना दिया। यह मुझे बहुत प्रिय लगा। अम्बपाली पर इसके बाद काफ़ी साहित्य लिखा गया, पर हिन्दी में सर्वप्रथम मेरी कहानी *अम्बपाली* थी। और पाँच-सात उपन्यास इस बीच में लिखे गए! *नीलमणि* में एक आधुनिक शिक्षा से सुशिक्षित रूढ़ि की विद्रोहिणी तरुणी का रेखाचित्र बनाया गया। उन दिनों मैं रसायन शास्त्र में अभिरूचि रखता था। अतः नकली हीरे बनाने का एक नुस्खा भी मैंने इस छोटे-से उपन्यास में समावेशित कर दिया। अभी हाल ही में अमेरिका में कुछ उसी सिद्धान्त पर हीरे बनाए जा रहे हैं। यह पढ़ कर मुझे प्रसन्नता हुई। मेरी कल्पना तो भारतीय रस शास्त्र पर आधारित थी और अनुभव इस सम्बन्ध में कुछ था ही नहीं। इसी प्रकार सेक्स मेरी चिकित्सा का ख़ास विषय था। इस युवती को मैंने उसी आधार पर पति के अनुगत किया। इस प्रकार मेरा यह छोटा-सा उपन्यास नई पुरानी विचारधारा की आपस में एक मज़ेदार टक्कर कराकर रसशास्त्र और कामशास्त्र को भी स्पर्श कर गया। कुछ छोटे-छोटे उपन्यास इतिहास पर तथा कुछ सामाजिक लिखे – *दो किनारे*, *अदल-बदल*, *मन्दिर की नर्तकी* आदि। प्रकाशक ने उनके नाम बाज़ारू रखे।

अम्बपाली पर मेरी कहानी के बाद हिन्दी साहित्य में कई कहानियाँ तथा एक-दो उपन्यास छपे। मेरा मन भी ऐसा कुछ उपन्यास लिखने का हुआ और मैंने, *वैशाली की नगरवधू* लिख डाला। कई साल इसमें लगे। परन्तु तैयार पाण्डुलिपि कुछ यारों ने उड़ा ली। दो वर्ष इसके शोक में डूब रहा और अन्त में दुबारा उसे लिखा। इस प्रकार पूरे दस वर्ष मेरे इस उपन्यास में ख़र्च हुए। वही दुबारा लिखा उपन्यास सात वर्ष पूर्व प्रकाशित हुआ था। इसकी कुत्सित आलोचना भी हो चुकी है। इधर लाखों पाठक इसे प्यार भी कर चुके हैं। इसके सम्बन्ध में मेरे लिए कुछ कहना कदाचित् उचित नहीं। पर कुछ बातें तो मैं कह ही दूँ।

पहली बात स्त्री-तत्व के सम्बन्ध में। मैंने अम्बपाली की जो मूर्ति उसमें स्थापित की है, उसे जितना शुद्ध, संस्कृत और उच्च भावनायुक्त मैं बना सकता था, बनाया है। वह ढोंगी भी नहीं है, पत्थर भी नहीं है, निष्प्राण भी नहीं है। हाड़-माँस की स्त्री है। दया, उदारता, स्नेह के साथ आत्म-सम्मान, सर्व और त्याग की चर शक्ति अपने व्यक्तित्व में समेटे हुए। सोमप्रभ, एक अनौपचारिक जन्मजात तरुण उसके सम्पर्क में आता है। उसका शौर्य, कौशल, व्यक्तित्व और सत्साहस भी उसके प्रेम की भाँति उद्ग्रीव है। दोनों ही जीवन-संघर्ष की भारी-भारी-सी चट्टानों से टकराते हैं। सोमप्रभ ख़ासकर अन्यत्र भी। यह दुस्साहस कर चम्पा विजय करता है, चम्पा की राजकुमारी को उसके श्रेय के लिए विसर्जित करता है। और अम्बपाली को उसके सम्मान के लिए। चम्पा की राजकुमारी अम्बपाली, बिम्बसार, सोमप्रभ, इसके प्रेम की अभिव्यंजनाएँ गहन मनोघाती पर आधारित है। उनमें त्याग और विसर्जन के ऊँचे तत्व हैं। ऐसे ऊँचे कि कदाचित् ही मनुष्य वहाँ तक पहुँच सके।

विष कन्या कुण्डली, राजगृह का वैज्ञानिक काश्यप, राजामात्य वर्षकार, राजपुत्र विदूढ़ब, कीमियागर, गौड़पाद, राजगृह का नाई, ये सब विशिष्ट व्यक्ति तत्कालीन चमत्कारिता के राजनैतिक और मानसिक आघातों के प्राचीन प्रतिष्ठित तत्वों के पाठकों को ऐसे झकोरे देते हैं कि पाठक उनमें अभिभूत हो जाता है। फिर यह चरित्रात्मक उपन्यास तो है ही नहीं। न ऐतिहासिक है, न समस्यामूलक है इसमें तो उस कर्म की, उस सर्वोदय विजय की ओर संकेत है जो आर्यों पर तत्कालीन आर्यों ही से उत्पन्न संकर जातियों ने की। मैंने इसे मानसिक घात-प्रतिघातों का, तत्कालीन सामाजिक और राज-व्यवस्था का एक पारदर्शक शीशा बनाने की चेष्टा की है। मानव-आत्मा का संघर्ष भी इससे कम नहीं है।

इस उपन्यास में मैंने इतिहास-रस की स्थापना की है। इसका भी एक मज़ेदार कारण है। जब उपन्यास की पाण्डुलिपि तैयार हो गई तो मैंने उसे देखने को पुरातत्व और इतिहास के पंडित एक मित्र के पास भेज दिया। वह देख लें कि कहीं कुछ भूल-चूक तो नहीं रह गई है। परन्तु उन्होंने तो आरम्भ ही में ही एक ऐसी ग़लती निकाल दी, जिसका मेरे पास कोई जवाब ही न था। मैंने कहीं आसावरी राग की चर्चा कर दी थी। उन्होंने व्यंग की चुटकी लेते हुए मुझ से पूछा, 'यह मसीह पूर्व की छठी शताब्दी ही में आसावरी राग गाने वाला कौन पैदा हो गया?' अब मैं क्या जवाब दूँ। मैंने विचार किया, उपन्यास में तो ऐसी बहुत गलतियाँ हो सकती हैं। ऐसी ही क्या ऐतिहासिक भी। आज ऐतिहासिक मान्यताएँ कुछ और हैं, कल नई गवेषणाएँ उन्हें रद्द करके नई मान्यताओं को स्थापित करेंगी। इतिहासकार तो इतिहास में संशोधन कर देंगे, पर उपन्यासकार कैसे संशोधन करेंगे। मैंने देखा, इतिहास के स्थिर-सत्य के बराबर तो दूसरा असत्य कोई पृथ्वी पर है ही नहीं। इतिहास में तो सदैव ही एक सत्य को धकेल कर दूसरा सत्य उसका स्थान ले जाएगा। पर साहित्य में ऐसा नहीं हो सकता। मैंने स्थिर-सत्य और चिर-सत्य के आधार पर ऐतिहासिक साहित्य को इतिहास से पृथक् कर दिया और अपने इस उपन्यास को इतिहास-रस का उपन्यास नाम दिया।

नगरवधू लिखने के बाद उपन्यास लिखने में मेरा गतिरोध हो गया। मैं यह कल्पना भी न कर सकता था कि इससे अच्छा कोई उपन्यास मैं लिख सकता हूँ। काफ़ी समय तक मैं निष्क्रिय ही सा बैठा रहा। इसी समय अकस्मात् ही, जब मैं बनारस में दो-चार दिन के लिए ठहरा था, *अपराजिता* लिख ली गई। कैसे? यह मैं नहीं कह सकता। पर बीसियों वर्षों से मैं एक ही ऐसी स्त्री मूर्ति का रेखाचित्र बनाना चाहता था, जो केवल स्त्री-तत्वों से ओत-प्रोत होकर अपराजिता हो। पर कुछ बन नहीं पाता था।

उस दिन एक साधारण-सी ही घरेलू घटना घटित हो गई, जिसका उल्लेख मैंने भूमिका में कर दिया है और इसके बाद ही बनारस जाकर केवल तीन-चार रात्रियों में यह उपन्यास पूरा कर लिया, जिसे मैं अपने छोटे उपन्यासों में सर्वोत्कृष्ट मानता हूँ। इसमें मेरी मन-चाही स्त्री-मूर्ति का मैं निर्माण कर सका, ऐसी मेरी मान्यता है।

इसके बाद *नरमेध* और *धर्मपुत्र* की बात है। *नरमेध* एक फाँसी की सज़ा पाई हुई स्त्री की असाधारण कहानी है और *धर्मपुत्र* में एक साहसी मुस्लिम नवाबज़ादे के विशिष्ट चरित्र की अभिव्यंजना है। चारों ओर के पात्र भी अच्छे चुस्त हैं। बहरहाल, ये मेरे तीनों लघु उपन्यास मानसिक घात-प्रतिघात और ख़ासकर स्त्री तत्व के उत्कर्ष के चरम द्योतक हैं।

अब मैंने *सोमनाथ* पूरा किया, जो बरसों से अधूरा पड़ा था। *सोमनाथ* किस राह जाएगा, यह तो मैं उसके समाप्त होने तक भी नहीं सोच पाया था। मैं आगे बढ़ता गया। राह में ही शोभना और फ़तह मुहम्मद आ मिले, और अपने व्यक्तित्व से मेरे उपन्यास को प्राणदान दे गए। जैसा गहन चरित्र का विकास मानव तत्वों के आधार पर *सोमनाथ* में उपन्यास के इन अप्रधान पात्रों का बन पाया है, वैसा तो मैं *नगरवधू* में भी उभारने में समर्थ नहीं हुआ था। साथ ही मैं वर्णित संस्कृति को प्रशंसा की दृष्टि से नहीं देखता, यह बात मैंने *सोमनाथ* की भूमिका में कह भी दी है। फिर महमूद तो आततायी भी था। पर एक नया साहित्यकार उसके कलुष पर घृणा कर सकता है। साहित्यकार मनुष्य का पुजारी है। मनुष्य केवल वही व्यक्ति नहीं है, जो सदाचारी, धर्मात्मा, विद्वान और महान गुणों का आकार है, मनुष्य तो वह भी है जो कोढ़ी, कलंकी, दुष्ट, दुरात्य, ख़ूनी, लम्पट, आततायी और दुराचारी है। साहित्यकार का घात और सहानुभूति तो सभी से समान है। मनुष्य का कलुष उसके भीतर का नहीं, ऊपर का है, साहित्यकार यह मानता है। जैसे माँ अपने असली बालक को, जिसने

मल-मूत्र में अपने को लथपथ कर लिया है, धो-पोंछकर गुलाब के पुष्प के समान, स्वच्छ और सुन्दर बना छाती से लगाती है। इसी से मैंने दुर्दान्त आततायी महमूद को शोभना को आँचल की छाया में उसे चुपचाप गज़नी भेज दिया है।

वयं रक्षामः अब जो मेरा अन्तिम से एक पहला उपन्यास है, इन सबसे पृथक है। मैं ऐसा मानता हूँ, कि हिन्दी उपन्यासों की जो परम्परा आरम्भ से अब तक चली *नगरवधू* में उसका चरम विकास हुआ। अब *वयं रक्षामः* सर्वथा नई धारा, नई पद्धति और नई परम्परा का श्रीगणेश है। उसकी गणना अब तक प्रचलित उपन्यासों की किसी श्रेणी में नहीं की जा सकती। कथा की दृष्टि से उसमें रावण की कथा है। चरित्र सम्बन्धी नहीं, सांस्कृतिक प्रयास की। वास्तव में यह रामचरित का विप्रयास है और उसकी पृष्ठभूमि में देव, दानव, दैत्य, आदि तत्कालीन जातियों के जीवित सम्पर्क हैं। जिन्हें हमने आकाश के देवता मान लिया था। इस उपन्यास में पुराकल्प का ऐतिहासिक रूप है। पाश्चात्य पंडित इसे लीजैण्ड मानते हैं, और उसे मिथ (कल्पित कथा-गप्प) कहते हैं। इसी से इस उपन्यास के तथ्यों का समर्थन मैंने पाश्चात्य इतिहासों से, भारतीय पुराणों तथा अन्य प्राचीन साहित्य से किया है। इसी से इस उपन्यास के साथ 300 पृष्ठों का भाष्य भी लिखना पड़ा। हिन्दी उपन्यास में तो यह अभूतपूर्व है ही। मैं समझता हूँ कि अभारतीय भाषाओं में भी यह पहला उपन्यास है। पर यह मेरा ही मत है। अन्य जनों का मत क्या है? वह अभी मैंने सुना नहीं। अभी मेरा यह उपन्यास लोगों ने पढ़ा भी नहीं।

भाषा के सम्बन्ध में मैं सदैव ही लापरवाह रहा। उर्दू मैं बिल्कुल नहीं जानता। पर दिल्ली में रहने से मेरी भाषा चुस्त है। मैंने जो थोड़ा बहुत संस्कृत का अभ्यास बचपन में किया था, उससे भी मेरी भाषा परिमार्जित हुई है। अब मैं विषयों के अनुसार भाषा को चाहे भी जैसा हल्का, भारी

कर सकता हूँ। सबसे प्रथम भाषा के श्रृंगार पर मेरा ध्यान तब गया, जब मैंने *पूर्णाहुति* लिखा। यह पृथ्वीराज रासो पर आधारित था। भाषा का सारा श्रृंगार उसके लेखक का था। मैंने तो उसे केवल अपनी शैली में ढाला भर था। पर *नगरवधू* में मैंने सबसे प्रथम भाषा संस्कार किया और *वयं रक्षामः* में तो मैंने मोती जड़े हैं, कसीदाकारी की है। मैं तो यही समझता हूँ कि हिन्दी गद्य में मैंने एक नया रिकॉर्ड स्थापित किया है। पर यह मेरा ही कहना है। मेरा समर्थक अभी कोई नहीं है।

इस उपन्यास में मैंने जान-बूझकर संस्कृत का पुट लगाया है। अनेक सम्भाषण संस्कृत में है। अनेक परिच्छेद पूरे संस्कृत में हैं। उपसंहार की इति और आरम्भ का समर्पण भी संस्कृत में है। कहना चाहिए बासी कढ़ी में उबाल आया। चालीस वर्षों तक भूली हुई संस्कृत को फिर से मैंने जहाँ-तहाँ लिखा।

वैशाली की नगरवधू की भूमिका 100 पृष्ठों की, *सोमनाथ* की 60 पृष्ठों की तथा *वयं रक्षामः* की तीन सौ पृष्ठों की है। यह भी हिन्दी उपन्यासों की परम्परा में नई बात है।

गोली उपन्यास अभी प्रकाशित हुआ है। इसमें मैं एक ऐसी स्त्री मूर्ति की स्थापना कर सका हूँ, जैसी विश्व के किसी उपन्यासकार ने अब तक नहीं की, ऐसी मेरी धारणा है।

यह है संक्षेप में मेरे उपन्यास लिखने की कहानी। जिसमें न किसी पौर्वात्य लेखक की, न पाश्चात्य लेखक की प्रेरणा है, न किसी का प्रभाव है। न मेरा कोई गुरु या पथ-प्रदर्शक है। यह सब साहित्य मेरी अन्तःप्रेरणा की बदौलत है, जीवन की अनुभूतियों और प्रज्ञा की गम्भीर चेतावनियों का परिणाम है। अब इस वर्ष शरीर ख़तरे में चल रहा है। पैंसठ वर्ष पूरे कर चुका, पर शरीर रह गया तो *सोना और ख़ून* आपके सामने आएगा।

प्रश्न : हिंदी साहित्य में सबसे महान और अप्रतिम आपके उपन्यास *सोना और ख़ून* की पृष्ठभूमि क्या है?

उत्तर : सोने का रंग पीला होता है और ख़ून का रंग सुर्ख़। पर तासीर दोनों की एक है। ख़ून मनुष्य की रगों में बहता है और सोना उसके ऊपर लदा हुआ है। ख़ून मनुष्य को जीवन देता है और सोना उसके जीवन पर ख़तरा लाता है। पर आज के मनुष्य का ख़ून पर मोह नहीं है, सोने पर है। वह एक-एक रत्ती सोने के लिए अपने शरीर की एक-एक बूँद खेत बहाने पर आमादा है। जीवन को सजाने के लिए वह सोना चाहता है, और उसके लिए ख़ून बहाकर वह जीवन को ख़तरे में डालता है। आज के सभ्य संसार का सबसे बड़ा कारोबार है, सबसे बड़ा लेन-देन है – ख़ून देना और सोना लेना!

सोना और ख़ून के इस लेन-देन ने मनुष्य को मनुष्य का सबसे बड़ा खतरा बना दिया है। उसका सबसे बड़ा दुर्भाग्य यह है कि वह बुद्धिमान है। सोना और ख़ून के इस कारोबार ने उसके सारे बुद्धिबल को उसके अपने ही विनाश में लगा दिया है। और अब विनाश ने उसे चारों ओर से घेर लिया है। ज़िन्दा रहने की उसकी सारी चेष्टाएँ ही अब हास्यास्पद हो गई हैं।

असभ्य युग का आदमी मन का भीरू, कमज़ोर, और आलसी था। वह जो देखता था, उसे ही समझता था। सहस्राब्दियों तक वह बलिदानों, प्रार्थनाओं और अलौकिक पूजाओं से विपत्ति आने पर प्रकृति से परे किसी अदृश्य शक्ति की उपासना करता रहा। बहुधा धीरे-धीरे बड़े कष्ट से उसकी विचारसत्ता विकसित हुई। मन शरीर का सहायक बना, विचार और परिश्रम एकत्र हुए, मनुष्य की उन्नति का सूत्रपात हुआ कि उसे सोना मिल गया और उसने तत्काल ही ख़ून से सोने का लेन-देन आरम्भ कर दिया और देखते ही देखते वह घनघोर युद्धों में आ फँसा।

इसी समय उसे देश के रूप में नए युग का नया देवता मिला। इस देवता ने इस सभ्य युग में जन्म लेकर दुनिया के सब देवताओं को पीछे धकेल

दिया। आज वह संसार के सब मनुष्यों का सबसे बड़ा देवता है। असभ्य युग में असभ्य जातियों ने कभी भी किसी देवता को इतनी सारी नरबलि न दी थी, जितनी इस सभ्य युग में इस ख़ूनी और हत्यारे देवता को मनुष्य ने दी है और देता जा रहा है। इस भयानक देवता की ख़ून की प्यास का मानो अन्त ही नहीं है। बलिदान की पुरानी तलवार के स्थान पर मनुष्य ने अपना सारा बुद्धिबल खर्च करके एक से बढ़कर एक ख़ूनी हथियार इस देवता को नरबलि से सन्तुष्ट करने को बनाया है, जिनका प्रदर्शन गत दो महायुद्धों में हो चुका है।

मेरे इस उपन्यास के प्रथम भाग में ख़ासतौर पर 18वीं शताब्दी के अन्तिम चरण पर प्रकाश डाला गया है। 18वीं शताब्दी के अन्तिम चरण में सभ्यता ने करवट बदली और उसके प्रभाव से जो हवा पश्चिम में बही, उसने भारत को भी छू लिया। स्वतंत्रता, समाज और मनुष्य मात्र के बन्धुत्व की एक धीमी-हल्की आवाज सभ्य संसार में उठी और दुनिया ने देखा कि अमेरिका ने बिना राजा का नया राज्य कायम कर लिया है। फ्रांस ने अपने राजा का सिर काटकर प्रजातन्त्र की स्थापना कर ली। इसने आधे यूरोप के कान खड़े कर दिए और लोग नए दृष्टिकोण से मनुष्य के अधिकारों को देखने-परखने लगे। राजनीतिक क्षेत्र में इस क्रांति ने मानव उन्नति के एक युग को पूरा कर दूसरे युग की सीमा में धकेल दिया।

19वीं शताब्दी के आरम्भ ही में दुनिया के जीवन का नया दौर शुरू हो गया। भारत और यूरोप में सर्वत्र उन दिनों ख़ून-ख़राबे का बाज़ार गर्म था। इन दिनों ब्रिटेन विश्व का राजनीतिक नेता बन रहा था। नई दुनिया प्रकट हो रही थी और ब्रिटेन यूरोप की अन्य उद्‌ग्रीव जातियों को पीछे धकेलकर उन पर अपना राजनीतिक प्रभुत्व स्थापित करने की कुचेष्टा कर रहा था।

इस नए दौर में अंग्रेज़ों ने दो महत्वपूर्ण कार्य किए। एक यह कि उन्होंने कनाडा और आस्ट्रेलिया के सीमारहित विस्तार पर आधिपत्य स्थापित कर लिया। दूसरे उनकी केवल एक व्यापारिक कम्पनी ने बीस करोड़ भारतीयों पर विजय प्राप्त कर ली थी। संसार इंग्लैंड के दोनों कामों को आश्चर्यचकित होकर देख रहा था। उस समय अंग्रेज़ों ने यह नहीं सोचा था कि क्लाइव और हेस्टिंग्स ने यह सृष्टि-क्रम से विरुद्ध घोर कर्म किया है, जो एक शताब्दी की प्रत्यक्ष सफलता के बाद अन्त में निष्फल हो जाएगा। उस समय वे समझते थे कि हम भारत में पूर्व और पश्चिम के मेल का सूत्रपात कर रहे हैं। परन्तु आश्चर्यजनक बात यह थी कि उस काल में एक ओर जहाँ ब्रिटिश राष्ट्र का एक हाथ भूमण्डल के भविष्य की ओर फैल रहा था, और जो यूरोप और नई दुनिया के बीच मध्यस्थ का पद ग्रहण कर रहा था, उनका दूसरा हाथ अत्यन्त प्राचीनकाल की ओर फैलता हुआ एशिया का विजेता और महान मुगल साम्राज्य का उत्तराधिकारी बन रहा था। एक तरफ वह एक ही काल में एशिया में स्वेच्छाचारी और दूसरी तरफ आस्ट्रेलिया में प्रजासत्ता परायण। एक तरफ पूर्व में संसार की सबसे बड़ी दो शक्तियों इस्लाम और हिन्दुओं के मस्जिदों और मन्दिरों का संरक्षक और दूसरी तरफ पश्चिम में स्वतंत्र विचारों और आध्यात्मिक मत का सबसे बड़ा समर्थक, एक तरफ मध्य-एशिया में रूस के बढ़ते हुए कदम को रोकने के लिए शक्तिशाली साम्राज्य का संगठनकर्ता, और दूसरी तरफ कितने ही स्वतंत्र उपनिवेशों का प्रस्थापक बन रहा था। संक्षेप में कहा जा सकता है कि सृष्टि के आरम्भ से तब तक किसी राष्ट्र ने इतना भारी दायित्व अपने ऊपर नहीं लिया था, न कभी किसी एक देश की जनता के निर्णय के ऊपर भूमण्डल के इतने अधिक भागों के इतने भारी प्रश्नों को सुलझाने के दायित्व का भार पड़ा था, ऐसा भार जिसके लिए असाधारण शक्ति और असाधारण ज्ञान आवश्यक है।

ब्रिटेन ने जो अन्य उपनिवेश स्थापित किए उनमें और भारत पर अधिकार करने में बहुत अन्तर है। उपनिवेश बसाने के लिए निस्संदेह विस्तृत भूमि पर अधिकार किया गया था, परन्तु भारत की तुलना में वह खाली भूमि थी। वहाँ ब्रिटेन को जिन कठिनाइयों का सामना करना पड़ा, वहाँ के निवासियों के कारण नहीं, अपितु अन्य यूरोपियन राष्ट्रों की प्रतिद्वन्द्विता के कारण। परन्तु भारत की स्थिति इससे सर्वथा भिन्न थी। यहाँ की बस्ती घनी थी, सभ्यता की परम्परा प्राचीन थी। यह यूरोप के प्राचीनतम इतिहास से भी प्राचीन और गौरवयुक्त थी। भारतीय जनता को जीतना, जिसकी भाषा और धर्म आक्रमणकारियों से पृथक् थे, अनोखी-सी बात थी। स्पेन की समूची शक्ति अल्पसंख्यक निवासियों के उच्च प्रदेशों को भी नहीं जीत सकी थी। इसके अतिरिक्त जिस समय भारत पर ब्रिटेन के चरण आगे बढ़े, उसी समय उन्होंने अपनी ही जाति के तीस लाख आदमियों को अमेरिका में अपने वश में रखने के अयोग्य प्रमाणित किया था। अमेरिका के युद्ध में ब्रिटेन ने जिस भारी अयोग्यता का परिचय दिया था, उनकी अयोग्यता अन्य कहीं कभी प्रकट नहीं हुई थी। उससे तो यह प्रकट होता था कि उनकी तेजस्विता का युग ही बीत चुका है। परन्तु ठीक इसी समय में वे भारत में दुर्गमनीय विजेता बनकर विजय-वैजयन्ती फहरा रहे थे। यह एक चमत्कारपूर्ण बात थी। भारत में, प्लासी में, असाई में, तथा अन्य सैकड़ों युद्ध क्षेत्रों में – अंग्रेज़ी सेनाएँ, अपने से बहुत बड़ी सेनाओं के विरुद्ध विजयी होती चली गईं। परन्तु क्या यह सच है कि अंग्रेज़ों ने भारत को विजय किया? जिस समय यह विजय आरम्भ हुई, उस समय अंग्रेज़ों की कुल जनसंख्या सवा करोड़ से भी कम थी। इसके अतिरिक्त ब्रिटेन यूरोप में ही अनेक युद्धों में फँसा हुआ था। क्लाइव ने जब प्लासी का युद्ध जीता, उस समय यूरोप में अंग्रेज़ सप्तवर्षीय युद्ध में फँसे हुए थे, और जब वेलेजली

भारत में राजाओं और रियासतों को मटियामेट करके अंग्रेज़ी साम्राज्य का विस्तार कर रहा था, तब भी यूरोप में महान नेपोलियन से अंग्रेज़ कठिन लोहा ले रहे थे। अंग्रेज़ स्थल-युद्ध में कभी भी अगुआ नहीं रहे, न अंग्रेज़ों का राज्य कभी सैनिक राज्य था।

यूरोप की लड़ाइयों में तो वे अपने समुद्री बेड़े ही के बल-बूते पर लड़ते-भिड़ते रहे, और जब कभी स्थल-युद्ध का अवसर आया तो किसी मित्र सैनिक-राज्य को भारी रकमें देकर उससे सैनिक मदद लेते रहे। कभी एशिया से, कभी अन्य देशों से। इतनी कमज़ोरी होने पर भी अंग्रेज़ों ने भारत के बड़े भाग को जीतने का बन्दोबस्त किया, जहाँ का क्षेत्रफल दस लाख वर्गमील और जनसंख्या बीस करोड़ थी। इस समय यूरोप ही की लड़ाई के कारण ब्रिटेन इस कदर कर्ज़दार हो गया था कि वह कभी अपना कर्ज़ा ही नहीं चुका सका। परन्तु भारतीय युद्धों ने न तो ब्रिटेन का राष्ट्रीय-ऋण बढ़ाया, न हानि का कोई चिह्न पीछे छोड़ा।

सन् 1773 ई. में जब पहले-पहल ब्रिटिश भारत बना, तो कम्पनी की सेना में उस समय 9,000 अंग्रेज़ी और 42,000 देशी सैनिक थे। इनमें भी अधिक वे नाविक थे, जो तटवर्ती जहाज़ों के काम से बुलाए जाते थे तथा जिन्हें एजेन्ट लोग बहका कर इंग्लैण्ड से कम्पनी के जहाज़ों पर लिवा लाते थे। हकीकत तो यह थी कि अरकाट, प्लासी और बक्सर के युद्धों में यूरोपियन की अपेक्षा भारतीय सिपाही ही अधिक थे, जो अंग्रेज़ों के समान ही उत्कृष्ट सैनिक थे। यद्यपि यह सच है कि अंग्रेज़ी सेना ने अपने से दस गुनी भारतीय सेना को हराया, पर इसका कारण वीरता नहीं थी, व्यवस्था और सैनिक विज्ञान और साथ ही कूटनीति भी इसका एक प्रमुख कारण थी। ऐसी अवस्था में यह नहीं कहा जा सकता कि अंग्रेज़ों ने भारत को हराया। कहना यह चाहिए कि भारत ने स्वयं अपने को हराया।

भारत के पराजित होने का एक अन्य महत्वपूर्ण कारण भी था। वह यह कि उस समय भारत राजनीतिक ज्ञानपूर्ण कोई राष्ट्र न था। उन दिनों भारत नाम केवल एक भौगोलिक सत्ता का था। इसी से भारत पर अंग्रेज़ों ने आसानी से अधिकार कर लिया।

जिस तरह नेपोलियन ने देखा कि मध्य-यूरोप से विजय प्राप्त करने के साधन तैयार हैं, उसी तरह भारत में अंग्रेज़ों से पहले ही फ्रेंचों ने यह देख लिया था, कि भारत में साम्राज्य स्थापना करने के लिए किसी भी यूरोपियन राष्ट्र के लिए मार्ग खुला पड़ा है। उनकी पैनी बुद्धि ने यह भाँप लिया कि भारत की अवस्था ही ऐसी है कि वहाँ एक भारतीय राज्य दूसरे से लड़ता रहता है। इसलिए उसने यह नीति अपनाई कि उनके झगड़ों के बीच में पड़कर अपना साम्राज्य कायम करें। सबसे पहले निज़ामुलमुल्क की मृत्यु के पश्चात, हैदराबाद राज्य के उत्तराधिकारी बनने के लिए जब युद्ध छिड़ा तो फ्रेंचों ने उसमें हस्तक्षेप किया। यह घटना 18वीं शताब्दी के मध्य भाग में हुई थी, जिन दिनों भारत में नितान्त राजनीति मृतक अवस्था थी, जो पूरे 100 वर्षों तक कायम रही, जब तक कि 1857 के विद्रोह को कुचल कर ब्रिटेन ने भारत को अंग्रेज़ी साम्राज्य के शिकंजे में कसकर न बाँध लिया। इसी से यह चमत्कारिक बात हुई कि अंग्रेज़ों ने भारत को उन सेनाओं से जीत लिया, जिसमें औसतन एक अंग्रेज़ सैनिक के पीछे पाँच भारतीय सैनिक थे।

इस काल में विदेशियों के प्रति भारत में कोई घृणा के भाव नहीं थे, क्योंकि राष्ट्रीय ऐक्य का तब तक उदय ही नहीं हुआ था। उस काल में ऐसी बहुत-सी पेशेवर सैनिक टुकड़ियाँ थीं, जो केवल तनख्वाह के लोभ-वश किसी भी राज्य के विरुद्ध या किसी भी राज्य के पक्ष में खड़े होकर वीरतापूर्वक लड़ती थीं, चाहे उन्हें तनख्वाह देने वाला देशी हो या विदेशी। जिससे वे अपना वेतन लेते थे, उसके लिए वीरतापूर्वक

प्राणान्त युद्ध करना वे अपना धर्म समझते थे और इसे 'नमक हलाली' के नाम से पुकारते थे। नमक हलाली की यह भावना उनके मन में इस प्रकार हड़बड़ हो चुकी थी कि 'नमक हराम' कहना सबसे बड़ी गाली समझी जाती थी।

हकीकत तो यह थी कि अंग्रेज़ों ने भारत में पहली ही बार विदेशी राज्य की स्थापना नहीं की थी। वह तो पहले से ही यहाँ मौजूद था। केवल इतना ही नहीं कि 11वीं शताब्दी से मुसलमानों के आक्रमण की बात हो, इससे बहुत पहले ही अनेक जातियों का भारत में मिश्रण हो चुका था। आर्यों में जातीय-एकता ज़रूर थी, परन्तु भारत को ऐक्य तो आर्य लोग भी नहीं दे सकें, क्योंकि आर्येतर जातियाँ उनसे अन्ततः पृथक ही रहीं और इस समय तो हिन्दुओं की स्थिति ऐसी थी कि समूचा हिन्दू धर्म मात्र मिथ्या-विश्वासों को सामान्य-एकता का रूप दे रहा था।

इस तरह सच्चे अर्थों में इंग्लैण्ड और भारत के बीच में लड़ाई तो हुई ही नहीं। इंग्लैण्ड के राजा ने मुगलों या भारत के अन्य राजा या नवाब के विरुद्ध युद्ध घोषणा नहीं की। भारत में जय प्राप्ति के आरम्भ से उसकी समाप्ति तक ब्रिटिश राज्य का लगभग कोई वास्ता नहीं था। वास्तविक बात यह थी कि एक अंग्रेज़ व्यापारिक कम्पनी ने आंशिक रूप में सैनिक रूप धारण किया और भारत की भूमि प्राप्त कर ली। यह वास्तव में मुगलों के पतन के बाद एक राज्य क्रांति थी।

वह राज्य क्रांति मुगल साम्राज्य के पतन के कारण औरंगजेब की मृत्यु के बाद से ही आरम्भ हुई। इतने बड़े देश पर से साम्राज्य का अधिकार उठ गया, तो छोटी शक्तियों ने अपने सिर उठाए, जिसमें बहुत-सी वैतनिक सैनिकों के दल के रूप में थीं। और ये सब आपस में निरन्तर लड़ते रहते थे। नए राज्य की स्थापना के लिए वह स्थिति बहुत अनुकूल थी। उसी अवसर में जिन विदेशी व्यापारियों ने लाभ उठाया, उनमें अंग्रेज़ों की ईस्ट

इण्डिया कम्पनी अधिक भाग्यशाली प्रमाणित हुई और उसने भारत में अंग्रेज़ी साम्राज्य की नींव डाली।

ईस्ट इण्डिया कम्पनी के पास ऐसे साधन उपस्थित थे। उसके पास धन था, दो-तीन किले भी उसके हाथ में थे। समुद्र पर उसका अधिकार था, फिर भी भारत में ईस्ट इण्डिया कम्पनी के हाथों ब्रिटिश साम्राज्य की स्थापना एक आश्चर्यजनक घटना थी। परन्तु इससे अधिक आश्चर्यजनक घटना इसी काल की यह थी कि कोशिका के एक गरीब घर का छोटा-सा लड़का बोनापार्ट एकतन्त्र स्वतन्त्र हो, अधिकांश यूरोप पर बिना मित्रों और बिना जेब में एक पाई रखे, अधिकार कर ले और सम्राट बन जाए। भारत में भी हैदरअली, सिंधिया और होलकर का उत्थान वैसा ही आकस्मिक और आश्चर्यजनक था। इनके पास तो ईस्ट इण्डिया कम्पनी के बराबर भी साधन न थे। इन सब बातों पर विचार करके हम कह सकते हैं कि भारत पर अंग्रेज़ों की विजय एक राज्य पर दूसरे राज्य की विजय न थी। न इस घटना से भारतीय राज्य का ब्रिटिश राज्य से प्रत्यक्ष सम्बन्ध था। यह आकस्मिक भारतीय क्रान्ति थी, जिससे अंग्रेज़ों ने लाभ उठाया।

ईस्ट इण्डिया कम्पनी का यूरोप के साथ घनिष्ठ सम्बन्ध था। इसी से वह भारतीय युद्धों में यूरोप की सैनिक व्यवस्था और विज्ञान काम में ला सकी, जो स्पष्टतः भारत के सैनिक विज्ञान और व्यवस्था से उत्कृष्ट था। फ्रैंच डुप्ले ने इस महत्व की बात को ठीक-ठीक समझ लिया था। उसने यह भी जान लिया कि देशी सेनाएँ यूरोपीय सेनाओं के सामने क्षण भर भी नहीं ठहर सकतीं। परन्तु उसने यह भी देखा कि भातीय जन यूरोपीय व्यवस्था ग्रहण करने और यूरोपीय देवता से युद्ध करना सीखने के सर्वथा योग्य हैं, यही कवच था – जिससे कम्पनी को निरंतर विजय दिलाई। जैसा कि पहले कहा गया है, अंग्रेज़ों की भारत विजय नैतिक तथा शक्ति की महत्ता से नहीं हुई, व्यवस्था और सैनिक शक्ति तथा कूटनीतिक चालों से हुई।

प्लासी के निर्णायक युद्ध में अंग्रेज़ी राज्य की नींव भारत में सुदृढ़ता से स्थापित हो गई। आज इस राज्य का और कल उस राज्य का पक्ष लेकर उन्होंने अन्ततः सारा भारत अपने क़ब्ज़े में कर लिया। इसके बाद उन्होंने रजवाड़ों को हड़पने की चेष्टा की, जिसके फलस्वरूप सत्तावन का विद्रोह उठ खड़ा हुआ, जिसमें फाँसी और तोप के मुँह पर बाँधकर जीवित मनुष्यों को उड़ा कर नरवध का महाताण्डव करके अंग्रेज़ भारत के एकनिष्ठ अधिराज बन बैठे।

18वीं शताब्दी के प्रथम चरण तक यूरोपीय राष्ट्र परस्पर लड़ते-झगड़ते और स्पर्धा करते रहे। इसी बीच पूर्व में अंग्रेज़ी साम्राज्य की स्थापना हो गई और अब यूरोप के परस्पर युद्ध बन्द हो गए। तथा यूरोप और अमेरिका के विद्वानों की सम्मिलित वैज्ञानिक खोजों ने एक के बाद एक नए-नए आविष्कार किए, जिससे पूँजी का विकास हुआ और अब इन देशों के अधिक स्वार्थ परस्पर में टकराने लगे, जिसने एक नए संघर्ष को जन्म दिया।

समय बीतता गया और इस वर्तमान सदी में रूज़वेल्ट ने अमेरिका के सिंहासन को सुशोभित किया। यह पहला अमेरिकन राष्ट्रपति था, जिसने दुनिया के मामलों में खुलकर हिस्सा लिया। पर अब दुनिया बदल रही थी, एशिया जाग रहा था, सोवियत रूस इस समय समूचे उत्तरी एशिया में एक संसार निर्माण कर रहा था। वह एक प्रकार से लड़खड़ाते हुए सभ्य संसार को चुनौती दे रहा था, जहाँ मन्दी और बेकारी पूँजीवाद का गला घोट रही थी। साम्यवादी सरकार की स्थापना के बाद सोवियत संघ के इलाकों में आशा, शक्ति और उत्साह के अंकुर फूट रहे थे। अमेरिका पर उन दिनों आर्थिक संकट के बादल उमड़ रहे थे। इंग्लैण्ड अब समूचे संसार का मुखिया नहीं रह गया था, उसकी लहरों पर हुकूमत खत्म हो चुकी थी। वह समूची दुनिया से सिकुड़ कर अपने साम्राज्य में सीमित हो गया था

और उसका साम्राज्य भी डगमगा रहा था। इस समय सारे संसार के सारे देश आर्थिक राष्ट्रवाद की राह पर दौड़ कर युद्धस्थली पर एकत्र होते जा रहे थे। घटनाएँ अटल भाग्य की भाँति संसार को उधर धकेले लिए जा रही थी, जहाँ सोने के महाकुण्ड बनाए गए थे और जिनमें मनुष्य का ताजा रक्त भरा जाने वाला था।

और अन्त में वे सोने के घेरे के बने हुए महाकुण्ड बारह करोड़ मनुष्यों के रक्त से भरे गए, जिनमें हिटलर और मुसोलिनी भी डूब मरे। पर उनका वह ख़ून से सींचा हुआ राष्ट्रवाद दुनिया के मनुष्यों को कंगाल और तबाह करने के लिए अब भी कायम है। और वह समूचे वंश को खींचकर भावी महायुद्ध की रंगभूमि पर खींचे लिए जा रहा है – जहाँ अब सोने के कुण्ड ख़ून से न भरे जाएँगे, अपितु ख़ून और सोना पिघलकर एक नई धातु को जन्म देंगे। संसार के सारे नगर, जनपद, विध्वंस हो जाएँगे, संसार का सारा जीवन समाप्त हो जाएगा। रह जाएँगे इस नई धातु के बने असंख्य पर्वतों के श्रृंग, जिनका रंग लाल और पीले रंग का मिश्रण होगा और जो सूने संसार में सूर्य की धूप में व्यर्थ चमकते रहेंगे जिन्हें देखने वाली सब आँखें फूट चुकी होंगी, समझने वाले सब हृदय जलकर खाक हो चुके होंगे, सब जीव अपने को नष्ट कर जीवन का मूल्य चुका चुके होंगे!

यही *सोना और ख़ून* की कहानी है, यही मेरे इस नए उपन्यास की आधार भूमि है। उपन्यास पूरे दस भागों में सम्पूर्ण होगा। जिसमें 200 वर्षों का इतिहास, दस हजार पृष्ठों में वर्णित करने का मेरा इरादा है। अगर ज़िन्दगी बखैर है तो यह इरादा पूरा करूँगा, जिसमें लगभग दो हजार स्त्री-पुरुषों के रेखाचित्र होंगे। अभी पहला भाग सम्पूर्ण हुआ है, जो पाँच खण्डों में विभक्त है। इस भाग में यूरोप की जनक्रान्ति, शिल्पी-क्षेत्र और पूंजीवाद एवं राष्ट्रवाद को पृष्ठभूमि में रखकर भारत में ईस्ट इण्डिया कम्पनी का आगमन और उसके नृशंस शासन का वर्णन है, जिसमें मुद्दे

की बात मेरे तीन नकार हैं। प्रथम – क्या भारत को अंग्रेज़ों ने जय किया? नहीं। द्वितीय – क्या 57 का विद्रोह देशभक्तों का प्रयत्न था, नहीं। तृतीय – क्या वर्तमान भारत-मुक्ति पर 57 के विद्रोह का प्रभाव है? नहीं।

समूचा उपन्यास विशुद्ध ऐतिहासिक और आर्थिक अध्ययन पर आधारित है।

प्रश्न : अपनी कहानियों के संबंध में कुछ कहिए।

उत्तर : मेरी कहानियों की हिन्दी साहित्य में बहुत कम चर्चा हुई है। शूरवीर समालोचकों ने एक प्रकार से मेरा बायकाट-सा ही कर रखा है। लुत्फ यह है कि ये समालोचक न तो कहानियाँ स्वयं पढ़ते हैं, न पढ़ना जानते ही हैं। इधर-उधर दूसरे आलोचकों की नकल अपने श्री मुख से भी कर देते हैं, मैं एक ढीठ लेखक हूँ। और इन समालोचकों की योग्यता से खूब वाक़िफ हूँ। अतः मैं इनकी ओर आँख उठाकर देखता तक नहीं। न उनकी राय की कानी कौड़ी के बराबर मैं परवाह करता हूँ। कहानियाँ मैं अपने पाठकों के लिए लिखता हूँ और मेरे पाठक मेरी कहानियों से बहुत ख़ुश हैं, वह मुझे पता लगता रहता है। बहुत दिन हुए एक समालोचक पुंगव ने मेरी किसी कहानी को चोरी का माल शिनाख़्त किया था और मुझ पर यह मुकदमा खड़ा किया था कि मूल कहानी का अंग-भंग करके मैंने उसे कुत्सित कर दिया है। यों तो मैं आक्षेपों का उत्तर देने का आदी नहीं हूँ, पर उस बार मौज में आकर मैंने इस आक्षेपक महोदय का आरोप-अपराध बिना सबूत के ही स्वीकार कर लिया था। और स्वेच्छा से मृत्यु-दण्ड की माँग की थी। अंग-भंग साधारण अपराध न था, परन्तु मेरी एक शर्त थी कि कहानी के अंग-भंग करने के अपराध में सज़ा-ए-मौत को मैं इस शर्त पर स्वीकार करता हूँ कि सुयोग्य समालोचक मेरी विधवा लेखनी का पाणिग्रहण कर उसका सौभाग्य समालोचक रखें। अफसोस है, फिर वे मैदान में आए नहीं और मैं अभी तक कागजों की बर्बादी करने के लिए ज़िन्दा हूँ।

पाठकों की बात एक ओर रहे, परन्तु उनके अतिरिक्त मेरी कहानियों के दो सबसे जबर्दस्त प्रशंसक रहे। एक मेरी पत्नी और दूसरे इलाहाबाद के एडवोकेट श्री कन्हैयालाल मुन्शी। ग्राहकों में प्रधान रहे श्री दुलारेलाल भार्गव और श्री रामरखसिंह सहगल। भार्गव पूरे चंट रहे। चाय और रसगुल्लों ही में सारा काम चला ले गए। कहानी ही नहीं, वे गुरु घण्टाल दस-बारह साल से मेरी दस-बारह पुस्तकें छाप कर बेच रहे हैं, जिनके आठ-आठ; सात-सात संस्करण हो गए मगर इस बदनसीब लेखक को एक धेला न दिया।

सन् 1927 की बात होगी। उन दिनों मैं बम्बई में प्रैक्टिस करता था। तभी मैंने संभवतः पहली कहानी लिखकर दुलारेलाल भार्गव को लखनऊ भेजी। *सुधा* उन्होंने तब निकाली ही थी। एक दिन मुझे उनका पोस्टकार्ड मिला। लिखा था – 'आपको यदि नागवार न गुजरे, तो हम कहानी का पुरस्कार आपको देना चाहते हैं।' पाठक मेरी ख़ुशी का अनुमान न लगा सकेंगे। यह एक ऐसी आमदनी का रास्ता खुल रहा था, जिसकी मैंने कभी कल्पना भी नहीं की थी। अब तक तो मैं इसी में ख़ुश था, कि मेरी रचनाएँ छप रही हैं। तब तक मैं *प्रताप* कानपुर में ही लेख भेजता था, पर उसने कभी एक धेला भी पारिश्रमिक नहीं दिया था।

अतः कार्ड का मैंने तुरन्त उत्तर दिया कि 'पुरस्कार यदि काट न खाए, तो मुझे किसी हालत में उसका भेजा जाना नागवार न गुज़रेगा।' कुछ दिन बाद ही पाँच रुपए का मनीआर्डर मिला। उस दिन मैंने सपत्नीक जश्न मनाया और कई दिन उन पाँच रुपयों का हम लोगों को नशा रहा। उसके बाद श्री सहगल ने पहले दो रुपए प्रति पृष्ठ, फिर चार रुपए प्रति पृष्ठ का निर्ख मुर्क़रर कर दिया और मेरी कहानियाँ मेरी एक आंशिक आमदनी का जरिया बन गईं। मैंने भी अब कहानी ही लिखने की ओर अपना ध्यान दिया।

मैं नहीं जानता कि दूसरे लोग कहानियाँ लिखने की प्रेरणा कहाँ से पाते थे, परन्तु मैं तो कहानी की टोह में अपने आस-पास चारों ओर जासूसी नजर से देखने लगा। बहुधा मित्रों और परिचितों के चरित्रों पर ध्यान करता। प्लाटों की टोह में चौपाटी के चक्कर लगाता, परन्तु यह बात मेरे ध्यान में भी न आई कि मुझे अन्य लेखकों की कहानियाँ पढ़कर कुछ प्रेरणा लेनी चाहिए। जब-तब कोई कहानी मिली, तो पढ़ जरूर लेता था, पर उन पर मैंने ध्यान कभी नहीं दिया। मेरा ध्यान इतिहास की ओर जरूर गया। मैं बचपन ही से प्राचीन गौरवमय चरित्रों को चाव से पढ़ता रहा हूँ; अतः मैं तुरन्त ही राजपूत चरित्र पर कलम चलाने लगा और गम्भीर होने पर बौद्ध युग तक जा पहुँचा।

रक्त में आर्यसमाजी प्रचारवाद था, इसलिए सामाजिक प्रश्नों पर जहाँ व्यंग दरकार होता, मैं कहानी लिख डालता। मेरी कहानी के पीछे कला न होती। रूढ़िवाद के विपरीत क्रोध और बेहद असन्तोष होता। इससे मेरी कलम आग ही आग उगलने लगी। उसके लिए मुझे जरा भी प्रयास नहीं करना पड़ा, और लोगों ने मुझे अनायास ही 'लोह लेखनी का धनी' की उपाधि दे डाली। याद आता है इस नाम से सब से प्रथम मुझे श्री सहगल ने ही पुकारा। उन दिनों राजपूती ओज पर छोटे-छोटे गद्य-काव्य मैं *प्रताप* में लिखता था। पता नहीं कहाँ से वे हीरे-मोती-जवाहर पाताल फोड़कर निकल आते थे। उनमें ऐसी ज्वाला और तड़प होती थी कि उधर मेरी कलम का प्रवाह चलता रहता था, इधर आँखों में सावन भादों की झड़ी लगी रहती थी। यह गन्दी जनानी आदत अभी तक मुझे है। इसलिए, तभी से मेरी यह आदत पड़ गई है कि मैं कहानियाँ किसी के सामने दिन में नहीं लिखता। या तो बन्द कमरे में लिखता हूँ या रात को दो बजे; जब मेरी दुर्दशा का अकेला मैं ही दर्शक होता हूँ।

अब यद्यपि मैंने अपनी शैली बदल दी है और लिखने से प्रथम मैं

अध्ययन करने लगा हूँ, परन्तु तब लिखने के प्रथम मैं अध्ययन बन्द कर देता था। मुझे भय रहता था कि कहीं दूसरों की भावना मेरी लेखनी में न आ जाए। मेरी इस आदत के कारण कहानी लिखना मेरे लिए दुरूह हो उठा, क्योंकि अपने मस्तिष्क की कहानी लिखने के लिए, चरित्र, जीवन, स्वभाव, मानसिक घात-प्रतिघात, कोमल दाँव-पेंच और भाव-विभावों का मनोवैज्ञानिक विश्लेषण करना पड़ता था। मुझे स्वीकार करना चाहिए कि मेरे वैद्यक पेशे ने भी मुझे इस काम में बहुत मदद की। पेशे के कारण सर्वसाधारण के गोपनीय और रहस्यपूर्ण चरित्र तो मेरे सामने आते ही थे, राजा-महाराजाओं और करोड़पति सेठों के घरों के बड़े-बड़े छिद्र भी मुझे मालूम होने लगे। बम्बई जैसी महानगरी। वहाँ मैं रहता था श्रीमन्तों के शीर्षस्थल पर। मकान का किराया ही पौने चार सौ रुपए मासिक देता था। यह आज की बात नहीं, पुरानी बात है। सौ नित नए शिगूफे मेरे सामने खुलते थे। एक तरुणी रानी साहिबा ने तो मुझे अपनी कोठी पर बुलाकर कमरे में बन्द कर दिया और कहा छुट्टी तब मिलेगी, जब मेरी सौत को अन्धी या पागल कर दोगे।

उस वक्त बुद्धि ने साथ नहीं दिया। नहीं तो आज के दिन न देखने पड़ते। जब लेखों के पारिश्रमिक की प्रतीक्षा करनी पड़ती है। लाखों की संपत्ति हो चुकी होती, परन्तु मुझे तो ऐसा कोई शिगूफा मिलते ही रुपया झाँसने की नहीं, उस पर एक कहानी लिख मारने की तला-बेली उठ खड़ी होती थी। यह कहना व्यर्थ है कि – ऐसा भण्डाफोड़ करने वाली कई कहानियाँ लिखने के कारण, मेरे अनेक श्रीमन्त ग्राहकों ने नाराज़ होकर मुझे अपने यहाँ बुलाना ही बन्द कर दिया। पाठक यदि ऐसी दो चार कहानियों का मज़ा लूटना चाहते हैं, तो मेरी *ठकुराइन*, *अकस्मात*, *कन्यादान*, *तन्मय मुहब्बत* आदि कहानियाँ पढ़कर देखें। सबसे अधिक कहानियाँ मैंने चाँद में लिखीं। फिर भी उनकी संख्या पंद्रह-बीस से अधिक नहीं होगी।

इन कहानियों में मैंने बहुत परिश्रम किया। मैं नहीं जानता कि चोटी के लेखकों की क्या शैली है, परन्तु अपनी एक कमज़ोरी तो मैं कहूँगा ही कि अपनी कहानी के साथ मैं बहुत काल तक रहता हूँ। मैं उसमें डूबता हूँ। उसमें हिल-मिल जाता हूँ। फिर उसे रस्सी की भाँति उमेठ डालता हूँ। इसके बाद उसे रुई की तरह धुनता हूँ। कहानी के साथ ही अपने हृदय और मस्तिष्क की भी मैं यही गत बना डालता हूँ। फिर कहानी और मैं एक हो जाते हैं। तब मैं उसके साथ रोता, हँसता, गाता और नाचता हूँ। कहानी के पात्रों को जब इच्छा होती है, मुझसे सलाह लेते हैं और कहीं मेरी गाड़ी अटकती है तो मैं उनकी सलाह लेता हूँ।

इस प्रकार मेरी कहानी तैयार होती है, और मैं उसके नीचे दस्तखत करके सम्पादक के पास भेज देता हूँ। प्रायः पत्रकार आंधी की भाँति तकाजा करते रहते हैं; ख़ास करके जो मजदूरी नकद देते हैं या पेशगी भेजते हैं, परन्तु इनके तकाजों का मेरे अन्धेर दरबार में कोई मूल्य नहीं। कभी-कभी मुझे एक कहानी लिखने में एक वर्ष लग जाता है। चाँद में प्रकाशित *जीवन-मृत* कहानी एक वर्ष में पूर्ण हुई थी। उसी पत्र में प्रकाशित *पतिता* ने आठ महीने लिए, *अम्बपाली* ने छह मास खर्च कराए और *उग्मुत्त* तथा *प्रबुद्ध* ने आठ-नौ मास लिए। *तन्मय* मेरी चार-पाँच पृष्ठों की छोटी-सी, कहानी है। वह सात-आठ बार लिखी गई और चार मास में पूर्ण हुई। *माधुरी* की *जीजाजी* दो मास में खत्म हुई। *द्वितीया* ने पाँच मास, और *नवाब ननकू* ने दो मास लिए।

तब क्या इतना समय खोने का कारण आलस्य है, एक मेरे अति घनिष्ट मित्र तक यही विश्वास करते हैं, पर मैं कहानी के अतिरिक्त अन्य सब विषयों पर, जिनमें मेरी गति है अपने नित्य के सब काम करते हुए, फुलस्केप के चालीस-पचास पृष्ठ दैनिक लिख सकता हूँ और प्रायः लिखता ही हूँ।

यद्यपि अपनी कहानियों के साथ चिरकाल तक रहना मैंने अपना दोष माना है, परन्तु जब मैं इस सुख का जिसका अनुभव अपनी कहानी के पात्रों के साथ रहते करता हूँ तथा जो भावी प्लाट के सम्बन्ध में उनसे सलाह-मशवरा करने, उनके साथ रोने और हँसने में आता है वह वर्णनातीत है।

कभी-कभी अत्यन्त साधारण-सी बात पर उत्कृष्ट कहानी तैयार हो जाती है। *नवाब ननकू*, मेरी उत्कृष्ट कहानी है, परन्तु उसकी मूल छाया मुझे एक मोटर ड्राइवर से मिली, जब उसका मेरा कुछ घन्टों का सहवास हुआ था। *तिकड़म*, *ठाकुर साहब की घड़ी*, *प्राईवेट सेक्रेटरी* और *मरम्मत*, *अकस्मात्* एक ज़रा-सा सूत्र मिलते ही एक ही सिटिंग में लिखी गई है। एक दो कहानियाँ कुछ चित्रों को देखकर ही एकाएक प्रेरणा पाकर लिखी गई हैं। *पान वाली* और *दे ख़ुदा की राह पर* ऐसी ही कहानियाँ हैं।

कुछ कहानियों के साथ अपने जीवन की मार्मिक पीड़ाओं का भी समावेश है, पर ऐसी कहानियाँ कम हैं। इधर मैंने बिना प्लाट की, बिना चरित्र और घटना वाली कहानियाँ लिखी हैं, जिनमें एक समस्या पर मीमांसा हुई है। *नहीं*, *दूध की धार*, *धरती और आसमान* ऐसी कहानियाँ हैं। प्रोपेगन्डा सम्बन्धी कहानियाँ भी हैं, पर वे पुरानी हैं।

राजपूत चरित्र पर मेरी कहानियों में मेरा तरुण रक्त है। पहले जब मैं अपने को जन्मतः क्षत्रिय समझता था, तब ऐसा प्रतीत होता था, जैसे मैं अपनी ही गुण-गरिमा गा रहा हूँ। *जैसलमेर की राजकुमारी*, *कुम्भा की तलवार*, *चौथी भामर*, *सिंहगढ़ विजय*, *हठी हम्मीर* आदि ऐसी ही कहानियाँ हैं। स्त्रियों के ओज में राजपूत रमणियों के ओज-तेज का बखान मैंने बिल्कुल नई शैली पर किया है।

मुगल शान-ओ-शौकत का भी मैं बहुत कायल हूँ। *दुखवा मैं कासे कहूँ*,

मोटी सजनी तो मेरी प्रसिद्ध कहानी है ही, *सोया हुआ शहर*, *लाला रुख बाबर्चिन*, *कुदसिया बेगम*, *पानवाली*, मुगल भित्ति पर रचित मेरी दृष्टि में अच्छी कहानियाँ हैं।

बौद्ध संस्कृति से भी मैं प्रभावित हूँ। सब से पहले आज से लगभग तीस वर्ष प्रथम मुझे एक जरा-सी झलक अम्बपाली की मिली थी। उसी पर मैंने *अम्बपाली* लिखी, अम्बपाली पर अनेक कहानी-उपन्यास छपे, और मैंने अम्बपाली के चरित्र का सहारा लेकर *वैशाली की नगरवधू* लिखी।

आजकल मैं कहानी जल्दी लिखने लगा हूँ, पर जुनून वही है। धीरे-धीरे मेरी शक्तियाँ क्षीण होती जा रही है और शायद शीघ्र स्वयं किसी दिन एक कहानी बन जाऊँगा।

महा विष का पान करते थे चतुरसेन

– पद्मसिंह शर्मा कमलेश

हिंदी मिलाप, 2 मार्च, 1954

एक दिन मैं प्रातः आठ बजे ही भाई क्षेमचन्द्र 'सुमन' के साथ आचार्य चतुरसेन से इन्टरव्यू लेने उनके निवास स्थान शाहदरा (दिल्ली) में आ पहुँचा। मैं सोच रहा था कि आचार्य विख्यातनामा चिकित्सक और दिग्गज साहित्य-रची हैं, वे किसी सुसज्जित कक्ष में बैठे अध्ययन कर रहे होंगे या लेखन-कार्य में व्यस्त होंगे। परन्तु पहुँचकर देखा यह कि वे एक अधबनी कोठी के ऊबड़-खाबड़ अहाते में एक बड़े-से चूल्हे पर चढ़ी बड़ी-सी कढ़ाई में कोई काली-काली-सी चीज़ पका रहे हैं। हाथ में लेखनी नहीं, बड़ा-सा एक करछुल है। देखते ही हर्ष से चिल्ला उठे। बोले, 'आइए, कार्ड कल मिल चुका था। सोच रहा था, आप आ रहे होंगे। यहीं क्यों न बैठा जाए?' उनके इस एक ही वाक्य में उनके स्वभाव और जीवन की एक झलक हमें मिल गई। सर्दी खूब कड़ी थी और आग बड़ी प्यारी लग रही थी। हम लोग वहीं कुर्सी पर जम गए। थोड़ी ही देर में वहीं चाय भी आ पहुँची।

बातचीत का प्रारम्भ हुआ भिलावे से। उस काली-सी चीज़ को इतने यत्न से उन्हें स्वयं पकाते देख हमने उसके सम्बन्ध में पूछा। इस पर आचार्य ने हँसते हुए कहा – 'महा विष है भिलावा। इसे मैं शीत-काल में प्रतिवर्ष दो सेर भक्षण करता हूँ। शिव ने तो एक ही बार विष खाया था, मैं प्रतिवर्ष खाता हूँ। इसी पर मेरा स्वास्थ्य, कार्य-शक्ति और जीवनी-शक्ति निर्भर है।' उन्होंने भिलावे से सम्बन्धित अनेक मनोरंजक और महत्त्वपूर्ण बातें सुनाई। आयु के स्थिरीकरण में उसका औषध रूप में जैसा प्रभाव है उसकी उन्होंने व्याख्या करते हुए और कुछ

घटनाएँ सुनाते हुए मेवाड़ के भीलों की यह मज़ेदार कहानी सुनाई, कोई अब से वर्षों पुरानी –

'एक ठिकानेदार के यहाँ चिकित्सार्थ जाना पड़ा। बैलगाड़ी में मुझे बैठकर राह में भीलों का एक गाँव पड़ा। भीलों की चर्चा चल पड़ी। साथ के सरकारी सवार ने कहा – 'ये सब चोर और डाकू हैं। यात्री को बिना मारे उसका धन नहीं लेते। पर इनका प्रधान काम पशु की चोरी है। पशु चुराकर ये उसे ऐसी अद्भुत रीति से काला कर देते हैं कि मालिक भी नहीं पहचान सकता।' यह सुन कर मैंने गाँव में चलने का आग्रह किया। पर गाँव में जाना खतरे से खाली न था। सिपाही और गाड़ीवान झिझके; परन्तु मैं हठ कर गया। सब लोग गाँव में पहुँचे तो अनेक स्त्रियों-बालकों ने कौतूहलवश हो सवारी घेर ली। कई पुरुष भी नारियल पीते आ खड़े हुए।

मैंने कहा – 'मुझे पटेल से मिलना है, उसे बुलाओ।'

बूढ़ा पटेल अपने नग्न कृष्णकाय में आया तो मैंने गाड़ी से उतर कर जुहार किया और कहा – 'मैं चिकित्सक हूँ – दिल्ली से राजा का इलाज करने आया हूँ। यहाँ तुम्हारे गाँव से गुजरा तो मैंने चाहा कि तुम्हें मिलूँ और पूछूँ कि क्या मैं तुम्हारी कुछ सेवा कर सकता हूँ? क्या तुम्हारे गाँव में कोई बीमार है, जिसे मैं देखूँ?'

पटेल प्रसन्न हो गया। उसकी पत्नी संग्रहणी से पीड़ित थी। वह मुझे अपनी झोंपड़ी में ले गया – मैंने रोगिणी को देखा, दवा दी और बातचीत से प्रसन्न किया। पटेल ने बड़े विनय से दो रुपए भेंट करने चाहे।

मैंने कहा – 'पटेल रुपए नहीं, दोस्ती दो।' पटेल बहुत खुश हो गया। अटपटी भाषा में उसने न जाने क्या-क्या कहा।

मैंने कहा – 'सुना है तुम पशु चुराते हो और उन्हें काला रंग देते हो? क्या यह बात बिल्कुल ही सच है?'

'क्या आप देखेंगे?' उसने कहा।

मैंने अपनी स्वीकृति दी।

वह मुझे अकेले को संकेत से टेढ़े-सीधे रास्ते से ले चला। दोनों ओर नागफनी थी।

इसकी मनुष्य के कद के बराबर ऊँची बाड़ थी। साथ में तीन-चार युवक थे। सुर्मे-सा रंग, चमकता हुआ नंग स्वस्थ शरीर, कंठ में मूँगों की माला, कमर में तलवार। दृश्य भयावह था, पर मुझे रहस्य जानने की बड़ी उत्कण्ठा थी। अन्त में वह मुझे ऐसे बाड़े में ले गया, जहाँ सौ-डेढ़ सौ बैल खड़े थे। सब काले। उसने उसका भी भेद बताया कि किस प्रकार भिलावे के प्रयोग से वे पशुओं के रंग बदलते हैं।

घर लौटकर इस पर मैंने बहुत प्रयोग-परीक्षण किए। और बाजार में सस्ते बिकने वाले इस विष को अद्भुत शक्ति-संपन्न रसायन पाया। तभी से लगभग बाइस वर्ष से मैं प्रतिवर्ष शीत-ऋतु में यह विषभक्षण करता हूँ। मेरे बाल सफेद होने लगे थे, पर इसके प्रभाव से आज तक काले हैं।

भिलावे की यह करामात सुनकर हम दंग रह गए। मैंने अनुभव किया कि यह व्यक्ति जीवन को देखने की सामर्थ्य रखता है और इसमें एक सफल कलाकार की पैनी दृष्टि है। हम चाय की चुस्की लेते-लेते तन्मयता से उनकी बातें सुन रहे थे और उनके काले बालों को बारीकी से जाँच रहे थे।

बात-ही-बात में मेरे मुँह से *वैशाली की नगरवधू* नामक उनके उपन्यास के उस समर्पण की बात निकल गई, जिसमें उन्होंने श्री जवाहरलाल नेहरू को एक करारा प्रेम-उपालम्भ दिया है। मैंने कहा – ‘श्री नेहरू के प्रति ये शब्द लिखना आप ही का काम था।’

श्री नेहरू का नाम आते ही आप एकदम गम्भीर हो गए, और बात का रुख एकदम राजनैतिक हो गया। आचार्यजी ने कहा – ‘नेहरू के लिए, मैं सदैव चिंतित रहता हूँ। वे बेशक युग-पुरुष हैं? परन्तु जैसे मकड़ी अपने जाल में ही फँस जाती है, वैसे नेहरू भी आज अपनी ही राजनीति में फँसकर खतरे के किनारे जा पहुँचे हैं। नेहरू का व्यक्तित्व ही देश को उस अराजकता के खतरे से बचा सकता है – जो चारों ओर से देश को घेरता चला आ रहा है। वास्तव में कांग्रेस पर अकस्मात् ही अंग्रेज़ों ने भारत का शासन-भार फेंक दिया। इसके लिए कांग्रेस की कोई तैयारी ही न थी। अतर्कित रूप से देश के शासन ही का भार कांग्रेस पर नहीं आ पड़ा, विभाजन की अकल्पित

विभीषिका को भी उसे झेलना हुआ। वह बड़ी बात समझनी चाहिए कि कांग्रेस विषम परिस्थिति को पार कर गई और इसका बहुत अंश में श्रेय जवाहरलाल को है, परन्तु कांग्रेस के सिद्धांत में बहुत मूलभूत गलतियाँ थीं। प्रथम तो यह है कि उसका सारा ही संगठन राजनीतिक था। उसने अंग्रेज़ी सम्राज्यवादी ढाँचे पर अपनी राजनीतिक परिपाटी पर कार्य किया। इससे भारतीय शासन कांग्रेस की अधीनता में जनतन्त्र न बन सका, गणतन्त्र बन गया। गणतन्त्रों के भीषण परिणाम भारत शताब्दियों पहले भी भुगत चुका है। इस गणतन्त्र की सबसे बड़ी खराबी यह थी कि अधिकार योग्यतम पुरुषों के हाथ में नहीं गया, जो जनतन्त्र का प्रमुख सिद्धान्त है, प्रत्युत गुटों के प्रतिनिधियों के हाथ में गया। देश में दलबन्दी का ऐसा कुत्सित रूप बन गया कि आज कांग्रेस तथा सच्चे देश-भक्तों ही ने परस्पर-विरोधी गुट बना लिए। आज उनकी शक्ति देश को सुखी-समृद्ध करने की अपेक्षा परस्पर के संघर्ष में समाप्त हो रही है तथा जवाहरलाल दिन-प्रतिदिन विरोधी तत्त्वों से घिरते जा रहे हैं। पटेल के बाद तो वे सर्वथा असहाय अकेले रह गए हैं। दूसरी बात यह है कि जवाहरलाल ने साहित्यजनों का साथ छोड़ दिया। गांधी के जीवित रहते साहित्यजन उनके साथ थे। कह सकता हूँ कि साहित्यजन ही गांधी को अपने कन्धों पर बैठाकर सफलता और समर्थन के उस यशस्वी उच्च पद तक ले गए जहाँ वे आज प्रतिष्ठित हैं। आज का साहित्यकार जवाहरलाल का समर्थक नहीं है। इसके अतिरिक्त मेरा यह भी विश्वास है कि गांधी-युग बीत चुका है। भावी राजनीति के निर्माण के लिए 'नए दर्शन' की आवश्यकता है। उसका निर्माण साहित्यकार करेंगे, राजनीति के धुरी-पुरुष नहीं। यही सब सोचकर हम आगामी वसंत में एक साहित्यकार परिषद का आयोजन कर रहे हैं। उसमें हम चाहते हैं कि हम साहित्यजनों को उनका ध्येय निर्णय करने में सहायता दें। हमारी अभिलाषा है, इसमें भारत की सब भाषाओं के चोटी के साहित्यकार जीवन की मूल परिभाषाओं की रेखाएँ स्थिर करें। हम यह भी कोशिश करेंगे कि यह प्रस्तावित परिषद् ऐसी महत्त्वपूर्ण हो जैसी कि बुद्ध के बाद बुद्ध-सिद्धांतों को आधुनिकतम रूप देने के लिए अशोक और कनिष्क ने ऐतिहासिक परिषदें बुलाई थीं।

साहित्य के आदर्शों और ध्येयों की चर्चा छिड़ते हुए आचार्य ने कुछ उत्तेजित होकर आगे कहा – 'मेरे तीन नारे हैं – (1) राष्ट्रीयता का नाश हो (2) स्वाधीनता की भावना का नाश हो (3) देशभक्ति का नाश हो।'

ये तीनों ही नारे हमें बड़े अटपटे प्रतीत हुए। मैंने हँस कर कहा – 'यह तो अद्भुत है। क्या आप इन पर थोड़ा प्रकाश डालने की कृपा करेंगे?'

'क्यों नहीं।', आचार्य ने कुछ रुखाई और बहुत अधिक गंभीरता से कहा – 'राष्ट्रीयता को जन्म गांधीजी ने सन् 1918 में दिया। उससे प्रथम देश में यथार्थनाम राष्ट्रवाद न था। वह भावना अपना काम कर चुकी। सहस्त्राब्दियों के बिखरे देश की एकरूपता स्थिर हो गई। परन्तु अब आज के विश्व-प्रांगण में राष्ट्र तत्त्व के लिए कोई स्थान नहीं है। राष्ट्रवाद अब संघर्षों को उत्पन्न करने वाला है, जनतन्त्र का विरोधी है, विश्व-मानव संगठन की सबसे बड़ी बाधा है। जब तक विश्व के भिन्न-भिन्न देशवासी अपने-अपने राष्ट्रों की सीमा और उसको स्वार्थ-रक्षा में तत्पर रहेंगे, युद्ध समाप्त न होंगे। जन-जन का एकीकरण नहीं होगा। इसलिए राष्ट्रीयता का नाश होकर उसके स्थान पर सार्वभौम जनसंघ का जन्म होना चाहिए।'

मैंने कहा – 'जवाहरलाल भी तो यही कहते हैं?'

आचार्य ने उतावली से कहा – 'कहते हैं, पर कर तो नहीं सकते? क्योंकि कांग्रेस का संगठन ही राष्ट्रवादी है। इसी से भारत में गुट बन गए। वे बनते ही जावेंगे और उनका परस्पर ऐसा संघर्ष होगा कि अराजकता का रूप धारण कर जाएगा, यदि प्रतिकार न किया गया।'

हम लोग गहरे विचार में पड़ गए। मैंने कहा – 'और देश-भक्ति? देश-भक्ति का नाश आप क्यों चाहते हैं?'

'इसलिए कि वह विशुद्ध पूंजीवादी पदार्थ है और जनतन्त्री भावनाओं का विरोधी है।' आचार्य ने कुछ क्रुद्ध होकर कहा। फिर अपेक्षाकृत शान्त स्वर में बोले – 'देखिये, 19वीं शताब्दी के मध्यभाग में स्वामी दयानन्द और भारतेन्दु हरिश्चन्द्र ने देशभक्ति को जन्म दिया। इससे प्रथम देशभक्ति की भावना देश में न थी। राजपूत

जिस देश के नाम पर लड़ते थे वह देश नहीं राज्य थे। ये राज्यवंशों के गुटों के थे। सारे भारत की विपत्ति को टालने की उत्सर्ग-भावना तब देश में थी ही नहीं। इसलिए यह देशभक्ति केवल हिन्दुओं ही में रही। देश हमारी मातृभूमि है, माता सम पूजनीय है, उसके लिए आत्म-बलिदान हमारा कर्त्तव्य है, यह भावना केवल हिन्दुओं ही में रही, मुसलमानों में नहीं। यद्यपि शुरू में इक़बाज़ जैसों ने बिना समझे-सोचे हिन्दुओं के स्वर में स्वर मिलाया, पर फिर तुरन्त रंग बदल गया। कारण साफ था वे देश को माता के समान पवित्र पूजनीय नहीं मानते थे, फतह की हुई भोगने योग्य लोंडी समझते थे। इसी का तो यह परिणाम हुआ कि कांग्रेस की एक भी देशभक्ति की बात न चली। और मुसलमानों ने उसी प्रकार देश को बाँट लिया जैसे पिता की धन-धरती या जायदाद को दो बेटे बाँट लेते हैं, वास्तव में ईंट-पत्थर, जमीन, गाँव-नगर, जनपद के लिए मरना-मारना हास्यास्पद है। यदि हम देशभक्ति के स्थान पर मनुष्यभक्ति करते होते तो विभाजन होता ही नहीं। हिन्दू मुसलमान दो तत्व रहते ही नहीं। हमने देश स्वतन्त्र किया पर हम स्वयं स्वतन्त्र नहीं हुए, क्योंकि हम में अभी भी मनुष्य भक्ति उत्पन्न नहीं हुई। कुछ समय पूर्व धर्म के नाम पर लोगों ने प्राणोत्सर्ग किए थे, आज उनके वे प्राणोत्सर्ग जैसे हास्यास्पद हो गए हैं। शीघ्र ही देशभक्ति के नाम पर किए गए उत्सर्ग भी हास्यास्पद हो जाएँगे।'

कुछ रुककर उन्होंने कहा – 'स्वाधीनता की पुकार गुलामी की पुकार है, जो सारे एशिया में ऐसे समय गूँज रही है जब कि सम्पूर्ण विश्व सहयोग की आवश्यकता अनुभव कर रहा है। कभी फ्रांस और इंग्लैंड में जैसे एक देश के मनुष्य का दूसरे देश में पहुँचना प्राणों के मूल्य पर होता था, वैसा आज अमृतसर और लाहौर का हो रहा है। यह सब स्वाधीनता की भावना का विष है। आज देश के दो टुकड़े हुए हैं, शीघ्र देश के महाभवन की एक-एक ईंट बिखर जाएगी। मनुष्य सामाजिक जीवन है। उसे स्वाधीन रहने का अधिकार नहीं। सहयोग से रहने का अधिकार है।'

'तब साहित्यकार का दृष्टिकोण क्या होना चाहिए?' मैंने पूछा।

आचार्य झट बोल उठे – 'साहित्यकार का न कोई अपना देश है, न जाति, न

धर्म, न समाज, न राष्ट्र, न इन सब के प्रति उसका कुछ कर्त्तव्य है, साहित्यकार को तो मनुष्य के प्रति अभिमुख होना चाहिए। विश्व में मनुष्य किस प्रकार सुखी-समृद्ध, अभय और चिरंजीवी हो यही सोचना, विचारना, कहना साहित्यकार का कर्त्तव्य है। साहित्यकार मनुष्य नहीं है, क्योंकि वह अति मनुष्यों का सृष्टिकर्ता है। वह महामानव है। जिस तुलसीदास ने राम, लक्ष्मण, सीता, भरत जैसी दिव्य मूर्तियाँ गढ़ीं, जिनके सम्मुख कोटि-कोटि जनपद भक्ति-भाव से झुक गए। वह तुलसीदास अपनी गढ़ी हुई मूर्तियों से – राम, लक्ष्मण, सीता और भरत से – बहुत बड़ा है, बहुत महान है।'

मैंने आचार्य का ध्यान साहित्य की पुरानी धारा की ओर खींचते हुए कहा – 'क्या हमें साहित्य की वह संचित संपदा छोड़ देनी पड़ेगी?'

आचार्य ने क्रुद्ध भाव से कहा – 'नहीं तो क्या करेंगे आप? प्लेग के कीटाणुओं से भरे पदार्थों, के मोह में पड़कर उन्हें जीवन में आत्मसात् करने के खतरे में पड़ेंगे आप? सामंती युग में मार-काट और घृणा-विद्वेष के जो दृष्य वीर रस के नाम से परिचित हैं, आप उन्हें साहित्य के नाम पर कायम रखते ही चले जाएँगे? कहिए, भूषण से आप अपनी भावी सन्तान को क्या दिलाना चाहते हैं?'

मैंने बीच में ही कहा – 'किन्तु युद्ध तो एक अनिवार्य तत्त्व है।'

आचार्य ने कहा था – 'परन्तु अब नहीं रहेगा। अणु महास्त्र ने ''युद्ध'' शब्द को निरर्थक कर दिया।'

'आप कलम और स्याही कौन-सी काम में लाते हैं?'

'जो मिल जाए। आजकल एक सस्ता कलम काम में ला रहा हूँ, जिसका निब हर महीने घिस जाता है तो नया बदल देता हूँ। कलम-घिसाई ही जो ठहरी।'

मैंने कहा – 'आपने कभी बढ़िया कलम काम में नहीं लिया?'

'क्यों नहीं, परन्तु तब, जब नुस्खे लिखता था, और बड़े-बड़े हिज़हाइनेस अरदल में खड़े साँस रोककर मेरे एक-एक वाक्य को ब्रह्म वाक्य की भाँति समझते थे। तब सोने की कलम से लिखता था और सोना बरसता था। परन्तु अब क्या? साहित्यिक और सोने की रास तो एक है पर है, जन्म का बैर।'

'आपका स्वास्थ्य कैसा है?' मैंने प्रश्न किया।

उन्होंने तपाक से कहा – 'गत तीस वर्षों से बत्तीस ही वर्ष का हूँ और अभी दस-बीस वर्ष मेरा इरादा इससे अधिक अपनी आयु बढ़ने देने का नहीं है। मेरा सहायक यह मेरा विषभक्षण है, मेरा चरित्र है, मेरी आत्मनिष्ठा है। मैंने कभी कोई मंशा नहीं किया, मैं जीवन की ओर उन्मुख हूँ। शारीरिक परिश्रम का मैं अवश्य आदी नहीं, पर मानसिक श्रम से मैं कभी थकता नहीं; असफलताओं से निराश होता नहीं। उद्योग में मेरी बहुत बड़ी निष्ठा है। उत्तम व्यंजन अपने हाथ से बनाकर मित्रों को खिलाना या बच्चों के साथ गप्पें उड़ाना।'

'क्या आप साहित्य से ऊबे नहीं?'

'मैंने जीवन से ऊबना नहीं सीखा, उससे खेलना सीखा है। साहित्य मेरा जीवन है, जीवन का श्रृंगार है, उससे ऊबना कैसा?'

'क्या साहित्य के सहारे आजीविका नहीं चल सकती?'

'नहीं, जो साहित्यकार जीविका के लिए लिखेगा वह साहित्य नहीं लिखेगा, रोटियाँ लिखेगा। आजीविका के प्रलोभन में निष्ठा ठहर नहीं सकती। उत्तम साहित्य की रचना के लिए तीन बातों की आवश्यकता है: 1) आत्मा में पूर्णानन्द की अनुभूति 2) महामानवत्व की उच्चतम भावना, और 3) गहरी तल्लीनता। ये तीनों वस्तु आजीविका के सम्मुख कायम नहीं रह सकतीं। फिर, साहित्यकार सुख-दुःख, रति-विरति, पाप-पुण्य का सृष्टा-दृष्टा होता है। वह सुख-दुःख, रति-विरति, पाप-पुण्य यदि उसके भीतर हों तो वह उनका ठीक रेखा-चित्र नहीं खींच सकता। मैं साहित्यकारों से कहूँगा कि वे साहित्य से अपने जीवन का श्रृंगार करें, उससे पेट भरने की कोशिश न करें। इसके अतिरिक्त उनमें अनुशासन, संगठन, निष्ठा, और आत्म-विश्वास की बड़ी आवश्यकता है। विशेषकर नए लेखकों को साहित्यकार बनने से प्रथम किसी साहित्यकार का अन्तेवासी बनना चाहिए। और एक बात है – आज का कवि आत्मा से भोगी है। वह सेन्द्रिय वासना की कल्पना में डूबा रहता है। इससे उसका चरित्र तथा शरीर स्वस्थ नहीं रह सकता।'

बहुमुखी प्रतिभा के धनी चतुरसेन

– डॉ. रामचरण महेन्द्र

कल्याण, 15 फरवरी, 1956

'5 फरवरी, 1956 : रविवार का दिन मेरे जीवन का चिरस्मरणीय दिवस रहेगा। कारण, इस दिन मैं हिन्दी में ऐतिहासिक उपन्यासों के प्रणेता, शब्द-चित्रकार, कहानी, काम विज्ञान, स्वास्थ्य, राजनीति, समाज-सुधार, इतिहास और संस्कृत साहित्य जैसे विषयों के प्रमुख लेखक तथा पत्रकार आचार्य चतुरसेन शास्त्री के साथ रहा। उनके साथ बातचीत करना ऐसा ही है, जैसे ''एनसाइक्लोपीडिया ब्रिटेनिका'' का कोई पृष्ठ खोल लेना। उनकी ज्ञान-राशि को देखकर ऐसा अनुभव कर रहा हूँ, जैसे मैं किसी गगनचुम्बी पर्वत के नीचे खड़ा हूँ, जिसकी चोटी तक मेरी दृष्टि नहीं जाती। केवल नीचे के कुछ हिस्से मात्र देख पड़ते हैं। उपन्यास जगत में यदि हिन्दी माता ने कोई महारथी उत्पन्न किया है, तो वह चतुरसेन शास्त्री ही हैं जिन पर प्रत्येक हिन्दी भाषा भाषी गर्व कर सकता है।'

यह है मेरी डायरी का एक पृष्ठ, जो मैंने 5 फरवरी, 1956 की रात्रि में लिखा था, जब मैं आचार्य चतुरसेन शास्त्री को रात्रि में आठ बजे स्टेशन पर पहुँचाने के पश्चात् घर वापस आया:

सारी रात मेरे दिमाग में चतुरसेन जी के विशाल ज्ञान और पौरुषपूर्ण व्यक्तित्व सिनेमा की तस्वीरों की तरह घूमता रहा। कोटा में शास्त्रीजी के आने का यह प्रथम अवसर था। उन्हें निकट से देखने तथा सारे समय साथ रह कर कोटा के दर्शनीय स्थान दिखाते समय बातचीत करने का सुनहरा अवसर प्राप्त हुआ था।

आयु 65 वर्ष, स्वस्थ, पक्का रंग, नीले चैक के मोज़े-पतलून, बन्द गले का कोट,

स्थूल किन्तु सबल, स्फूर्तिवान शरीर, नेत्रों पर नीले रंग का सुनहरी कमानी वाला चश्मा, क्लीन शेव, बाएँ कपोल पर एक छोटा तिल, अंग्रेज़ी टाइप के कटे हुए बाल, हाथ में घड़ी, मझोला कद, श्वेत सबल दाँत, उंगली में सोने की चमचमाती अँगूठी, अधिक अध्ययन से धँसे हुए नेत्र; यह है चतुरसेनजी हिन्दी में राजपूत, मुगल, बुद्ध और वैदिक जीवन के सफल चित्रकार।

हम सब शास्त्रीजी के साथ हैं। वे कोटा के चम्बल पुल पर नए बनते हुए बांध को देख रहे हैं। शास्त्रीजी से उनके साहित्य तथा मान्यताओं पर वार्त्ता भी चल रही है। वे वेद, पुराण, इतिहास तथा शास्त्रों पर अनेक नए-नए मौलिक विचार प्रकट करते जा रहे हैं।

शास्त्रीजी के स्वास्थ्य को देखकर हम दंग हैं। छियासठ वर्ष में भी इतना उत्तम स्वास्थ्य दूसरा नहीं देखा।

शास्त्रीजी कह रहे हैं – 'स्वास्थ्य का मैंने सदा ध्यान रखा है। पेशे से चिकित्सक हूँ। मेरे दाँत आज छियासठ वर्ष की आयु में भी उसी प्रकार मजबूत बने हुए हैं, पर मेरे नवीनतम उपन्यास *वयं रक्षामः* ने मेरे नेत्र ले लिए हैं। दृष्टि कम हो गई है।'

मैंने प्रश्न किया – 'आपकी साहित्य साधना कैसे प्रारम्भ हुई थी? इसके विषय में कुछ बताइए।'

शास्त्रीजी इस प्रश्न के लिए तैयार न थे। फिर भी अपनी स्मृति की गठरी खोलते हुए बोले – 'जहाँ तक मेरा अनुमान है बचपन से जो आर्य समाजी भावनाएँ मेरे मन में आ गई थीं, वे निरंतर बढ़तीं गई। मैंने चौथी-पाँचवीं कक्षा में *मेवाड़ का इतिहास* पढ़ा था। इसके पढ़ने से मेरे ऊपर बड़ा प्रभाव पड़ा और तभी से राजपूती आदर्शों के प्रति मुझे विशेष अनुराग उत्पन्न हुआ। इसमें इतनी दिलचस्पी ली कि इसे 50-100 बार तक नए जोश से पढ़ डाला होगा। यही नहीं, उसे दूसरों को पढ़-पढ़कर सुनाया करता था। राजपूती शौर्य और उत्सर्ग आदि से मैं निरन्तर प्रभावित होता रहा। अतः मेरी साहित्य साधना का जो प्रारम्भ हुआ, वह राजपूती जीवन से था। अन्य सामाजिक लेखों में भी वही तीव्रता रही।

प्रारम्भिक कविता *वेंकटेश्वर समाचार* में लाला लाजपतराय के देश निष्कासन पर छपी थी। शायद यह सन् 1906 के आस-पास की बात है। उन दिनों मैं पाँचवीं कक्षा में पढ़ता था। मुझे याद है, कविताएँ लिख-लिखकर मैं स्वयं गाया करता था। धीरे-धीरे मेरी दिलचस्पी का रुख पलटा और मेरी लेखनी राजपूती जीवन से मुगल जीवन पर रपट गई। मुस्लिम संस्कृति के प्रति मेरी विद्रोह भावना ही रही, क्योंकि मेरे हृदय में हिन्दुओं के प्रति उनके किए जाने वाले अत्याचार राजपूती जीवन के प्रति पक्षपात था। यह पक्षपात की भावना ज्यों-ज्यों मैं आगे बढ़ता गया क्षीण हो गई और मेरें मुगल जीवन के चित्र साफ उतरने लगे।'

मैंने पूछा – 'आपके कहानी-साहित्य का प्रारम्भ कैसे हुआ?'

वे बोले – 'छोटे-छोटे राजपूती जीवन के प्रसंगों को मैंने लिखना प्रारंभ किया, तो वे स्वतः कहानी जैसे रोचक हो गए। मेरी पहली कहानी *सच्चा गहना*, *गृहलक्ष्मी* में प्रकाशित हुई थी। *हृदय की परख* पहला उपन्यास प्रकाशित हुआ। दो साल बाद *अन्तःस्थल* गद्यकाव्य संग्रह छपा। इस युग में ऐतिहासिक कहानी, उपन्यासों में राजपूती और मुगल जीवन की ओर मेरी रुचि रही।'

मैंने पूछा – 'आपको साहित्यिक बनाने में किन-किन व्यक्तियों के प्रोत्साहन ने कार्य किया है?' शास्त्रीजी धीरे-धीरे पुरानी बातें स्मृति-पटल पर लाने लगे। फिर धीरे-धीरे कहना प्रारम्भ किया – 'साहित्यिक बनने में मुझे किसी ने भी प्रोत्साहन नहीं दिया। कुछ लिखने की और नए ढंग से सोचने की रचनात्मक वृत्ति अन्दर से ही फूट निकली थी। विधि का विधान देखिए, मैंने शिक्षा पाई संस्कृत की और व्यापार किया चिकित्सा का। चिकित्सक को साहित्य से क्या प्रयोजन? फिर भी लिखता रहा, लिखता चला गया।

'मैं बम्बई में हाजी मुहम्मद से मिला था। ये गुजराती पत्र *बीसवीं सदी* के सम्पादक थे। इनमें मुझे कुछ प्रोत्साहन प्राप्त हुआ। इन दिनों मैं राष्ट्रीय विचारधारा से ओत-प्रोत गद्य-काव्य लिखा करता था, जो *प्रभा*, *प्रताप* इत्यादि पत्रों में प्रकाशित होते रहते थे। *बनाम स्वदेश* के जब सब गद्य-काव्य पूरे हो गए, तब *बीसवीं सदी* प्रेस में छपाने

गया तो श्री नाथूराम प्रेमी इन गद्यकाव्यों से विशेष प्रभावित हुए थे। जब मैंने हाजी मुहम्मद साहब को यह पुस्तक दिखलाई और कुछ अंश सुनाए, तो मैंने देखा कि वे उससे इतने अधिक प्रभावित नहीं हुए, जितनी मुझे आशा थी। मुझे कुछ ऐसा लगा कि मुसलमान होने के कारण शायद यह पुस्तक उन्हें हिन्दुओं के प्रति पक्षपातपूर्ण लगी है।

'मुझे स्वयं अपनी लेखनी के प्रति यह भावना लगी कि क्यों वृथा ही मैं अपने मित्र को अप्रसन्न करूँ? *दिवाली* नामक एक गद्य-काव्य मैंने यह दृष्टि में रखकर लिखा कि सुनकर मेरे मुसलमान मित्र को बुरा न लगे। मुझे वह उचित प्रतीत हुआ कि संकुचित राष्ट्रवाद से बचकर मानवीय भावनाओं को आधार मानकर लिखना चाहिए। इस दृष्टिकोण को समक्ष रखकर मैंने *अन्तःस्थल* गद्य-काव्य-पुस्तक की रचना की। *अन्तःस्थल* का पहला लेख सुन कर उनके मुख पर वास्तविक आह्लाद देखा। एक मुसलमान मेरे साथ हो गया। अतः उनके सम्पर्क के कारण मैं धीरे-धीरे संकुचित राष्ट्रवाद और साम्प्रदायिकता से दूर होता गया। अब मैंने ऐसी रचनाएँ लिखीं, जिनमें केवल जीवन की अभिव्यंजना रही। किसी देश, जाति, धर्म, आदि से उनका कोई सम्बन्ध नहीं था। दुर्भाग्यवश *अन्तःस्थल* के छपते-छपते हाजी मुहम्मद की मृत्यु हो गई। अतः मैंने उस पुस्तक की भूमिका में लिखा था कि मेरी यह रचना विधवा हो गई है।'

शास्त्रीजी के नेत्र कुछ सजल हो गए थे अतः वह प्रसंग वहीं छूट गया और अन्य विषयों पर बातें प्रारम्भ हुईं। यह जानकर बड़ा आश्चर्य हुआ कि शास्त्रीजी का राजस्थान से निकट संबंध रहा है। आपकी प्रारम्भिक शिक्षा जयपुर के संस्कृत कॉलेज में हुई थी। सायंकाल फिर बातचीत का दौर चला।

मेरा प्रश्न था – 'अपने उपन्यासों में आपको कौन सर्वाधिक प्रिय है? किस पर आपने सबसे अधिक परिश्रम किया है?'

शास्त्रीजी ने उत्तर दिया – 'मुझे सबसे अधिक परिश्रम अपने नवीनतम उपन्यास *वयं रक्षामः* पर करना पड़ा है। उसका एक *भाष्यम्* भी तैयार करना पड़ा। इधर *वयं*

एक्षाम्ः छप रहा था, उधर मैं उसे आगे लिख रहा था। पिछले प्रूफ आते थे, उनके साथ आगे का मैटर जाता था। इस प्रकार वृहद् ग्रन्थ का लिखना, छपाना और उसका पूर्वापर सम्बन्ध बनाए रखना आसान काम न था। उसके लिए मुझे ग्यारह महीने तक केवल तीन घण्टा रोज सोने को मिला। बीस-इक्कीस घंटे रोज काम करता रहा।

'इस भयानक परिश्रम ने मेरे सब अंजर-पंजर ढीले कर दिए और एक प्रकार से मैं अपना काम कर गया। बहुधा ऐसा हुआ कि मैं प्रूफ देख रहा हूँ और कहीं एक शब्द पर संदेह उठ खड़ा हुआ। कोई श्लोक अशुद्ध प्रतीत हुआ, कोई उद्धरण अटपटा-सा लगा। बस काम सब बन्द। प्रेस वाले सर पीट रहे हैं, ''मैटर दो, मशीन रुकी पड़ी है'' और मैं चन्द्रसेन के साथ कभी हार्डिज लाइब्रेरी में, कभी मारवाड़ी पुस्तकालय में, कभी दिल्ली लाइब्रेरी में और कभी कहीं, मोटे-मोटे ग्रन्थों के बीच अपनी एक-एक पंक्ति को दो-दो तीन-तीन दिन तक ढूँढ़ता रहा हूँ।

'*वैशाली की नगरवधू* सन् 1948 में छपी, *सोमनाथ* 1955 में और *वयं रक्षामः* 1956 में छपा। इन तीनों ही में मेरे चित्र हैं, जो पुस्तकों की समाप्तिकाल में तैयार किए गए थे। इसके गवाह फोटोग्राफर हैं। इन चित्रों का मुकाबला कीजिए। ख़ासकर *सोमनाथ* और *वयं रक्षामः* के चित्र से। आप देखेंगे कि इस *वयं रक्षामः* ने एक ही साल में मुझे खा डाला।'

मेरा अगला प्रश्न शास्त्रीजी की कहानियों के सम्बन्ध में था। आप की कहानियाँ कब? कैसे? किस-किस क्रम से छपी हैं? इसके उत्तर में उन्होंने कहा –

'मेरी बौद्धकालीन कहानी *अम्बपाली* चाँद में सन् 1922-23 के आसपास छपी थी। दस-पाँच और भी इसी विषय पर सामाजिक कहानियाँ लिखीं। कुल मिलाकर 400 के करीब भिन्न-भिन्न विषयों, समस्याओं और भावों पर कहानियाँ लिखीं हैं। कुछ में भाव-व्यंजना की ही नवीनता रखी है।

'अब नई पद्धति की कहानियाँ लिख रहा हूँ, जिनमें न घटना है, न चरित्र चित्रण, न आदि, न अन्त। इनमें कोरी भाव-व्यंजना ही है। रस भी नहीं कह सकते। जैसे एक कहानी है *नहीं*। इसमें एक स्त्री का चित्रण है, जिसे उसका पति छोड़ देता है, पर वह

किसी प्रकार रहती है। तीस वर्ष पश्चात् पति वापस आता है। उसकी सहेली उससे श्रृंगार करने को कहती है, पर वह नहीं-नहीं कहती जाती है। एक अन्य कहानी है, *धरती और आकाश*। इसमें एक कलाकार की पत्नी की मानसिक उथल-पुथल का चित्रण है। आजकल मैं कहानी बहुत कम लिखता हूँ। बड़ी पुस्तकों में उलझा रहता हूँ।'

'शास्त्रीजी आपकी भविष्य की क्या योजनाएँ हैं?' इस विषय पर उन्होंने बताया कि वे बड़े साइज में एक-एक हजार पृष्ठों के 10 भागों में एक वृहदकार उपन्यास लिखने की योजना बना रहे हैं। 19वीं शताब्दी में जिस नई सभ्यता का जन्म हुआ है और उसका जो प्रभाव भारतीय राष्ट्र पर हुआ है, उसे वे इसमें चित्रित करेंगे। एक खंड में एक उपन्यास समाप्त हो जाएगा और दस खंडों में एक पूरी कहानी समाप्त हो जाएगी। संयुक्त उपन्यास का नाम *सोना और ख़ून* रहेगा।

सुनकर मैं सोचता रह गया। कितना विराट व्यक्तित्व है आचार्य चतुरसेन का, अपने राष्ट्र के उल्लेखनीय विद्वान्, शोधक, चिकित्सक, लेखक, प्रवक्ता, कहानी-उपन्यासकार, पत्रकार, प्रचारक, विचारक और व्यक्ति – ये तो सचमुच बहुमुखी प्रतिभा के धनी हैं।

तपस्वी साहित्यकार से अंतरंग बातें

– डॉ. लक्ष्मीनारायण दुबे

प्रताप, 5 मार्च, 1956

हिन्दी के लब्ध-प्रतिष्ठित उपन्यासकार और वयोवृद्ध विद्वान आचार्य चतुरसेन शास्त्री की अवस्था जब पैंसठ वर्ष से अधिक हुई, तब भी उनके बालों पर सफेदी नहीं आई। भव्य मुखमंडल, आँखों पर चश्मा, कंधे पर चादर, खादी के कपड़े और स्थूल शरीर – यह है आचार्यजी का व्यक्तित्व जो कि उनके महान एवं विशाल साहित्य पर छाया हुआ है। शास्त्रीजी के मुख पर अद्भुत ज्योति है जो कि उनकी ओर ध्यान आकृष्ट करने की क्षमता तथा शक्ति रखती है। कभी मुस्कुराहट और कभी गंभीरता की लहरें उनके मुख पर दौड़ा ही करती हैं। विद्रोह और अध्ययन उनके स्वर से टपकता है।

बातचीत के मध्य मैंने उनसे पूछा – 'आपने अपनी प्रथम रचना कब लिखी?'

उन्होंने कहा – 'जब मैं पाँचवीं या छठवीं कक्षा में पढ़ता था, उस समय मैंने एक कविता लिखी थी – लाजपत राय पर। वास्तव में वह मेरी प्रथम रचना थी।' फिर वे सोचते हुए कहने लगे – 'मैं पहले कविता लिखता था। सन् 1907-8 से मैं लिख रहा हूँ। एक आधी शताब्दी व्यतीत हो गई है। इस अर्ध-शताब्दी को मैं बहुत महत्वपूर्ण मानता हूँ। इसमें जैसी घटनाएँ और नानाविध चक्र उपस्थित हुए और विश्व जितना एक-दूसरे से सन्निकट आया, उतना कभी नहीं। उस समय हिन्दी साहित्य वास्तव में बन रहा था। सुधारवादी प्रवृत्तियाँ चल रही थीं।'

'क्या आप अब भी कविताएँ लिख सकते हैं?'

'क्यों नहीं! अवश्य!' उन्होंने उत्तर दिया – 'लिख सकता हूँ, परंतु प्रयत्न करूँ तो। अब वह प्रवृत्ति मेरे में उठती ही नहीं है। अब तो मैं अपने आपको कथा-साहित्य

में अभिव्यक्त करता हूँ। आजकल की जैसी छायावादी-मायावादी और नाना प्रकार की वादी कविताओं को देखकर और आए दिन पत्र-पत्रिकाओं में पढ़कर, तो ऐसा लगता है कि बहुत अच्छा हुआ कि मैं कवि नहीं बना।'

'आपको प्रारंभ में साहित्य-सृजन की प्रेरणा कहाँ से मिली?'

उन्होंने हँसते हुए उत्तर दिया – 'मन से मिली और कहाँ से मिल सकती है?'

मैंने अपने प्रश्न को स्पष्ट करते हुए पूछा – 'उस समय की आपकी सामाजिक और पारिवारिक परिस्थितियाँ कैसी थीं, जिन्होंने आपको आपने कथा-साहित्य के लिए सामग्री प्रदान की?'

उन्होंने कहा – 'वह काल हिंदी साहित्य की बहुविध प्रगतियों का शैशवकाल था। मेरे पिताजी आर्यसमाजी थे, और स्वभावतः मेरे ऊपर आर्य समाजी सिद्धांतों का प्रभाव पड़ा। स्वामी दयानन्द और गांधीजी ने मुझे प्रभावित किया। उस समय हमारे पंजाब में हिंदू-मुस्लिम संघर्ष तथा अन्य प्रकार के उष्ण वातावरण की चर्चा मेरे घर पर होती थी। इन्हीं से संबंधित कुछ कथाएँ मैंने बनाई। फिर मैंने राजपूतों का इतिहास पढ़ा और *मेवाड़ के इतिहास* ने मुझे काफी झकझोरा। मैंने राष्ट्रीयता तथा देशभक्ति आदि की कहानियाँ लिखना प्रारंभ कर दिया। धीरे-धीरे मेरा अध्ययन और दृष्टिकोण बढ़ने लगा। मेरे कथा-साहित्य में भी विकास स्पष्टतया दृष्टिगोचर होने लगा। पहले स्थूल घटनाएँ आती थी। फिर घात-प्रतिघातों का चित्रण होने लगा। तदनन्तर घटनाओं ने सूक्ष्म रूप ले लिया। अब वे मानसिक संघर्ष के मनोवैज्ञानिक रूप से प्रस्तुत होने लगी है।'

'प्रारंभ में क्या लिखा?'

'प्रारंभ में मैंने गद्य-काव्य लिखा और इस संबंध की मेरी रचनाएँ, कानपुर के *प्रभा* व *प्रताप* में प्रकाशित हुई। मेरी सर्वप्रथम रचना *वेंकेटेश्वर समाचार* में प्रकाशित हुई।'

आधुनिक-साहित्य पर विचार प्रकट करते हुए उन्होंने कहा –

'आजकल के साहित्य से मैं सन्तुष्ट और प्रसन्न नहीं हूँ। आजकल का प्रत्येक नवयुवक-नवयुवती, कवि-कवित्रियाँ बन गई हैं। सारा अध्यापक समाज आलोचक

वर्ग का रूप ले रहा है। आज साहित्य में रूढ़िवादिता के प्रति स्वस्थ विद्रोह की आवश्यकता है। विभिन्न विवाद साहित्य पर हावी हो रहे हैं। मुझे लगता है कि स्वस्थ साहित्य अभी नहीं आया वरन् आने को है। स्वतंत्रता प्राप्ति के पहले हमारे पास बहुत-सी समस्याएँ थी; जिन पर हमारे कवि और कथाकार लिखते थे, परन्तु उसके पश्चात् ऐसा मालूम पड़ता है कि कोई समस्या नहीं रही, जिसके कारण लेखक भटक रहे हैं। साथ ही मेरे विचारों में, थीसिस और डाक्टरेट की उपाधियों ने भी हिन्दी का घोर अहित किया है। कोई नई सूझ या अन्वेषण प्राप्त नहीं होता है; सिर्फ चार पुस्तकें देखकर पाँचवीं पुस्तक बन जाती है। आज के युग में मौलिक चिन्तन और अध्ययन की आवश्यकता है। आचार्य शुक्ल के *हिंदी साहित्य का इतिहास* को ही कई लोग आधार बनाए चले जा रहे हैं। उसमें से वीरगाथा काल को ही ले लीजिए। उसमें क्या वीर गाथाएँ हैं? न तो उनके पास कोई राष्ट्रीयता या समूचे संगठन की बात थी और न एक स्वर। अपने राज्य के लिए लड़ाई लड़ने में क्या वीरता है? इसमें तो प्रत्येक राजा का स्वार्थ था। मैं तो वीरगाथा काल भगत सिंह, चन्द्रशेखर आजाद आदि के युग को मानता हूँ, जिन्होंने बिना किसी स्वार्थ या प्राप्ति-भावना के ही अपना बलिदान चढ़ा दिया। वास्तव में इसे वीरगाथा काल माना जाना चाहिए। आजकल हमें गहन अध्ययन और गहरे पैठने की आवश्यकता है। हमें साहित्य की प्राचीन और नवीन सामग्री का स्वयं अध्ययन करना चाहिए। यह प्रवृत्ति अब धीरे-धीरे आ रही है।'

उन्होंने आगे कहा –

'मुझे छायावाद या श्रद्धावाद – किसी भी वाद पर विश्वास नहीं। एक समय आगरा के डॉ. कमलेश इण्टरव्यू लेने आए। उनसे मैंने कहा था कि छायावाद के तीन कवियों को फाँसी दे दी जाए और बाकी को देश निकाला। प्रसाद, ने अपनी *कामायनी* में श्रद्धावाद को प्रश्रय दिया। आजकल कौन किस पर श्रद्धा करता है? यह युग श्रद्धा का नहीं वरन् बुद्धि का है।

'गांधी के दर्शन ने हमारे साहित्य को काफी प्रभावित किया। गांधीजी ने साहित्यकारों का सहयोग दोनों हाथ पसारकर माँगा और साहित्यकारों ने उन्हें

उठाकर आकाश पर चढ़ा दिया। ऐसे दर्शन के अभाव में आज का साहित्य भटक रहा है। नेहरू यद्यपि नए दर्शन की स्थापना कर रहे हैं, पर अभी वह परिपक्व और स्पष्ट नहीं हो पाया है। उसका राजनैतिक रूप ज्यादा है और दार्शनिक या साहित्यिक रूप कम। परन्तु इस दर्शन को आशा से देखा जा सकता है।

'कविता को व्यर्थ के अलंकारों से दूर रहना चाहिए और भाषा को राजनीतिज्ञों के हाथ से बचाना चाहिए। आजकल सर्वत्र राष्ट्रभाषा व प्रान्तीय भाषा की ही चर्चा चल रही है। मेरा कहना है कि साहित्य की चर्चा कोई नहीं करता। हमें स्वयं अपने साहित्य में वह सौष्ठव पैदा करना चाहिए कि दक्षिण वाले उसका विरोध करना छोड़ दें, और चुपचाप हिन्दी सीखकर उसका आनंद लेने लगें। *चन्द्रकान्ता सन्तति* ने अहिन्दी भाषा-भाषियों में हजारों को हिन्दी सिखलाई। मेरे मित्र स्वर्गीय गौरीशंकर हीराचन्द्र ओझा की पुस्तक *नागरी अंक और अक्षर* को पढ़ने के लिए और भारतीय लिपि अंकों का ज्ञान प्राप्त करने के लिए कितने ही जर्मन व अंग्रेज़ लोगों ने हिन्दी सीखी। हम कब तक सूर, तुलसी और कबीर व मीरा के साहित्य पर जीवित रहेंगे। आजकल टूटे हुए खिलौनों के समान साबित होते जा रहे हैं। मेरी इन कवियों के प्रति प्रगाढ़ श्रद्धा है, परन्तु हमें नए साहित्य का सृजन करना है। हमारी उम्र तो ढल चुकी; अब तो यह उत्तराधिकार तरुण लेखकों को ग्रहण करना है।'

मैंने पूछा – 'आपको कौन-सा आलोचक पसंद है?'

'मुझे कोई भी आलोचक पसंद नहीं है।' उन्होंने एकदम उत्तर दिया – 'आज के आलोचक एक धारणा बना लेते हैं और उसी के आधार पर आलोचना कार्य में प्रवृत्त रहते हैं। उनकी अपनी अलग-अलग मान्यताएँ रहती हैं। किसी की प्रगतिवादी और किसी की कुछ और इस संकीर्ण घेरे में वे रचना का मूल्यांकन करते हैं। मुझे यह संकीर्ण आलोचना पसंद नहीं है।

'आपका लेखन और अध्ययन क्रम कैसे चलता है?'

उन्होंने कहा – 'मेरा तो बस यही काम आजकल चलता रहता है। रात के दो बजे से लिखने बैठता हूँ, तो दोपहर के बारह बजे उठता हूँ। प्रातःकाल के कर्मों से

निवृत्त होने के लिए बीच में उठता हूँ। हमारे पास अच्छी लाइब्रेरी का अभाव है। एक पैराग्राफ को लिखने में कभी-कभी एक सप्ताह लग जाता है, क्योंकि बीसियों पुस्तकों को देखना पड़ता है। संदर्भ-ग्रंथों की कमी के कारण कई अड़चनें पैदा हो जाती हैं।'

मेरे प्रश्न पूछने पर उन्होंने बताया कि उन्हें शांत वातावरण में लिखना अधिक अच्छा लगता है। वे टेबिल-कुर्सी पर लिखते हैं। यह कुर्सी उन्हें प्रेरणा देती है। दोपहर में जब उन्हें भोजन के लिए आवाज आती है; तब वे उठते हैं।

'आपके मनोरंजन के साधन क्या है?'

'अब मैं बहुत कमजोर हो गया हूँ। कहीं आता-जाता भी नहीं हूँ। यात्रा से मुझे कष्ट होता है। खेल तो अब हो नहीं सकता। जब कभी थक जाता हूँ तो अपनी थकावट दूर करने के लिए बच्चों के बीच बैठ जाता हूँ। उनसे मन बहलाव करता हूँ। कभी-कभी उनके बीच ताश खेलता हूँ, सिर्फ उनके बीच ही बड़ों के साथ नहीं।'

बातचीत के मध्य उन्होंने *दुखवा मैं कासे कहूँ मोरी सजनी* कहानी के निर्माण पर बताया कि वे पहले चिकित्सक का कार्य करते थे और उस रूप में उनका संबंध बड़ी-बड़ी रियासतों से था। इसी समय उन्होंने एक रियासत में लाखों रुपए के हीरे मोती पहनी हुई एक नारी को देखा और इसी के संपर्क आधार पर उन्होंने यह कहानी लिखी।

आचार्य चतुरसेन शास्त्री ने 123 ग्रन्थ, सोलह उपन्यास और लगभग 400 कहानियों की अमूल्य निधि राष्ट्र भारती हिंदी को अर्पण की है। उनकी साहित्यिक व सांस्कृतिक सेवाओं का मूल्यांकन करना कठिन है। वास्तव में वे महान साधक, तत्व चिंतक, और तपस्वी साहित्यिक हैं।

भाग - III

मित्र साहित्यकारों के संस्मरण

साहित्यिक ईमानदारी

– चान्द्रायण

आचार्य चतुरसेन शास्त्री का उत्कृष्ट उपन्यास *सोमनाथ* हिन्दी-जगत में मीमाँसा का पात्र बना हुआ है। अनेक आलोचकों और पाठकों की दृष्टि में आचार्यजी का *सोमनाथ* श्री कन्हैया लाल माणिकलाल मुंशी के *जय सोमनाथ* से अच्छा बन पड़ा है।

इसमें महमूद का चरित्र बड़ा आकर्षक है।

आचार्यजी से अनेक बार मिलने और राजनीति तथा साहित्य पर चर्चा करने का अवसर मिला है। वह इस्लाम के विरोधी हैं और *इस्लाम का विष वृक्ष* लिखने पर एक बार गांधीवादियों के कोपभाजन भी बन चुके हैं। ऐसे दृष्टिकोण के लेख से 47 के दंगों से और विशेषकर लाहौर के लाल-काले कारनामों से प्रभावित होकर एक उपन्यास लिखा होगा, तो वह कितना तेज-तर्रार होगा। लेखक के अपने शब्दों में 'ख़ून-खराबा, लूटमार, अत्याचार और बलात्कार के जो-जो दृश्य-घटनाएँ मेरे कानों और आँखों को आक्रांत करने लगी। उन सबको मैं अपने इस उपन्यास के 11वीं शताब्दी के उस बर्बर आक्रांता के उत्पादों में आरोपित करता चला गया। मैं नहीं जानता कि मेरा काम कहाँ तक साहित्यिक अपराध हो सकता है।'

इन्हीं लेखक का महमूद फिर क्यों आकर्षक है, उन्हीं से सुनिए –

'सत्रह बार भारत को तलवार और आग की भेंट करने वाला लाखों बन्दियों को निरीह पशुओं की भाँति गजनी के बाजारों में बेचने वाला दुर्दान्त लुटेरा महमूद मेरे हाथों लग गया परन्तु उसका पवित्र मानव-तत्व भी तो मुझे देखना था। सो अवसर पाकर मैंने उसका सब कलश धो-पोंछकर, उसे साफ शुद्ध कर दिया। अब आप वहाँ कहें कि मैंने चूक ही की है तो आप मेरे कान पकड़ सकते हैं, परन्तु मैं आपकी बात

मानूँगा थोड़े ही। मैं तो यही कहे जाऊँगा कि मैंने जो कुछ किया ठीक किया। विश्व के विद्रोह करने पर भी मैं यही कहूँगा और तिल-तिल काट डालने पर भी।'

निस्संदेह आचार्य चतुरसेन शास्त्रीजी ने जो कुछ भी लिखा, पूरी ईमानदारी के साथ लिखा। एक शब्द भी पूर्वाग्रह से ग्रसित हुआ नहीं मिलेगा, बल्कि हरेक शब्द उनकी साहित्यिक साधना और अनुसंधान का ही परिणाम है।

गोष्ठियों के गौरव

– पुत्तूलाल वर्मा 'करुणेश'

सन् 1926 की बात है। उन दिनों हिन्दी प्रचारिणी सभा, द्वारा हिन्दी गोष्ठियों का आयोजन होने लगा था, जिसमें आचार्यजी भी भाग लेते थे, मैं भी नियमित रूप से पहुँचने लगा – कार्यक्रम में भी भाग लेने लगा। बस यहीं आचार्यजी से प्रथम साक्षात्कार हुआ और ऐसा हुआ कि दोनों एक-दूसरे के अपने बन गए। आचार्यजी का सान्निध्य अधिक बढ़ता गया। सभा के प्रबन्ध की जिम्मेदारी लगभग तीस वर्षों तक मेरे कन्धों पर रही। उन दिनों जो सहस्रों गोष्ठियाँ और सभाएँ सम्पन्न हुई, उनमें मैंने देखा और अनुभव किया कि जिस गोष्ठी में शास्त्रीजी सम्मिलित होते थे उस गोष्ठी का रंग ही कुछ और होता था। उनका प्रभावशाली व्यक्तित्व, मंझी हुई ओजपूर्ण भाषा, हृदय को छूने वाली शब्दावली द्वारा उच्च कोटि की अभिव्यक्ति तथा विषय की गहरी जानकारी का लोगों पर जादू जैसा प्रभाव पड़ता था। श्रोता मंत्र-विमुग्ध हो आत्मविभोर हो उठते थे। शास्त्रीजी की यह सम्पन्न प्रतिभा 'वन-विहार गोष्ठियों' और 'नौका विहार गोष्ठियों' के कार्यक्रम को संजोने में तो और भी प्रस्फुटित हो उठती थी। वह सभी सोसाइटियों और गोष्ठियों के गौरव और आभूषण थे।

एक दिन मैंने शास्त्रीजी से पूछा, 'आप इतना अच्छा कैसे लिखते हैं?'

'कलम से,' उनका जवाब था।

'मेरा मतलब, ये विचार आते कहाँ से हैं?'

'मेरी आत्मा जो प्रेरणा देती है, उससे मन के घोड़े इतिहास के खंडहरों में दौड़ाकर वहाँ से कुछ घटनाएँ चुनकर कलमबद्ध कर देता हूँ।'

'ओह! अब मैं समझा, इतने अच्छे उपन्यास ऐसे लिखे जाते हैं।'

सचमुच आचार्य चतुरसेन शास्त्रीजी का साहित्य पढ़ते समय इतिहास को अपने सामने दृष्टिगोचर कर देता है।

इतिहास के कुशल चितेरे आचार्य चतुरसेन शास्त्रीजी ने जो भी लिखा उस पर लोग इतनी गहराई से विश्वास करते हैं कि सचमुच ऐसा ही हुआ होगा! उनकी लेखनी से निकली दर्जनों रचनाएँ कालजयी की श्रेणी में रखी जाती हैं।

साहित्य के लिए सतत् जागरूक थे आचार्यजी

– डॉ. कृष्णचन्द्र शर्मा

सन् 1932 की बात है। उन दिनों हिन्दी-साहित्य-परिषद्, मेरठ के दूसरे अधिवेशन की तैयारियाँ ज़ोरों के साथ चल रही थी। आमंत्रित साहित्यकारों की सूची बना दी गई थी। और उनमें से कुछ को चुन कर विभिन्न विषयों पर परिषद् की बैठकों में निबंध पढ़ने के लिए पत्र प्रेषित किए जा चुके थे, आचार्यजी भी उन्हीं गणमान्य साहित्यकारों में से एक थे।

आचार्यजी से 'हिन्दी साहित्य में काम-वासना' विषय पर कुछ लिखने की प्रार्थना की गई थी। कुछ दिन व्यतीत हुए, विद्वानों की अनुमतियाँ प्राप्त होने लगी, परन्तु उनकी स्वीकृति न मिली। हमको उनके उत्तर की बड़ी प्रतीक्षा थी।

एक दिन श्रीमती होमवती (अब स्वर्गीया) की कोठी के लॉन पर भाई वात्स्यायन ('अज्ञेय') जी, श्रीमती होमवती और मैं चाय की मेज़ पर बैठे यही चर्चा कर रहे थे कि पोस्टमैन ने परिषद की डाक का एक पुलिन्दा मेरे सामने ला डाला। मैं व्यग्रतापूर्वक एक-एक पत्र देखता जा रहा था कि सहसा आचार्यजी की चिट्ठी हाथ लगी। मानो चारों पदार्थ करतलगत हो गए। परन्तु उस चिट्ठी को पढ़ना था कि जैसे आकाश से छत्ता-सा छूट कर पृथ्वी पर आ गिरा। पत्र में लिखा था –

'. . . क्योंकि निमंत्रित व्यक्तियों की सूची में मेरा नाम नहीं है, मुझसे निबन्ध या भाषण की याचना बेकार है . . .'

मैं सहमा। सचमुच ही पत्र के साथ उनके पास प्रेषित अधिवेशन की प्रथम विज्ञप्ति में आगन्तुक साहित्यकारों की सूची में उनका नाम नहीं था। यह इसलिए नहीं कि कोई भूल हुई थी, अपितु इस कारण ही कि उस विज्ञप्ति में केवल वही नाम दिए गए

थे, जिनकी स्वीकृतियाँ प्राप्त हो चुकी थीं। शेष नाम दूसरी विज्ञप्ति में जाने को थे। मुझे ऐसा अनुमान भी न था कि वह इस बात पर इतने क्षुब्ध हो उठेंगे। मैंने इसकी कल्पना भी न की थी। अतः मैं उस समय बड़ा अन्यमनस्क-सा हो उठा।

होमवती ने पूछा – 'क्या बात है?'

मैंने चुपचाप पत्र उनकी ओर बढ़ा दिया। वह भी उसे देख कर अवाक् रह गईं। भाई वात्स्यायनजी ने अपने सहज विनोदी स्वर में मौन भंग किया, बोले – 'क्यों, क्या कोई चंदे की पेशगी रसीद वापस आ गई। आप लोग इतने खिन्न क्यों हैं?'

अब पत्र उनके हाथ में था। उन्होंने उस पर दृष्टि डालते हुए कहा – 'हूँ-ऊं . . . बस जी, अब आप ही जाएँ और उनको मना कर लाइएगा। आप ही ने तो पत्र और वह विज्ञप्ति उनको भेजी होगी!'

मैंने अपराधी की भाँति स्वीकार किया – 'हाँ।' और दबे स्वर में बोला – 'और क्या . . . मैं ही उनके पास जाकर क्षमा माँगूँगा। आने के लिए भी आग्रह करूँगा ही किन्तु . . .।'

मैंने वही किया। उसी दिन तीसरे पहर दिल्ली जा पहुँचा। उन दिनों उनका औषधालय चाँदनी चौक में था, जो लम्बे-चौड़े साइन बोर्ड के कारण सभी को तुरन्त पा जाना सहज था।

आचार्य चौकी पर, मसनद के सहारे टिके किसी पुस्तक के अवलोकन में तल्लीन थे। मैंने प्रणाम किया और मुँह के सामने से पुस्तक हटाते हुए उन्होंने मुझे बराबर बैठने का संकेत किया। साथ ही प्रश्न हुआ – 'कहिए कहाँ से पधारे?'

विनीत स्वर में मैंने उत्तर दिया – 'मेरठ से . . . कृष्णचन्द्र मेरा नाम है।'

वह इतने पर ही बोल उठे – 'अच्छा तो मेरठ तो मैं नहीं जाऊँगा।'

मुझे जान पड़ा नाराज़ हैं, काम नहीं बनेगा। फिर भी मैंने उनसे पुनर्वार क्षमा-याचना करते हुए अधिवेशन में पधारने का आग्रह जारी रखा। परन्तु सब व्यर्थ और बड़ी देर तक कहने-सुनने के बदले उनसे मुझे केवल एक वाक्य ही और मिला जिसकी प्रतिध्वनि आज भी मेरे कानों में गूँजती है।

गम्भीर स्वर में उनका वह वाक्य था – 'देखिए महाशय, यह व्यक्ति की उपेक्षा का प्रश्न नहीं, एक साहित्यकार के मान-अपमान का सवाल है, व्यक्ति रूप में आपके निमंत्रण पर मैं फिर कभी आ सकता हूँ, फिर इस समय नहीं।'

एक घटना और मुझे याद है।

रेडियो स्टेशन दिल्ली से मेरे पास आलोचना के लिए तीन पुस्तकें आई थीं – 1) *वैशाली की नगरवधू* (आचार्य चतुरसेन शास्त्री) 2) *दो फूल* (श्रीमती सत्यवती मल्लिक) 3) *साकेत के नवम सर्ग का काव्य-वैभव* (प्रो. कन्हैयालाल 'सहल')

तीनों के लिए समय, अब ठीक याद नहीं, कुल दस-बारह मिनट था। मैंने इसमें से दो तिहाई समय आचार्यजी की पुस्तक की आलोचना पर लगाया। मेरे विचार में उक्त उपन्यास का वृहद कलेवर और उसकी गरिमा इसी की अपेक्षा भी रखती थी।

इस आलोचना में मैंने उनकी कला के सम्बन्ध में जो कहा वह सारा कुछ अनुकूल ही न था। किन्तु आचार्यजी के गम्भीर ज्ञान और शोधपूर्ण गहन अध्ययन की मैंने भूरि-भूरि प्रशंसा अवश्य की थी। मेरी सम्मति में इतिहास और उपन्यासकला का वह निस्संदेह सुन्दर समन्वय था।

रेडियो की इस आलोचना के कुछ समय पश्चात् एक दिन मैं दिल्ली के चाँदनी चौक में घूम रहा था कि मुझे आचार्यजी से भेंट करने की इच्छा हुई। इसलिए मिलने चला गया। उनकी वाणी में बड़ा मिठास और शालीनता थी। बहुत देर तक साहित्यिक चर्चा होती रही। इसी बीच मैंने प्रश्न किया – '*वैशाली की नगरवधू* की रेडियो आलोचना तो आपने सुनी होगी?'

'जी हाँ, आप ही ने तो की थी।'

'कैसी लगी वह आपको?'

'मेरे निकट यह प्रश्न ही नहीं बनता। ब्रह्मा को शिव के अधिकार क्षेत्र की चिन्ता क्यों हो! कलाकार का सबसे बड़ा प्राप्य तो सृजन सुख ही है।'

चौबेजी की चाय और चतुरसेन शास्त्री

– बनारसी चतुर्वेदी

विशाल भारत में 'चौबेजी की चाय' शीर्षक से आचार्यजी की आलोचना में लिखा गया आलेख, *विशाल भारत* में तो छापा ही गया, उन आठ पृष्ठों को अलग छाप कर भी बांटा गया। उसी चौबेजी की चाय का कुछ अंश इस प्रकार है –

चक्रम की मंडली बैठी, चाय छनी और घोर गहरी छनी। मंडली में चौबेजी के अलावा डॉ. चतुष्पाद, पं. नटखट पाण्डे, मि. ज़ाहिरअली, लाला ज्ञानीराम आदि मौजूद थे। अभी प्याला मुँह से लगाया ही था कि विशाल भारत बुक-डिपो के ठाकुर अयोध्या सिंह एक हाथ में लाठी और दूसरे में किताब दाबे आ पहुँचे और बोले – 'चौबेजी, आपने देखा कि आचार्य चतुरसेन शास्त्री की *अमर अभिलाषा* की भूमिका में आपको क्या-क्या लिखा गया है?'

कई लोग एक साथ ही बोल उठे – 'क्या लिखा गया है? क्या लिखा गया है?' ठाकुर साहब ने *अमर अभिलाषा* की प्रति बीच में पटक कर कहा – 'लीजिए, देख लीजिए।'

चौबेजी ने पुस्तक उठाकर पढ़ना शुरू किया –

'हमें भय है कि *अमर अभिलाषा* के लेखक महोदय श्री चतुरसेन शास्त्री को न केवल हिन्दी-साहित्य के कर्णधारों से उचित धन्यवाद प्राप्त नहीं हुआ, अपितु उनके साथ असहनीय अनाचार हुआ है। हिन्दी की आधी अंधी दुनिया की नज़र में शास्त्रीजी ने 'मारवाड़ी-अंक' और 'व्यभिचार' का प्रणयन करके दो अक्षम्य पाप किए हैं। इन्हीं पापों के आधार पर भोले पठित-समाज की आँखों में धूल झोंकने वाले कुछ नक़ली नेताओं ने शास्त्रीजी को दुनिया की आँखों में निन्द्य और बहिष्कार-

योग्य ठहराने की चेष्टा की है। ऐसे लोगों ने अपने कृत्रिम व्यक्तित्व और पाखण्डपूर्ण वेश की आड़ में शास्त्रीजी के साथ ऐसा अन्याय किया है, जो किसी भी भले आदमी की दृष्टि में क्षम्य नहीं हो सकता। जिस व्यक्ति के हृदय में सामाजिक क्रान्ति की आग धधक रही है, जो अपने सामने हिन्दू-राष्ट्र के एक सर्वथा नूतन निर्माण का चित्र देखता है, जिसकी लेखनी में रक्त रोक देने वाली तेज़ी मौजूद है – यह कितने दुर्भाग्य की बात है कि कुछ पेशेवर आलोचकों की बात में आकर हम उसकी बात तक सुनने से इंकार कर देते हैं।'

पढ़ते ही चौबेजी पर घड़ों पानी पड़ गया, परिणामस्वरूप चाय ठंडी हो गई। मि. ज़ाहिरअली ने ठंडी साँस लेकर कहा –

'इस दौर में तो तर नहीं हो पाया हलक़ भी,
इक दौर नया और चला मेरे साक़िया।'

ख़ैर, चाय का नया दौर शुरू हुआ। दूसरा प्याला उठाते ही पोस्टमैन ने आकर चौबेजी के सामने एक पैकेट पटक दिया। चौबेजी ने उसे खोला, तो उसमें से एक लेख निकला, जिसका शीर्षक था – आचार्य चतुरसेन पर आरोप।

शीर्षक सुनते ही पियक्कड़ों के कान खड़े हुए। आवाज़ें आने लगीं – 'आचार्यजी की चोरी!' 'चोरी किसने की?' 'आचार्यजी ने या आचार्यजी को ही चोर ले गए?'

लाला ज्ञानीराम ने कहा – 'अजी, लेख पढ़िए, अभी मालूम हो जाएगा कि किसकी चोरी हुई है और कौन चोट्टा है।'

मि. ज़ाहिरअली ने बीच में ही टोककर कहा – 'लिल्लाह, पहले मुझे यह तो बता दीजिए कि ये अचार चतुरसेन साहब हैं कौन, ताकि मैं भी इस गुफ्तगू का लुत्फ़ उठा सकूँ।'

लाला ज्ञानीराम ने उत्तर दिया – 'आचार्य चतुरसेन शास्त्री को लोग वैद्य बताते हैं। वे बादाम पाक बेचते हैं, हिन्दी के मशहूर अदीब हैं, *ब्रह्मचर्य और व्यभिचार* के लेखक हैं। उनकी तारीफ़ में *चित्रपट* ने उन्हें हिन्दी का बर्नाड शा और रस्किन लिखा था।'

यह सुनकर मि. ज़ाहिरअली बेतहाशा हँसने लगे। अपनी बात पर उन्हें हँसता देखकर लाला ज्ञानीराम को गुस्सा आ गया; बोले – 'कोई भला आदमी आपकी बात का जवाब देता है और आप उस पर हँसते हैं!'

ज़ाहिर साहब ने कहा – 'लालाजी, माफ कीजिए। मैं आपके ऊपर नहीं हँसता। मुझे हँसी इस बात पर आ रही है कि जब बर्नार्ड शा से यह कहा जाएगा कि हिन्दुस्तान में बादाम पाक बेचने वाले अत्तार आपका चेहरा लगाए घूमते हैं, उस वक्त बर्नार्ड शा का चेहरा, वल्लाह, क़ाबिले-दीद होगा।'

अभी उस दिन सुप्रसिद्ध हिन्दी लेखक श्री चतुरसेन शास्त्री ने हमारे यहाँ पधारकर अपनी उदारता का परिचय दिया था। *विशाल भारत* में शास्त्रीजी के विरुद्ध इतना अधिक लिखा जा चुका है कि हमने उनसे इस उदारता की बिल्कुल आशा न की थी। चाँद के भूतपूर्व सम्पादक और संचालक श्री रामरखसिंह सहगल भी इस विषय में इतने ही उदार हैं। साहित्यिक मतभेदों की वजह से पारस्परिक सामाजिक सम्बन्ध में भला क्यों अन्तर पड़ना चाहिए? यद्यपि हमारे आन्दोलनों के कारण सहगलजी को काफी हानि उठानी पड़ी थी; पर जब-जब वे कलकत्ते आए, सदा सहृदयतापूर्वक मिलते रहे, और अब भी उनका एक पुराना आग्रहपूर्ण निमन्त्रण हमारे पास सुरक्षित है कि हम कुछ दिन उनके साथ बितावें।

शास्त्रीजी की इस उदारता को हम प्रशंसनीय और अनुकरणीय समझते हैं। बातचीत के सिलसिले में जहाँ हमें यह ज्ञात हुआ कि हमारी-उनकी कार्य-पद्धति में अन्तर अवश्य है, यह स्वाभाविक भी है, वहाँ हमें अपनी दो भूलों का भी ज्ञान हुआ। जब शास्त्रीजी ने कहा – 'क्या आपने हमारे पेशे पर आक्षेप करके अनौचित्य नहीं किया? क्या हमने जो कुछ लिखा है, सब खराब ही लिखा है? क्या हमारी अनेकों पुस्तकों में आपको एक दो शब्द भी लिखने लायक नहीं मिली?' हमने उसी समय अपनी दोनों भूलें स्वीकार कर लीं। वास्तव में *चौबेजी की चाय* के प्रथम प्याले में टेनीन नामक विष अल्प मात्रा में उतर आया था। 'अत्तार' इत्यादि व्यंग्यात्मक शब्द अनुचित थे, और उनके लिए हम शास्त्रीजी से क्षमा प्रार्थी हैं। रही दूसरी भूल की

बात, सो हम उसे भी स्वीकार करते हैं; पर हमने यह जान-बूझकर नहीं की। यदि कोई लेखक महानुभाव शास्त्रीजी के *अन्तस्तल* इत्यादि सुन्दर ग्रन्थों के विषय में और उनकी लेख-शैली के बारे में आलोचनात्मक लेख लिख भेजते, तो हम उसे अवश्य स्थान देते, और अब भी दे सकते हैं। शास्त्रीजी से अथवा अन्य किसी लेखक से हमारा न कभी व्यक्तिगत द्वेष था, न है, और न कभी हो सकता है। *सुधा* के विशेषांक में, जो शीघ्र ही निकलने वाला है, सम्भवतः शास्त्रीजी को कर्त्तव्यवश हमारी कटु आलोचना करनी पड़ी है। हमारा यह अनुमान ही है; पर उसके लिए हम उन्हें दोष न देंगे। साहित्य-क्षेत्र में अनेकों वाद-विवाद हुआ ही करते हैं, उनसे चिढ़कर पारस्परिक मनोमालिन्य द्वारा इस सरस क्षेत्र को हम रेगिस्तान क्यों बनावें?

काश . . . वे आशुतोष होते!

– क्षेमचन्द्र 'सुमन'

जब तक जिए लिखे सफ़रनामे
चल दिए हाथ में कलम पाए।

आचार्य चतुरसेन शास्त्री ऐसे साहित्यकार थे, जो अपने जीवन की अन्तिम घड़ी तक हाथ में कलम पकड़े रहे। वे जैसे सुघड़ साहित्यकार, उत्कृष्ट भाषा-शिल्पी और सफल शैलीकार थे, वैसे ही निर्भीक विचारक, स्पष्ट वक्ता और विद्रोही मानव भी थे। अपने अन्तर, वाणी और लेख तीनों को ही उन्होंने सदा देश, समाज, साहित्य और धर्म की शल्य-क्रिया करने में लगाया। वे वास्तव में अपने मन में जिस बात को अनुभव करते थे उसे स्पष्टतापूर्वक कहने या लिखने में कभी हिचकते न थे। अपनी इसी विद्रोही प्रकृति के कारण उन्हें अपने जीवन में बड़े-बड़े धर्म-गुरुओं, नेताओं, साहित्यकारों, पत्रकारों और यहाँ तक कि मित्रों-परिजनों तक का कोपभाजन बनना पड़ा। जीवन में समझौता करना मानों उन्होंने कभी सीखा ही न था।

यह बात सूर्य के अस्तित्व की सच्चाई जैसे जग ज़ाहिर है कि अपने साहित्यिक जीवन में उनकी प्रकाशकों से कभी पटी नहीं। यह बात नहीं कि उन्हें अपने लेखन से कुछ भी प्राप्त नहीं हुआ। उन्होंने अपनी लेखनी की बदौलत वह प्रतिष्ठा तथा धन प्राप्त किया जिस पर किसी भी भाषा और साहित्य का लेखक गर्व तथा ईर्ष्या कर सकता है। साधरणतः लेखक प्रकाशकों के द्वारा तैयार किए गए अनुबन्ध पत्रों पर हस्ताक्षर करते हैं। और उनसे कई शर्तें मानते हैं, किन्तु जीवन के उत्तरार्द्ध में शास्त्रीजी इतने सफल लेखक हो गए थे कि अपनी शर्तें मनवाने के लिए प्रकाशक को मन-मुताबिक अनुबंध पत्र बनवाने को कहते। कई मामलों में यहाँ तक होता था

कि पूरे के पूरे संस्करण की लागत आदि स्वयं फैलाकर, उसका आनुमानिक मूल्य का निर्णय करके उस पर प्राप्य अपनी रायल्टी की सारी राशि ही वे अग्रिम ले लेते थे।

अपनी इसी प्रकृति तथा स्वभाव के कारण वे कभी-कभी अच्छे-बुरे प्रकाशक का विवेक तक नहीं कर पाते थे, और बाद में झगड़े-टंटे खड़े होते थे। ऐसी बात नहीं कि ये झगड़े-टंटे प्रकाशकों के पैसे न देने के कारण होते हों, कभी-कभी शास्त्रीजी की अव्यावहारिकता और दुराग्रह से भी ऐसी घटनाएँ घटी हैं। अपने जीवन के अन्तिम दस-बारह वर्षों में उन्हें लेखन से जितना पैसा मिला, उतना यदि अपने साहित्यिक जीवन के प्रारम्भ से ही प्राप्त हुआ होता तो कदाचित शास्त्रीजी ऐसे अमूल्य रत्न हिन्दी-साहित्य को न दे पाते। देश और समाज के द्वारा होने वाली उनके साहित्यकार की भयंकर अवहेलना ने उनके मानस को यहाँ तक झकझोरा कि जब से उन्होंने कलम संभाली वे आग और विद्रोह ही उगलते रहे। भारी अभाव, प्रताड़ना और असन्तोष की उन भीषण परिस्थितियों ने ही हिन्दी को 'साहित्यकार चतुरसेन' प्रदान किया। मेरी तो ऐसी मान्यता है कि यदि उन्हें समय रहते अच्छी सुविधाएँ सुलभ हो जातीं तो कादाचित् *सत्याग्रह और असहयोग*, *देवदासी के नाम पर व्यभिचार*, *भारत में इस्लाम* और *काम कला के भेद* आदि उनकी क्रान्तिकारिणी कृतियाँ हमारे सामने न आ पातीं। चाँद का 'फाँसी अंक' और 'मारवाड़ी अंक' भी उनकी ऐसी ही निर्भीकता का ज्वलन्त उदाहरण प्रस्तुत करते हैं।

यह उनकी निर्भीकता नहीं तो और क्या है कि सर्वप्रथम अपनी जिस कृति के द्वारा वे साहित्यिक क्षेत्र में प्रविष्ट हुए उसी कृति *अन्तस्तल* की भूमिका में उन्होंने सर्वप्रथम प्रकाशकों को इन शब्दों में याद किया:

'हिन्दी के प्रकाशकों की दृष्टि निराली है, हम उनमें साहित्य के सौंदर्य को परख सकते हैं। उनकी दृष्टि बुर्दा-फरोशों की-सी है। गुलामी के जमाने में जब कोई खूबसूरत जवान लड़की बाज़ार में बिकने आती थी, तो बुर्दा-फरोश (मनुष्यों का व्यापारी) उसके सौंदर्य को इस दृष्टि से रखता था कि बाज़ार में उसके कितने दाम उठेंगे। हिन्दी के प्रकाशकों की यही दृष्टि है। लेखक अभागे इतने पतित और आत्माभिमान-शून्य

हो गए हैं कि वे अपनी-अपनी रचना सुन्दरियों का हाथ थामें इन्हीं बुर्दा-फरोशों के द्वार पर झख मारते फिरते हैं, और कहते हुए ग्लानि होती है कि उसके एक-एक सौंदर्य-स्थल को उघाड़-उघाड़कर दिखाते हैं। यह मोल-भाव का महत्त्व है। यह कमीने पैसे की अमलदारी है। मैं भी वैसा ही अभागा लेखक हूँ। अतएव मुझे यह आशा करने की इच्छा नहीं है कि मेरी यह रचना, जिसमें मेरे हृदय की समस्त रस (जैसा भी कुछ हो) भरा हो, प्रकाशकों के घर में ''कुल-वधू'' का आदर और अलंकार पावेगी।'

शास्त्रीजी ने यह पंक्तियाँ सन् 1929 में लिखी थीं और आज युग बदल गया, समाज के रहन-सहन और चाल-चलन के मान-मूल्य बदल गए। किन्तु शास्त्रीजी के विचार वही बने रहे। जो पहले थे।

यह तो हुई प्रकाशकों की बात। अब आइए, साहित्य तथा जीवन के अन्य क्षेत्रों में। उन्हें आज के आलोचकों तथा इतिहासकारों से भी बड़ी शिकायत थी। वे कहा करते थे कि 'आजकल का सारा अध्यापक समाज, ''आलोचक'' का रूप ले रहा है। मेरे विचार में ''थीसिस'' और ''डाक्टरेट'' की उपाधियों ने भी हिन्दी का घोर अहित किया है। आचार्य शुक्ल के ''इतिहास'' को कई लोग आधार बनाकर चल रहे हैं। उसमें से ''वीरगाथा काल'' को ही ले लीजिए। उसमें क्या ''वीरगाथाएँ'' हैं? न तो उनके पास कोई राष्ट्रीयता या समूचे संगठन की बात थी, और न एक स्वर। अपने राज्य के संग लड़ाई में क्या वीरता है!'

बड़े भैया – छोटे भैया

– वृन्दावन लाल वर्मा

1919 में जब मैं आगरा कॉलेज में कानून का विद्यार्थी था और जीवनयापन के लिए कोटला के राजा साहब के एक भाई और तीन भतीजों को पढ़ाने का काम भी करता था। गर्मी की छुट्टियों में कोटला में था। श्री गणेशशंकर विद्यार्थी का *प्रताप* बराबर आता था। उसमें एक लेख पढ़ा। भाषा की चुस्ती और मुहावरों की लच्छेदारी से मैं बहुत प्रभावित हुआ। लेखक का नाम अपनी डायरी में लिख लिया – चतुरसेन शास्त्री।

शास्त्री हैं तो संस्कृत के गहरे विद्वान होंगे, फिर भी संस्कृतमयी भाषा नहीं इनकी? मुझे आश्चर्य हुआ। मैंने भी बीए संस्कृत लेकर उत्तीर्ण किया था। मेरी गाँठ में थोड़ी-सी ही संस्कृत पड़ी, सच बात कह डालनी चाहिए। मेरा मोह चलते शब्दों की ओर अधिक रहा है। इसीलिए मुझे वह लेख पसन्द आया और अचरज का कारण भी यही हुआ।

फिर तो उनके लेख और कुछ ग्रन्थ भी पढ़े। पैनी कलम, कहानी की शिल्पकला पर प्रभुत्व, शब्दों और मुहावरों का चयन, अपनी बात का प्रभावशाली प्रस्तुतिकरण, अपने विश्वासों की निर्भीक अभिव्यक्ति इत्यादि आचार्य चतुरसेन शास्त्री की निजी परिधि की समर्थता रही है।

बात शायद 1991 की है। जब वह मुझे एक संध्या समय झाँसी में, अकस्मात् मिल गए। क्या भेंट थी वह। ऐसे मिले मानो तोतली बोली बोलने के समय से एक साथ रहे हों। समथर नरेश ने उन्हें इलाज के लिए बुलाया था। झाँसी होकर यात्रा करनी पड़ी। इसीलिए मुझे झाँसी में मिल गए थे। तब मेरे उपन्यास *गढ़कुंडार*, *विराटा*

की पद्मिनी, *लगन* इत्यादि प्रकाशित हो चुके थे। उन्हें बहुत पसन्द थे। उन्होंने बड़ी उदारता के साथ मेरे उपन्यासों के बारे में अपनी चाह प्रकट की, मैंने आभार प्रदर्शन किया और सच्चाई के साथ अपनी विनम्रता पेश की, 'मैं तो एक छोटा-सा ही सेवक हूँ अपनी मातृभाषा का।'

मुझे लोग 'बड़े भैया' कहकर तब भी बुलाया करते थे। उन्होंने सुन लिया था।

'बड़े भैया,' उन्होंने बड़ी बेतकल्लुफी के साथ कहा, 'मुझे बनावट बिल्कुल पसन्द नहीं। उपन्यास-क्षेत्र में पहले आप हैं और मैं, बस।'

मैं कुछ प्रतिवाद करना चाहता था, परन्तु लाज संकोच ने जबान कस दी। हम लोग साहित्य सम्बन्धी इधर-उधर की बातें करने लगे, जिनसे उनका प्रगाढ़ पांडित्य, परिहास प्रेम, व्यंग्य और निर्भयत्व झर-झर पड़ते थे।

उस मिलन के उपरान्त फिर हम दोनों कभी नहीं मिल सके। सन् 1949 से लेकर 1956 तक, जब-जब दिल्ली गया, शाहदरा उन्हें गले लगाने के लिए पहुँचा, परन्तु यह आनन्द प्राप्त न कर सका – वह कभी कहीं थे, कभी कहीं।

तीन वर्ष के लगभग होने आते हैं। जब उनका वृहत्तर उपन्यास *व्यं:क्षाम्* छपा। उसके प्रकाशन-समारोह का उद्घाटन करने के लिए उनका पत्र आया। पत्र में थोड़ी-सी ही पंक्तियाँ थी। उनके जितने पत्र मेरे पास आए, उनमें थोड़ी-सी ही इबारत रहती थी। अपने 'बड़े भैया' के हाथों वह उद्घाटन कराना चाहते थे। दिल्ली में इतने बड़े-बड़े लोग हैं – मंत्री हैं, विद्वान हैं, और न जाने कौन-कौन। उनको क्यों नहीं यह गौरव प्रदान किया? बार-बार मेरे मन में प्रश्न उठा और यही उत्तर भीतर से मिला कि वह मुझे अपना 'बड़ा भाई' मानते हैं, अनिवार्य कारणवश मैं इस कर्त्तव्य का पालन न कर सका। तब उद्घाटन उन्होंने लोकसभा के अध्यक्ष श्री आयंगार से करवाया, जैसा कि मुझे बाद में मालूम हुआ। मैंने उनसे क्षमा माँग ली, क्योंकि मुझे उस उत्सव पर अपनी अनुपस्थिति कसक रही थी।

साप्ताहिक हिन्दुस्तान में उनका *गोली* उपन्यास धारावाहिक प्रकाशित हुआ। मैं धारावाहिक निकलने वाली कहानी कभी नहीं पढ़ता, क्योंकि श्रृंखला टूट जाती है,

परन्तु *गोली* तो इतना रोचक है कि मैंने इसे आद्योपान्त पढ़ा। पुराने बाज़ीगर की कारीगरी थी, वह इसलिए। *गोली* ने राजस्थान इतिहास के अनेक गुप्त मार्मिक रहस्यों के तत्त्वों को सामने रख दिया।

आचार्य चतुरसेन शास्त्री ने अनवरत परिश्रम करके अपनी प्रतिभा के जो फूल प्रचुर संख्या में हिन्दी साहित्य को दिए, वे कभी नहीं भुलाए जा सकते। उनकी सुगंध पाठकों को सदा मस्ती और मौज देती रहेगी।

उन्होंने दिल्ली से प्रकाशित होने वाले मासिक *आजकल* में अपने और अपने उपन्यासों के सम्बन्ध में एक बड़ा युक्त और निर्भीक लेख लिखा था। जो कुछ उन्होंने बीस-इक्कीस वर्ष पहले *गढ़कुंडाए* के सम्बन्ध में मुझसे कहा था, वही उस लेख में भी लिखने से नहीं हिचके। उन्होंने और भी कुछ उस लेख में लिखा था, जो बहुत-से पाठकों को पसन्द नहीं आया। परन्तु इसकी उन्हें परवाह ही कब थी? यहाँ उस लेख की आलोचना अपेक्षित भी नहीं है।

मैं 1956 के उपरान्त दिल्ली नहीं जा सका। पिछले कई महीनों से सोच रहा था कि दिल्ली पहुँच, शास्त्रीजी से शाहदरा में भेंट करूँ और आनन्द से गद्‌गद् हो जाऊँ, परन्तु भाग्य में यह नहीं था। बचा था उनके निधन पर 'बड़े भैया' की आँखों में आँसुओं का आना।

मेरे साहित्यिक गुरु

– कुं. वीरेन्द्र सिंह रघुवंशी

आचार्यजी विद्यार्थी काल में एक बार गुरुकुल सिकन्दराबाद के ब्रह्मचारियों के साथ हमारे गाँव में गुरुकुल के लिए चन्दा एकत्र करने गए। उस समय मेरी आयु दस वर्ष की और उनकी सोलह-सत्रह वर्ष की थी। गाँव में सभा हुई। सभापति के आसन पर ठाकुर महावीर सिंह विराजमान हुए। प्रारम्भ में शास्त्रार्थ महारथी पं. मुरारीलाल शर्मा का भाषण हुआ। उनके बाद आचार्यजी का। सोलह वर्ष के इस बालक का भाषण अत्यन्त प्रभावशाली और ओजस्वी था। इनकी बात पर खूब ताली पिटीं, तभी बड़ी प्रशंसा हुई। भाषण समाप्त कर जब वे मंच पर एक तरफ को बैठ गए तो मैं श्रोताओं में से उठकर उनके पास गया। मैंने कहा, 'आप तो खूब बोलते हैं।' इस पर उन्होंने कहा – 'यहाँ आप भी बोलना चाहें, तो चलिए आप भी बोलिए।'

'यहाँ मेरे पास न तो बोलने की सामग्री ही है, न मैं कभी आज तक बोला ही हूँ।'

आचार्यजी कुछ देर मुझे देखते रहे। फिर उन्होंने कागज़ पर कुछ लिख कर मुझे दे दिया और सभापति जी से कह कर मुझे समय दिला दिया। और मुझसे कहा, 'इसे पढ़ लेना।'

मैं साहस करके मंच पर खड़ा हो गया। मैं कागज को पढ़ने लगा। परन्तु मेरे लेख का आरम्भ एक श्लोक से होता था, जिसके पढ़ने में मुझे बड़ी कठिनाई हुई। मेरे हाथ पैर थर-थर काँप रहे थे। परन्तु मैंने पढ़ दिया सब। मंच से लौटने पर उन्होंने मेरी पीठ थपथपा कर मुझे शाबासी दी।

अगले दिन भी रामनवमी के अवसर पर अवन्ति देवी के मेले में चन्दा एकत्र करने

का अभियान किया गया। उस दिन भी आचार्यजी की दहाड़ शेर की भाँति मण्डप से गूँज उठी थी। उन्होंने मुझे भी कुछ करने के लिए कहा।

'मुझे लज्जा और भय होता है।' मैंने उत्तर दिया।

'वाह, आप कैसे ठाकुर हैं! वीर बादल तो बारह वर्ष की आयु में ही यवन सेना से लोहा लेने में नहीं डरा और आप मंच पर जाने से डरते हैं।' उन्होंने मुझे डाँट कर कहा।

बात चुभ गई। मैं मंच पर चला गया। यह मेरा ऐसा सबक था कि आज इस वृद्धावस्था में भी मैं अपनी गरम वक्तृता के लिए बदनाम हूँ।

इस घटना के अनेक वर्ष व्यतीत होने पर लगभग 1923-24 में कुछ क्रान्तिकारी कार्यों के कारण हमें दिल्ली में छिपने का स्थान खोजना पड़ा। हम आचार्यजी के पास पहुँचे और उन्होंने बड़े प्रेम से मुझे तथा मेरे साथी श्यामवीर सिंह को आश्रय दिया।

एक बार जांगिड़ ब्राह्मण सभा और ब्राह्मणों में मान-अपमान की बात ठन गई। सभा के मंत्री दयानन्द जी आचार्यजी के पास सहायता लेने पहुँचे। आचार्यजी ने उनका पक्ष लिया और ब्राह्मणों के शास्त्रार्थ में एवं अदालत में खूब छक्के छुड़ाए। मैंने कहा – 'आचार्यजी, आपको व्यर्थ यह सिर दर्द लेने की क्या पड़ी थी?'

'वाह, सच्चे ब्राह्मण तो ये कलाकार बन्धु हैं, और एक कलाप्रिय व्यक्ति का उनकी सहायता करना कर्त्तव्य हो जाता है।' उनका सतेज उत्तर था।

प्रौढ़ व्यक्ति

– सुदर्शन

1942 के प्रारम्भ में, तत्कालीन मेवाड़ रियासत की चित्तौड़गढ़-उदयपुर रेलवे शाखा के मावली जंक्शन स्टेशन प्लेटफार्म पर एक शीतल प्रातःकाल नाथ द्वारा काँकरोली होकर मारवाड़ जंक्शन जाने वाली गाड़ी किसी कारण से लेट हो रही थी। यात्रियों की भीड़ में एक नवयुवक टिकट कलेक्टर यात्रियों से उलझ-सुलझ रहा था!

एक यात्री ने पूछा, 'क्यों बाबूजी, पौने दस बजे वाली गाड़ी कब छूटती है?'

टिकट कलेक्टर ने उत्तर दिया, 'नौ पैंतालीस पर!'

यात्री संतुष्ट हो गया। हाथ की घड़ी देखी और 'धन्यवाद' कह कर आगे बढ़ गया!

एक दूसरा यात्री अधिक असहिष्णु था। उसने कहा, 'ऐ मिस्टर, गाड़ी क्यों नहीं छूट रही है?'

टिकट क्लेक्टर ने मुस्कुरा कर कहा, 'इसलिए कि आपको और कुछ न छोड़ना पड़ जाए!'

'क्या मतलब?' भँवें चढ़ाते हुए उस यात्री ने कहा, 'आप मानते हैं न, मैंने सैकण्ड क्लास का टिकट खरीदा है?'

'इसे मैंने चेक कर लिया है, और वह बिल्कुल ठीक है! डिब्बे में आपको किसी प्रकार का कष्ट तो नहीं है न? पंखे की ज़रूरत महसूस करते हो, और अगर वह काम नहीं कर रहा हो तो?'

सैकण्ड क्लास उन दिनों आजकल की प्रथम श्रेणी हुआ करती थी। सैकण्ड

क्लास तब इण्टर क्लास (मंझला दर्जा) कहा जाता था! और तब सैकण्ड क्लास का किराया तीसरे दर्जे के किराए का चौगुना होता था!

अधीर यात्री ने टिकट क्लेक्टर की बात बीच ही में काट कर कहा, 'मुझे अपने घर जल्दी पहुँचना है!'

'जी, मैं समझता हूँ, लेकिन अधिक किराए में सामान्य किराए की अपेक्षा जल्दी पहुँचाने का अधिकार तो निहित नहीं रहता। फर्स्ट क्लास का किराया देने वाला भी रेल द्वारा उसी समय पहुँचाया जाता है, जिस समय तीसरे दर्जे का यात्री!'

'सो तो एक बेवकूफ भी समझता है!' गुस्से में भर कर यात्री ने कहा, 'लेकिन मैं पूछता हूँ, गाड़ी छूट क्यों नहीं रही है?'

'कहा न मैंने, रेलवे वाले नहीं चाहते कि गाड़ी छोड़कर आपको बहुत कुछ छोड़ने के लिए मजबूर होना पड़े। सामने से गाड़ी आ रही है, वह जब तक यहाँ आ नहीं पहुँचती, यह गाड़ी नहीं छूटेगी! – अगर छूट जाए तो – आप तो समझते ही हैं, यात्रियों को, वे चाहे बेवकूफ हों या समझदार, यह दुनिया भी छोड़नी पड़ सकती है।' जब तक टिकट क्लेक्टर अपनी बात पूरी कर सके, इसके पहले ही वह समझदार यात्री आगे बढ़ गया!

'लगता है आप साहित्यिक रूचि वाले हैं!'

युवक ने मुँह फिराकर देखा, एक सुदर्शन प्रौढ़ व्यक्ति! गौर वर्ण, जिस पर सुन्दर-स्वास्थ्य की लाल पर्त चढ़ी हुई, मध्यम-कद की पुष्ट काठी, भरा हुआ गोल मुख, तेजोद्दीप्त चेहरा, और सुनहरी ब्यानी के हलके रंग के लैंस वाले चश्मे की ओट से झाँकती हुई आकर्षक-तीक्ष्ण किंतु स्निग्ध दृष्टि; प्रशस्त काल के ऊपर घन-कृष्ण चिक्कण, किन्तु छोटे कटे केश, किंचित उठी हुई पीठ के कारण पुष्ट-ग्रीवा कुछ प्रशस्त वक्ष में समाई-सी, जिससे स्कन्ध प्रदेश मुख-मण्डल अकस्मात् ही उठ गया लगता था; और काली शेरवानी के नीचे अमल-धवल चूड़ीदार पाजामा – बड़ा प्रभावशाली और आकर्षक व्यक्तित्व, जो प्रथम झलक ही में अभिभूत कर देता था युवक! टिकट कलेक्टर ने अपने आपको संयत करके प्रांजल अंग्रेज़ी में पूछा 'कहिए, क्या सेवा कर सकता हूँ आपकी?'

भद्र व्यक्ति ने टिकट कलेक्टर की ओर देखा, शायद उन्हें अपने पहले अभिमत पर युवक की प्रतिक्रिया अपर्याप्त थी। युवक शायद उस तथ्य को टाल जाना चाहता था, भद्र व्यक्ति ने उतनी ही प्रांजल हिंदी में कहा, 'मेरे टिकट को आप सैकण्ड क्लास में बदल दे सकेंगे?'

युवक ने अपेक्षा की थी कि उत्तर उसे अंग्रेज़ी में मिलेगा। उसने अंग्रेज़ी में ही उत्तर दिया, 'बड़ी प्रसन्नता से . . .'

युवक टिकट कलेक्टर स्कूल से निकला ही था; रेलवे की नौकरी में काम-काज की भाषा अंग्रेज़ी है, और युवक को अपनी अंग्रेज़ी की क्षमता पर नाज भी था। इसके अतिरिक्त बड़े लोग, भद्र व्यक्ति, अंग्रेज़ी में बात करना ही भद्रता का लक्षण समझते थे। रेलवे कर्मचारी अंग्रेज़ी में संलाप करें, इसका यह भी तात्पर्य था कि कर्मचारी सामने वाले व्यक्ति को निश्चय ही भद्र व्यक्ति समझता है।

भद्र व्यक्ति ने अपना टिकट और पाँच रुपए का नोट आगे बढ़ाया तो युवक ने अपनी जेब से अधिकार-पुस्तिका (एक्सेस-फेयर बुक) निकाली, और उसे भरने लगा। पूरी भर लेने के बाद उसने फिर अंग्रेज़ी में पूछा, 'आपका शुभ नाम बताने की कृपा करेंगे, यदि आपत्ति न हो?'

भद्र व्यक्ति ने फिर एक क्षण का विराम लिया और नितांत शांत स्वर में उत्तर दिया, 'चतुरसेन शास्त्री?'

x x x

पूज्य आचार्य चतुरसेन शास्त्री का यह प्रथम दर्शन और प्रथम संपर्क था, लेखक द्वारा! संपर्क बढ़ता गया। आचार्यजी प्रायः ही काँकरोली जाते रहते! आचार्यजी का अधिकांश साहित्य मैं पढ़ चुका था, और उनकी लौह-लेखनी से प्रभावित था। उनके द्वारा संपादित चाँद के 'फाँसी अंक' तथा 'मारवाड़ी अंक' देश में तहलका मचा चुके थे! *दुखवा मैं कासे कहूँ सजनी*, *ककड़ी की कीमत* या *नवाब ननकू* जैसी कहानियाँ पाठकों की ज़बान पर थीं। यह मेरा सौभाग्य था कि हिन्दी साहित्य का इतना बड़ा लेखक मुझ पर स्नेह और कृपा करने को तत्पर हो गया था। उन्होंने मुझमें क्या देखा,

मुझे पता नहीं! एक बार एक ट्रेन के लिए मेरे यहाँ ठहर कर मुझे उपकृत भी किया। मेरे एक साथी को उदर-शूल की शिकायत थी। उसकी निशुल्क चिकित्सा की और उसकी कृच्छ-साध्य बीमारी को सन्मूल नष्ट कर दिया! मैंने उस समय के लिखे अपने प्रारंभिक प्रयत्नों का एक नाटक की पांडुलिपि उनके अवलोकनार्थ समर्पित की। मुझे अब उसका नाम स्मरण नहीं है, संभवतः वह ध्रुव के जीवन पर आधारित एक पौराणिक नाटक था! कुछ समय तक उनसे भेंट का सिलसिला बराबर चलता रहा। वहाँ से मेरे तबादले के बाद भी मैं उन्हें पत्र लिखता रहा। लेकिन अचानक यह सिलसिला कैसे समाप्त हो गया, मुझे स्मरण नहीं है। बाद में, मिलने पर मैंने पूज्य शास्त्रीजी से इस विषय में पूछ कर अभिज्ञता प्राप्त की, या नहीं, यह भी मुझे स्मरण नहीं है। संभवतः शास्त्रीजी ने इसी बीच अपना पूर्व निवास-स्थान बदल लिया था!

शास्त्रीजी से संपर्क का दूसरा दौर पुनः पन्द्रह वर्ष बाद हुआ। सन् 1952 के जुलाई मास में मैं अपनी नई नियुक्ति के फलस्वरूप दिल्ली आया। यद्यपि हमारा प्रशासनिक कार्यालय दिल्ली में था, किन्तु आवासीय-व्यवस्था कार्यक्षेत्रीय-सीमा शाहदरा में थी। प्रारंभ में मैं अकेला ही था, अतः कार्यालय में लौटते ही समय लिखने-पढ़ने में बिताने में कोई बाधा नहीं थी, जब पढ़ाता या लिखता हुआ होता, तो प्रायः क्षेत्रीय कर्मचारी अपनी कठिनाइयाँ या शिकायतें लेकर भी आ जाते। सब समय मुझे पुस्तकें और लेखन-सामग्री से घिरा देखकर एक निरवसीय संध्या में एक उच्च कर्मचारी ने, जिसके आने पर मैंने पास की कुर्सी पर से किताबें हटाकर बैठने की सुविधा की थी, बोला, 'सर, आपको पुस्तकें पढ़ने का बहुत शौक लगता है?'

'क्यों, क्या यह शौक अच्छा नहीं है?'

'नहीं सर! मेरा यह मतलब नहीं है, बल्कि यह शौक तो बहुत ही अच्छा है। और आप तो कुछ लिखते भी तो रहते हैं सर?'

'हाँ, मेरी एक पुस्तक प्रेस में है? यहाँ शाहदरा में कोई अच्छी-सी लाइब्रेरी है क्या?'

'आप सर, अंग्रेज़ी में लिखते हैं?'

'नहीं भाई! अंग्रेज़ी मेरी मातृभाषा नहीं है! मैं मातृभाषा में लिखता हूँ!'

'हिन्दी में? सर आप आचार्य चतुरसेन शास्त्री को जानते हैं?'

'जानता क्यों नहीं? हिन्दी-साहित्य का कौन पाठक उन्हें नहीं जानता? और मेरा तो उनसे व्यक्तिगत संपर्क भी हुआ था!'

'आप जानते हैं सर, वे यहीं हैं?'

'ज़रूर होंगे! आख़िर दिल्ली जो ठहरी! यहाँ कौन साहित्यकार नहीं होगा?'

'नहीं सर, मेरा मतलब, वे यहीं शाहदरा में हैं, आपके बंगले के बिल्कुल नजदीक! वह जो बंगला है!' और उसने हाथ के इशारे से पश्चिमोत्तर दिशा की ओर इंगित किया!

उसकी इंगित दिशा में दृष्टि डालकर मैंने कहा, 'अच्छा? लेकिन . . .'

कहाँ इतना बड़ा लेखक और कहाँ मैं सामान्य व्यक्ति! और यदि कभी संयोग से कोई संपर्क-सूत्र स्थापित हुआ भी तो क्या पन्द्रह वर्ष की इस दीर्घावधि में उसके सड़-गल जाने ही की संभावना ध्रुव नहीं है?

मुझे चुप देख कर उस व्यक्ति ने कहा, 'बड़े मिलनसार हैं वे तो सर! बल्कि आपके प्रेडिसेसर दाण्डेकर साहब से तो उनके निकट के संबंध हो गए थे!'

मेरे पूर्वगामी, यानी उस पर पूर्वगामी, और अब सहयोगी मिस्टर मुकुन्द दाण्डेकर बड़े प्रतिभाशाली व्यक्ति हैं। साहित्य ही में नहीं, संगीत में भी उनकी गहरी रूचि है, वे कई वाद्य-यंत्र सरलता से बजा लेते हैं। ऐसे गुणी व्यक्ति से शास्त्रीजी का निकट का संबंध सर्वथा संभव है, किन्तु मैं?

लेकिन उनके दर्शन का लोभ तो था ही। इसलिए दूसरे ही दिन एक सज्जन को साथ लेकर उनके घर जा धमका!

किसी ठण्डे-प्रभात में खुले सरोवर में नहाने के लिए सन्नध, वस्त्र उतार कर बैठने से पहले बड़ी झिझक होती है, किन्तु एक बार पानी में प्रवेश कर लेने के बाद फिर बाहर निकलने की इच्छा नहीं होती। जल में बैठने के पहले मन या शरीर की क्या स्थिति थी, इसकी कल्पना करना भी संभव नहीं रहता, बल्कि यह भी ध्यान नहीं

रहता कि मन में किसी प्रकार की दुविधा या झिझक भी थी! शास्त्रीजी से मिल कर मेरी भी यही स्थिति हुई। मुझसे मिलकर उनकी क्या प्रतिक्रिया हुई, या मेरी ही क्या, प्रतिक्रिया हुई, यह मुझे अब कुछ पता नहीं है। इतना ही स्मरण है कि उनके आतिथ्य की अगाधता और खुलेपन में मैं एक बार भीतर ही समा गया। मुझे यह कहीं नहीं लग पाया कि मैं उनसे पन्द्रह वर्ष बाद मिल रहा हूँ। उनकी वयस में जबकि एक तिहाई ही वृद्धि हुई थी, मैं प्रायः अपनी पूर्व वयस का दुगना हो गया था, और स्वाभाविक था कि मेरी, प्रकृति में न सही, आकृति में तो अवश्य ही पर्याप्त परिवर्तन हो गया होगा!

उनकी आकृति में अधिक परिवर्तन नहीं हुआ था। दूर की दृष्टि चाहे कुछ गहरी हो चली हो, किन्तु निकट की दृष्टि अधिक स्फीत, आकर्षक और आप्यामित करती हुई। प्रेक्टिस उन्होंने छोड़ दी थी, और सारा समय साहित्य-साधना में लगाते थे, और प्रत्येक रात्रि अनवरत लिखते थे। शायद बैठक जमाकर लिखते रहने के कारण ही पीठ कुछ उन्नत हो चली थी! सिर के बाल और अधिक घने-काले, पहनने को शुभ-श्वेत पंजाबी और ढीला पाजामा। शरीर की स्वर्णिम कांति और अधिक चमक उठी थी। शुभ-ललाट पर कुंचन की क्षीण-रेखाएँ, आख़िर वयस भी तो साठ के करीब पहुँच रही थी। तब वे *वयम् रक्षामः* लिख रहे थे, या लिख चुके थे! मेरी एकाध रचना शायद पढ़ चुके थे। *वयम् रक्षामः* के कुछ अंश उन्होंने पढ़ कर सुनाए। *वैशाली की नगरवधू* मैं पढ़ चुका था, उसके बारे में, *जय सोमनाथ* के बारे में बातचीत हुई। *इतिहास-रस* की चर्चा चली। अपनी नई शैली की कहानियों का ज़िक्र किया। साहित्य की तत्कालीन स्थिति पर विचार-विमर्श हुआ। और इस सम्पूर्ण समय में खाते-पीते के आग्रह में शास्त्रीजी का जो वात्सल्यपूर्ण रूप प्रकट हुआ, वह मेरे लिए अभूतपूर्व ही था!

शास्त्रीजी पारिवारिक-वात्सल्य की मूर्ति ही थे। जब तक उन्हें संतति-सुख प्राप्त नहीं था, किन्तु इसके अभाव की कोई रेखा उनके चेहरे पर न थी। भाई चन्द्रसेन की ज्येष्ठा कन्या प्रभा, और दो पुत्र प्रकाश और सुधीर उनके सम्पूर्ण वात्सल्य भाव

को घेरे हुए थे। उनका सारा भार ताऊजी पर था। चन्द्रसेन स्वयम् अपने पितृ-तुल्य भाई की अनन्य-सेवा में नितान्त आत्महारा हो गए थे। भाई चन्द्रसेन स्वयम् एक प्रतिभाशाली साहित्यकार हैं। पहले के उनके कुछ उपन्यास मैंने पढ़े हैं। यदि वे अनवरत लिखते रहते तो उनका नाम भी आगे की पंक्ति में आता। किन्तु उन्होंने अपने व्यक्तित्व को अपने अग्रज के विशाल व्यक्तित्व में सिमटा दिया। वे अपने भाई की सब प्रकार की सेवा में सम्पूर्ण भाव से समर्पित हो गए। कच्ची उम्र में विधुर हो जाने पर भी उन्होंने दूसरा विवाह नहीं किया। बच्चे छोटे थे, किन्तु उनका भार लेने वाले विद्यमान थे, तब उन्हें फिर से गृहस्थ बसाने का झंझट क्यों स्वीकार्य होता? यद्यपि चन्द्रसेनजी ने अब पुनः लिखना प्रारंभ किया है, जिन्होंने इनकी रचनाएँ पढ़ी हैं, वे जानते हैं कि एक उच्चकोटि के साहित्यकार की सारी प्रतिभा और क्षमता उनमें है! और व्यवस्था के नाम पर तो शास्त्रीजी के साहित्य की सम्पूर्ण व्यवस्था का भार उन्होंने ले ही रखा था!

दिल्ली में शास्त्रीजी के पड़ोस में बिताई हुई वर्ष भर की यह अवधि मेरे जीवन की अमूल्य-स्मृति है, जिसे मैं जीवन भर सहेजे रखना चाहता हूँ! संध्या को प्रायः ही हम लोग मिल बैठते थे, कभी उनके यहाँ, कभी मेरे यहाँ। चर्चा के विषय अनेक थे, किन्तु साहित्य सबका मध्यबिन्दु था। अपने जीवन के अनुभव सुनाते-सुनाते वे तल्लीन हो जाते। चिकित्सा के सिलसिले में बड़े-बड़े घरानों के अंतःपुर में उन्हें एक प्रदेश सुलभ था। और प्रत्येक परिस्थिति में से उनकी सूक्ष्म सार-ग्रहिणी शक्ति अपने साहित्य के लिए यथा संग्रह करती रहती थी। वस्तुतः इसीलिए उनके साहित्य में स्फूर्ति और प्राण छलके पड़ते हैं। राजसी वैभव उनका जाना हुआ ही नहीं, भोगा हुआ था। उनकी लेखनी इसलिए राजदरबारों के, मुगल-काल के, और सामंती घरानों के अनावध-चरित्रों और चित्रों को बड़ी सूक्ष्मता से उधेड़ सकी है। अपने पात्रों के साथ वे जिए हैं, उनके वैभव में शरीक हुए हैं, और उनकी आधि-व्याधि में सहानुभूति के साथ उनका उपचार किया है।

पीड़ित और शोषित के प्रति उनकी सहानुभूति असीम थी। नारी-जाति के चले

आते हुए परंपरागत उत्पीड़न पर उन्हें अत्यंत रोष था, जो प्रायः ही उनकी रचनाओं में फूट पड़ता था। नारी के प्रति उनकी अगाध श्रद्धा थी! *अपराजिता* नामक उपन्यास में उन्होंने इस श्रद्धा का सम्यक् उद्घाटन किया है। उनके बहुचर्चित उपन्यास *गोली* में तथा *नरमेध* की नायिका में उन्होंने नारी के विद्रोही रूप को जगमग किया है। *वैशाली की नगरवधू*, *सोमनाथ*, *वयम् रक्षामः*, आदि सभी उपन्यासों में नारी के प्रति उनकी उदात्त भावना के परिचय मिलते हैं। उन्होंने नारी को पुरुष की अपेक्षा में नहीं, प्रत्युत् अपने निज के महत्व में ही प्रतिष्ठित करने का सफल प्रयत्न किया है!

भारतीय संस्कृति के प्रति उनकी अगाध रूचि और आसक्ति थी! *वयम् रक्षामः* में उन्होंने प्राचीन पुराण-साहित्य से सामग्री खोज कर चरित्रों का निर्माण किया है। उसकी बृहदाकार भूमिका उनके पांडित्य और परिश्रम का परिचय देती है? – उन्हीं दिनों उनके मन में प्राचीन भारत की संस्कृति पर एक पुस्तक लिखने का संकल्प उदय हुआ था, और हम प्रायः इस विषय पर चर्चा किया करते थे। *सोना और ख़ून* के नाम से दस भागों के एक बृहद उपन्यास की योजना भी उन्हीं दिनों उनके मस्तिष्क में उपजी थी! वे 1857 के विद्रोह से प्रारंभ करके आज के युग तक का समस्त सामाजिक-ऐतिहासिक वातावरण इस उपन्यास में समेट लेना चाहते थे। प्रत्येक दशाब्दी को एक खण्ड में समाहित किया जाना था। उनका अनुमान था कि प्रत्येक खण्ड में लगभग एक हजार पृष्ठ होंगे। दस हजार पृष्ठों की यह उपन्यास भारतीय भाषाओं का सबसे बड़ा उपन्यास होता। योजना सुनकर मैंने उनसे कहा कि यह कार्य उन्हें विश्व के उपन्यासकारों की अग्रिम पंक्ति में ला बिठाएगा। वे हिन्दी के टॉलस्टाय होंगे, जिसे सुनकर वे मुस्कुरा दिए थे!

सोना और ख़ून का प्रकाशन प्रारंभ हुआ। बड़े ही प्रेम से उन्होंने मुझे अपने हाथों से हस्ताक्षरित करके पहले दो भागों की प्रतियाँ प्रदान कीं! दुर्भाग्य यह है कि काल से उनका ऐश्वर्य सहा नहीं गया, और हिन्दी-साहित्य के दुर्भाग्य से वे अपनी योजना पूरी नहीं कर सके!

समय के साथ-साथ उनका स्नेह मेरे प्रति बढ़ता गया। यदि कभी उनसे सहमत

न होकर उनकी किसी कृति की मैं कठोर आलोचना करने लग जाता, तब भी वे मुस्कुरा कर रह जाते! मैं एक तरह से उनके परिवार के सदस्य का आसन पा चुका था। और उनके साथ की बैठकें अनिवार्य रूप से आग्रहपूर्ण खान-पान के साथ गहरी और मीठी होती जाती थी।

मैं स्वभावतः संकोची वृत्ति का हूँ, और सभा-सोसाइटी या मजमों में जाने से कतराता हूँ। साहित्य से प्रेम अवश्य है, किन्तु एक सहजपूर्वक की दिव्यः प्रतिभा मैंने अपने आप में कभी अनुभव नहीं की। अतः साहित्यिक सभाओं से बचे रहने के कारण प्रायः ही मूर्धन्य साहित्यकारों के सम्पर्क में भी नहीं आ पाता। शास्त्रीजी को मेरे इस संकोच का आभास हो गया, और वे प्रायः ही मुझे अपने साथ साहित्यिक समारोहों में जहाँ भी वे जाते, मुझे भी ले जाते। लेकिन आज जब अपने आपको देखता हूँ तो लगता है, वे यशस्वी वैद्यराज ठोक-पीट कर भी मुझे वैद्य नहीं बना सके!

कलकत्ता में और एक बार उनसे मिलने का सौभाग्य हुआ था। तब वे सम्भवतः लेखक-सम्मेलन में भाग लेकर दक्षिण भारत से लौटे थे। दो चार दिन साथ रहा, और यहाँ भी जहाँ वे गए मुझे साथ ले गए। पत्राचार बराबर उनसे होता रहता था। मेरा दुर्भाग्य है कि सहज आलस से मैं उनके पत्रों को सहेज ही नहीं रख सका।

उनके साहित्य के बारे में बहुत कुछ कहा और लिखा गया है। वे लौह-लेखनी के धनी माने जाते थे। जिनका उनके साथ व्यक्तिगत परिचय था, वे मानेंगे कि हिन्दी-साहित्य लिखा ही नहीं, बोला भी जा सकता है! वे एक प्रथम श्रेणी के कहानी लेखक थे, किन्तु जब वे बोलते थे – तब भी इनकी विषय-वस्तु किसी मूर्त्त-कहानी से कम नहीं होती थी! अपना एक संस्मरण सुनाते हुए उन्होंने कहा था कि एक बार उन्हें रेडियो से किसी समारोह का आँखों देखा हाल बयान करने का निमंत्रण था। किसी कारण से समारोह के स्थान पर यंत्रादि को लगाने की समय पर व्यवस्था नहीं हो सकी, तो शास्त्रीजी ने कक्ष में बैठकर ही कल्पित समारोह का ऐसा सांगोपांग वर्णन प्रसारित किया कि किसी श्रोता को किसी भी प्रकार का संदेह नहीं हुआ।

यह युग व्यक्ति-पूजा का नहीं है, शायद इसीलिए पूजनीय व्यक्ति के भी दर्शन नहीं होते! लेकिन शास्त्रीजी को देखने मात्र से यह अहसास होता कि हम इस युग में नहीं रह रहे हैं, और बड़े आश्चर्य किंतु संतोष की बात यह थी कि सदैव उन्होंने युग के साथ कदम मिला कर मंजिलें सरकीं! ऐसे अप्रतिम व्यक्ति के प्रति सहज ही श्रद्धा से मस्तक झुक जाता है। इसी संतोष के साथ यह सुमनांजलि उन्हें समर्पित है।

रूस के सच्चे हितैषी थे चतुरसेन शास्त्री

– पयौत्र बारान्निकोव

भारत में रहते समय मुझे शास्त्रीजी से परिचित होने और कई बार मिलने का सौभाग्य प्राप्त हुआ था।

एक दिन मैं उनके शाहदरा स्थित नए निवास स्थान पर अपनी पत्नी के साथ गया था। हम एक ही भारतीय लेखक से मिलने जा रहे थे, लेकिन जब आ पहुँचे तो भेंट एक से नहीं बल्कि दो लेखकों से हुई। दूसरे लेखक थे आचार्य चतुरसेन शास्त्री। हम दोनों, मैं और मेरी पत्नी रीम्मा, बहुत समय तक शास्त्रीजी से बातचीत करते रहे। उन्होंने हमें अपने जीवन के संस्मरण सुनाए और अपनी पुस्तकों का पूरा सेट भेंट स्वरूप दिया।

शास्त्रीजी न केवल स्वयं हिन्दी-साहित्य के प्रख्यात लेखक थे, बल्कि वे नौजवान लेखकों और कवियों को भी बड़ा प्रोत्साहन देते थे। मुझे याद है कि सन् 1958 में शाहदरा में एक विशाल कवि सम्मेलन होने वाला था, जिसमें अनेक नगरों से आए हुए कवि भाग लेने को थे। कवि सम्मेलन तो शहर के एक मैदान में शामियाने में होने वाला था, लेकिन सम्मेलन का केन्द्र शास्त्रीजी का निवास स्थान बन गया। मैं तो कोई कवि नहीं हूँ, फिर भी, मुझे इस अवसर पर आने का निमन्त्रण मिला। जब मैं वहाँ पहुँचा तो आचार्यजी और अनेक कवियों से मुझे मिलने का सौभाग्य प्राप्त हुआ।

पहले तो सब कवियों ने अपनी कविताएँ सुनाई, फिर सभी लोगों के लिए भारतीय ढंग से आयोजित भोजन का इंतज़ाम हुआ। इसके बाद शास्त्रीजी ने हमारे साथ एक फोटो भी खिंचवाया।

जब मैं शास्त्रीजी को देखता था, तो मैं कभी भी नहीं सोच पाता कि उनकी

आयु सत्तर वर्ष के लगभग है। वे इतने सक्रिय और क्रियात्मक थे। इनकी पुस्तकों से पता लगता है कि शास्त्रीजी स्वदेश के इतिहास, रीति-रिवाज़ों इत्यादि के बड़े ज्ञाता थे। बड़ी आयु के होने पर भी शास्त्रीजी आधुनिक संसार की समस्याओं में भी बड़ी दिलचस्पी रखते थे। जब सोवियत संघ ने स्पुतनिक छोड़ा तो शास्त्रीजी ने स्पुतनिक से सम्बन्धित उपन्यास लिखने का निश्चय किया। आचार्यजी विश्व की चालू राजनीति पर एक उपन्यास लिख रहे थे, जिसका उद्देश्य विश्व में, अन्तर्राष्ट्रीय तनाव कम करने का था। शास्त्रीजी इस पुस्तक में उन आरोपों का मुझसे निराकरण चाहते थे, जिन्हें कुछ महाशय सोवियत संघ पर लगाते हैं। शास्त्रीजी की अभिलाषा थी कि हमारे दोनों देशों के सांस्कृतिक एवं साहित्यिक सम्बन्ध दिन-प्रतिदिन बढ़ते रहें। इसमें कोई सन्देह नहीं है कि शास्त्रीजी की यह अभिलाषा भी पूरी होगी।

वास्तव में आचार्य चतुरसेन शास्त्री सोवियत संघ के सच्चे हितैषी थे। उन्हें रूस के इतिहास व संस्कृति में भी गहरी रुचि थी, क्योंकि हजारों साल पहले रूस व भारत की संस्कृति में बहुत साम्यता थी। निस्संदेह शास्त्रीजी साहित्यकार के रूप में संस्कृति के संदेशवाहक थे।

वह कभी बूढ़े नहीं हुए

– यशपाल जैन

चतुरसेनजी से परोक्ष परिचय तो बचपन से था, जबकि उनकी रचनाएँ पाठ्य पुस्तकों में पढ़ता था, सुनता था कि वह बहुत बड़े कहानी-लेखक और उपन्यासकार हैं और उनकी लौह लेखनी अपनी समता नहीं रखती। वह सब सुनकर मेरे बाल-मन पर उनका जो चित्र अंकित हुआ, वह बड़ा ही मोहक था।

उनसे प्रत्यक्ष भेंट हुई, आज से कोई पच्चीस-छब्बीस वर्ष पूर्व, जब वह प्रयाग विश्वविद्यालय में हिन्दी विभाग द्वारा आयोजित कहानी-सम्मेलन की अध्यक्षता करने के लिए वहाँ आए थे। मैं उन दिनों विश्वविद्यालय का छात्र था। भारी शरीर, भरा हुआ चेहरा, उभरी आँखें, उन्नत ललाट। पोशाक के रूप में शेरवानी और चूड़ीदार पाजामा, हाथ में घड़ी। कहानियाँ पढ़ी गईं। अन्त में शास्त्रीजी का भाषण हुआ। उन्होंने हिन्दी साहित्य का परिचय देते हुए कहानी-कला और उसके विकास पर प्रकाश डाला, उसकी विभिन्न धाराओं का विवेचन किया और कुछ प्रमुख साहित्यकारों की चर्चा की।

सरस कहानियाँ सुनने के बाद छात्रों को ऐसे भाषण में भला कहाँ रुचि हो सकती थी! अतः वह कुछ देर तो चुप रहे, अनन्तर उन्होंने तालियाँ बजाना शुरू किया। शास्त्रीजी दो वाक्य बोलते कि लड़के जोर की तालियाँ बजाते। पर इससे शास्त्रीजी पर कोई असर न पड़ा। तब लड़कों ने फर्श पर जूते रगड़ना आरम्भ किया और मुँह से सीटियाँ बजाने लगे पर शास्त्रीजी के चेहरे पर शिकन तक न आई, बोलते रहे। शोर और बढ़ा, लेकिन शास्त्रीजी ने उसकी तनिक भी चिन्ता न की और अपनी बात पूरी करके ही माने। और कोई होता तो छात्रों की उस चुनौती से उखड़ जाता। उखड़ता

नहीं तो कम-से-कम विचलित होकर युवकों को खरी-खोटी सुनाए बिना न रहता, पर शास्त्रीजी के स्वर में तनिक भी अन्तर न पड़ा, उनकी वाग्धारा यथापूर्व प्रवाहित होती रही। मुझे लगा, जो हो, यह व्यक्ति अपनी आन का है, गहन और गम्भीर है।

विश्वविद्यालय की पढ़ाई पूरी कर के सन् 1927 में मैं दिल्ली आ गया। उस समय के जिन प्रारम्भिक व्यक्तियों के साथ मेरा निकट सम्पर्क स्थापित हुआ, उनमें शास्त्रीजी भी थे, लेकिन उनकी बहुत बड़ी विशेषता थी कि बुजुर्ग होते हुए भी युवकों के साथी बन जाते थे। उनके संग समय व्यतीत करते थे। आजीविका के लिए उनका वैद्यक का धंधा चलता था, लेकिन उसमें भी भाग-दौड़ से वह प्रायः बचने की वृत्ति रखते थे। उनके तब तक कई उपन्यास तथा कहानी-संग्रह निकल चुके थे, किन्तु उनके मौन को देखकर ऐसा प्रतीत होने लगा, मानो वह अपना साहित्यिक जीवन जी चुके।

कुछ समय बाद चमत्कार हुआ। शास्त्रीजी की लेखनी पुनः इतनी तेज़ी से चली कि वह एक बार फिर साहित्य-जगत पर छा गए। उनकी कहानियाँ विभिन्न पत्र-पत्रिकाओं में दिखाई पड़ने लगीं, नए उपन्यास धारावाहिक रूप में पत्रों में छपने लगे। *साप्ताहिक हिन्दुस्तान* में प्रकाशित *गोली* और *धर्मयुग* में प्रकाशित *गोली* और *धर्मयुग* में प्रकाशित *सोना और ख़ून* तथा *ख़्वास* उपन्यासों ने बड़ी धूम मचाई। चारों और उनका नाम सुनाई देने लगा। ऐसा जान पड़ता है, मानो बीच के विराम में उन्होंने शक्ति का अखण्ड भण्डार संचित कर लिया था।

शास्त्रीजी का चिन्तन सीमित न था। उनकी रुचि बड़ी व्यापक थी। उनका अध्ययन विज्ञान था। यही कारण है कि उनकी रचनाओं में वैचित्र्य खूब मिलता है। किसी पुस्तक में उन्होंने सामाजिक विषयों को लिया है, तो किसी में ऐतिहासिक घटनाओं को, किसी में विज्ञान को अपनी कृति का माध्यम बनाया है, तो किसी में शरीर शास्त्र को। इस प्रकार वह बराबर नए-नए क्षेत्रों में प्रवेश करके अपनी प्रतिभा का लाभ पाठकों को देते रहे।

शैली उनकी निस्संदेह बेजोड़ थी। शब्दों का चयन, वाक्य-विन्यास और भाषा

का प्रवाह, इन सबके मेल से उनकी रचनाएँ इतनी प्राणवान बन जाती थी कि पाठक उन्हें बिना पढ़े छोड़ नहीं सकते थे। उनकी अन्वेषण-शक्ति बड़ी सूक्ष्म थी, इसलिए उनके वर्णन बहुत ही सजीव और आकर्षक होते थे। उनके चित्रों के रंगों तथा बारीक रेखाओं को देखकर पाठक प्रायः मुग्ध रह जाते थे।

सच बात यह है कि शास्त्रीजी की कृतियों में प्राण-प्रतिष्ठा उनके जीवन के अनेक दुर्लभ गुणों के कारण हुई। एक बार की बात है शास्त्रीजी को सम्मेलन की ओर से एक ताम्रपत्र भेंट किया गया था। उसकी औपचारिक विधि करने के लिए रामलीला मैदान में एक साहित्यिक समारोह हुआ। शास्त्रीजी के बोलने की बारी आई तो उन्होंने अपने क्षोभ को व्यक्त करते हुए कहा कि आज चारों ओर राजनीति का बोलबाला है। और जो वास्तविक मूल्य निर्माण करता है, उस साहित्यकार की आज भी उपेक्षा हो रही है। कोई मंत्री कहीं जाता है, तो सब लोग उसके पीछे दौड़ते हैं, साहित्यकार को कोई नहीं पूछता, आदि-आदि। मुझे यह सब बड़ा विचित्र-सा लगा। शास्त्रीजी जब अपना भाषण पूरा करके मंच से नीचे आए और मेरे बराबर की कुर्सी पर बैठ गए। तो मैंने उनसे कहा, 'शास्त्रीजी आप तो अब सचमुच बूढ़े हो गए।'

उन्होंने पूछा, 'क्यों?'

मैंने कहा, 'अब आप बूढ़ों की-सी बात करने लगे हैं। आप राजनीतिज्ञों से मान पाने की अपेक्षा क्यों रखें? मान कोई व्यक्ति दे भी तो आप कह दें कि यह आप की कृपा है, हमें यह नहीं चाहिए। मान की भूख दिखाएँगे तो वह नहीं आएगा। उपेक्षा करेंगे तो वह इतना मिलेगा कि कुछ न पूछिए।'

शास्त्रीजी मुस्कुराने लगे। बोले, 'देखो मेरी उम्र इतनी हो गई है कि मेरा बूढ़ा होना स्वाभाविक है।'

मैंने कहा, 'नहीं, आपको हमने सदा युवा माना है। आपका स्वभाव, आपका उत्साह, आपकी क्षमता किसी भी युवक से कम नहीं हैं।'

बोले, 'सो तो है। पर बूढ़ा बनने का एक और भी कारण है। युवकों की बात प्रायः सुनी-अनसुनी कर दी जाती है।'

शास्त्रीजी विद्या-व्यसनी थे। पढ़ने का उन्हें बेहद शौक था। अपनी मृत्यु से कुछ समय पूर्व तक वह बराबर पठन-पाठन करते रहे। अस्पताल में ऑपरेशन के बाद भी उनका वह काम अबाध गति से चलता रहा। उनकी परिचारिका कहती थी कि वह विचित्र इंसान थे। अपना अधिकतर समय पढ़ने में निकालते थे। इतना ही नहीं अस्पताल के दिनों में उन्होंने दो लेख लिखे।

आचार्य चतुरसेन शास्त्री : पत्रकार के रूप में

– सत्यदेव विद्यालंकार

आजकल की परिभाषा के अनुसार आचार्य चतुरसेन शास्त्री कभी पत्रकार के रूप में प्रकट नहीं हुए। उन्होंने कभी किसी दैनिक, साप्ताहिक अथवा मासिक पत्र का सम्पादन नहीं किया। वैसा करना उनकी प्रकृति के भी कुछ विपरीत था। फिर भी एक कुशल पत्रकार के समस्त गुण और समस्त विशेषताएँ उनमें पूर्ण रूप में विद्यमान थीं।

उनकी अनुभूति, अभिव्यक्ति, शब्द-भण्डार और स्वतंत्र विचार के सम्बन्ध में दो मत नहीं हो सकते। उनसे मतभेद रखने वाला भी उनकी इन विशेषताओं की दाद दिए बिना नहीं रह सकता।

पत्रकार के रूप में साहित्यिक जगत उन्हें केवल इलाहाबाद के सुप्रसिद्ध सामाजिक क्रान्तिकारी पत्र चाँद के 'फाँसी अंक' और 'मारवाड़ी अंक' के सम्पादक के रूप में जानता है। परन्तु वे दोनों ही विशेषांक इतिहास की सामग्री बन गए हैं। और आज भी पाठक उनकी खोज में रहते हैं। प्रकट रूप में शास्त्रीजी को कभी किसी ने क्रांतिकारी के रूप में नहीं देखा और उनकी किसी क्रांतिकारी प्रवृत्ति का भी किसी को पता नहीं चला। इसी कारण अब 'फाँसी अंक' के सम्पादक के रूप में उनके नाम की घोषणा की गई, तब सब विस्मित-से रह गए। फाँसी पर हँसते-खेलते झूलने वाले और क्रांतिकारियों की अमर गाथा लिखने का उनको अधिकारी मानने को उनके आलोचक तैयार नहीं थे। परन्तु वह कितनों को मालूम है कि दिल्ली के चाँदनी चौक में लॉर्ड हार्डिंग पर बम फेंकने की ऐतिहासिक घटना के अपनी युवावस्था में वह प्रत्यक्षदर्शी थे। उसका विषद् विवरण उन्होंने डॉ. युद्धवीरसिंह को दस पृष्ठों के एक विस्तृत पत्र में लिखा था। वह ऐतिहासिक

घटना उनके दिल पर सदा के लिए गढ़ गई थी। और उससे उनके दिल एवं दिमाग में देशभक्ति की भावना का जो बीजारोपण हुआ था, उसके अंकुर सदा ही हरे-भरे बने रहे। उनकी साहित्यिक रचनाओं की पृष्ठभूमि में जो उग्र स्वाभिमान, उत्कृट स्वदेशाभिमान और प्रगाढ़ देशभक्ति सर्वत्र झलकती है, निस्सन्देह वह इसी घटना का परिणाम है। प्रत्यक्ष रूप में भाग न लेने पर भी ऐसी किसी घटना के प्रत्यक्षदर्शी होने का सौभाग्य मिलना भी कुछ कम नहीं है।

'फाँसी अंक' जब प्रकाशित हुआ तब आचार्यजी का लेखनी के चमत्कार पर सब चकित रह गए। वह भी प्रकट करना आवश्यक है कि उस विशेषांक की भारतीय विप्लव अंश की सामग्री के संचय करने वाले थे सरदार भगत सिंह। वह स्वयं एक कुशल पत्रकार थे। सरदार भगत सिंह ने दिल्ली के *वीए अर्जुन* में वर्षों काम किया था। उन दिनों में सरदार भगत सिंह को अपने घर रख कर उनसे सब सामग्री प्राप्त करना कोई साधारण बात नहीं थी। पंजाब, दिल्ली और उत्तरप्रदेश की सारी पुलिस फाँसी का फंदा लिए रात-दिन छाया की तरह जिस के पीछे लगी रहती थीं, उसके साथ सम्पर्क साध कर और उसको जहाँ-तहाँ जाने की सुविधा देकर निरन्तर उस सम्पर्क को बनाए रखना पुलिस के उस प्रकोप को स्वयं निमंत्रित करना था। इसका कुछ भी भयानक परिणाम हो सकता था।

आचार्यजी ने इस प्रकार इस विशेषांक के सम्पादन और उसके लिए सामग्री संचय करने में जिस साहस, धैर्य और निर्भीकता से काम किया, और जो भारी जोखिम उठाया उसकी कल्पना कर सकना कठिन नहीं होना चाहिए। वह साहसपूर्ण काम आग से खेलने के समान था। उसमें आचार्यजी ने जो सफलता प्राप्त की वह विस्मयजनक थी। उसको केवल एक विशेषांक के रूप में ही नहीं देखना चाहिए अपितु उसे वीर-पूजा के रूप में देखना चाहिए, जिसको उन दिनों में एक भयानक अपराध माना जाता था और जिसके लिए कुछ भी सज़ा दी जा सकती थी। अंग्रेज़ नौकारशाही और उसकी पुलिस ने उस अंक को तुरन्त ज़ब्त कर लिया। आज क्रान्तिकारियों के वीरतापूर्ण कारनामों के जिस इतिहास के लिखने की आवश्यकता

अनुभव की जा रही है, हिन्दी में उसका सूत्रपात आचार्यजी ने इस अंक द्वारा उन दिनों में कर दिया था, जब उसकी चर्चा करना भी अपराध था।

सरदार भगत सिंह ने लगभग सत्तर पृष्ठ की सामग्री जमा की थी। और वह अलग-अलग लेखों के रूप में कई कल्पित नामों से प्रकाशित की गई थी। उसमें उन्नीसवीं सदी के अंतिम और बीसवीं सदी के पहले चरण अर्थात् पचास-बावन वर्ष के क्रान्तिकारियों के सचित्र जीवन-परिचय विशेष रूप से दिए गए थे। उससे पहले के क्रान्तिकारियों के वीरतापूर्ण कार्यों पर भी विस्तृत प्रकाश डाला गया था। पुलिस एवं नौकरशाही *फाँसी अंक* को ज़ब्त कर के ही सन्तुष्ट नहीं हुई। सरदार भगत सिंह और उनके साथी दिल्ली की असेम्बली बम-कांड के बाद गिरफ्तार किए गए। लाहौर में क्रान्तिकारी षड्यंत्रों के मुकदमों का सिलसिला शुरू हो गया। 'फाँसी अंक' के लेखकों को भी उन मुकदमों में फँसाने के लिए छानबीन शुरू हुई। पर छपा नाम लेखकों का पुलिस क्या पता लगाती! वह सिर पटक कर रह गई। इस छानबीन के सिलसिले में शास्त्रीजी पर जो बीती, उसका उल्लेख यहाँ क्या किया जाए? उनको उसके सम्पादन का इस प्रकार पर्याप्त पुरस्कार मिला। जून, 1929 में यह अंक तब प्रकाशित किया गया था, जब दांडी-कूच का बिगुल बजने को था और राजनीतिक गगनमण्डल में नमक-सत्याग्रह की घनी घटाएँ जमा हो रही थीं।

उसके बाद नवम्बर, 1929 में प्रकाशित *मारवाड़ी अंक* की योजना बनाई गई। उसका सम्पादन तो और भी अधिक साहसपूर्ण काम था। आर्यसमाजी शिक्षा-दीक्षा के कारण आचार्यजी स्वभावतः समाज-सुधारक थे। मारवाड़ी समाज की उन दिनों की सामाजिक एवं धार्मिक स्थिति के सम्बन्ध में नए सिरे से चर्चा करने की यहाँ आवश्यकता नहीं है। मारवाड़ी समाज के विभिन्न वर्गों में उन दिनों जो सामाजिक संघर्ष चल रहा था, उससे भी उस समय की स्थिति पर काफी प्रकाश पड़ता है। अग्रवाल समाज में विधवा-विवाह और माहेश्वरी समाज में कौलचार माहेश्वरी सम्बन्ध को लेकर भयानक महाभारत मच गया था।

शास्त्रीजी ने स्वयं लिखा था कि उस समय का भारत राजनीतिक दासता की

बेड़ियों को काटने के साथ समाज, रूढ़ि एवं परम्परा की सामाजिक दासता के बन्धनों को भी काटने के लिए प्राणार्पण से प्रयत्नशील था। मुझे अति निकट से मारवाह की आत्मा का, उसके क्रन्दन का, उसकी रूढ़िवादिता का अनुभव प्राप्त था। वज्र दृष्टि और वज्र सृष्टि यही मेरे दो हथियार थे और वज्र वाणी मेरा श्रृंगार।

उस अंक के सम्बन्ध में शास्त्रीजी ने जो संदेश प्रकाशित किया था – वह धधकती हुई आग उगलने वाले ज्वालामुखी की तरह संतप्त था। उसमें उन्होंने छह वाक्य-समूहों में धनपतियों, दादियों, माताओं, बेटियों, युवकों और पाखंडियों को सम्बोधन करते हुए जो भाव प्रकट किए थे, उनमें आज भी उद्बोधन की वैसी ही शक्ति विद्यमान है। राजस्थान अथवा मारवाड़ की वीरभूमि और पिछड़ापन और निरंकुश शासन के लिए असह्य था। माताओं, दादियों और बेटियों के नाम उन्होंने लिखा था – 'हमारे रास्ते से हट जाओ। हमें कदम-कदम पर नामर्द, हास्यास्पद और मूर्ख मत बनाना। हम अपने भाग्य से युद्ध करने चले हैं। रूढ़ियों को कुचल कर युगधर्म का अनुसरण करेंगे। ''मेरे जीते-जी ऐसा न होने पाएगा'' – ऐसा निकम्मा रोड़ा हमारे मार्ग में मत अड़ाओ।'

मृत्यु का वरदान

– जैनेन्द्र कुमार

तीन बजे होंगे, घर पहुँचते ही घबराई पत्नी ने कहा – 'सुनो, शास्त्रीजी का देहान्त हो गया। फोन आया था।'

'क्या ऽ! कब?'

'फोन था कोई दो बजे। अस्पताल से उन्हें शहादरे ले जाने वाले थे। तुम कहाँ जाते हो? दूर से आए हो। वह तो जा चुके होंगे।'

'अस्पताल'

'लेकिन वहाँ अब कौन होगा?'

सुनने को ठहरा नहीं मैं चल दिया। कहा – 'तुम भी तैयार हो जाओ। अभी दफ़्तर जाकर पूरी ख़बर लाता हूँ। तुम्हें साथ चलना है।'

झपटकर दफ़्तर आया। मालूम हुआ कोई आध घंटा हुआ चन्द्रसेन यहीं से गए हैं। शास्त्रीजी की देह को शाहदरा ले जाने की बात थी।

'क्या ले जा चुके होंगे?'

'हो सकता है।'

टैक्सी मँगाई, भगवती को साथ लिया और अस्पताल पहुँचे। देखा, बाहर खुली धूप में लावारिस की तरह एक कम्बल से ढका शास्त्रीजी का शरीर स्ट्रेचर पर पड़ा है। भाभी हाथ से उसका किनारा थामे खड़ी है। हाल बेहाल है, केश बिखरे पड़े हैं, आँखों से ढलते आँसू हैं। पहुँचने पर वह एक साथ गले लगकर फफक पड़ीं। अलग हुई तो कहा, 'भाई साहब, देखिए तो, देखिए तो। अपने शास्त्रीजी को देख लीजिए।'

कहकर चेहरे पर से कम्बल हटाया। चेहरा वही था सिर्फ लगता था सो रहा था।

और यह उसकी नींद अनंत थी। उस चेहरे को अब कुछ कहने को न था, सुनने को न था। वह कि जिससे यही चेहरा स्मित और स्पंदन से सदा खिला दीखता था दूर जाने कहाँ चला गया था। पत्नी थी, कन्या थी, संगी-साथी आसपास सभी थे। एक वही न था। वह कि जिससे जड़ जीव होता है, इस शरीर से उठ गया था। इसलिए वह शरीर अब स्मृतियों को ही चेता सकता था, इससे अधिक कुछ नहीं कर सकता था। कारण, जो करता-धरता था – वह बसेरा छोड़ चला गया था। उसने जीवन भर काम किया था। सैकड़ों की संख्या में पुस्तकें लिखी थीं और वे सैकड़ों ही विषयों पर थीं। वह जो अथक रहा था अपने मन में उठती हुई उद्भावनाओं को कलम की राह स्याही से कागज पर उतार कर उन्हें मूर्त स्थिर और स्वामी करने में जिसने दिन को दिन और रात को रात नहीं गिना था, जो मृत्यु की आवाज सुनकर भी नहीं सुनता था, जो जीवन को इस तरह अमृत बनाए चलता था, वह पुरुष अपने अस्थिपंजर से भागकर अन्तरधान हो गया था।

‘भाई साहब, देखिए, देखिए, अपने शास्त्रीजी को देखिए। देखिए, उन्हें जरा बुलाइए तो?’

लेकिन शास्त्री तो सब शास्त्र-वास्त्र को छोड़कर अपने धाम जा पहुँचे थे। इससे हमारा विलाप सब ओर उसे ढूँढ़कर अपने पर ही वापस आ लौटता था।

मैंने कहा – ‘भाभी, ऐसे नहीं चलेगा। देखो तुम्हारी बेटी है, तुम्हारे देवर हैं, भतीजे-भतीजी हैं। जो गया वह तो अपना काम पूरा कर गया। अब जो घर के बचे हैं, सब तुम्हीं पर तो हैं। बचा-खुचा करना भी अब सब तुम पर आ गया है। ठीक है, फफक कर दुःख निकाल सकती हो। पर अगर उसे संजोकर रखोगी तो वही आगे के बड़े काम जा सकता है। उठो, लो संभालो।’

यह सब शब्दों में कहा नहीं गया। कहा कैसे जा सकता था! पर भाभी जानती थी कि दुःख विलाप से बह नहीं जाता। सहने को वह तो सहे ही चला जाता है।

और हमारे लिए शेष अब यही था कि उस काया को हम निःशेषकर दें। वह किसी तरह रह न पाएँ। जब शरीर में से सार निकलकर इस महाशून्य में जा खोया

है तो आओ, इस शरीर को भी भस्म कर कराके महाभूत में विसर्जित और स्वाहा कर दें। सो जमुना गए, चिता चेतायी और दाह देकर अन्त्येष्टि संस्कार समाप्त किया।

घर लौटा तो नौ बज रहा था। भगवती ने कहा, 'आले में पत्र रखा है। प्रेमीजी नहीं रहे।'

पत्र पढ़ा। यशोधर, विद्याधर दोनों के नीचे नाम थे। उनके दादा नाथूराम प्रेमी स्वर्ग सिधार गए थे!

समझ में न आया कि यह क्या होने जा रहा है। नाथूरामजी से मैं लेखक बना था। उनसे पहले पता न था कि लिखना छपता है और छपने से किताब बनती है। उधर चतुरसेनजी भी नहीं थे, जिनसे मुझे कलम पकड़ना आया। दोनों क्या मिल-जुलकर ही एक रात यों चल देने वाले थे।

प्रेमीजी की याद ने मुझे बुरी तरह मथ दिया। जैसे सिर से अभिभावक उठ गया। ऐसा मालूम हुआ कि जीवन में मेरे लिए मानो प्रामाणिकता का आधार ही उठ गया है। प्रामाणिकता उनके अणु-अणु में थी। याद कर सकता हूँ कि मुझे उनके रॉयल्टी के हिसाब के कागज पर निगाह डालना पाप-सा लगता था। मैंने आज तक उस हिसाब पर आँख नहीं की है और कभी यह नहीं हुआ है कि दीवाली से पहले हिसाब और पैसा पहुँच न गया हो। मैं एकदम नया और कोरा था। लेखक के रूप में सिखतड़ तक न था। ऐसे लेखक की रचना छापना ही तब बड़ी कृपा समझी जा सकती थी। लेकिन प्रेमीजी ने टर्म्स पूछीं और पूछताछ कर मैंने जो लिखी, वह पूरी रकम उन्होंने मुझे अगाऊ भेज दी। मेरी माँ जानती थीं कि मैं ज़िन्दगीभर निकम्मा ही बना रहने वाला हूँ। उस माँ की निगाह में पहली बार इस निकम्मे पुत्र की कमाई का पैसा आया। याद कर सकता हूँ कि इससे उन आँखों में चमक आ गई थी। थोड़ा उन्हें तब सान्त्वना हुई थी। मेरे आगे तो जैसे तिलस्म ही खुल गया था। तब जगतभर के प्रति मेरे मन में संशय और डर रहता था। प्रेमीजी के इस व्यवहार से मैंने आविष्कार किया कि दुनिया प्रेम से शून्य नहीं है। तब से मैं मान सका हूँ, और यह विश्वास मुझमें दृढ़ से दृढ़तर होता गया है, कि संसार यह प्रेम पर टिका है। प्रेमीजी ने अंजाने मेरा यह परम

उपकार किया है कि मुझमें आस्तिक्य का वपन और सिंचन किया गया है। रॉयल्टी का हिसाब तो मैं सदा भूला रहा, पर इस गहरे उपकार पर से तो मेरी याद कभी क्षण को हट पाती नहीं है।

मैं मृत्यु का कायल हूँ। जीवन से अधिक उसका कायल हूँ। वह परमेश्वर का वरदान है। मैं मृत्यु को समाप्त नहीं चाहता हूँ। उसके बिना जीवन असह्य हो जाएगा। क्षण मरता जाता है कि समय जिए। व्यक्ति को मरते रहना चाहिए कि विराट जा सके। आदमी मरे नहीं तो निरन्तरता किस तरह अजस्त्र रह सकती है। इसलिए जीवन में मृत्यु का विचार मुझे परम कल्याणमय जान पड़ता है। उसमें से भय प्राप्त हो सकता है, वैराग्य प्राप्त हो सकता है। निराशा और उदासीनता प्राप्त हो सकती है। उस उपलब्धि को मैं मूल्यवान मानूँगा। मौत सिर पर है यह यदि हम याद रखें तो धर्म में आचरण सहज होता है। अंत में वही धर्म साथ भी जाता है। यों तो जिन्दगी में आदमी खूब करन-धरन लगाए ही रहता है। पर जाते वक्त उसका यह किया-धरा सब धरा रह जाता है। राव तब उसी तरह अपने को रीता और बीता पाता है – जैसे रंक। वहाँ आकर सब समान हो जाते हैं। अंतर यदि रहता है तो धन और मान की कमाई के कारण नहीं, धर्म की कमाई के कारण रहता है। धर्म की कमाई, यानी उसके स्नेह की याद। वह छूटी हुई याद फिर जीवन का निर्माण करती है। इसलिए कुछ लोग जो मरकर ही अमर बनते हैं। वे मृत्यु को जीतते हैं। जीतते इसलिए हैं कि अपने जीवनकाल में वे उसका स्वेच्छा से वरण करते और धन्यभाव से उस मृत्यु को सदा अपने अन्तरंग में धारण किए चलते हैं। वे ही द्विज होते हैं। वे आकांक्षा और स्वार्थ से जी नहीं पाते। एक स्नेह की ही पूंजी उनके पास होती है, जो उनके मृत्यु के वरण के कारण पुष्ट ही होती जाती है। दूसरे से आपके लिए उनमें कोई अवकाश नहीं छोड़ती।

आचार्य चतुरसेन : लेखक और मानव

– हंसराज रहबर

26 अगस्त सन् 1957 को आचार्य चतुरसेन के सड़सठ साल पूरे हुए और उन्होंने अड़सठवें साल में पग रखा। इस उम्र में भी उनका स्वास्थ्य अच्छा ही रहता था। लेकिन इसके एक साल पहाड़ पर गए तो स्वास्थ्य सुधरने के बजाय कुछ बिगड़ गया। घुटनों में दर्द रहने लगा। दिल्ली लौट कर इलाज शुरू किया और बिजली लगवाते रहे। इस हालत में भी उनकी कर्मठता देख कर आश्चर्य होता था। जब कभी भी मैं उनसे मिलने जाता तो आराम कुर्सी पर बैठे कुछ-न-कुछ लिखते-पढ़ते दिखाई देते। थक जाते तो कुर्सी के बाजू पर सिर रख कर तनिक सुस्ता लेते अथवा नींद ले लेते।

एक दिन उन्हें यों सोते देख कर मैं चुपके से पास जा बैठा। थोड़ी देर बाद उन्होंने आँख खोली और मेरी तरफ देख कर चौंके और बोले, 'अब तो स्वास्थ्य दिन-दिन जवाब दे रहा है। शरीर निर्बल हो गया है। जल्द थक जाता हूँ।'

'आप तो इस अवस्था में भी इतना काम करते हैं कि हम नौजवान इससे आधा भी कर लें तो भी ग़नीमत है।'

'काम तो करना ही पड़ता है।' उन्होंने कुछ स्वस्थ होकर और तनिक मुस्कुराकर कहा। फिर हाथ के लिखे हुए जो कागज उनके सामने रखे थे उन्हें उठाते हुए कहा – '*सोना और ख़ून* का पहला भाग समाप्त होने को है। मैं चाहता हूँ कि कम-से-कम यह उपन्यास तो पूरा हो जाए।'

'कितने भाग और होंगे?' मैंने पूछा।

'कुल पचास खंड और दस भागों में समाप्त होगा।'

इस उपन्यास की योजना वह पिछले ढाई-तीन साल से बना रहे थे और मुझसे इस विषय की अक्सर चर्चा करते थे।

वे सदा अनूठी बात सोचते हैं और ऐतिहासिक तत्त्वों की गहराई में पैठने का प्रयत्न करते हैं। अपने विषय की चर्चा वह प्रत्येक से – जो कोई भी मिलने आए, ले बैठते हैं और विस्तारपूर्वक उस पर विचारों का आदान-प्रदान करते हैं। वे अत्यंत सरलता से यों बातें करते रहते हैं, जैसे साथ बैठा हुआ व्यक्ति बचपन से साथ खेला हुआ हमजोली हो। वह अपनी अवस्था तक को भुला देते हैं।

अपने उपन्यास की चर्चा करते हुए उन्होंने कहा– 'यह अंग्रेज़ों के भारत आने से भारत छोड़ने तक के समस्त ऐतिहासिक काल की बृहद् गाथा होगी, जिसमें एक विदेशी जाति के कौशल, देश-भक्ति, वीरता, कूटनीति, स्वार्थन्धता और क्रूरता के साथ, पश्चिम और पूर्व में विचारधाराओं का टकराव, नए और पुराने का संघर्ष, भारत का राष्ट्रीय पतन और उत्थान, रूढ़िवाद पर विज्ञान की विजय, स्वतंत्रता आंदोलन, त्याग और बलिदान के सजीव दृश्य प्रस्तुत किए जाएँगे। सन् 1857 के बारे में मेरा दृष्टिकोण दूसरों से भिन्न है। मैंने इस उपन्यास में तीन नकार स्थापित किए हैं। देखें इस बारे में दूसरों की प्रतिक्रिया क्या होती है? वे तीन नकार यह हैं।'

और फिर प्रश्नोत्तर के रूप में इन नकारों की उन्होंने व्याख्या शुरू की:

'क्या अंग्रेज़ों ने सही मायनों में भारत को जीता?'

'नहीं।'

'क्या सत्तावन का विद्रोह देशभक्तों ने किया?'

'नहीं।'

'भारत की वर्तमान आजादी में सन् सत्तावन की कोई प्रतिक्रिया थी?'

'नहीं।'

तनिक रुक कर बात जारी रखी – 'पहले नकार के बारे में मेरी दलील यह है कि इंग्लैण्ड के किसी सम्राट ने भारत के किसी राजे नवाब के विरुद्ध कभी किसी प्रकार

की युद्ध घोषणा नहीं की, न उसने कभी एक सैनिक और एक पैसा भारत के किसी युद्ध में भेजा। जब यह सब कुछ नहीं हुआ तो अंग्रेज़ों के भारत को जीतने का सवाल ही पैदा नहीं होता।'

इसके बाद दूसरे नकार की व्याख्या करते हुए, उन्होंने कहा कि सन् सत्तावन के विद्रोह में जो लोग लड़े उनमें एक भी देशभक्त नहीं था। उस समय भारत एक भौगोलिक नाम था। जब भारत उस समय एक राष्ट्र और एक देश ही नहीं था तो राष्ट्रीयता और देशभक्ति का सवाल ही पैदा नहीं होता। इसके विपरीत इंग्लैंड एक देश और एक राष्ट्र बन चुका था। अंग्रेज़ चाहे कितने ही लोभी, स्वार्थी, धूर्त थे, मगर उनमें देशभक्ति और राष्ट्रीयता की भावना सर्वोपरि थी। यही उनकी सफलता का विशेष कारण था। अगर हम भी उनकी तरह देशभक्त और राष्ट्रवादी होते तो उन्हें सिक्खों, गुरखों और दूसरे भारतवासियों से कदाचित् सहायता न मिलती। और वे इस विद्रोह के बाद कभी जम न पाते।

'जब सत्तावन के विद्रोह की कोई राष्ट्रीय परंपरा नहीं तो ज़ाहिर है कि वर्तमान आज़ादी में भी उसकी कोई प्रतिक्रिया नहीं।'

शास्त्रीजी ने *सोना और ख़ून* लिखने से प्रथम इस ऐतिहासिक काल पर सैकड़ों पुस्तकें पढ़ डालीं। और उनके अलावा जो खोज की उसका कोई हिसाब-किताब ही नहीं है। उदाहरण के लिए इसी भेंट में उन्होंने बताया कि उन्हें उस समय के घी, तेल, जौ, गेहूँ आदि के भाव मालूम करने की ज़रूरत पड़ी। वह पुस्तक में नहीं मिले। शाहदरा में जाटों की एक पुरानी आढ़त की दुकान है। उसी दुकानदार की पुरानी दीमक लगी बदबूदार बहीखातों में सिर खपा कर उस समय की जिंसों के असल और सही भाव मालूम किए। इस अवस्था में यह परिश्रम, किसी धन-लाभ और प्रलोभन से सम्भव नहीं हो सकता, यह तो साहित्यिक निष्ठा ही उनसे करवाती है।

जहाँ तक धन-लाभ का सम्बन्ध है – वह एक प्रसिद्ध और अनुभवी वैद्य हैं। इस धंधे से उन्हें हजारों रुपए महीना की आमदनी थी। राजाओं-महाराजाओं और सेठ साहूकारों में उनकी प्रतिष्ठा थी। लेकिन उनका लेखन उनके वैद्य पर भारी है। जब

वृद्धावस्था के कारण शारीरिक शक्ति का ह्रास हुआ और वैद्यक धंधे के साथ-साथ लेखन कार्य को जारी रखना सम्भव न रहा तो उन्होंने हजारों की आमदनी और झूठी प्रतिष्ठा का मोह छोड़कर बची-खुची शारीरिक शक्ति को सरस्वती को समर्पित कर दिया और अपने आपको एक लिखने-पढ़ने तक सीमित कर लिया।

कहना नहीं होगा कि सरस्वती ने उनके इस महान् त्याग का यथोचित वरदान भी दिया है। लिखते वह शुरू से ही रहे हैं और अब तक छोटे-बड़े डेढ़ सौ ग्रंथों के लेखक हैं। उन्होंने कहानियाँ, नाटक, उपन्यास, आलोचना, स्वास्थ्य और शारीरिक विषयों पर खूब लिखा है। लेकिन उन्हें इस समय जो ख्याति और लोकप्रियता प्राप्त है, वह मुख्यतः *वैशाली की नगरवधू* के प्रकाशन से शुरू होती है। इस ऐतिहासिक उपन्यास को पढ़कर सबने उनके कलम का लोहा माना है। यह हजार-बारह सौ पृष्ठ का उपन्यास अत्यंत रोचक और ज्ञानवर्द्धक है। इस उपन्यास के अब तक कई संस्करण प्रकाशित हो चुके हैं। इसके बाद *आलमगीर*, *सोमनाथ*, *वयं रक्षामः* भी सफल बन पड़े हैं। उनका आधुनिकतम उपन्यास *गोली* ऐतिहासिक भी है और सामाजिक भी। वह अपने विषय का अनूठा उपन्यास है। साधारण पाठक तो उनमें सिर्फ रस ही ढूँढ़ता है, लेकिन जर्जर सामंती व्यवस्था पर वह एक सफल प्रहार है। यह उपन्यास हमारे समाज में अदृश्य रूप से फैले हुए सामंतवादी रूढ़िवाद, क्रूरता, नृशंसता आदि के कुप्रभाव को समाप्त करने में उपयोगी सिद्ध होगा।

शास्त्रीजी सिर्फ साहित्यिक व्यक्ति ही नहीं एक सज्जन, नेक और भले मानव भी हैं। यही कारण है कि जो अपरिचित लोग उनसे मिलने आते हैं उनसे वह जल्द ही घुल-मिल जाते हैं। सिर्फ साहित्य चर्चा ही नहीं उनसे निजी बातें भी बड़े प्यार से पूछते हैं और दूसरों के सुख-दुख का ध्यान रखते हैं।

एक बार शाहदरा में म्यूनिसिपल चुनाव में कांग्रेस को बहुमत प्राप्त हुआ। इस खुशी में नागरिकों की ओर से पार्टी हुई थी, जिसमें शास्त्रीजी को भी निमंत्रित किया गया। साढ़े छह बजे शाम का समय दिया गया था।

हम ठीक समय नियत स्थान पर पहुँचे। लोग काफी संख्या में पहले ही आ गए

थे। लेकिन म्युनिसिपलिटी के सफल सदस्य और कुछ कांग्रेस नेता अभी तक नहीं पधारे थे। पूछताछ करने पर मालूम यह हुआ कि कहीं पब्लिक जलसा हो रहा है। नेता पहले उस जलसे में भाषण देंगे फिर आएँगे।

'और हम बैठे-बैठे उनकी राह देखेंगे कि यह तो अन्याय है, जनता का अपमान हम कोई भुखमरे या उनके पिछलग्गू है।' शास्त्रीजी बोले और उठ खड़े हुए। प्रबंधक ने बहुत अनुनय-विनय की और उन्हें रोकना चाहा; मगर वह नहीं रूके।

'साढ़े छह का समय था। अब पौने आठ बजे हैं। यह कोई बात है। यह कोई तरीका है।' वह रास्ते में भी बड़बड़ाते रहे।

इसी प्रकार उनका प्रकाशकों को पुस्तकों के लिए, कहानियों का संकलन करने वाले, दम्भी प्रोफेसरों से प्रायः वाद-विवाद हो जाता है, जो संकलन में लेखक की रचना को शामिल करते समय उसकी अनुमति तक प्राप्त करने की जरूरत ही नहीं समझते। जब लेखक उनके इस असज्जनता के व्यवहार पर ऐतराज़ करता है तो विद्रूप भाव से हँस देते हैं, और ठेंगा दिखाते हैं। इस बात को लेकर कापीराइट के लिए जितने मुकदमें उन्होंने लड़े हैं, शायद हिंदी के सब लेखकों ने समूचे तौर पर भी न लड़े हों। मुकदमा बड़ी सर-दर्दी का काम है और मैंने शास्त्रीजी को कहते सुना है – 'लेखकों के फैसले लेखकों द्वारा होने चाहिए। यहाँ तो मैजिस्ट्रेट को कॉपीराइट का ज्ञान नहीं होता।'

चिकित्सक चतुरसेन

– डॉ. लक्ष्मीनारायण शर्मा

दिवंगत आचार्यजी को एक उच्चकोटि के साहित्यकार के रूप में तो आज सारा देश जानता है; किन्तु वह एक कुशल वैद्य (चिकित्सक) भी थे, इस बात को उनके रोगियों और परिजनों के अतिरिक्त बहुत कम ही व्यक्ति जानते होंगे। इधर काफी अर्से से वह साहित्य सेवा में ही इतने तन्मय हो गए थे कि चिकित्सा कार्य प्रायः उनसे छूट ही गया था; वस्तुतः वह जितने प्रतिभापूर्ण साहित्यकार थे, उतने ही प्रतिभाशाली चिकित्सक भी।

सन् 1945 में उनकी पत्नी बीमार थीं, उनकी चिकित्सा के लिए उन्होंने मुझे बुलाया था। उन दिनों वह अनेक परेशानियों और मानसिक उलझनों में फँसे हुए थे और अपना प्रसिद्ध उपन्यास *वैशाली की नगरवधू* लिख रहे थे, और उसे लिखने के लिए उन्हें रात-रात भर जागना पड़ता था। शास्त्रीजी ने मुझ से कहा, 'डाक्टर साहब! आप इन्हें ठीक कर दीजिए; यह केस मैं सोलहों आने आपके हाथ में सौंपता हूँ। मैं आजकल बहुत व्यस्त हूँ; इधर दिमाग काम नहीं करता और शायद अपनी दवा अपने बच्चों पर काम नहीं करती; इसलिए आप ही इन्हें सम्भालिए; दवा के मामले में यह जरा लापरवाह हो गई तो समझा दीजिएगा। पथ्य-परहेज़ भी बता दीजिएगा। हो सकता है कि एक-दो दिन के लिए मुझे बाहर भी जाना पड़े तो पीछे सब सार-सम्भाल आप को ही करनी होगी।'

मेरा शास्त्रीजी से यह पहला साक्षात्कार था, किन्तु वह मुझसे ऐसे मिले जैसे वर्षों पुराना परिचय हो। इतनी आत्मीयता सरलता और इतनी बेतकल्लुफी थी उनके व्यवहार में कि मैं बरबस उनकी ओर खिंच गया। उनकी पत्नी को निमोनिया का हल्का-सा असर था, जो एक सप्ताह के सतत उपचार से ठीक हो गया।

कारगर चिकित्सा

शास्त्रीजी से साक्षात्कार होने के कोई एक वर्ष पश्चात् की बात है कि मैं रोगी की हैसियत से उनके पास पहुँचा। मैं पुराने नज़ले से परेशान था। मुझे यह बीमारी लगभग आठ वर्ष से चल रही थी; नाक से बदबूदार बलगम आता था। डॉक्टरी दवाइयों से कोई लाभ नहीं हो पाया था। इरविन अस्पताल में नासारोगों के विशेषज्ञ डॉ. सोहनसिंह को भी कन्सल्ट कर चुका था। उन्हीं ने दो बार नाक में पंक्चर भी किया, किन्तु फिर भी कोई लाभ न हुआ; केवल ऑपरेशन अंतिम उपाय रह गया था। शास्त्रीजी को मैंने अपने रोग का हाल बताया तो बोले, 'मैं आपकी चिकित्सा करूँगा और आपका यह रोग निश्चित रूप से जाता रहेगा। लेकिन वायदा कीजिए कि ईमानदारी से आप मेरी औषधि चालीस दिन खाएँगे। देखिए इसमें लापरवाही नहीं होनी चाहिए। साथ ही आप मुझसे यह न पूछें कि क्या औषधि दे रहा हूँ।'

मुझे उनकी बातें मान लेने में भला क्या आपत्ति हो सकती थी। उन्होंने मुझे चालीस दिन सेवन करने के लिए बेर के बराबर किसी औषधि की गोलिया दीं। पंद्रह दिन औषधि-सेवन करने के बाद मुझे बहुत लाभ दिखाई दिया और एक मास में तो रोग बिल्कुल जाता रहा। शेष दस दिन की गोलियाँ फिर मैंने खाई ही नहीं। मैं शास्त्रीजी को धन्यवाद देने पहुँचा; मैंने कहा, 'शास्त्रीजी आपकी औषधि ने वास्तव में चमत्कार कर दिया।'

मेरे आरोग्य-लाभ से उन्हें हार्दिक प्रसन्नता हुई। बोले, 'भई! आप लोग बड़े डॉक्टर हैं बड़ी-बड़ी ही बातें सोचते हैं छोटी बातें आपकी नज़र में नहीं आती।' उन्होंने दृष्टान्त दिया कि पृथ्वी में गुरुत्वाकर्षण सिद्ध करने वाले महान वैज्ञानिक आइज़ैक न्यूटन ने एक बिल्ली पाल रखी थी; बिल्ली के साथ उसके दो छोटे-छोटे बच्चे भी थे। एक बार ऐसा हुआ कि बिल्ली और बच्चे रात को देर से लौटे और घर का दरवाजा बंद हो गया, फलतः बिल्ली और बच्चे रात भर बाहर सर्दी में ठिठुरते रहे। न्यूटन को उन पर बहुत दया आई। उन्होंने समस्या का हल यह निकाला कि दरवाजे में बड़े-बड़े दो छेद बनवा दिए जाएँ, ताकि बिल्ली और बच्चे रात्रि को

किसी समय अन्दर आ सकें। उन्होंने बढ़ई को बुला कर दरवाजें में दो छिद्र बनाने के लिए कहा। बिल्ली के लिए एक बड़ा छेद और एक छोटा छेद बच्चों के लिए। लेकिन जब बढ़ई बिल्ली के लिए ही एक बड़ा छेद बना कर जाने लगा तो न्यूटन ने उसे टोक कर कहा, 'भई, तुम ने बच्चों के लिए तो छेद बनाया ही नहीं?'

बढ़ई हँस कर बोला, 'साहब! इसी छेद में से बिल्ली और बच्चे दोनों अन्दर जा सकते हैं।' न्यूटन जैसा महान वैज्ञानिक जैसे – छोटी बात न सोच सका। इसी तरह आपने भी पंक्चर और ऑपरेशन की तरफ ही ध्यान दिया। लेकिन आपको तो साधारण-सा रोग था। आपका कफ (बलगम) दूषित हो गया था और मैंने जो गोलियाँ आपको दी थी – वह साधारण व्योषादि वटी थी।'

दरअसल, शास्त्रीजी को अपने निदान पर बड़ा दृढ़ आत्म-विश्वास रहता था और यही उनकी चिकित्सा सम्बन्धी सफलता का कारण था। एक बार तो एक मारवाड़ी सेठ के केस में सिविल सर्जन से शास्त्रीजी की बहस ठन गई। रोगी को निरन्तर ज्वर रहता था। और वह बुखार में बहुत बकबक भी करता था। सिविल सर्जन का निदान था कि रोगी को टायफायड हो गया, किन्तु शास्त्रीजी का कथन था कब्ज़ के कारण रोगी के पेट में मल सड़ रहा है, इसीलिए उसे ज्वर और प्रलाप है। शास्त्रीजी रोगी को एनीमा लगाने के पक्ष में थे और सिविल सर्जन उनकी तजबीज के विरुद्ध। वह कहता था कि एनीमा देने से रोगी की हालत बिगड़ जाएगी। सेठजी का शास्त्रीजी में अटल विश्वास था, फलतः उनकी बात मानकर रोगी को दो बार एनीमा लगाया गया, जिससे उसके पेट से लगभग दो सेर मल की सूखी गाँठें बाहर आईं। अगले दिन ही रोगी ज्वर मुक्त होकर भूख-भूख चिल्लाने लगा। सिविल सर्जन महोदय ने अगले दिन देखा तो दंग रह गए और बोले, 'टायफायड न होकर शायद पैरा-टायफायड था।'

शास्त्रीजी जयपुर संस्कृत महाविद्यालय के स्नातक थे। उन्होंने वहाँ से ससम्मान 'आयुर्वेदाचार्य' की उपाधि प्राप्त की थी। किन्तु उनके वैद्य जीवन का प्रारम्भ बड़े अटपटे ढंग से हुआ था। परीक्षा पास करने के बाद उन्होंने दिल्ली में खारी बावली

में एक सेठ के धर्मार्थ औषधालय में नौकरी की, जहाँ उन्हें दिन में रोगी देखने के अतिरिक्त रात को सेठजी के बच्चों को पढ़ाना पड़ता अथवा सेठजी का हिसाब लिखना होता था। किन्तु उनका स्वतंत्रताप्रिय मन भला वहाँ कैसे लगता। अपने किसी स्वजन के प्रयत्न से वह लाहौर के डीएवी कॉलेज में आयुर्वेद के प्रोफेसर होकर चले गए। उन दिनों महात्मा हँसराजजी वहाँ के अध्यक्ष थे। उन्होंने पहले दिन शास्त्रीजी को कक्षा में पढ़ाने भेज दिया। शास्त्रीजी ने जिस तरह से पहले ही दिन छात्रों को पढ़ाया, उससे महात्मा हँसराजजी बहुत प्रभावित हुए। घण्टा खत्म होने के पश्चात् जैसे ही शास्त्रीजी क्लास से बाहर आए। हँसराजजी ने उन्हें अंक में भर लिया और बोले, 'मुझे तुम जैसा अध्यापक पाकर काफी गर्व है।'

परन्तु शास्त्रीजी के स्वच्छन्दताप्रिय मन ने नौकरी के बन्धन को यहाँ भी नहीं स्वीकार किया। कुछ समय पश्चात् वह नौकरी भी छोड़ दी। और जीवन में कभी नौकरी न करने का निश्चय कर लिया और इस निश्चय को उन्होंने आजीवन निभाया। जीवन में अनेक बार उन्हें आर्थिक संकटों का सामना करना पड़ा। और सर्विस के अच्छे-अच्छे ऑफर उन्हें मिले, किन्तु फिर कभी उन्होंने नौकरी की ओर आँख उठा कर न देखा।

लाहौर से हट कर शास्त्रीजी ने बम्बई, दिल्ली जैसे प्रमुख नगरों में प्राइवेट चिकित्सा कार्य चलाया। इस दौरान वह कई राजे-महाराजे के निजी चिकित्सक (फेमिली फिज़ीशियन) रहे। महाराज शिवगढ़ महाराज आदि के यहाँ तो वह अभी कुछ समय तक चिकित्सा करने जाते रहते थे। स्थानीय रियासतों में शास्त्रीजी का सम्पर्क रहा और वहाँ सम्भवतः वैद्य के रूप में ही नहीं आगे अपितु उनकी सूक्ष्म बुद्धि वहाँ इतिहास की अनकही कहानियों को खोजती रही।

आचार्य चतुरसेन शास्त्री की बहुमुखी प्रतिभा

– वागीश्वर

एक मित्र देश में हिन्दी विशेषज्ञ के नाते काम करने की मियाद समाप्त हो चुकी थी और मुझे वहाँ से चला आना था। मेरे गुरु ने चेतावनी दी थी कि सब टंटे मनोरथ छोड़ फौरन चले आओ, पर मैं महामाया के ऐसा वशीभूत हुआ कि वहाँ से चलने का नाम ही नहीं। महीनों बेकारी में गुज़ार दिए! मोह का हमला तगड़ा हुआ करता है, कौन नहीं जानता? शास्त्र वाक्य सही तो हैः –

ज्ञानिनामपि चेतांसि,
देवीं भगवती ह्री सा।
बलादाकृष्य मोहाय,
महामाया प्रयच्छति।।

और जब महीनों की आवाजाही और मुल्क-मुल्क की ख़ाक छानकर भारत लौटा, तो और भी गहरा सदमा पहुँचा। मेरे तीन बुज़ुर्ग इहलीला समाप्त कर चुके थे, और चौथे उस पार जाने की बाट-जोह रहे थे। हाल ही में चौथे का भी निधन हो गया। वे थे – योगिराज स्वामी सोमतीर्थ दंडी, आचार्य चतुरसेन शास्त्री, कविवर बालकृष्ण शर्मा 'नवीन' और बंधु पंडित राम गोपाल विद्यालंकार।

इस चार साल के प्रवास-काल में मैं एक बार स्वदेश आया था और इन महानुभावों से एक न एक प्रकार की योजना बना कर वापस लौट गया था। पर अब वे सब मनोरथ हवा में उड़ गए। इसी को कहते हैं हवाई महल बनाना। ख़ैर!

अब तो इन सज्जनों के बारे में कुछ लिखकर ही दिल हल्का किया जा सकता है।

यह कई बरस की बात है। एक दिन एक साहित्यकार बंधु बोले, 'चलो, आज

तुम्हें एक ऐसी जगह ले चलें, जहाँ चटपटा खाना होगा, और चटपटी बातचीत भी रहेगी। कविता पाठ और शेर-ओ-शायरी और बढ़िया चाय भी। तुम्हारी घुमक्कड़ प्रवृत्ति को भी सन्तोष होगा। आनन्द रहेगा। कहो, क्या कहते हो?'

बस, मैं हेमन्तजी के साथ हो लिया, और हम लोग पहुँचे जमना पार शाहदरा, एक अधबने बंगले में। मेजबान महोदय हमारी अगवानी के लिए बगिया में ही आ गए। हेमन्तजी ने परिचय कराया। बड़े तपाक से मिले। उनकी आँख, वाणी और हाथ मिलाने की अदाब कुछ ऐसा जादू था जो दिल को छू गया। हल्का-फुल्का बदन, सफेद बुर्राक खद्दर का कुर्ता-पाजामा, मुख में पान और चेहरा ऐसा जिस पर हास्य और गांभीर्य, वीरता और मानवता की स्पष्ट छाप दिखाई दे रही थी। और सुनहरे फ्रेम के चश्मे के पीछे से झाँकने वाली आँखों में बाल-सुलभ कुतूहल और स्नेह। दिल एकदम गरमा गया। 'तो यह हैं आचार्य चतुरसेन शास्त्री, जिनका एक-एक शब्द अँगारे के समान है, जो भारतीय समाज को एक नए साँचे में ढालना चाहते हैं!' मैंने मन-ही-मन कहा।

अन्दर पहुँचे तो कई जाने-पहचाने हिन्दी-उर्दू के साहित्यिक और अदीन जमा थे। भाई-चारे का माहौल। शेर-ओ-शायरी चल रही थी। पता चला कि आचार्यजी का आज जन्मदिन है। शायरों, कवियों और लेखकों को दावत देकर जन्मदिन मनाने का तरीका पसन्द आया। दुर्भाग्यवश, हमारे साहित्यिक प्रायः गुटबन्दी, ईर्ष्या और द्वेष के शिकार पाए जाते हैं। इस संदर्भ में शास्त्रीजी की दरियादिली का दिल पर दूना असर पड़ा। बाद में, जितना भी थोड़ा बहुत आचार्यश्री को जान सका, उससे पहली छाप और गहरी ही हुई।

भारतीय काव्य शास्त्र के अनुसार भाषा में तीन गुण विशेष अवश्य होने चाहिए, तभी वह पाठक के हृदय को तरंगित कर सकती है। वे हैं – ओज, प्रासाद व माधुर्य। चतुरसेन साहित्य की कोई भी रचना ले लीजिए – कथा, कहानी, नाटक, उपन्यास, निबन्ध, इतिहास आपको यह गुण प्रचुर मात्रा में मिलेंगे। क्लिष्ट से क्लिष्ट विषय को सरल और सरस भाषा में अभिव्यक्त करना उन्हें खूब आता था। मैं तो समझता

हूँ, बिना अपनी डुगडुगी बजाए, वे हिन्दी भाषा को एक नया स्टाइल दे गए। जब देश में हिन्दी का प्रचार बढ़ेगा, तब इस शब्द-शिल्पी का साहित्य अवश्य ही लोक प्रसिद्ध एवं लोकप्रिय होगा। क्योंकि उन्होंने जो कुछ भी लिखा, अपने आराध्य देव, जनता-जर्नादन के प्रति समर्पण भावना से ही लिखा। प्रगतिवादी शहीदों की सूचि में नाम लिखाए बिना ही, वे सच्चे अर्थ में प्रोग्रेसिव थे। उन्हीं के शब्दों में, 'मनुष्य और परमेश्वर के प्रति हम अभय हों। नीति और धर्म हमारे इहलौकिक जीवन के प्राण हों। समानता और सहयोग हमारे व्यवसाय हों। प्रेम हमारा मूल मंत्र और त्याग हमारा आदर्श हो। हमारे मस्तिष्क गुलामी से मुक्त रहें और हम सेवा तथा जन कल्याण के चिन्तन में जीवन व्यतीत करें।'

उनके साहित्य में आधुनिकता के साथ-साथ सौष्ठव भी है। उनका उद्देश्य मानव को ऊँचा उठाना था, न कि उसकी निम्न वृत्तियों को उभारना, जैसा कि प्रायः साहित्य में देखने में आता है।

और उनकी ओजमयी भाषा के तो क्या कहने। क्षात्र-तेज से प्रदीप्त चतुरसेन ने राजपूत काल की जो सजीव कहानियाँ लिखीं वे बेजोड़ हैं। *वैशाली की नगरवधू* नामक पुस्तक उन्होंने नेहरू जी को समर्पित की है और जिन प्राणमय शब्दों में की है, वे पढ़ने लायक हैं। उन्हें पढ़कर ठंडे-से-ठंडे दिल में जोश आए बिना नहीं रह सकता।

पर, शास्त्रीजी का ध्येय समाज में केवल वीर रस का प्रवाह करना ही न था। यदि वे पुराने किस्म के चारण-भाट होते तो अपने पुरुषों की गाथा गान करने में ही मगन रहते। चतुरसेन अहंकारी, अक्खड़ अवश्य थे, पर चापलूसी और जी-हुजूरी उनकी ज़हनियत में नहीं थी। तभी तो उन्होंने उन वीर पूर्वजों की अयोग्य सन्तान आजकल के राजे-महाराजों की रासलीला का भंड़ाफोड़ अपनी सुप्रसिद्ध पुस्तक *गोली* में कर दिया।

चतुरसेन तो क्रान्तदर्शी और क्रान्तिकारी थे। उनका ध्येय एक नवीन लोकतंत्री भारतीय समाज के निर्माण में योगदान देना था। आप उनकी कोई भी पुस्तक उठाइए,

उसमें से उनके दिल की धधकती आग की लपटें आपके ठंडे, आत्म-सन्तोषी दिल को भी एक बार अवश्य भड़का देगी।

क्रान्तिकारी लेखक प्रायः उग्र और उच्छृंखल हो जाते हैं। पर, शास्त्रीजी की बहुश्रुत आत्मा ने ऐसा अद्भुत साम्य प्राप्त कर लिया था, कि उनकी भाषा बड़ी ही संयत, यद्यपि चुटीली रही। अन्ततः भाषा आत्मा की अभिव्यक्ति ही तो है।

अक्सर यह देखा जाता है कि लेखक का व्यक्तित्व और कृतित्व एक-दूसरे से अलग-अलग रहते हैं, पर शास्त्रीजी के बारे में यह नहीं कहा जा सकता।

यदि ओज, प्रासाद और माधुर्य, उनकी भाषा के गुण थे, तो इन्हीं गुणों का प्रतिबिम्ब हमें उनके व्यक्तित्व में भी मिलता है।

कितना तेजस्वी था यह हिन्दी लेखक! हिन्दी के लेखक तो प्रायः 'बेचारे' से ही होते हैं। उनमें कहाँ दम-खम? किया क्या जाए, हिन्दी-जगत ही भौतिक और आधिभौतिक दारिद्रय का शिकार है। चतुरसेनजी की वजह कतई उनकी वाग्-विलास की शैली, उनके रहन-सहन के ढंग से कोई उन्हें 'बेचारा' हिन्दी-लेखक नहीं कह सकता था। उस व्यक्ति ने अपनी आत्मा की आवाज को दबाना तो सीखा ही न था। शायद यह उसके बचपन के दयानन्दी संस्कारों और दर्शन-शास्त्री, दर्शनानन्दजी के शिष्यत्व का प्रभाव रहा हो कि सिद्धान्त की लड़ाई में उसने कभी पीठ नहीं दिखाई।

नैनीताल में जब वे गवर्नर मुंशी से मुलाकात के लिए गए तो टाँगों में दर्द की वजह से डांडी में बैठकर गए। पर, सरकारी रिवाज़ यह था कि डांडी राजभवन के द्वार तक नहीं जा सकती।

'मुंशी साहब तक ख़बर पहुँचा दीजिए कि चतुरसेन हिन्दी लेखक कन्हैयालाल मुंशी, गुजराती लेखक से मिलने आया है, और उसे उसी सम्मान-सत्कार की अपेक्षा है जो सम-व्यवसाइयों में परस्पर होना चाहिए,' यह साहित्य-सिंह का गर्जन था।

ख़बर पहुँचाई गई, और भद्रपुरुष मुंशी स्वयं उन्हें लेने बाहर आ गए।

भारत-रत्न राजर्षि पुरुषोत्तमदास टंडन ने एक बार आचार्यजी से कहा, 'क्या ही

अच्छा हो, यदि आपकी तेजस्विनी लेखनी का प्रयोग उस राजसी पुरुष, मोतीलाल नेहरू का जीवन-वृत्त लिखने में हो। जाओ, जवाहरलालजी से कुछ ख़ास-ख़ास बातें पूछ लो और जी करे तो उन पर कुछ लिख दो।' टंडन जी का परिचय-पत्र लेकर शास्त्रीजी नेहरूजी से मिलने आनन्द भवन, प्रयाग पहुँचे। शायद उन दिनों नेहरूजी चुनाव की सरगर्मी में व्यस्त थे। इंतज़ार करते-करते रात के बारह बज गए, तब नेहरूजी के दरबार में यह साहित्य-महारथी पेश किया गया।

जवाहरलालजी थके हुए लग रहे थे। माथा थाम कर बोले, 'कहिए, आप क्या चाहते हैं?'

नेहरू जी के कहने-सुनने का अन्दाज़ तो मशहूर ही है।

'मैं यह चाहता हूँ कि आप फौरन जाकर सो जाएँ।' शास्त्रीजी ने हँसकर उत्तर दिया, और नमस्ते कर बाहर निकल आए!

शास्त्रीजी में चाहे जो दोष रहे हों, क्षुद्रता, संकीर्णता उनके नजदीक फटकने नहीं पाई। कोई भी जिज्ञासु चला जाए, उनके दिल के द्वार उसके लिए खुले थे। हिन्दू, मुस्लिम, हिन्दी, उर्दू, देशी-विदेशी का भेदभाव वहाँ नहीं था। सबका खुले दिल से स्वागत, दिल से ही नहीं, दिमाग से भी। यह एक बड़ी चीज़ है। जान-पहचान की ज़रूरत नहीं, आपके अन्दर जिज्ञासा होनी चाहिए। बस, फिर देखिए, आपके लिए चाय हाजिर, खाना हाजिर, और शास्त्रीजी महाराज गाऊदी तकिए का सहारा और शाल ओढ़कर आपसे शास्त्र-चर्चा करने के लिए तत्पर। घंटों बात कीजिए, थकान अथवा ऊबने का नाम नहीं। अपने वक्त की बरबादी की भी चिन्ता नहीं। इतने व्यस्त और 'सोशल' होने पर भी शास्त्रीजी 250 के लगभग पुस्तकें लिख गए, और उनकी पचास अप्रकाशित रचनाएँ मृत्यु उपरान्त मिली हैं।

शाहदरा स्थित उनका निवास स्थान, वास्तव में 'ज्ञान धाम' था। बरसों वहाँ से ज्ञान का अजस्र स्रोत बहता रहा।

जब कभी मैं वहाँ गया, तृप्त होकर आया। वे चतुरसेन ही न थे, वे 'ज्ञान-चन्द्र' भी थे। उनके सानिध्य में वही मजा आता था, जो शरत्पूर्णिमा की चाँदनी में विहार

करने से आता है। कितनी अतुल शास्त्रीय सम्पत्ति थी उनके पास। मैंने पीएचडी लिट और एलएलडी की योजनाएँ उन्हीं के सत्परामर्श से बनाई थीं। वर्णाश्रम धर्म, जात-पात, बौद्ध धर्म का उद्‌भव और ह्रास भारतीय दंड नीति भारतीय समाज में समाजवादी तत्व ये कुछ थे थीसिस के विषय। विचार था कि वापस लौटकर उनके चरणों में बैठकर कुछ लिखूँगा, पढ़ूँगा और अब वे ही न रहे। अब फिर किसी गुरु की तलाश में निकलना पड़ेगा। ऐसा गुरु जो दोनों हाथों से इल्मी दौलत लुटाने में खुशी मानता हो।

जब सन् 1958 में मैं भारत आया था, तो मैंने उस देश के भारत प्रेम के बारे में बताया, जहाँ से मैं छुट्टी में आया था। मैंने उन्हें बताया कि वहाँ के लोगों की भारतीय संस्कृति, भारतीय कला, भारतीय इतिहास में बड़ी रुचि है। डॉक्टर राधाकृष्ण की दर्शन शास्त्र की पुस्तकों से लेकर भारत के खिलौने और गुड्डे-गुड़ियाँ तक उन्हें प्यारी हैं। एक विदेशी पाठक को अचार बहुत भाने लगा। यह सुनकर आचार्य गद्-गद् हो गए। उन्होंने फौरन अन्दर से चटनी और कोई मिठाई मँगाकर मेरे साथियों के लिए भेंट कर दी। उसी समय कोई साहब उनके लिए जयपुरी जूती लाए थे। वह भी बतौर भेंट मुझे दे दी। मेरे साथियों के नाम हस्ताक्षर और शुभकामनाओं समेत अपनी कुछ पुस्तकें भी भेंट कर दीं। सचमुच उन्हें देने में, फैलने में सुख मिलता था।

कई बार मैं हैरान होता था कि यह हिन्दी का लेखक कितना 'अल्ट्रा-माडर्न' है! खाने-पीने, लिबास, जिन्दगी के तौर-तरीके, विचार-दर्शन सभी में उन्हें अंतर्राष्ट्रीय पसन्द थी। प्रकांड पंडित होते हुए भी, उनका दृष्टिकोण बड़ा व्यापक था।

तो ऐसा था वह उद्‌भट विद्वान, ओजस्वी लेखक और तेजस्वी विचारक, जो 2 फरवरी को भारत की राजधानी के बड़े अस्पताल में दर्दनाक हालत में अपना चोला छोड़ गया। जिस दिन भारत में सच्चा जन-राज कायम होगा, उस दिन इस जन-लेखक का पूरा मूल्यांकन होगा और तभी इस शब्द-चितेरे की आत्मा को सच्ची शांति प्राप्त होगी।

मेरे पुराने मित्र

– डॉ. युद्धवीर सिंह

उनका साहित्य जगत में जो विशेष स्थान था, उसकी शायद चिरकाल तक भी पूर्ति न होगी। थोड़े दिन हुए उनका *ख्यास* नामक एक धारावाहिक उपन्यास निकला था। हिन्दी जगत में वैज्ञानिक उपन्यास बहुत ही कम होंगे। इस उपन्यास का निस्संदेह हिन्दी साहित्य में एक विशेष स्थान होगा।। आचार्यजी यदि जीवित रहते तो अभी वह साहित्य भंडार को न जाने कौन-कौन से रत्नों से परिपूर्ण करते।

लगभग पचास वर्ष पूर्व उनकी प्रसिद्ध पुस्तक *अन्तस्तल* प्रकाशित हुई तो उस समय शास्त्रीजी की आर्थिक अवस्था अच्छी नहीं थी। और शायद जिन कठिनाईयों में से वह उन दिनों गुज़र रहे थे, उनके कारण *अन्तस्तल* के उद्गार निकले थे। *अन्तस्तल* का अच्छा स्वागत हुआ तो मैं एक रोज पूछ बैठा कि क्या इससे कुछ आर्थिक लाभ नहीं हुआ?

उन्होंने जवाब दिया, 'इससे एक बड़ा लाभ हुआ है। मुझे कविवर रवीन्द्रनाथ ठाकुर का एक पत्र मिला है, जिसमें गुरुदेव ने मुझे *अन्तस्तल* पर हार्दिक बधाई दी है।' शास्त्रीजी बड़े प्रसन्न थे। और आगे कहने लगे, 'गुरुदेव के इन चार शब्दों का बहुत बड़ा मूल्य है मेरे लिए। इससे बड़ा और क्या लाभ हो सकता है?'

जहाँ तक शास्त्रीजी की साहित्यिक सेवा और उनके साहित्य का सम्बन्ध है, वह तो छापे में छप चुकी है। और सबके सामने आती रहेगी। मैंने अपने पचास वर्ष के संसर्ग में जो विशेषता चतुरसेनजी में देखी वह यह थी कि वे दिल और दिमाग, दोनों के धनी थे। उनके हृदय और मस्तिष्क, दोनों विकसित थे। बहुत से लोग केवल भावुक होते हैं और बहुत से केवल बुद्धिमान, मगर जहाँ वह यथा नाम तथा गुण,

एक चतुर लेखक, चतुर वैद्य और चतुर विचारक थे, वहाँ वह अपने अन्दर एक उदार और करुणापूर्ण हृदय भी रखते थे।

एक दिन की बात है कि – हम दोनों ही अनूपशहर गए। वहाँ गंगा-स्नान के बाद जब एक हलवाई की दुकान पर कचौरी खाने बैठे, तो हलवाई की दुकान के नीचे जो झूठे पत्ते पड़े थे, उनको कुत्ते चाटने लगे। इतने में दो कंगले आए और उन कुत्तों को हटाकर खुद उन झूठे पत्तों में अपने पेट की आग बुझाने के लिए कुछ टुकड़े ढूँढ़ने लगे। बस, शास्त्रीजी ने उन फकीरों को अपना सब भोजन दे दिया। और मेरे कहने पर भी फिर भोजन नहीं किया। उनकी आँखें भर आई थीं।

अक्सर मुझे उनके साथ सफर करने का भी मौका मिला। एक दिन थोड़े-से असबाब के लिए जब उन्होंने कुली को एक अठन्नी दी और वह झुककर सलाम करके चला गया तो मैंने कहा, 'केवल एक आने का काम था दो आने दे देते, यह अठन्नी क्यों दी?'

बोले, 'क्या यह उसका झुककर सलाम करना तुम्हें अठन्नी में महँगा लगता है?'

मैं चुप हो गया, रहस्य को समझ गया।

सच्चे अर्थों में वह प्रतिभाशाली थे। तीसरे दर्जे में हम सफर करते और जैसा आमतौर से होता है, अन्दर बैठे हुए मुसाफिर बाहर से आने वालों को रोकते हैं – कहते हैं जगह खाली नहीं है, आगे खाली पड़ी है, आदि आदि, तो शास्त्रीजी को बुरा लगता। वह कभी किसी आने वाले को न रोकते थे, बल्कि कहते थे, 'मैं तो उस रोज़ खुश होऊँगा जब रेल वालों का भी उसी ही तरह चालान हुआ करेगा, जिस तरह ताँगे, इक्के, टैक्सी या बस वालों का चालान अधिक सवारी बैठाने पर होता है।'

मैं उस वक्त तो हँस दिया लेकिन जब ऐसे कुछ विचार मैंने गांधीजी के पढ़े, तो मैं अवाक् रह गया।

वह अन्याय को बर्दाश्त नहीं कर सकते थे, चाहे वह उन पर हो चाहे किसी और पर। क्रोध, उनको आता था मगर जोश में होश नहीं खोते थे। एक दिन शायद सिकन्दराबाद से दिल्ली आ रहे थे। एक छोटा-सा अटेची केस उनके पास था। जल्दी

में गाड़ी में बैठे और अटेची ऊपर रख दी। जब गाड़ी चल पड़ी तो थोड़ी देर बाद वह अटेची नीचे गिर पड़ी और सामने की सीट पर बैठे एक महाशय के घुटने पर थोड़ी-सी चोट लगी। वह महाशय आपे से बाहर हो गए और 'किस का है यह बक्सा!' कहकर बक्से वाले को बुरी तरह गाली देने लगे।

शास्त्रीजी स्वयं शर्मिन्दा थे, बोले, 'बक्सा मेरा है, माफ कीजिए।'

मगर वह साहब थे कि लाल-पीले हो गए – 'तमीज़ नहीं है असबाब रखने की!' कहते हुए गालियाँ बकते ही रहे।

शास्त्रीजी ने नम्रतापूर्वक ही कहा – 'देखिए, मैंने आपसे माफी माँग ली और जो इस बक्से के गिरने में मेरा कसूर हुआ और आपको तकलीफ हुई उसके लिए फिर माफी माँगता हूँ, मगर आप जो गाली बक रहे हैं उसके जवाब में गाली बककर अपनी ज़बान खराब नहीं कर सकता, मगर उसके एवज़ यह देता हूँ।' – कहकर शास्त्रीजी ने करारे हाथ से एक चाँटा उन महाशय के गाल पर रसीद कर दिया।

इस प्रकार चाँटा लगने पर रेल में बैठे मुसाफिर हँस पड़े और कहने लगे – 'बहुत ठीक हुआ, मेरा यार बके ही जा रहा है। आख़िर कोई ख़ून तो हुआ नहीं, माफी माँग ली और क्या करते!'

बस लोगों के हँसने और चाँटे से शर्मिन्दा होकर वह महाशय बल खाकर खामोश हो गए। मगर मुसाफिर इस चाँटे का मज़ा लूटते रहे।

यह छोटी-छोटी घटनाएँ मैंने शास्त्रीजी के व्यक्तित्व को प्रकट करने के लिए लिखी हैं। उनके मित्र जानते हैं कि वह मित्र के मित्र थे, मगर शत्रु के मित्र न थे। शत्रु के शत्रु थे। मगर होश नहीं खोते थे।

कई मित्रों का ख़्याल है कि वह ईश्वर में विश्वास नहीं रखते थे, मगर मेरा अनुभव इसके विपरीत है। वह ईश्वर की खुशामद करने में विश्वास नहीं रखते थे, मगर न्यायकारी, सर्वव्यापक परमेश्वर में उनका विश्वास था और अन्त समय तक था।

शास्त्रीजी चित्रकार भी थे। सबसे पहले जयपुर में मैंने देखा कि उन्होंने अपना

ही एक चित्र बना डाला है। यद्यपि इस तरफ उन्होंने अधिक ध्यान नहीं दिया, मगर इसका उन्हें शौक था। अब भी कुछ चित्र बना लेते थे। एक पुरानी घटना मुझे याद आ गई। सन् 1918 में दिसम्बर का महीना था। मैं कालेज में पढ़ता था और आचार्यजी दिल्ली में वैद्य थे। एक दिन वहाँ पहुँचे। तो बातचीत ईश्वर भक्ति पर चल पड़ी तो उन्होंने अपनी एक कविता – *उन्मत्त भक्त और भक्त वत्सल हरि* मुझे सुनाई और कहा – 'मैंने एक चित्र बनाया है उस चित्र पर ही यह कविता है।' फिर मेरे अनुरोध पर मेरी नोटबुक में जल्दी से वह चित्र भी बना दिया और कविता भी लिख दी। चित्र यूँ ही खाका-सा है मगर आज मेरे लिए उनके हाथ की यह अमूल्य निधि है। इस कविता से एक भक्त की उन्मत्त दशा का वर्णन है।

पद इस प्रकार है: –

यह भक्ति है, वह भक्त है,
यह देव है, वह दास है।
यह शासक है सब विश्व के
यह निबल शासित बापुरो।
ये भेद है यह बाहरी
हृदय थाम मिले दोऊ ओर के
सतत बह रही दोऊ ओर से
विमल धार विशुद्ध प्रेम की।
उन्मत्त दशा तेरे भक्त की,
हरि को हरि स्वरूप लुभावनो।
खचित चित्र मनोरम है कीयो
'चतुर' चित्रकार विचित्र ने।

शास्त्रीजी में आत्म-सम्मान कूट-कूटकर भरा था। कठिन-से-कठिन परिस्थितियों में भी उन्होंने किसी के सामने हाथ नहीं पसारा, चाहे ज़ेवर तक बेचना पड़ा हो। इस आत्माभिमान के कारण कभी-कभी कुछ लोग उनसे रुष्ट भी हो जाते थे, मगर झुकना

नहीं जानते थे। लेकिन जो लोग उन्हें समझ जाते थे वे फिर उनके अधिक नज़दीक हो जाते थे। मेरी उनसे कई दफा तकरारें हुई, मगर उनमें दोष किसी का भी रहा हो, उन्होंने कभी उसे मन में नहीं रखा। प्रेम सदा अटूट बना रहा।

प्रतिभा के धनी

उनकी साहित्यिक प्रतिभा तो हिन्दी संसार के सामने है और अब जब वह नहीं रहे हैं तो उनका साहित्य और भी चमकेगा। इसमें कोई सन्देह नहीं है। मगर वह एक उच्च कोटि के प्रतिभाशाली चिकित्सक भी थे। चिकित्सा के क्षेत्र में कुछ ग्रन्थ भी उन्होंने लिखे हैं, मगर जो चमत्कारिक इलाज उन्होंने रोगियों के किए थे, उनकी प्रतिभा के ही परिणाम थे। मेरे एक मित्र के छोटे भाई को क्षय हो गया। कोई बीस वर्ष की बात होगी। तब तक ये कृमिनाशक नई दवाएँ नहीं निकली थीं। मैंने शास्त्रीजी से कहा कि इसे तो आपको ठीक ही करना है। बस, उन्होंने उस पर हाथ रखा और तीन-चार महीने की कड़ी मेहनत के बाद उसे खड़ा कर दिया। मेरी धर्मपत्नी कई मास से रोग पीड़ित थी। एक दिन शास्त्रीजी घर आए और उनकी हालत देखकर बड़े दुःखी हुए। मैं भी परेशान था। कई महीने हो गए थे, उनकी हालत गिरती ही जा रही थी। कुछ सोच-समझकर अधिकारपूर्वक शास्त्रीजी ने कहा, 'अच्छा तुम बहू को मेरे सुपुर्द करो।' एक बड़े भाई की तरफ से विश्वास और अधिकार के साथ कही गई इस बात से मुझे बड़ी सान्त्वना मिली। इंकार करने का न अधिकार था और न गुंजाइश। बस उन्होंने चिकित्सा शुरू की और सारांश यह कि अपनी छोटी भावज को दुबारा जीवन दान किया। इसी प्रकार एक दफा मेरे छोटे पुत्र की भी जान बचाई। यह तो मेरी अपनी बात है, मगर जिस रोगी पर भी उन्होंने हाथ डाल दिया उसे ठीक ही करके छोड़ा। अंतिम दिनों में साहित्य ने उनका अधिक समय लिया इसलिए वह इधर ध्यान न दे सके।

विगत पचास वर्षों के इतने मधुर संस्मरण हैं कि आज उसके जाने के बाद एक-एक घटना सिनेमा-फिल्म की तरह सामने आ रही है। शास्त्रीजी एक लौह-पुरुष थे,

उनकी लेखनी 'लौह-लेखनी' थी और उन्हें ऐसी-ऐसी बातें उपजती थीं कि जिन्हें सुनकर हम दंग रह जाते। उनके स्वाभिमान को कभी-कभी लोग घमंड समझने लगते थे, मगर उनका हृदय करुणा से भरा था। मैं उनके साथ कई दफा रोया हूँ। रोते-हँसते जो पचास वर्ष तक अटूट बना रहा वह अब छूट गया।

उन्होंने जो कुछ लिखा, उसमें फौलाद भर दिया

– इन्द्र विद्यावाचस्पति

बहुत पुराना परिचय होने पर भी मुझे उनके निकट सम्पर्क में रहने का कभी अवसर नहीं मिला। मैंने उन्हें मुख्यतया उनके लेखों और पुस्तकों से ही जाना है। मैं उनकी रचनाओं का निरन्तर पाठक रहा हूँ। उनके आधार पर कह सकता हूँ कि उनका जीवन साहित्य-सेवियों के लिए एक बढ़िया आदर्श स्थापित करने वाला था। उनकी लेखनी में बल था। जो कुछ लिखते थे उसमें फौलाद भर देते थे। इसी कारण हिन्दी-जगत ने उनकी लेखनी को 'लौह-लेखनी' की उपाधि दे दी थी। वह लिखते समय किसी से डरते नहीं थे। हृदय के उद्‌गारों को अक्षरों में ढालते हुए उन्होंने यह विचार कभी नहीं किया कि इससे कोई राजा, सेठ या नेता नाराज़ होगा या कोई मित्र रूठ जाएगा। वह उन दुर्लभ लेखकों में से थे जिनके बारे में नीतिकार ने कहा –

सुलभाः पुरुषाः राजन् सततं प्रिय वादिनः।
अप्रियस्य च पथ्यस्य वक्ता श्रोता च दुर्लभः॥

वह ऐसे लेखक थे कि जिस बात को सत्य समझते थे, फिर वह किसी को कितनी ही अप्रिय लगे, कहने में संकोच नहीं करते थे।

आचार्यजी ने 150 के लगभग ग्रन्थ लिखे हैं, जो मात्रा में साधारण तीन लेखकों की रचनाओं से भी अधिक हैं। वह इतना अधिक लिख सके, इसका मुख्य कारण यही था कि वह अन्तःप्रेरणा से लिखते थे। उनकी साहित्यिक कृतियों की यह विशेषता थी कि वह प्रायः आलोचनात्मक होती थीं। कहानी हो या उपन्यास उसका लक्ष्य किसी-न-किसी वर्तमान व्यक्ति, संस्था या रिवाज की आलोचना ही रहता था। वह अपने दृष्टिकोण से जगत की सब समस्याएँ हल करने का दावा करके कलम नहीं

उठाते थे, अपितु समाज के विविध अंगों में जो रोग देखते थे उनका ज़ोरदार शब्दों में खुला प्रदर्शन कर देते थे और इस बात पर विश्वास रखते थे कि रोग की ठीक पहचान उसका आधा इलाज है।

आचार्य चतुरसेनजी में खरे व्यक्तियों का एक विशेष गुण था कि उनकी अनुकूलताएँ और प्रतिकूलताएँ बिल्कुल स्पष्ट रहती थीं। न उनमें उलझन होती थी और न सन्देह। प्रत्येक सम्बद्ध व्यक्ति यह जानता था कि वह आचार्यजी की धवल सूची में है या कृष्ण सूची में है।

आचार्यजी का सारा जीवन साहित्य की सेवा में व्यतीत हुआ। हिन्दी संसार इनका सदा ऋणी रहेगा।

हिन्दी के प्राण थे चतुरसेन शास्त्री

– डॉ. हरिवंश राय बच्चन

आचार्य चतुरसेन शास्त्री के देहावसान का समाचार हिंदी पत्रों में पढ़कर हृदय को भारी धक्का लगा। इसके पूर्व उनकी बीमारी का कोई समाचार पत्रों में पढ़ने या परिचितों से सुनने को न मिला था। पिछली बार मुझे उनके दर्शन करने का सौभाग्य लगभग एक मास पूर्व श्री बालकृष्ण शर्मा 'नवीन' के जन्मोत्सव समारोह में हुआ था। उन्होंने छोटा-सा भाषण भी दिया था – 'यह देखकर बड़ा दुख होता है कि नवीनजी उम्र में मुझ से कई वर्ष छोटे हैं, पर इतने अस्वस्थ रहते हैं और मैं हट्टा-कट्टा हूँ।' शास्त्रीजी को देखकर कोई नहीं कह सकता था कि उनका अंत इतना निकट है, पर महाकाल का शस्त्र कब किस के सिर पर आकर गिरेगा इसे कौन जान सका है! वह सदा ही दूर भी है और निकट भी। शास्त्रीजी सहसा हमारे बीच से उठ गए हैं और हिंदी संसार का एक प्राणवान कोना सूना हो गया है।

यह हमारे बीच से उठ भी गए हैं और हमारे बीच बैठे भी हैं और सदा बैठे रहेंगे। मृत्यु के समय शास्त्रीजी की अवस्था लगभग सत्तर के आसपास थी। उन्होंने हिन्दी साहित्य निर्माण की शिला रख दी है और उस पर हिन्दी गद्य का प्रासाद प्रशस्त, विस्तृत और उन्नत होगा, इसमें कोई संदेह नहीं है। गुण का ध्यान करना थोड़ी देर के लिए छोड़ भी दें तो उन का लेखन परिमाण में भी इतना है कि हमें आश्चर्यचकित कर देता है। हिंदी के इस महाप्राण लेखक ने न कभी विश्वास किया और न अपनी लेखनी को करने दिया। एक महारथी परिश्रम से थक कर सो गया है। उसे आराम की आवश्यकता थी। आइए, उसकी आत्मा की शांति के लिए प्रार्थना करें और उसके जीवन और कृतित्व से प्रेरणा ग्रहण करें। वह उन आशावान भविष्य-दृष्टाओं में थे

जिन्होंने सदियों से विश्रृंखल भारत देश को एक आंतरिक सूत्र में आबद्ध करने के लिए एक राष्ट्रभाषा की आवश्यकता का विश्वास लेकर अपना सम्पूर्ण जीवन उसे सजीव और सशक्त बनाने के लिए समर्पित कर दिया था। वह कार्य अभी अपूर्ण है और शायद आने वाली कई पीढ़ियों का इन मनीषियों द्वारा निर्दिष्ट पथ की ओर श्रम और साधना से बढ़ना होगा। और हम आगे बढ़ेंगे, पूर्ण विश्वास है।

समय आएगा जब शास्त्रीजी की सम्पूर्ण रचनाएँ संगृहीत होकर हमारे सामने आएँगी, शोधक उन पर अनुसंधान करेंगे और उनकी कृतियों और उनके जीवन का समुचित मूल्यांकन किया जाएगा। प्रबंध और व्यवस्था के अभाव में हमारे देश में लेखकों के मरने के बाद शोध-सामग्री प्रायः तितर-बितर हो जाती है। अब इस सम्बन्ध में हमें सतर्क रहने का समय आ गया है। शास्त्रीजी के ग्रंथों की संख्या लगभग सवा सौ के करीब बताई जाती है। हमें चाहिए कि हम उनकी समस्त अप्राप्य और दुष्प्राप्य रचनाओं की खोज आरम्भ करके उन्हें कहीं संगृहीत कर लें – शोध की दृष्टि से उनके विभिन्न संस्करणों की भी महत्ता है। उनकी हस्तलिखित पांडुलिपियों को भी सुरक्षित करने की आवश्यकता है। पचास वर्षों के साहित्यिक जीवन में उनके लेख आदि कब-किन पत्रिकाओं में प्रकाशित हुए इनकी भी प्रामाणिक और परिपूर्ण तालिका बनाने की ओर प्रयत्नशील होना चाहिए। इसी प्रकार उनके पत्रों को भी संकलित और सुरक्षित करने की ज़रूरत है। प्रसिद्ध अंग्रेज़ी लेखक विलियम बट्लर यीट्स के पत्रों की खोज में एलेन वेड ने अपने जीवन के पंद्रह वर्ष लगा दिए और लगभग 1000 पृष्ठों का ग्रंथ प्रकाशित किया। व्यक्तिगत संपर्क में आए हुए लोग अपने संस्मरण लिखें। समुचित शोध के लिए ये सब चीज़ें सहायक सिद्ध होंगी और इन सब कार्यों में जल्दी करनी चाहिए। बहुत तरह का काम व्यक्तिगत अध्यवसाय और लगन से किया जा सकता है। कुछ काम संस्थाओं द्वारा करने के हैं।

दिल्ली अथवा आगरा के विश्वविद्यालय के हिन्दी विभाग इस कार्य में रुचि लेंगे, ऐसी आशा मैं रखता हूँ।

इस समय इस बात का स्मरण कर कि शास्त्रीजी जैसे महारथी से मेरा परिचय

लगभग तीस वर्षों का था, मैं बड़े गौरव का अनुभव कर रहा हूँ। उनसे मेरा प्रथम साक्षात्कार सन् 1930 या 31 में हुआ था। और फिर हम अच्छे मित्र बन गए। शास्त्रीजी मानते थे कि एक अच्छा मित्र, एक अच्छा आलोचक भी होना चाहिए।

हमारे आचार्यजी

– आचार्य शिवपूजन सहाय

आचार्य चतुरसेन शास्त्री हिन्दी के प्रसिद्ध कथाकार थे। आपकी कहानियों और आपके उपन्यासों से हिन्दी के कथा-साहित्य की शोभा-वृद्धि हुई है। आयुर्वेद-विज्ञान के पंडित होने से आप एक सफल चिकित्सक भी थे। आपकी लेखनी साहित्य-क्षेत्र की कई दिशाओं में परिचालित हुई है। वैद्यक-ग्रन्थ तो लिखा ही, *सत्याग्रह* के साथ-साथ *व्यभिचार* नामक पुस्तक लिख डाली। बिहार राष्ट्रभाषा परिषद् की भाषण-माला के लिए आपने *कीमिया-रसायन* नामक पुस्तक तैयार की थी, पर आपके आकस्मिक निधन से वह पुस्तक प्रकाश न देख सकी। पटना पधारने पर आप बिहार हिन्दी साहित्य सम्मेलन की अतिथिशाला में ही ठहरते थे। सम्मेलन की बच्चन देवी साहित्य गोष्ठी में आपके प्रवचन भी हुए थे। आपकी भतीजी का विवाह पटना नगर में ही हुआ है, जिसके लिए एक बार आप सपरिवार यहाँ पधारे थे।

आपके प्रथम परिचय का सुअवसर हमें लखनऊ के *माधुरी* कार्यालय में, 1926 ई. में प्राप्त हुआ था। उसी समय से बराबर आपका स्नेह बना रहा। जब हम राजेन्द्र कॉलेज (छपरा) में थे, आप पटना से गोरखपुर जाते समय हमें पूर्व-सूचना देकर रास्ते में छपरा उतर गए और कॉलेज के छात्रों को वैज्ञानिक दृष्टि से ब्रह्मचर्य पर भाषण करके मुग्ध कर दिया। ब्रह्मचर्य और अग्निहोत्र को आप समाज कल्याण का सर्वोत्तम साधन मानते थे। आर्यसमाजी तो आप थे ही, पर आपके साथ बातचीत करने से ऐसा प्रतीत होता था कि आपने उक्त दोनों विषयों के सम्बन्ध में विस्तृत एवं गम्भीर अध्ययन किया है। अपने देश के वैदिक, धार्मिक और ऐतिहासिक साहित्य का अनुशीलन करने में आपने बड़े अनुराग से समय और द्रव्य का सदुपयोग किया

था। निजी संगृहीत ग्रन्थ-भण्डार की चर्चा करते समय आपने यह चिन्ता प्रकट की थी कि जीवन के अन्तिम क्षण को निकट देखकर सबसे अधिक मोह-ममता उन परमप्रिय ग्रन्थों के लिए ही उत्पन्न हो रही है, जिनसे इस जीवन का निर्माण हुआ है। आपने *चतुरसेन* नामक एक सुन्दर वार्षिक संकलन प्रकाशित किया था और उसे आप क्रमशः त्रैमासिक तथा मासिक रूप देकर हिन्दी के कथा-साहित्य, निबन्ध-साहित्य एवं आलोचना-साहित्य से सम्बद्ध विचार-रत्नों का विशाल कोषागार बनाना चाहते थे।

संसार में जनम और मरण का विधि-विधान नित्य की साधारण घटना है। प्रत्युत, संयोग-वियोग की लीला प्रतिक्षण संसार में होती ही रहती है। तब भी हम संसारियों को किसी प्रिय व्यक्ति के बिछुड़ने पर उसके गुणों का स्मरण करके सन्ताप होता ही है। सामाजिक प्राणी होने के कारण मनुष्य उन विशिष्ट व्यक्तियों के निधन से भी दुःखी होता है, जिनसे उसका निकट सम्बन्ध तो नहीं होता, पर उनके लोकोपकारी गुणों का स्मरण करके वह स्वभावतः दुःखित हो उठता है। इसमें कोई सन्देह नहीं कि साहित्य सेवियों से समाज का अधिकाधिक कल्याण होता है। आचार्य चतुरसेन द्वारा हिन्दी-प्रेमी समाज की ऐसी स्तुत्य सेवा हुई है, जो कभी भुलाई नहीं जा सकती। वे आमरण हिन्दी-हित-साधन में तत्पर रहे। जन-जागरण में निरन्तर उनका हार्दिक सहयोग रहा। उनकी मेधाशक्ति से साहित्य को समृद्धि-वृद्धि भी कम न हुई। उनके लोकहितकारी विचारों से असंख्य व्यक्तियों को कर्त्तव्य-पालन की प्रेरणा मिली। उनका मस्तिष्क सदैव स्वदेशवासियों के हित-चिन्तन और नैतिक उत्थान में ही संलग्न रहा। उनकी लेखनी और वाणी का सदुपयोग सदा जनगण-मंगल में ही हुआ। उन्होंने अपनी ईश्वर-प्रदत्त शक्तियों का प्रत्येक कण हिन्दी-माता के चरणों में अर्पित कर दिया।

ऐसे वन्दनीय विद्वान के लोकान्तरित होने से हिन्दी-हितैषी समाज की जो क्षति हुई है, उसकी पूर्ति की आशा, वर्तमान हिन्दी जगत की गतिविधि देखते हुए, मन में उदित नहीं होती।

एक कुशल कलाकार चतुरसेन शास्त्री

– गुरुदत्त

जहाँ तक आज स्मरण आ रहा है कि मेरा पहला परिचय श्री शास्त्रीजी से उनके एक उपन्यास के द्वारा हुआ था। कदाचित उस उपन्यास का नाम *हृदय की प्यास* था। पुस्तक पढ़ते ही मैं उनकी लेखन शैली का भक्त हो गया था। उस समय मैं स्वयं उपन्यासकार के रूप में प्रकट नहीं हुआ था। तब लाहौर में एक अध्यापक का कार्य करता था।

उपन्यास अति रोचक लगा था; उस पर भी उपन्यास का कोई निष्कर्ष निकलता दिखाई नहीं दिया। उस समय भी मैं उद्देश्यहीन जीवन अथवा जीवन कार्यों को व्यर्थ मानता था; इस पर भी उपन्यास इतना रोचक था कि कई बार पढ़ा था।

तबसे ही से मैं श्री शास्त्रीजी को एक कुशल कलाकार मानता रहा हूँ। जब सन् 1945 में उनके प्रथम बार दर्शन हुए तो चित्त में बहुत प्रसन्नता हुई थी। दिल्ली प्रादेशिक हिन्दी साहित्य सम्मेलन ने एक साहित्यिक गोष्ठी का आयोजन मेरे चिकित्सालय, कनॉट सरकस पर किया था और शास्त्रीजी उसमें आमन्त्रित थे।

इसके उपरान्त तो कई बार उनके दर्शन हुए थे। एक बार उनके निवास स्थान शाहदरा (दिल्ली) में भी एक गोष्ठी में गया था। वहाँ आपने अत्यन्त सुहृदयतापूर्वक सब साहित्यकारों का आदर-सत्कार किया था।

सन् 1958 में एक श्रमजीवी साहित्यकारों के सम्मेलन में दो दिन तक उनकी संगत में रहने का अवसर मिला था। तब तो उनको और भी समीप से देख सका था।

शास्त्रीजी हिन्दी के विख्यात उपन्यासकारों में रहे हैं। आपका कला पक्ष अति

प्रबल और प्रभावी होता था। विचार समानता हो अथवा न हो; आप पाठक को अपनी कला के बल पर ऐसे धकेलते हुए लिए जाते थे, मानो नदी के वेग युक्त प्रवाह में कोई बहता चला गया हो।

आपकी कृतियों में ऐसी बहुत हैं, जो अमर रहने का सामर्थ्य रखती हैं।

आचार्य चतुरसेन शास्त्री : एक कालजयी रचनाकार

– राजेन्द्रनाथ तिवारी 'तृषित'

पूरे आठ दिन एक छोटे ग्रामीण कस्बे में बिता कर नौवें दिन 11 फरवरी की रात्रि लगभग साढ़े दस बजे अन्तिम बस द्वारा कानपुर पहुँचा, तो सर्वप्रथम व्हीलर बुक-स्टाल से 14 फरवरी का *साप्ताहिक हिन्दुस्तान* खरीदकर एक रिक्शे पर जा बैठा। रिक्शा चल रहा था और मैं *साप्ताहिक हिन्दुस्तान* के पन्ने उलट रहा था। अभी मैंने चौथा पृष्ठ ही उलटा था, कि 'शोक संवाद' शीर्षक पर दृष्टि पड़ते ही अन्तर में कितने ही चित्र बन-बिगड़ गए। चलचित्र की भाँति मन के परदे पर कितनी ही आकृतियाँ घूम गईं। और मार्ग के धूमिल प्रकाश में ही संवाद की पंक्तियों पर मेरी दृष्टि उतरती चली गई। संवाद पढ़ लेने के बाद मैं *हिन्दुस्तान* के पन्ने और न उलट सका। लगा, जैसे रिक्शा मेरे ऊपर है, और मैं उसके नीचे दब गया हूँ। आचार्यजी की मुखाकृति मेरी आँखों में नाच रही थी। उनके साहित्य के पन्ने फिल्म की भाँति मेरे मानस में उतर रहे थे। उनके जीवन-क्षण एक के बाद एक उभर-उभर कर सामने आ रहे थे। फिर मुझे पता न चला, कब मैं कहाँ से गुजरा। रिक्शा जब मेरे मकान के पास आकर खड़ा हुआ और रिक्शेवाले ने मुझे इसकी सूचना दी, तो मैं जैसे आसमान से गिरा। अब मुझे अपने नौ दिनों के कूप-मंडूक ग्रामीण प्रवास पर बड़ा आक्रोश हो रहा था और ग्राम्य-जीवन पर संवेदना हो रही थी कि कहीं कुछ भी हुआ करे, वहाँ कुछ पता नहीं। प्रतिदिन का एक वही घिसा-पिटा जीवन-क्रम। प्रगति के चिह्न क्या, सोचना भी स्वप्न। कल्पना से परे रहता है वहाँ अन्य सभी कुछ, बार-बार मुझे स्मरण

आ रहा था कि मेरा 8 फरवरी का पत्र (जो कि मैंने गाँव से ही आचार्यजी को लिखा था) मिला होगा। लोग क्या कहते होंगे?

आज मेरे मानस में फिर-फिर कर स्व. मुंशी प्रेमचन्द का कथन उभर रहा है – 'जनता को उठाने वाला जब मिट जाता है, तभी वह सम्मान पाता है।' इस वाक्य के मूल में उन्नायक की दूरदर्शी पैनी दृष्टि ही रहती है। वह सदैव आगे जाने वाले भविष्य की बात सोचता है, और वर्तमान का उसके साथ समन्वय करने के प्रयास में अपने जीवन की आहुति दे डालता है। आज यह बात सोचते हुए मेरे संताप की सीमा नहीं है। मैं सोचता हूँ, क्या युग-युगान्तर से चले आ रहे, इस अभिशाप में हम कभी मुक्त भी हो सकेंगे? इसी चिन्तन की क्रिया में आचार्यजी के जीवन के कुछ क्षण मेरे अन्तर में एक तूफान-सा खड़ा कर रहे हैं।

जन्म और छात्र जीवन

लौह लेखनी के धनी इस मूर्धन्य कथाकार का जन्म अनूपशहर के निकटवर्ती ग्राम चाँदोख में भाद्रपक्ष कृष्ण 4, रविवार संवत् 1948 विक्रमी (26 अगस्त 1891) को एक साधारण परिवार में हुआ था। पिताजी विशेष शिक्षित न थे। आर्य समाज के रूप में उन्होंने बड़ा कार्य किया था। आर्य समाज के जनक ऋषि दयानन्द के दर्शनों का सौभाग्य उन्हें प्राप्त था। आचार्यजी के जन्म के बाद इनके पिता इनकी शिक्षा-दीक्षा के लिए सिकन्दराबाद आ बसे, जहाँ कि संभवतः सन् 1903-04 के लगभग स्वामी दर्शनानन्द (तब पं. कृपाराम) एवं श्री मुरारीलाल शर्मा के सहयोग से उन्होंने सर्वप्रथम गुरुकुल की स्थापना की। गुरुकुल कांगड़ी की स्थापना इसके बाद हुई थी। सिकन्दराबाद गुरुकुल के प्रथम दीक्षित तीन विद्यार्थियों में एक आचार्य चतुरसेन शास्त्री भी थे।

एक ओर इनके पिता कट्टर आर्य धर्मावलम्बी और दूसरी ओर एक युग प्रवर्तक विश्व मानव! प्रतिक्रिया यह हुई कि एक दिन आचार्यजी गुरुकुल की *भूगोल* और *सत्यार्थ प्रकाश* की पढ़ाई से प्रेरित होकर अपने एक सहपाठी के साथ गुरुकुल की

दीवार फांद कर भाग निकले और काशी (वाराणसी) पहुँच कर श्री केशवदेव शास्त्री से संस्कृत का अध्ययन किया। जब श्री केशवदेव शास्त्री अमेरिका चले गए, तब आचार्यजी जयपुर संस्कृत कॉलेज में आकर प्रविष्ट हो गए, और यहीं से उन्होंने साहित्य तथा चिकित्सा की उपाधियाँ प्राप्त कीं।

साहित्य की दीक्षा

सन् 1909 में आचार्यजी ने सिकन्दराबाद आकर प्रैक्टिस शुरू की। कुछ काल तक वे दिल्ली तथा अजमेर रहे। तदनन्दर सन् 1913-14 के आसपास वे डीएवी कॉलेज लाहौर में आयुर्वेद-विभाग के प्रधान प्रवक्ता हो कर गए। जयपुर अध्ययनकाल में वे महामहोपाध्याय पं. गौरीशंकर हीराचन्द 'ओझा' एवं पंडित चन्द्रधर शर्मा 'गुलेरी' के संपर्क में आए। साहित्यिक प्रेरणा इन्हें यहाँ इनसे भी मिली, वैसे वे विशेष उत्प्रेरित एवं उत्साहित पं. पद्मसिंह शर्मा से हुए।

आचार्यजी का साहित्यिक जीवन काव्य से प्रारम्भ हुआ था। उनकी सर्वप्रथम कविता *व्यंकटेश्वर समाचार* में लाला लाजपतराय के निर्वासन पर छपी थी। प्रथम उपन्यास *हृदय की परख* उन्होंने लिखा था। *अन्तस्तल* नामक गद्य-काव्य उनकी द्वितीय पुस्तक है, जिसकी भूमिका में पंडित पद्मसिंह शर्मा ने उसे हिन्दी का सर्वप्रथम मौलिक गद्य-काव्य माना था। तत्पश्चात् उन्होंने लगभग दो दर्जन उपन्यास (सामाजिक तथा ऐतिहासिक) एवं लगभग 4500 कहानियाँ हिन्दी संसार को दीं। *वैशाली की नगरवधू* उनका संपूर्ण हिन्दी साहित्य में एक अनूठा ऐतिहासिक उपन्यास है।

साहसी साहित्यकार

जीवनभर उन्होंने घोर अर्थ-संकट को अदम्य साहस के साथ हँसते-हँसते झेला, किन्तु वे किसी के हाथ की कठपुतली नहीं बने। श्रम को उन्होंने साहित्य-साधना का सर्वोपरि लक्ष्य माना। उनकी लेखनी में, सामाजिक क्रान्ति के अंगारे थे। वे कभी किसी गुटबन्दी के भी न तो शिकार हुए, और न ही कभी आलोचक वर्ग से समन्वय

स्थापित कर सके। और इसीलिए कितने ही आलोचकों ने अपनी अहंमान्यता के मद में उन्हें उपन्यासकार और कहानीकार तक न मानने के कृत्य किए। इस सम्बन्ध में आचार्यजी का कथन मुझे स्मरण आ रहा है – 'उपन्यास और कहानियों के नामांकित समालोचक मुझे न तो उपन्यासकार समझते हैं, न कहानीकार।'

किसी भी कलाकार की कृतियों का सही मूल्यांकन तो जन-साधारण करता है। आलोचक तो सरलता के लिए एक माध्यम होता है और इसीलिए देखा गया कि आलोचकों के विद्रोह के बावजूद जन-साधारण ने उन्हें अपने हृदय में स्थान दिया।

हिन्दी आलोचना साहित्य में आज निर्णयात्मक मानदंडों का अभाव है। परिणामतः आलोचना समालोचना के स्तर पर उतर आई है, फिर पक्षपातयुक्त घिसी पिटी समालोचना के लिए क्या कहा जाए? परिचय और स्वार्थ ही जब आलोचना-साहित्य सृजन के लिए प्रेरक बन जाए, तब खरी और निष्पक्ष आलोचना की बात सोचना भी निर्मूल ही होगा। जहाँ आज आलोचकों को किसी साहित्यकार के विषय में यह तक न ज्ञात हो कि – अमुक साहित्यकार ने क्या-क्या लिखा है, और हिन्दी आलोचना के स्तम्भ होने का दम भरते हों, वहाँ आलोचना का स्तर उच्च हो ही कैसे सकता है? इस प्रसंग में स्वयं आचार्यजी का कथन है – 'मेरी कहानियों की संख्या 400 से ऊपर है, और उपन्यास अट्ठारह-बीस हैं। मुझे यह मालूम है कि वे व्यापक रूप से पढ़े जाते हैं। लाखों आँखें उन्हें पढ़ती हैं। केवल ये समालोचक-पुङ्गव ही नहीं पढ़ते। और श्री हजारीप्रसाद द्विवेदी तथा श्री गुलाबराय के सम्बन्ध में तो मैं कसम खाकर कह सकता हूँ कि मेरे उपन्यास और कहानी पढ़ना तो दरकिनार, वे यह भी नहीं जानते कि मेरे उपन्यास कितने हैं, क्या-क्या हैं, तथा कहानियाँ कौन-कौन-सी हैं?'

आचार्यजी के साहित्य पर कुछ लोग अश्लीलता का आरोप लगाते हैं, किन्तु श्लील और अश्लील की वास्तविक परिभाषा भी वे बता सकेंगे, मुझे इसमें सन्देह है। हम किसी चीज़ को अपने दृष्टिकोण से देखने के लिए स्वतंत्र हैं, किन्तु तर्करहित विचारों और आरोपों को मनाने के लिए न तो तैयार हैं, और न ही बाध्य किए जा

सकते हैं। सामाजिक जीवन में विराम और सन्धि का कुंठा के साथ वही सम्बन्ध है, जो किसी सच्चरित्र नारी को आवरणहीन कर उसकी स्वभावजन्य प्रवृत्तियों को जगा कर पतन-मार्ग की ओर उत्प्रेरित करने के बाद उसे कुलटा की उपाधि से विभूषित करने में होता है। महाकवि तुलसी ने कहा है – 'जाकी रही भावना जैसी, प्रभु सूरत देखी तिन तैसी।' महाकवि ने 'प्रभु' शब्द का यहाँ जिस व्यापक रूप में प्रयोग किया है, यदि हमारी विभ्रमित बुद्धि उसे संकुचित दायरे में बन्द कर देखना चाहे, तो इसमें किसी का क्या दोष? संक्षेप में अश्लीलता को हम दूसरे शब्दों में दृष्टि का अन्तर या दृष्टि-दोष कह सकते हैं। आचार्यजी यथार्थवादी थे, किन्तु उनका यथार्थ जिस परिष्कृत रूप में था, उसका अनुचित अर्थ लगाने वाले ही उसे अश्लीलता का जामा पहनाने का पुण्य कार्य करते रहे हैं और शायद आगे भी करते रहेंगे।

यथार्थ और कल्पना का समन्वय ही साहित्य में सत्य की सृष्टि करता है। मार्क्सवाद ने जहाँ अर्थ को ललित कला का सृष्टि-केन्द्र माना है, वहीं फ्रॉयड का यौनदर्शन जीवनदर्शन के प्रधान लक्ष्य के साथ ललित कलाओं के विकास का बिंदु है। डॉ. लारेन्स, इज़रापौण्ड तथा समरसेट मॉम जैसे लोगों ने प्रत्यक्ष में फ्लावेयर और ज़ोला का विरोध तो नहीं किया, किन्तु फ्रॉयड के यौनदर्शन की आड़ में जिस साहित्य का सृजन किया है, उसकी व्याख्या में मैं इतना ही कहना चाहूँगा कि यदि फ्रॉयड की विचारधारा को मानने वाले ये समालोचक जीवन-दर्शन को अश्लीलता की परिभाषा से रंगते हैं, तो इस परिभाषा के मूल तथ्य रूप में परोक्ष से ध्वनित हो रही जिस समालोचना पद्धति का डंका हमारे सामने पिट रहा है, वह यदि पक्षपातपूर्ण नहीं है तो और क्या है? यदि ऐसी स्थिति में हम अपने आलोचकों की इस नीति को आदर्श और यथार्थ के रूप में कसौटी पर कसें तो श्लील और अश्लील की इनकी परिभाषा का भेद हम से छिपा न रहेगा।

आचार्यजी का अंतिम उपन्यास *पत्थर युग के दो बुत* है। नारी, पुरुष और आधुनिक सभ्यता, इन तीनों के समन्वयात्मक रूप में यह उपन्यास जहाँ एक ओर सभ्यता के उत्तंग शिखर पर खड़े मानव के लिए चुनौती है, वहीं इस बात को भी

सिद्ध करता है कि मानव सदैव अपूर्ण रहा है और रहेगा। इस उपन्यास के सम्बन्ध में स्वयं आचार्यजी का कथन है – 'फ्रॉयड के मनोविज्ञान का मनन करने के बाद एक ही सिद्धांत जो अद्भुत है, उभरता है। वह यह कि मन के सब व्यापार हमें मालूम नहीं होते, और मन का निर्ज्ञात प्रदेश होता है। यह निर्ज्ञात प्रदेश हमारी कामना की समष्टि है। निरुद्ध होने पर भी हमारी कामनाएँ इससे दूर नहीं होतीं।'

आचार्यजी का स्वर्ग और नर्क के अस्तित्व पर विश्वास न था। आत्मा के सुख और उसकी शान्ति पर ही उनका स्वर्ग आधारित था। वे विवेकवादी थे और ईश्वर को निराकार मानते थे। जन्म और मृत्यु को वे कर्मों के आधार पर घटित एक शारीरिक (स्थूल) घटना मानते थे। वे ज्ञान के अक्षय भण्डार थे। उद्भट विद्वता उनकी चेरी थी। ज्ञान-गर्हित कल्पना उनके साहित्य का प्राण बनी, उन्होंने उसे जीवन दिया। साहित्य में ही नहीं, अनेक विषयों पर अधिकारपूर्वक लिखने की वे क्षमता रखते थे। साहित्य में उनकी कीर्ति चिरस्थायी रहेगी। वे मरे नहीं; सदैव के लिए अमर हो गए।

कड़वा अमृत

– कन्हैयालाल मिश्र 'प्रभाकर'

वह भावना का युग था और उन दिनों नन्हीं-नन्हीं बूंदों में भी सागर लहरा उठे थे। *प्रताप* में एक गद्य-काव्य पढ़कर मैं कोई एक सप्ताह पागल रहा और जाने कितनी बार मैंने उसे पढ़ा और जाने कितनों को पढ़-पढ़ कर सुनाया। उसका शीर्षक था – 'अनूपशहर के घाट पर' और उसके लेखक थे – श्री चतुरसेन शास्त्री। इस छोटे से गद्य-काव्य ने मुझे सदा के लिए उनके साथ बांध दिया – मुझे उनका एक पाठक और उन्हें मेरा प्रिय लेखक बना दिया।

प्रयाग में एक साहित्य गोष्ठी की स्थापना हुई। सब साहित्यिक पन्द्रहवें दिन उसमें मिलते और विभिन्न विषयों पर चर्चा करते। एक बार शास्त्रीजी के उपन्यास *हृदय की प्यास* पर भी उसमें चर्चा हुई और निर्णय हुआ कि यह पुस्तक अश्लील होने के कारण जला देने के योग्य है। यह निर्णय *आज* में छपा।

समय की बात, मैंने दो-चार दिन पहले ही वह पुस्तक पढ़ी थी, और मैं उस पर मुग्ध था। मैंने *आज* में ही उस निर्णय का प्रतिवाद किया। बस फिर क्या था, एक पूरा वाद-विवाद ही छिड़ गया – एक तरफ पूरी गोष्ठी, दूसरी तरफ मैं अकेला। कई लेख छपे, पर इस अर्थ में जीत मेरी हुई कि अन्तिम लेख मेरा था – और विवाद को समाप्त करते हुए सम्पादक ने मेरी प्रशंसा की थी, पर शास्त्रीजी मेरे लिए अब भी अज्ञेय थे।

चाँद के 'फाँसी अंक' का सम्पादन करते समय उनका पहला पत्र मुझे मिला – 'तुम तो बहुत अच्छा लिखते हो। कुछ भेजो, ज़रूर छपेगा।' मैं तो तब लिखना सीख ही रहा था, मैं क्या लिखता? फिर भी मेरी एक तुकबन्दी उन्होंने 'फाँसी अंक' में छापी – खुलेआम यह रियायत थी। तब सोचा था और उनकी मृत्यु तक मुझे

अपनी यह राय बदलनी नहीं पड़ी कि वे दोस्तों-के-दोस्त थे और खूब दोस्त थे।

मैं जानता हूँ कि मेरी इस सम्मति का समर्थन करने वाले और विरोध करने वाले बहुत नहीं, बहुत-बहुत हैं। ये जीवन में बहुतों से दोस्ती करने के बाद लड़े थे, उन्होंने बहुतों की टोपी उछाली थी, वे बहुत बुरी तरह से लड़ते थे, पर उनके लिए कभी भी किसी ने सहानुभूति से उनके अक्खड़ लड़ाकूपन का विश्लेषण ही नहीं किया।

उनकी पुस्तक *इस्लाम का विषवृक्ष* पर श्री बनारसी दास चतुर्वेदी ने *विशाल भारत* में घनघोर विरोध किया। मैंने उस विरोध को बल दिया, स्वयं उस पर लिखा, दूसरों से लिखाया, पर शास्त्रीजी ने उन दिनों या बाद में भी कभी मुझसे उसकी चर्चा नहीं की। वे मुझसे उसी तरह मिलते-जुलते रहे। एक दिन उन्होंने स्वयं कहा था – 'जाने क्या बात है कि जिससे मेल होता है, उससे लड़ाई हो जाती है, पर जाने क्या बात है कि तुम से कभी लड़ाई नहीं होती!'

अपने लड़ाकूपन से वे खुश न थे, पर मजबूर थे। उनके स्वभाव की एक प्रमुख वृत्ति अहंकार थी। वे महत्वाकांक्षी थे। समाज में महत्व पाने के दावेदार थे, हकदार थे, पर समाज ने उनके दावे को स्वीकार नहीं किया, उनका हक उन्हें नहीं दिया। यही नहीं उनके मित्रों ने, उनके अपनों ने उनके अहंकार पर डले फेंके, उनके हक की उपेक्षा की और इस तरह एक उद्भव मानव को मानव बना दिया!

उनकी यह असफलता थी कि वे उद्बुद्ध होकर भी क्रुद्ध हुए, पर इस असफलता की जड़ समाज की गन्दगी में थी। इस गन्दगी का सबसे गन्दा प्रदर्शन यह था कि उन्हें क्रुद्ध बनानेवाला समाज सदा यह नारा लगाता रहा कि वे क्रुद्ध न होते, तो मैं उनकी पूजा करता।

मैंने उनकी इस असफलता को कभी महत्व नहीं दिया और सदा पूरी ईमानदारी के साथ इसे एक बहुत छोटी – शूद्र और नगण्य असफलता मानता रहा। क्यों? गोया उनकी मित्रता के कारण? ना, उनकी इस महान सफलता के कारण कि समाज द्वारा क्रुद्ध किए जाने पर भी वे पूर्ण उद्बुद्ध रहे और अपने जीवन के अन्तिम दिन तक उसी समाज को शुद्ध, स्वादिष्ट और स्वास्थ्यवर्धक मानसिक भोजन परोसते रहे। उनको

छोड़िए, उनके इस मानसिक भोजन को भी समाज ने कभी उचित महत्व नहीं दिया, पर महत्वहीनता के इस दमघोटू वातावरण में भी उन्होंने अपने भोजन का स्तर नहीं गिराया, अपना ख़ून-पसीना एक कर, उसे ऊँचे-से-ऊँचा उठाते रहे, इसी में अपने को खपा दिया, यह क्या उनके शक्तिशाली व्यक्तित्व की कोई साधारण सफलता है?

श्री कन्हैयालाल माणिकलाल मुंशी उत्तर प्रदेश के गवर्नर थे और नैनीताल के राजभवन में गरमी बिता रहे थे। समय की बात आचार्य चतुरसेन भी अपने परिवार सहित नैनीताल जा पहुँचे। मुंशीजी एक युग पहले सोमनाथ पर उपन्यास लिख चुके थे। और शास्त्रीजी का *सोमनाथ* उन्हीं दिनों छपा था। इस तरह दोनों समानधर्मा और समानकर्मा व्यक्ति थे। शास्त्रीजी ने मुंशीजी को पत्र लिखा कि मैं आपसे मिलना चाहता हूँ, पर शर्त यह है कि गवर्नर मुंशी हमारी बातचीत के बीच में न आए।

मुंशीजी बहुत ऊँचे दर्जे के सामाजिक, सुसभ्य व्यक्ति थे। उन्होंने शास्त्रीजी को मिलने की तारीख और समय लिख दिया – पधारने की प्रार्थना भी की। नैनीताल पहाड़ी स्थान है, वहाँ तांगा-मोटर तो दिल्ली की तरह सुलभ नहीं; शास्त्रीजी ने चार आदमियों वाली दो डांडियाँ किराए पर कीं और अपनी पत्नी सहित समय पर राजभवन पहुँचे।

राजभवनों के नियम पुराने समय से बंधे-सधे चले आ रहे हैं। द्वारपाल ने शा-स्त्रीजी से प्रार्थना की कि वे डांडी यहीं छोड़ दें; क्योंकि राजभवन में डांडी जाने का नियम नहीं है।

शास्त्रीजी ने द्वारपाल की ओर नहीं देखा, और अपने डांडी वालों से डाँटकर कहा – 'क्यों रे, हमने तुम से कन्हैयालाल मुंशी के घर चलने को कहा था, पर तुम राजभवन आ धमके – बड़े मूर्ख हो।'

द्वारपाल ने कहा – 'श्रीमन्, महामहिम मुंशी यहीं रहते हैं। डांडी वाले ठीक स्थान पर आपको लाए हैं।'

फिर भी गाँठ न खुली, तो द्वारपाल ने प्रधान द्वारपाल को फोन किया, वे आए, पर शास्त्रीजी की दलील थी – 'नियम गवर्नर के होंगे, पर हमें तो गवर्नर मुंशी से

मिलना ही नहीं है।' और तब उन्होंने अपने डांडीवालों से कहा – 'डांडियाँ नीचे रख दो। जितने समय के लिए हमें मुंशीजी ने बुलाया है, हम उतने समय यहीं द्वार पर बैठे रहेंगे और फिर लौट जाएँगे।'

प्रधान द्वारपाल चकराया। उसने निजी सचिव को फोन किया और उसने महामहिम मुंशी को सब हाल सुनाया। मुंशीजी ने कहा – 'द्वार खोल दो और उन्हें डांडी पर ही आने दो।' द्वार खुला और शास्त्रीजी डांडी पर बैठे हुए, राजभवन के बरामदे तक पहुँचे, जहाँ स्वागत के लिए खड़े मुंशीजी उनकी प्रतीक्षा कर रहे थे।

अपना श्रेष्ठ उपन्यास *वैशाली की नगरवधू* शास्त्रीजी ने प्रधानमंत्री श्री जवाहर लाल नेहरू को समर्पित किया। यह समर्पण क्या था, ठीक-ठीक शासन करने की हिदायत थी। इस समर्पण का आरम्भ होता है 'हे ब्राह्मण!' इस व्यंग्यात्मक सम्बोधन से। स्वाभाविक है कि नेहरू जी इसे पसन्द न करें। फिर इस तरह के समर्पण पूछकर करने की प्रथा है। और शास्त्रीजी ने न पूछा था, न स्वीकृति ली थी।

प्रधानमंत्री के निजी सचिव ने शास्त्रीजी को पत्र लिखा – 'आपने बिना पूछे प्रधानमंत्री को यह समर्पण क्यों किया?'

शास्त्रीजी ने उत्तर दिया – 'समर्पण का अर्थ है देना, तो मैंने प्रधानमंत्री को अपने कई वर्षों के परिश्रम का फल दिया है, उनसे कुछ माँगा नहीं। इस तरह मैं दानी हूँ, भिखारी नहीं। कि पूछता फिरूँ कि कुछ दोगे क्या? फिर भी नेहरू को मेरा समर्पण पसन्द न हो, तो उनसे कहना कि पुस्तक का वह पन्ना फाड़ दें।'

पंजाब हिन्दी साहित्य सम्मेलन में बहुत आग्रह से स्वागताध्यक्ष डॉक्टर सत्यपाल ने उन्हें बुलाया। वे जिस गाड़ी से गए, उसी से सम्मेलन के उद्घाटनकर्त्ता श्री गणेश वासुदेव मावलंकर अध्यक्ष लोकसभा भी गए। स्टेशन पर बहुत धूमधाम से स्वागत हुआ, पर यह स्वागत मावलंकरजी पर ही पुष्पवर्षा करता रहा। शास्त्रीजी प्लेटफार्म पर अपने सामान के पास खड़े रहे, उनके पास कोई नहीं आया। बाद में एक स्वयंसेवक रिक्शा में बैठाकर उन्हें निवास तक छोड़ गया।

शाम को वे उत्सव में गए, तो वहाँ भी वही बहस थी, मावलंकर का स्वागत

राजकीय और शास्त्रीजी मंच के एक कोने पर। उद्घाटन भाषण और स्वागत भाषण के बाद उल्लास भरे वातावरण में शास्त्रीजी से मंगल वचन कहने का अनुरोध किया गया, तो शास्त्रीजी माइक पर आए प्रसन्नता भरे स्वर में बोले – 'मावलंकरजी की इस बारात में आकर बहुत प्रसन्नता हुई। दूल्हा तो सुन्दर है ही, बारात भी खूब सजी है। और प्रबन्ध भी शानदार है, पर साहित्य रूपी दुलहिन इस धूमधाम में ऐसी दब गई है कि छुई मुई-सी घूँघट में लिपटी-दबी बैठी है – कहीं दिखाई नहीं देती।' सुनकर दर्शकों-श्रोताओं ने तालियों से पण्डाल गुँजा दिया, पर मंच पर तो जैसे पानी पड़ गया!

यहाँ एक संस्मरण और – हिन्दू विश्वविद्यालय की एक परिषद में भाषण देने के लिए उन्हें बुलाया गया। बुलाने वालों में श्री हजारीप्रसाद द्विवेदी भी थे। शास्त्रीजी ने अपने भाषण में कहा – '*बाणभट्ट की आत्मकथा* के लेखक भी डॉक्टर हजारीप्रसाद द्विवेदी हैं और (एक पुस्तक का उन्होंने नाम लिया, शायद *हिन्दी साहित्य की भूमिका*) के लेखक भी डॉक्टर हजारीप्रसाद द्विवेदी हैं। क्या ये दोनों एक ही हैं? यदि एक ही हैं, तो मैं कहता हूँ कि इनमें से एक ही पुस्तक उनकी लिखी हुई है; या तो पहली या दूसरी – दोनों पुस्तकें एक लेखक की नहीं हैं। मैं चाहता हूँ, आप इस पर खोज करें।'

बड़ी हड़बड़ी मची, सारा वातावरण अस्त-व्यस्त हो गया और उत्सव के बाद की टी-पार्टी उखड़ी-उखड़ी रही।

ये सब संस्मरण समय-समय पर स्वयं शास्त्रीजी ने ही मुझे सुनाए थे। 1959 की गर्मियों के अन्त में वे हरिद्वार से लौटते हुए कुछ घंटे मेरे पास टिके, तो यह अन्तिम संस्मरण उन्होंने मुझे सुनाया। सुनकर मुझे बड़ा अजीब-सा लगा और मन में गहरी अरुचि का भाव जागा। वे साफ बात कहते थे, तो साफ बात सुन भी सकते थे। मैंने कहा – 'उन्होंने आपको अपने उत्सव की शोभा बढ़ाने के लिए बुलाया था, पर आपने उनकी शोभा पर तारकोल छिड़क दिया; यह क्या कोई अच्छी बात है?'

पूरे सन्तुलन में बोले – 'ऐसी बातें अच्छी थोड़े ही हुआ करती हैं?'

उनके सन्तुलन और उत्तर से मुझे बढ़ावा मिला और वर्षों-वर्षों की जिज्ञासा एक प्रश्न में भरकर मैंने उनके सामने रख दी – 'नैनीताल गए, तो आप मुंशीजी से भिड़ गए, अमृतसर गए, तो मावलंकरजी से टकराए और काशी गए, तो द्विवेदीजी को उधेड़ बैठे। फिर आप मानते हैं कि ये बातें अच्छी बातें नहीं हैं; तब आप यह सब करते क्यों हैं?'

ज़रा गम्भीर रहे, तब मुस्कुराए, कुछ सोचा और बोले – 'यह रहस्य जहाँ तक मुझे याद है, आज तक किसी को नहीं बताया। शास्त्रों की भाषा में यह 'गुह्यात् गुह्यतरं परम्' है पर तुम्हें बताता हूँ। गद्य लेखक के जीवन का यह रहस्य पद्यमय है और जाने मुझसे पहले ही इसे कौन लिख कर रख गया है।' और तब यह शेर पढ़ा – 'चोर आए, घर में घुसे और लूट ले गए, बंदा कर सकता था क्या, खाँस लेने के सिवा?'

सुनकर मेरा मन गम्भीर हो गया। पूछा – 'तो यह सब मजबूरी का खाँसना है?' उनका उत्तर एकदम साफ था – 'और क्या?'

मैं एकदम किनारे पहुँच गया – 'तो फिर यह तो गाली देना है!'

उनका उत्तर एकदम साफ था – 'और क्या?'

सुनकर सोचा – ''शास्त्रीजी अपने साहित्य में ही नहीं, अपने जीवन में भी स्पष्ट हैं; वे स्वप्नदृष्टा ही नहीं, स्पष्टदृष्टा भी हैं – यहाँ तक कि अपनी खामियों को खूबियों का जामा पहनाना, उन्हें पसन्द नहीं। समाज ने उनके साथ अन्याय किया है, तो वे उसे गाली देते हैं। उनके अहंकार को नम्रता का अर्घ्य न देकर, कोई अपने अहंकार से धकियाए, तो वे बर्बर हो उठते हैं।''

इसी बातचीत में उनकी नई पुस्तकों की चर्चा चल पड़ी, तो मैंने कहा। – 'आपको रॉयल्टी के रुपए मिल जाते हैं?'

प्रश्न साधारण था, पर उनके उत्तर ने उसे असाधारण बना दिया – 'बहुत दिन लुटने के बाद मैंने प्रकाशकों पर अपनी बुरा आदमी होने की पूरी धौंस जमा दी है, इसलिए कुछ-न-कुछ मिल ही जाता है।' वही बात कि उनका मानव उद्‌बुद्ध था, हमने उसे क्रुद्ध बना दिया था। और अपने काम की कुरूपता को छिपाने के लिए हम

ज़ोर-ज़ोर से चिल्लाते रहे – 'यह मानव क्रुद्ध है, यह मानव क्रुद्ध है।' फिर भी उनके व्यक्तित्व का पूर्ण परिचय यह है कि वे कड़वा अमृत थे।

पंजाब जाने का निश्चय किया, तो मुझे पत्र लिखा – 'डॉ. सत्यपाल का तकाज़ा है, पंजाब हिन्दी साहित्य सम्मेलन में जा रहा हूँ। तुम भी चलो, आनन्द रहेगा।' मुझे कलकत्ता जाना था, मना लिख दिया, पर समय-के-समय मेरी यात्रा स्थगित हो गई – ठीक ऐसे समय कि मैं यह भी न जान सका कि शास्त्रीजी पंजाब गए या नहीं।

तीन-चार दिन बाद काम कर रहा था कि एक कड़कदार आवाज़ आई – 'अरे भाई, प्रभाकर है?' सुनकर बाहर आया, तो शास्त्रीजी बोले – 'पता यही था कि तुम कलकत्ता हो, इसीलिए दिल्ली का टिकट लिया था, पर सहारनपुर स्टेशन आया, तो आगे जाने को मन नहीं हुआ और मैंने इस लड़के से कहा – ''अरे उतार बिस्तरा; प्रभाकर नहीं होगा, तो उसके घर को ही सिजदा करके आगे चलेंगे।'' '

एक बार उनकी बेटी का कोई संस्कार था। मुझे पत्र लिखा – 'समय से पहले पहुँच जाना, नहीं तो बन्दूक लेकर आऊँगा और तुम्हारी छाती पर गोली मारूँगा।'

मैंने लिखा – 'कोई बात नहीं; कुछ दिन बाद आपको फाँसी लग जाएगी और यहाँ नहीं, तो परलोक में दोनों साथ रहेंगे।'

तुरन्त उत्तर आया – 'परलोक-वरलोक में मेरा विश्वास नहीं है। तुम्हें मारते ही बन्दा उड़न छू हो जाएगा। तब लोग मेरा नया उपन्यास पढ़ेंगे, उसका नाम होगा-फ़रार।'

ओह, कितने मीठे और कितने प्यारे थे वे!

यह उनके व्यक्तित्व का मेरा निजी विश्लेषण है। इसमें मतभेद हो सकता है, पर यह व्यक्तित्व अब नहीं रहा। अब रह गया है उनका साहित्य और इस बारे में कोई मतभेद नहीं टिक सकता कि उनका साहित्य महत्वपूर्ण है और वे एक महान साहित्यकार थे; जैसे विक्टर ह्युगो – विषय और शिल्प, दोनों में पूर्णतया समृद्ध!

बंबई में चतुरसेनजी

– श्रीयुत 'उग्र'

होगी चार-पाँच महीने पहले की बात। समय रात नौ-साढ़े नौ बजे का था। बंबई की एक विख्यात फिल्म-कंपनी में अख्यात *प्रतिमा-पिक्चर्स एंड फोटो-फोन* कंपनी की ओर से मेरा एक *टॉकी* (बोलता) फिल्म-नाटक तैयार हो रहा था। नाटक का नाम है – *पतित पावन*, जिसमें अहल्योद्धार की कथा, नई निगाह से लिखी हुई है। पात्रों का उच्चारण सँभालने तथा सिनेमा-विषयक ज्ञान बढ़ाने के लिए मैं भी वहाँ उपस्थित था।

सिनेमा की तस्वीरें जब उतारी जाती हैं, तब अक्सर बाहर के अज्ञान जिज्ञासु फिल्म बनने का प्रकार देखने के लिए या किसी कलावती का श्रृंगार देखने के लिए – अकेले या सदल-बल – कंपनियों में पधारते हैं। यद्यपि बाहरियों की उपस्थिति से कलाकारों को अभिनय-कला दिखलाने या सिखलाने में भारी असुविधा होती है, अनेक को तो सभा-मोह-सा होने लगता है। फिर भी, ईश्वर के कोप की तरह, बाहरी जिज्ञासु काम के वक्त फिल्म-स्टूडियों में आते ही हैं।

स्वयं मैं तस्वीरें बनाते वक्त बाहरियों को दर्शकों की तरह नटों के सामने बैठाना घोर अनुचित समझता हूँ। मगर अभी मैं लेखक की हैसियत से इस क्षेत्र में फैल रहा हूँ, जो हृदय का काम तो ज़रूर करता है, मगर अधिकारी नहीं माना जाता। अधिक-से-अधिक सम्मानित लेखक फिल्म-कंपनियों में पुरोहित-सा समझा जाता है, मगर फिल्म-निर्माण में ज़बाँदराज़ी या दस्तंदाज़ी वह नहीं कर सकता। इसका कारण, मैं तो कहूँगा, लेखकों की दुर्बलता है। वे गद्य लिखना चाहते हैं, तो पद्य नहीं, और यदि कविता ठीक कर लेते हैं, तो संवादों को बर्बाद कर डालते हैं। और, सिनेमा के

नाटकों में महज गद्य और पद्य ही नहीं, और भी अनेक चीज़ें ज़रूरी हैं। जैसे संगीत, नृत्य, फोटोग्राफी और चित्रकला-विषयक आवश्यक ज्ञान। जनता की रुचि और हवा के रूख की पहचान। वक्त सभी चीज़ों का बीज या विकास जिनमें है, वही अच्छे फिल्म-नाटककार, निर्देशक, अभिनेता या निर्माता बन सकते हैं। मालूम नहीं, हिंदी-साहित्य के कितने ईमानदार लेखक सिनेमा-संसार की इस कसौटी पर अपनी सुवर्णता की रेखा खींच सकते हैं।

जिनके हाथ में कंपनियों की व्यवस्था बनने-बिगड़ने की ज़िम्मेदारी है, वे या तो विलासी, कक्षाहीन मालिक हैं, या अक्लहीन निर्देशक। और, ये लोग खुद ही अपने चारों ओर रिश्तेदारों को काम के वक्त दाल-भात में मूसलचंद बनाया करते हैं!

उस रात भी जब मेरे नाटक की 'शूटिंग' हो रही थी, मैंने एकाएक देखा, पीछे की ओर कोई भद्र महिला, और अनेक पुरुष कुर्सियों पर बैठे थे। उन सूरतों को काम के वक्त देख मन-ही-मन मुझे बहुत बुरा लगा। मैंने सोचा, कोई मंद-मति, बुलंद-पेट सेठिया कंपनी-मालिकों की बेवकूफी से हमारे काम में, बेकाम विघ्न डालने को सदल-बल, आ जुटा है। मैं फिल्म-कंपनी का मालिक बनूँगा, तो फालतू दर्शकों को भूले से भी स्टूडियो में घुसने न दूँगा।

उधर मेरा एक नट एक शब्द से उलझ रहा था – 'भ्रम' को बार-बार 'ब्रह्म-ब्रह्म' कहता था। उसकी मूर्खता से लोग अनायास ही हँस रहे थे। इसी समय किसी ने मेरे कंधे पर हलका-सा प्रश्न-सूचक स्पर्श किया। मैंने मुड़कर देखा, धोती और काले कोट पर किश्तीनुमा टोपी पहने कोई भला जवान खड़ा है। मेरे कुछ पूछने के पूर्व ही मुझसे प्रश्न हुआ – 'आप ''उग्र'' जी हैं?'

'हूँ तो वही – फ़र्माइए।' मैंने सोचा, कोई नया अभिनेता कुछ चापलूसी करेगा।

'आप चतुरसेन शास्त्री को जानते हैं?'

'हाँ-हाँ।' मैंने दावे से जवाब दिया।

'उधर देखिए।' जिसे मैं अब तक मंद-मति सेठिया समझ रहा था, उसी की ओर दिखाकर भले जवान ने कहा – 'पहचानते नहीं? वही – शास्त्रीजी हैं।'

दिमाग़ के कबूतरख़ाने से शास्त्रीजी की तस्वीर निकाल जो मिलान किया, तो आँखें मान गईं। मैंने पूछा – 'और शास्त्रीजी के साथ वह देवीजी कौन हैं?'

'पत्नी उनकी मैं अनुज हूँ।'

'ओहो!' शास्त्रीजी के अनुज को साथ लिए मैं उनकी ओर बढ़ा – 'मुझे अपने भ्रम पर खेद है।'

दस से ढाई बजे रात तक शास्त्री चतुरसेनजी सपरिवार मेरे साथ स्टूडियो में थे। बहुत-बहुत बातें हुईं – साहित्य पर, कला पर, विवाह और व्यभिचार पर। उस रात का मेरा पान-ताम्बूल श्रीमान् शास्त्रीजी की उपस्थिति से जान-जान हो उठा था।

मैं जब ठीक से पढ़ना भी नहीं जानता था, तब से शास्त्रीजी लिख रहे हैं। और अख़बारी भाषा में – ख़ूब लिख रहे थे। उनके *अन्तस्तल* तक गति होते ही मैं उनका मुग्ध-प्रशंसक बन गया, और इसके बाद उन्हें पढ़ा या नहीं, पर हमेशा मानता रहा कि उनमें तेज है, हृदय भी है, और वह साहित्यिक नज़र से हमारे आदर और प्रेम के पात्र हैं।

अपने छोटे-से अख़बारी जीवन में मेरे मन में शास्त्रीजी पर कभी क्षणिक राग भी हुआ होगा – यह आरोप सुनकर कि वह साहित्य-चोर हैं; यह जानकर कि वह अक्सर अनजाने विषयों पर भी बेसुरी तानें लगा देते हैं, लेकिन रहा मैं सदा उनका अनुरागी ही। क्योंकि उनमें तेज है, हृदय भी। रहीं कमज़ोरियाँ – अह! इस कमज़ोर दुनिया में वे तो स्वाभाविक ही हैं। दिलदार कलाकार का कलुष भी चित्रकार के सतरंगे डिब्बे का एक ख़ास रंग है, जिसको रंग-रंग में रंगकर वह अक्सर नए-नए रंग पैदा करता है। मैं तो कलाकार का हृदय ही देखता हूँ – राम जानें, ख़ुदा क्या देखते हैं।

यदि मैं ठाकुर श्रीनाथसिंह की तरह अवतारी 'इंटरव्यू' लेखक होता, या चौबे बनारसीदास की तरह चोर 'पुड़पुड़गंडिस्ट' (या उसे अंगरेज़ी में क्या कहते हैं?), तो *सुधा* के सुधी पाठकों को उस भेंट की अनेक मनोरंजक बातें सुनाता – सुरुचिपूर्ण, बड़ी-बड़ी और लंबी-लंबी। मगर अपनी खोपड़ी ऐसी कि यदि व्यर्थ ही चतुरसेन जी ने *सुधा* में 'बंबई में दस वर्ष बाद' शीर्षक लेख न छपवाया होता, और उसकी कुछ

बातों का मुझे खंडन न करना होता, तो यह लेख पत्थर मारे से भी मैं न लिखता।

शास्त्रीजी का लिखना है कि उन्होंने बंबई में मुझसे कहा – 'स्त्री-पात्र तो बड़ी तेज़ी से तैयार हो रहे हैं मगर उनके जोड़ के न तो पुरुष-पात्र मिलते हैं, और न लेखक, न डायरेक्टर। ज़ुबेदा, सीता, सुलोचना, गौहर – जैसी प्रतिभा-सम्पन्न अभिनेत्रियों को जब कला-रस-विहीन कथानकों पर थिरकते और निष्प्रभ गाने गाते देखता हूँ, तो कलेजा जलकर ख़ाक हो जाता है।' इत्यादि।

मुमकिन है, उक्त बातें मुझसे कही गई हों, और मैंने जवाब में स्त्रियों के आकर्षण को ही सिनेमा के कामुक वातावरण में उनकी उन्नति का मुख्य कारण बतलाया हो। मगर शास्त्रीजी के लेख में प्रतिभा-संपन्न नारियों की सूची का आरंभ ज़ुबेदा और सीतादेवी के नामों से होते देख मुझे ताज्जुब हुआ। बेशक गौहर और सुलोचना प्रतिभामयी नटियों में से हैं, और गौहर तो इस देश की नटियों की भाव-भरी रानी है। सीता या ज़ुबेदा मूक चित्रों के योग्य चाहे रही हों, मगर इस बोलते युग में तो सीता मिस मेयो की बहन है, जो 'तुम' को 'टुम' और 'दिया' को 'डिया' बोलती हैं। और, मिस ज़ुबेदा की ज़बान उर्दू होते हुए भी नीरस, कर्कश आवाज़वाली होने के कारण उनमें कला खिल ही नहीं पाती। मालूम होना चाहिए कि नटियों से विशेष विद्वान् और प्रतिभावान् नट इस क्षेत्र में हैं, मगर अक़्लहीन निर्देशक उनसे काम नहीं लेते, और लेखकों का कोई ज़ार ही नहीं चलता।

मेरे सीन में सजी जिस जवान ऐंग्लो-इंडियन छोकरी की दुर्गति पर शास्त्रीजी अपने लेख में खुश हो उठे हैं। वह पचास रुपए रोज़ नहीं, बल्कि पंद्रह रुपए की रात पर आई थी। चतुरसेन को यह बतलाना व्यर्थ होगा कि आज रुपए के हाथों रूप टके में दो सेर के भाव से बिकते हैं।

अपने लेख की समाप्ति में शास्त्रीजी ने फिल्म-लेखकों के अपमानित जीवन की चर्चा की है। लिखा है – 'फिल्म के लिए कहानी लिखने की मेरी इच्छा नष्ट हो गई। अभी मेरे जैसों का इस स्थान पर आने का युग नहीं आया है। अभी वे ही लेखक कहानियाँ लिखें, जो निर्देशकों की इच्छानुसार उसमें काट-छाँट कर दें।'

वल्लाह! इसे कहते हैं दून या चौगून का हाँकना। लेखकों के अपमान के बारे में शास्त्रीजी का अनुमान अस्वाभाविक ढंग से भ्रमपूर्ण है। अपने राम को तो कहीं भी अपमानजनक परिस्थिति न दिखाई पड़ी। 'बेताब' जी बेइज़्ज़त होते हैं, यह न तो मैं जानता हूँ, और न ऐसा कभी सुना ही है। रही डायरेक्टरों द्वारा रचनाओं में काट-छाँट की बात, सो उसे शास्त्रीजी समझ ही नहीं सकते। सिनेमा-नाटकों का मुख्य कथा-लेखक डायरेक्टर ही होता है। किसी भी भाषा के नाटक का चित्रानुवाद करते वक्त – भले या बुरे अनुवादकों की तरह – वह अपनी ही शैली या कुबुद्धि का व्यवहार करता है। यही नहीं, विदेशों के डायरेक्टर भी बड़े-बड़ों की रचनाओं को अपनी सुविधा के अनुसार काटते-छाँटते हैं। उसी लेखक की रचना बिना कटे-छँटे चित्रित हो सकती है, जो या तो पूंजीपति मालिक कंपनी हो या स्वयं डायरेक्टर। यही अनुभव कर मैं भी डायरेक्टरों की कला सीख रहा हूँ।

शास्त्रीजी सुलेखक हैं, सुहृदय भी, मगर इसका मतलब यह नहीं है कि वह नाटक या फिल्म-नाटक भी लिख सकते हैं – या अच्छे गाने रच सकते हैं। अच्छा हुआ, जो हमारे अपमानित जीवन को देख शास्त्रीजी का दिल फिल्मों की ओर से खट्टा हो गया। बेशक, ये अंगूर खट्टे ही हैं! अगर धोखे में शास्त्रीजी फिल्मों के लिए कुछ लिखने बैठते, और उनकी रचना चित्रित होती तो, बिला शक, उनका गर्व खर्च हो जाता।

लगे हाथ, सिनेमा-विषयक लेख-चित्र छापनेवाले हिंदी पत्र या पत्रिकाओं के बारे में भी चार शब्द कहना चाहता हूँ। अक्सर देखता हूँ, हिंदी-पत्रों में ऐरे-ग़ैरे-नत्थू-ख़ैरे लेखकों के अज्ञान की नुमायश सजाई जाती है। रद्दी-रद्दी और भद्दी-भद्दी तसवीरें आए दिन छपा करती हैं। मालूम नहीं, पृष्ठ भरने को या अच्छे चित्र और लेखकों के पैसे काटने को। बहुत-से निर्लज लेखक तो अपने ही फिल्म-नाटकों की तारीफ़ें इस-उस नाम से, हराम में, छपाया करते हैं। बहुत-से सुंदरी वेश्याओं पर अपना साहित्यिक और जर्नलिस्टिक रंग जमाते हैं। कुछ केवल मालिकों को ख़ुश कर टके साधते हैं। मगर ऐसे लेखकों के शत-प्रतिशत लेख भ्रम-पूर्ण और असत्य होते

हैं। अच्छा हो, यदि हमारे संपादक लोग योग्य अधिकारियों से, उचित मूल्य देकर, सिनेमा-विषयक लेख, चित्र लिया करें।

अंत में हिंदी-लेखकों और साहित्य के लिए तो सिनेमा के बोलते नाटक महालक्ष्मी के वरदान से सिद्ध हो रहे हैं। वह ज़माना दूर नहीं, जब प्रतिभाशाली हिंदी-नाटककार इस क्षेत्र में देवताओं-से पूजे जाएँगे। एक-दो नहीं, ऐसे दर्जनों देवताओं की आवश्यकता देश को है, और होगी। और, एक दिन हमारे अनेक लेखक हज़ारों रुपए मासिक बनाते-बिगाड़ते नज़र आएँगे।

लेकिन जिस साहित्य के निर्माता अभी मर्मस्पर्शी कविताएँ या शुद्ध नाटक भी लिखना नहीं जानते, वे अगर फिल्म-नाटकों में असफल नज़र आवें, तो कोई आश्चर्य नहीं। मैं निराश नहीं, क्योंकि सुना है, 'रोम शहर का निर्माण एक दिन में नहीं हो सकता'।

और अंततः मुझे गर्व है – आचार्य चतुरसेन पर, कि उनके उपन्यास पर *धर्मवीर* जैसी सुपरहिट फिल्म बनी। *शोभा सोमनाथ की* जैसा लोकप्रिय धारावाहिक भी उन्हीं के उपन्यास पर आधारित था। परन्तु सच यह है कि उनके जाने के बाद ही फिल्मी दुनिया को उनके उपन्यासों का ख़्याल फिल्मांकन के लिए आया। और उनके उपन्यासों पर कई सुपरहिट फिल्में बनी।

बेशकीमती साहित्यकार आचार्य चतुरसेन

– श्री ब्रजकिशोर 'नारायण'

धन्य है यह बिहार, जो अपने आपको विशुद्ध हिन्दीभाषी राज्य कहकर सबके सीने पर सवार होने को कमर कसता है। हिन्दी के तीन-चार विराट शैलीकार व्यक्तियों में से एक देखते-देखते उठ गया और सारी दुनिया यह देखने को आँखें फाड़े रही कि बिहार का एक भी तो ऐसा पत्र या व्यक्ति निकले, जो उस दिव्य दिवंगत को अपनी भावना और कर्त्तव्य की श्रद्धांजलि समर्पित करे। मगर यह यहाँ-कहाँ। यहाँ तो जीवन भर ज़लालत और मृत्यु पर मौन!

आचार्य श्री चतुरसेन शास्त्रीजी से बिहार के बहुत साहित्यकार परिचित होंगे। सम्भव है, उनके घनिष्ठ मित्रों में भी हों, मगर उनके अभाव को अपनी मार्मिक अभिव्यक्ति की अनुभूति प्रकट न करके इस भूमि ने जो दार्शनिक निर्लिप्ता का आदर्श उपस्थित किया है, वह आध्यात्मिक दृष्टि से बेशक बेशकीमती हो, मगर लौकिक लोचन में तो किरकिरी की तरह गढ़ेगी ही।

लगभग दो सौ क्रांतिकारी, सामयिक, साहसिक, भावुक, काल्पनिक, वैदिक, ऐतिहासिक, धार्गिक, साम।जिक और वैज्ञानिक ग्रन्थों का प्रणयन करनेवाले एक असाधारण हस्ताक्षर के रूप में आचार्यजी विगत तीन-चार दशाब्दियों तक हिन्दी-भाषियों के दिलो-दिमाग पर ऐसे हावी रहे कि शायद ही यह श्रेय अन्य लेखकों को इस अनुपात में उपलब्ध हुआ हो।

देश के अनेक राज्य-रजवाड़ों के राजवैद्य के रूप में उन्होंने जो कीर्ति और कांचन का संचयन और उपभोग किया वह शायद ही किसी अन्य सौभाग्यशाली को सुलभ हुआ हो। अपने अक्खड स्वभाव और स्वाभिमानी प्रकृति के कारण उन्हें मनचाहा

मान नहीं मिला और यह कमी उन्होंने आजीवन अनुभूत की। इसी की अनेक प्रतिक्रियाएँ उनके जीवन में चिनगारी की तरह चटखती रही और यदा-कदा अपने साथ-साथ दूसरों को भी चौंकाती रही।

आचार्यजी से मेरा परोक्ष परिचय इतना आत्मीय था कि एक पाठक के नाते मैं विद्यार्थी-जीवन से ही उनका भक्त बन गया था। मैं भी लेखक बनूँगा इसका आभास तक तब जीवन के दर्पण में रूपायित नहीं था, तभी से आचार्यजी की लौह-लेखनी का लोहा पीतल को सोना बनाने का सुयोग ढूँढ़ रहा था। लोहा भी ऐसा जिसके आगे पारस पानी भरे और मणि-माणिक मुँह की खा जाएँ।

एक दिन मैं अकेले जनता होटल में बैठा हुआ उस साहित्यिक-मंडल की प्रतीक्षा में था, जो अपनी बला और बलावारी दोनों से पाटलिपुत्र से बाहर निकलकर भारत भर में अपना अस्तित्व स्थापित कर चुकी थी। लोगों के आने में देर हो रही थी और सुबह पहुँच आने के कारण मैं कुछ बेचैनी महसूस कर रहा था कि एक खादीधारी वृद्ध बिहारी सज्जन मेरी मेज के पास आए और बोले – 'बाहर रास्ते पर, रिक्शे में आचार्य चतुरसेनजी आपको याद कर रहे हैं।' मुझे सहसा विश्वास ही नहीं हुआ कि मुझे क्या कहा जा रहा है। इस अप्रत्याशित और गौरवदायी आकस्मिकता ने मुझे रोमांचित कर दिया। मैं, बिजली के करेंट से जैसे उछाल दिया गया हो, ऊपर उठा और दूसरे क्षण ही रिक्शे के पास पहुँचकर आचार्यजी के चरणों की धूली अपने माथे पर लगा ली। उन्होंने अड़सठ वर्ष की वयोवृद्धता को तत्क्षण बलाए ताक रखा और मेरे गले में दोनों हाथ रखकर जमीन पर यूँ कूदे जैसे कोई नौजवान सवार अरबी घोड़े की पीठ में नीचे उतर रहा हो। रंगीन चश्मे के अन्दर से मेरी तरफ अपनी पैनी निगाह डालते हुए आचार्यजी बोले – 'तुम्हें हैरत होगी कि बिना पूर्व परिचय के ही तुमसे मिलने कैसे चला आया। मुझे बिहार ही में आकर मालूम हुआ कि *चाणक्य* तुम्हारी ही लेखनी का परिणाम है। यूँ *ऐता* भी मैं पढ़ चुका हूँ।'

रिक्शे में होटल की मेज तक पहुँचने में उन्होंने रुक-रुककर दस मिनट लगा दिए और इसी बीच वे ऐसी-ऐसी बातें बोलते-बतलाते रहे कि मुझे लगा, आज तक इस

महान आत्मा से वंचित होकर मैं कैसे कृतार्थ रहा। उन्हें सादर और सश्रद्धा बिठाकर *चाणक्य* की क्रिया और प्रतिक्रिया की बातें बतलाईं, तो वे अत्यन्त सहज भाव से बोले – 'नारायण। सेठों, शठों, और श्वानों को शकटार की तरह समझकर सावधान रहना। अब केवल यही नहीं, इनके पतित प्रतिनिधि भी साहित्य-संसार में अनेकानेक बाना धारण करके घुस आए हैं।'

जनता होटल में लगभग एक घंटा बैठने के बाद उन्होंने कहा – 'अब मुझे ज़रा पटना दिखाओ। मैं आज ही भर यहाँ हूँ।' दो-तीन घंटे की अल्प-अवधि और अच्छी सवारी के अभाव में उन्हें कहाँ ले जाता, इसलिए रिक्शे पर उनके साथ साधे रेडियो-स्टेशन पहुँचा। उस वक्त पटना आकाशवाणी के स्टेशन डाइरेक्टर श्री उमाशंकर जी थे। दिल्ली में केन्द्रीय आकाशवाणी के 'डाइरेक्टर ऑफ प्रोग्राम्स' होने की हैसियत से उन्हें अनेक बार आचार्यजी का सान्निध्य प्राप्त हो चुका था। दोनों दिल्ली-निवासी एक-दूसरे को पटना में पाकर परम प्रसन्न हो उठे। इसी बीच साहित्य निर्देशक श्री प्रफुल्लचन्द्र ओझा 'मुक्त' भी आ गए। उनका परिचय पाकर आचार्यजी मुस्कुराते हुए बोले – 'तुमसे तो नहीं, मगर तुम्हारे विद्वान् पिता पं. चन्द्रशेखर शास्त्रीजी से मेरा अत्यन्त ही घनिष्ठ सम्बन्ध था। वे मेरे परीक्षक भी रह चुके थे। एक बार इलाहाबाद में उनसे मेरी साहित्यिक झड़प हो गई कि वे मेरी अक्खड़ता को देखकर मेरे अनन्य अभिभावक बन गए। हिन्दी में लिखने की प्रेरणा देने वाले गुरुजनों में उनका मुझ पर सबसे बड़ा आभार है।'

'मुक्त' जी इन सब बातों को सुनकर आह्लादित हो उठे। मालूम था कि आचार्यजी से मिलकर उन्हें एक अमूल्य पैतृक संस्मरण सुनने का सौभाग्य सुलभ हो जाएगा। आचार्यजी से बहुत देर तक अपने स्वर्गीय पिता की अनेकानेक चर्चाओं को सुनकर 'मुक्त' जी को भी बहुत-से अनजाने, अजीब और नवीन ज्ञातव्यों का ज्ञान हुआ और हम लोग तो एकटक ताकते ही रहे एकाग्र होकर।

रेडियो स्टेशन में पाँच से सात-साढ़े सात तक बैठकर उन्होंने दिल्ली, राजस्थान और हिन्दुस्तानभर के अज़ीबोगरीब संस्मरण सुनाए और दूसरे दिन सुबह आकर

अपनी एक वार्ता भी रिकॉर्ड कराने की प्रार्थना स्वीकृत की। रेडियो स्टेशन से बाहर निकलते हुए उन्होंने बतलाया – 'मुझे ठीक आठ बजे आचार्य शिवपूजन सहाय जी के यहाँ भोजन करना है। अब तुम घर वापस लौट जाओ। हाँ, एक बात, बात नहीं, मेरे आदेश को याद रखो कि जब दिल्ली आओ तो शाहदरा में मेरे ही घर ठहरो। भूलोगे तो, ख़ैर नहीं!'

स्वर्गीय आचार्यजी का उक्त आदेश मुझे पटना में लगभग दो वर्ष पहले प्राप्त हुआ था। मगर मेरा दुर्भाग्य कि इस बीच न मैं दिल्ली जा सका, और न उनकी आज्ञा का पालन ही कर सका। आज यह कारुणिक कसक कलेजे को कचोटती है, जबकि वे हमें छोड़कर वहाँ चले गए हैं, जहाँ जाने के लिए एक-न-एक दिन हम सभी को तैयार रहना है और, यह तैयारी तभी उनकी मर्यादा और मान के अनुकूल होगी जब हम उनके चरण-चिह्नों पर चलें और हिन्दी-भारती की उसी लगन से सेवा करें, जिस लगन से उन्होंने अपनी तपोपूत विभूति का वरदान देकर स्वयं की थी।

स्मृति शेष

– बनारसीदास चतुर्वेदी

याद पड़ता है, मैंने शास्त्रीजी के प्रथम दर्शन सन् 1921 में बम्बई में किए थे। महात्मा गांधीजी ने मुझे प्रवासी भारतीयों का कार्य करने के लिए वहाँ रखा था और मैं हिन्दी ग्रन्थ रत्नाकर कार्यालय के संचालक श्री नाथूरामजी 'प्रेमी' के यहाँ ठहरा था। प्रेमी जी ही मुझे शास्त्रीजी से मिलाने के लिए उनके औषधालय में ले गए थे। शास्त्रीजी जहाँ कहीं भी रहते थे, बड़ी शान के साथ रहते थे। उनका औषधि-वितरण कक्ष बहुत ही स्वच्छ और सुसज्जित था।

शास्त्रीजी का गद्यकाव्य *अन्तस्तल* तब तक निकल चुका था और तत्कालीन विद्वानों ने उसका हार्दिक स्वागत किया था।

शास्त्रीजी विद्वान व्यक्ति थे और मैं विद्वत्ता से कोसों दूर। वह शुद्ध साहित्यिक थे और मैं कोरमकोर कार्यकर्ता तथा प्रचारक। हम दोनों के बीच में कोई साम्य नहीं था, इसलिए एक-दूसरे के निकट नहीं आ सके। मैं प्रवासी भारतीयों के कार्य में व्यस्त रहा और शास्त्रीजी वैद्यक के साथ-साथ साहित्य-सृष्टि में भी। गुजराती साहित्यकारों के साथ भी उन्होंने अच्छे सम्बन्ध स्थापित कर लिए थे।

सात वर्ष बाद जब मैं *विशाल भारत* का सम्पादन करने कलकत्ता पहुँचा तब शास्त्रीजी ने उसके लिए कुछ रचनाएँ भेजी थीं। बन्धुवर जैनेन्द्र ही की प्रथम रचना उन्होंने मेरे पास भेजी थी, जो मेरी गलती से शास्त्रीजी के नाम से छप गई।

यद्यपि *विशाल भारत* के दिनों में शास्त्रीजी से मेरे कई बार मतभेद हुए, उनकी रचनाओं की कठोर आलोचनाएँ भी *विशाल भारत* में छपीं, तथापि शास्त्रीजी ने बुरा नहीं माना और मेरे साथ सामाजिक सम्बन्ध निरन्तर बनाए रखे। यहाँ तक कि

जब वह कलकत्ते आए तो सपत्नीक मेरे घर भी पधारे। उनपर जो कठोर व्यंग्य किए गए थे, वह दरअसल मेरे सहायक स्वर्गीय ब्रजमोहन वर्मा के द्वारा लिखे गए थे, पर नैतिक जिम्मेदारी तो मेरी ही थी। वर्मा जी ने शायद उन्हें 'अत्तार' लिख दिया था। स्वभावतः इससे उन्हें बुरा मालूम हुआ, क्योंकि वे तो अनमोल रत्न थे। शास्त्रीजी के मेरे घर पर पधारने से मैं लज्जित हो गया।

चाँद के 'मारवाड़ी अंक' तथा *इस्लाम का विषवृक्ष* की आलोचनाएँ भी *विशाल भारत* में छपी थीं, पर शास्त्रीजी ने पारस्परिक सम्बन्धों में कटुता नहीं आने दी। जब मैं संसद सदस्य बनकर दिल्ली पहुँचा, तो वह मेरे कमरे पर पधारे। उनका कहना था कि भारत सरकार लेखकों की ख़ासतौर पर हिन्दी विद्वानों की उपेक्षा करती है। इसके विरुद्ध वह आन्दोलन करना चाहते थे। इस आन्दोलन में शरीक होने के लिए उन्होंने मुझसे कहा था, पर मैं उनकी उक्त आज्ञा का पालन नहीं कर सका। इस पर शास्त्रीजी कुछ खिन्न हुए थे, उन्होंने मुझ पर यह इल्ज़ाम लगाया कि शासनारूढ़ कांग्रेस पार्टी का सदस्य होने के कारण मैं उक्त आन्दोलन से झिझकता हूँ। पर शास्त्रीजी का यह विचार ठीक नहीं था। वस्तुतः मैं उनके आन्दोलन से सहमत नहीं था।

एक घटना मुझे और भी याद आ रही है। मैं नैनीताल गया हुआ था। एक दिन फ्लैट पर टहलने गया तो आर्यसमाज के पास शास्त्रीजी मिल गए। वह भी नैनीताल में कुछ दिन बिताने के लिए आए थे। उन्होंने मुझसे पूछा, 'क्या उत्तरायण के उत्सव के लिए आपको श्रीमती महादेवी वर्मा ने निमन्त्रण भेजा है?'

मैंने कहा, 'अभी तक तो कोई निमन्त्रण आया नहीं।'

शास्त्रीजी ने कहा, 'उन्होंने मेरी भी उपेक्षा की है और मैं इस पर अवश्य कुछ लिखना चाहता हूँ।' आगे चलकर शास्त्रीजी ने *साप्ताहिक हिन्दुस्तान* में कुछ लिखा भी था।

कवीन्द्र श्री रवीन्द्रनाथ ठाकुर के स्वर्गवास के बाद शास्त्रीजी ने *हिन्दी विश्व भारती* संस्था कायम की थी।

शास्त्रीजी प्रगतिशील विचारों के थे; और कलम के धनी भी। चाँद के प्रसिद्ध

'फाँसी अंक' का सम्पादन उन्होंने ही किया था। वास्तव में वे श्रमजीवी थे। घोर परिश्रम के बिना कोई व्यक्ति इतनी साहित्य-सृष्टि कर ही नहीं सकता। इसीलिए अपनी रचनाओं पर किसी प्रकार का प्रहार उन्हें असह्य हो उठता था।

शास्त्रीजी अनेक साहित्यिक वाद-विवादों के केन्द्र रहे। पर सब तरह के आक्षेपों की परवाह किए बिना अपने कार्य में लगे रहे। उनकी रचनाओं की लोकप्रियता उनकी लगन तथा परिश्रमशीलता का ही परिणाम है।

जब मेरे जैसे व्यक्ति, जो उनके आलोचक थे, विस्मृति के गर्भ में कभी के विलीन हो चुके होंगे, शास्त्रीजी साहित्याकाश में जाज्वल्यमान नक्षत्र की भाँति चमकते रहेंगे।

लौह लेखनी के धनी आचार्य चतुरसेन शास्त्री

– डॉ. राजेन्द्र प्रसाद

'शास्त्रीजी ने किसी का सहारा लेकर जीना स्वीकार नहीं किया; इसलिए उनकी सारी जिन्दगी लड़ते ही बीती। बनी-बनाई मान्यताओं को उन्होंने नहीं माना। वे बना नहीं सके भगवान् से और धर्म से भी; उस दुनिया से भी, जिसने उन्हें इस नासमझी पर अड़े रहने वाला माना। लेकिन यही प्रतिभा थी, जिसे आने वाली पीढ़ियाँ कहेंगी कि चमत्कार था।'

– जैनेन्द्र कुमार

जैनेन्द्र कुमारजी के उपरोक्त उद्‌गार शास्त्रीजी के जीवन का सही मूल्यांकन करते हैं। शास्त्रीजी अभूतपूर्व प्रतिभा-संपन्न लेखकों में से थे। उन्होंने हिन्दी-साहित्य को लगभग 150 महत्वपूर्ण ग्रन्थ भेंट किए। सन् 1917 से उन्होंने जो लिखना प्रारम्भ किया, तो अपने जीवन के अन्तिम क्षण तक लेखनी को विश्राम नहीं दिया। वास्तव में वे लौह लेखनी के धनी थे। मृत्यु के समय उनकी आयु उनहत्तर वर्ष की थी।

शास्त्रीजी ने साहित्य की विविध रूपों में सेवा की थी। वे उपन्यासकार और कहानीकार तो थे ही, इसके अतिरिक्त उन्होंने जिस सफलता से धर्म तथा राजनीति की चर्चा की, उसी संलग्नता से विज्ञान, दर्शन और संस्कृति पर भी लेखनी चलाई। शिक्षा, स्वास्थ्य और नागरिकता जैसे विषय भी उनसे अछूते नहीं रहे। प्रौढ़-शिक्षण और समाज-सुधार से सम्बन्धित अनेक छोटी-मोटी पुस्तकें भी उन्होंने लिखीं। सारांश यह कि साहित्य का कोई अंग ऐसा नहीं बचा, जिस पर उन्होंने अपनी कलम

को न आज़माया हो। यहाँ तक कि काम-कला और गृहस्थ-जीवन से सम्बन्धित अनेक ग्रंथ भी उन्होंने सफलतापूर्वक लिखे।

शास्त्रीजी जैसे घनघोर परिश्रमी थे, वैसे ही गम्भीर विद्वान् और विचारक भी थे। किसी भी विषय पर लिखने के लिए कलम उठाने से पूर्व वे उस विषय का गहन अध्ययन करके तत्सम्बन्धी सारी सामग्री अपनी मेज़ पर रख लेते थे। वे आठ-आठ घंटे तक बिना विश्राम के लिखते रहते थे। कभी-कभी तो वे पूरी पुस्तक को लिखकर समाप्त करके ही कुर्सी से उठते थे।

प्रतिभा के धनी आचार्य चतुरसेन

– सोहन लाल 'रामरंग'

जिस पाहन को देखा, उसमें प्राण भर दिया।

धरा चरण जिस धरा, उसे ही तीर्थ कर दिया।।

धर्म और संस्कृति, इतिहास और जनश्रुति, आयुर्वेद और समाज-शास्त्र, लोक और परलोक, भूगोल और खगोल, सार्वदेशिक और आँचलिक, ऐसा कौन-सा विषय था, जो स्वर्गीय आचार्यजी की लेखनी से अछूता रहा हो। हिन्दी साहित्य के इतिहास में उनकी अमूल्य कृतियों को नाम देने वाला कोई शब्द नहीं मिला। तब दिग्गजों ने आचार्यजी की कला-कृतियों का नामकरण करने के लिए इतिहास रस शब्द की सृष्टि की। जब उन्होंने धर्म पर लिखा, तो उनकी प्रत्येक पंक्ति में पतंजलि, गौतम, कपिल, कणाद, जैमिनी और वेदव्यास जैसे सिद्ध दृष्टिगोचर हुए। जब उन्होंने संस्कृति की चर्चा की, तो ऐसा लगा कि जैसे हिमालय से कुमारी अन्तद्वीप तक का समस्त भारत-खंड उनके हृदय आंगन में नृत्य कर रहा हो। इतिहास का यथार्थ उनकी सार्थक और सटीक कल्पना की प्रखरता से निखर उठा। समस्त पुराणों और उपनिषदों के सागर को *वयम् रक्षामः* की गागर में भरना कितना कठिन कार्य था, यह सत्य वही जानते हैं, जिन्होंने साहित्य का थोड़ा भी साक्षात्कार किया है। *वैशाली की नगरवधू* बौद्ध काल का एक सुन्दर कथानक है, जिसका जोड़ विश्व के साहित्य में मिलना दुर्लभ है। *सोमनाथ*, *राजसिंह*, *अजीतसिंह*, *पूर्णाहुति* आदि अनेकानेक उनके ऐतिहासिक ग्रन्थ हैं। गांधीजी के असहयोग आंदोलन के वे दिन जब देशभक्ति की चर्चा करना एक महान अपराध माना जाता था और विशेषकर क्रांतिकारी शहीदों की चर्चा करना।

उस समय चाँद का 'फाँसी अंक' आदरणीय आचार्यजी ने निकाला, जिसको पढ़कर अनेकानेक शहीदों ने हँसते-हँसते फाँसी का फंदा चूम लिया।

आयुर्वेद की ऐसी गुत्थियाँ उन्होंने चुटकी बजाकर सुलझाईं, जो बड़े-बड़े भिषगाचार्यों को लोहे के चने प्रतीत होती। गद्य के अतिरिक्त शास्त्रीजी ने कई पद्यबद्ध रचनाएँ भी कीं। कहानी, उपन्यास, नाटक, निबन्ध, समालोचना, आत्मकथा आदि साहित्य की कोई भी ऐसी विद्या नहीं जो शास्त्रीजी से अछूती रही हो।

आचार्य चतुरसेन साहित्य पर अनेक विश्वविद्यालयों के हिन्दी प्राध्यापक और छात्र शोध कार्य कर रहे हैं। उनकी अनेक पुस्तकें पाठ्यक्रम में लगी हुई हैं। हिन्दी साहित्य के निर्माण में उनका अमर योगदान रहा है।

साहित्य के इस वाल्मीकि और वेद व्यास को हमारी कोटि-कोटि वन्दना।